La quête de la Sorcière Blanche

J'AI LU

TANITH LEE	*ŒUVRES*
VAZKOR	*J'ai lu* 1616***
CYRION	*J'ai lu* 1649****
LA DÉESSE VOILÉE	*J'ai lu* 1690****
LA QUÊTE DE LA SORCIÈRE BLANCHE	*J'ai lu* 2042****
LA FORÊT ÉLECTRIQUE	
LE JOUR, LA NUIT	
LE MAÎTRE DE LA MORT	
NE MORDS PAS LE SOLEIL	
SABELLA OU LA PIERRE DE SANG	
LE VIN SAPHIR	
VOLKHAVAAR	
LE SEIGNEUR DES TEMPÊTES	
LE RÉVEIL DU VOLCAN	

TANITH LEE

La quête de la Sorcière Blanche

TRADUIT DE L'AMÉRICAIN
PAR JEAN-PIERRE PUGI

ÉDITIONS J'AI LU

Ce roman a paru sous le titre original :

QUEST FOR THE WHITE WITCH

PROLOGUE

J'ai déjà fait le récit (1) de ma jeunesse passée dans le krarl des Dagkta roux, expliqué comment je reçus le nom de Tuvek et crus être le fils du chef Ettook et de Tathra, son épouse; comment je fus tatoué selon le Rituel des Garçons, puis, lorsque les marques tribales s'effacèrent de ma chair, je dus me mesurer à mes aînés afin de prouver ma valeur. Cela m'attira la rancœur de Seel, l'ignoble sorcier. Ettook ne m'aimait guère, lui non plus, même s'il ouvrit le coffre où il entreposait ses trésors et me dit d'y prendre un présent de mon choix : un masque de lynx fabriqué dans une des anciennes cités. Si je devins un guerrier inégalé et aimant les combats, j'éprouvais une profonde insatisfaction, sans raison apparente. Ma chair possédait l'étrange faculté de se cicatriser rapidement après chaque blessure. Aucune de mes plaies ne suppurait, et je survécus même à la morsure d'un serpent au venin habituellement foudroyant.

J'avais dix-neuf ans et tous les krarls s'étaient regroupés pour le Grand Rassemblement de printemps, lorsque nous fûmes attaqués par des citadins armés d'un canon. Leurs cités se trouvaient au delà des montagnes, anciennes, corrompues et croulantes. Ils ne se déplaçaient que masqués, ces hommes et ces femmes qui se vantaient d'être les descendants d'une race divine, bien supérieure à celle des simples humains. Un grand nombre d'hommes furent tués, au cours de ce raid, ou emmenés comme esclaves.

Moi seul osai les suivre, dans le dessein de délivrer

(1) *Vazkor*, Ed. J'ai lu 1616 ***.

les captifs et de venger les morts. Cependant, lorsque je fus à proximité du camp des citadins, une étrange force s'empara de moi et je découvris que je pouvais parler la langue des habitants des cités. Chose encore plus incompréhensible, ces hommes me prirent pour un des leurs, un ancien roi redouté qu'ils appelaient Vazkor. Il me fut facile de libérer les captifs et de massacrer les citadins pris de panique. Puis je découvris dans une de leurs tentes une fille aux cheveux d'or que je trouvai à mon goût et ramenai au krarl avec moi. De retour dans la tribu, j'interrompis mon propre Rite de la Mort – à la grande déconvenue de Seel et d'Ettook.

J'en vins à aimer la citadine, Demizdor, et elle me retourna mon amour en dépit de son mépris pour mes origines tribales. Je l'épousai bientôt. Elle était bien supérieure aux femmes du krarl, Chula et les autres.

Je négligeais désormais ma mère, Tathra, la seule femme qui avait jusqu'alors compté pour moi. Elle portait l'enfant d'Ettook, et en mourut. La nuit de sa mort, Kotta, la sorcière, m'apprit que je n'étais pas le fils de Tathra et d'Ettook, mais d'une captive citadine aux cheveux blancs – celle qui avait porté le masque de lynx. Tathra et cette femme avaient eu un enfant le même jour, mais le fils de l'épouse du chef était mort-né. La tente étant déserte, la citadine m'avait substitué au petit cadavre. Je crus à ses révélations lorsque Kotta m'apprit que la femme blanche prétendait avoir tué son mari, un roi-sorcier citadin du nom de Vazkor.

Fou de chagrin et de colère, je décidai de tuer Ettook, et une autre force surnaturelle s'empara de moi. Je le foudroyai d'un éclair aveuglant issu de mon cerveau. Cependant, je ne pouvais maîtriser cette étrange faculté et fus également terrassé. Lorsque je repris conscience, j'étais ligoté et sur le point d'être exécuté en même temps que Demizdor, violée par les hommes de la tribu. C'était la Nuit de la Sihharn, celle au cours de laquelle les morts sont censés sortir de leurs tombes. Mais les cavaliers spectraux qui envahirent le krarl étaient des concitoyens de Demizdor. Ils la libérèrent et m'emmenèrent avec eux. Reconnaissant en moi le fils de Vazkor, ce roi haï, ils avaient l'intention de m'exécuter dans la cité d'Eshkorek, au cours de grandes festivités.

L'empire que Vazkor avait forgé s'était effondré à sa mort, apportant guerres et destructions aux cités. Uasti avait été son épouse, une sorcière albinos que certains prenaient pour la réincarnation d'une déesse de la Race des Anciens, depuis longtemps disparue. Elle avait assassiné Vazkor et pris la fuite. Tels étaient mon père et ma mère.

Les citadins vivaient à présent dans un luxe inouï au sein d'une pauvreté impensable, servis par des esclaves à l'épiderme sombre. Les seigneurs d'Eshkorek désiraient se venger de Vazkor sur la personne de son fils, mais les blessures qu'ils m'infligèrent se refermèrent de façon surnaturelle, sans laisser la moindre cicatrice. Je fus alors pris sous la protection douteuse du Prince Erran. A la surprise de tous, je comprenais, parlais et lisais la langue des cités, sans doute en raison du sang de mon père magicien qui courait dans mes veines. Je fus relativement bien traité et, tout en méprisant ce peuple, j'en vins à apprécier certaines facettes de sa civilisation : sa littérature et sa musique, son art de la guerre et de l'amour. L'atavisme était le plus fort. Je n'étais plus un sauvage, mais l'homme qu'ils appelaient Vazkor, fils de Vazkor. Cependant, Demizdor me haïssait à nouveau, à cause des humiliations subies et du mépris que j'inspirais aux membres de sa famille.

A leur instigation, un de ses amants, un prince, libéra contre moi un cheval rendu furieux à l'aide d'une drogue. Je parvins cependant à apaiser l'animal, à ma grande surprise. Fou de rage, je tuai ce prince, ce qui me valut d'être emprisonné et condamné à une mort atroce. Mais, prise de remords, Demizdor m'aida à m'enfuir par un souterrain qui conduisait au delà des montagnes. Si sa trahison avait tué l'amour que je lui portais, je lui proposai cependant de partir avec moi afin de la soustraire aux représailles que les siens exerceraient probablement contre elle. Elle refusa.

Ce tunnel donnait dans une vaste artère souterraine construite par la Race des Anciens et ironiquement baptisée SARVRA LFORN : la Voie du Ver. Là, je pus admirer des fresques magnifiques de ce peuple de magiciens et constater qu'ils avaient accompli des prodiges. Ils marchaient sur l'eau, volaient dans le ciel... Un grand nombre étaient albinos, comme Uasti, d'autres aussi bruns que mon père et moi. Un autre fait m'apparut. Les membres de la Race des Anciens ne mangeaient et ne buvaient pas, et n'avaient nul besoin à satisfaire... leurs latrines avaient de toute évidence été réservées à leurs esclaves humains.

Je regagnai la surface et fus rattrapé par mes poursuivants que guidaient des parents de Demizdor : Zrenn et Orek. Je tuai un grand nombre de soldats, et employai un de ces éclairs dont Ettook avait déjà été victime. Comme la fois précédente, j'en fus extrêmement affaibli. Je trouvai refuge dans un krarl du Peuple Sombre à proximité de la mer, et découvris que je maîtrisais également son langage. Je supposai que ce don m'avait été transmis par mon père.

Peyuan, le chef, me parla de ma mère. Elle avait en effet séjourné parmi les siens après avoir quitté le krarl d'Ettook. Ses paroles me troublèrent. Nul n'avait jamais vu son visage, mais il me déclara cependant qu'elle était magnifique, charismatique, et également très bonne. Elle lui avait sauvé la vie. Au fond de moi-même, je refusai sa version des faits. Peyuan me conseilla d'aller me dissimuler sur une petite île qu'on ne pouvait voir du rivage, afin d'échapper à mes poursuivants. Je suivis son conseil et partis avec sa fille, Hwenit, la sorcière-guérisseuse du krarl. Elle m'accompagna afin de rendre jaloux son demi-frère. Elle l'aimait, mais ce garçon se refusait à commettre un inceste.

Hwenit était habile, et elle m'apprit à développer mes facultés psychiques. Une nuit, cependant, elle alluma un feu magique dans le but d'envoûter son frère, et mes poursuivants virent la clarté du brasier. Zrenn et Orek me tendirent une embuscade, après avoir gagné l'île à bord d'une embarcation volée par leur esclave. Lors du combat qui s'ensuivit, Hwenit fut poignardée par Zrenn. Je foudroyai ce misérable en utilisant mes pouvoirs et Orek se suicida après m'avoir appris que Demizdor s'était pendue. Je fus terrassé par cette nouvelle, mais l'esclave m'incita à réagir. Il m'avait vu tuer l'homme d'un éclair et me prenait pour un dieu.

J'avais soigné un cheval à Eshkorek, et un enfant dans le krarl du Peuple Sombre, mais je connaissais le doute. Je décidai malgré tout de tenter l'expérience et sauvai Hwenit.

Abasourdi par mes incroyables pouvoirs, j'hésitais. Je me trouvais à un tournant de mon existence. J'avais plus tôt juré à mon père de venger sa mort en tuant Uasti, la sorcière blanche. J'avais également un motif personnel de vengeance : le trône royal dont elle m'avait dépossédé. Je pris la résolution de partir à la recherche de cette femme. J'eus alors comme une vision et je sus que je devais prendre la mer et me rendre à l'est, puis vers le sud.

L'esclave, Long-Œil, m'avait choisi pour nouveau maître. Il me conduisit jusqu'au bateau volé par Zrenn et nous partîmes sur l'océan.

Ce qui nous survint ensuite fait l'objet de ce récit.

LIVRE UN

PREMIÈRE PARTIE

SUR LE GRAND OCÉAN

1

L'embarcation était une yole presque semblable à celle de Qwef, mais dotée d'une voile. Après avoir relevé le mât et déferlé le carré de toile grossière, l'esclave l'orienta de façon à tirer le meilleur parti de la brise de terre. Il m'apprendrait par la suite comment les siens se déplaçaient à la voile sur un large fleuve bleu, le long duquel ils faisaient du commerce. Ces hommes avaient une connaissance innée de la navigation, un acquis héréditaire transmis de père à enfant. Long-Œil avait passé son enfance sur ce fleuve, jusqu'à l'arrivée des marchands d'esclaves. Il s'était alors retrouvé avec bien d'autres à Ezlann, puis avait été envoyé à So-Ess à la suite d'un échange, avant de finir à Eshkorek-Arnor après un raid.

Long-Œil était de quatre ans mon aîné, mais paraissait être mon grand-père. Il disait que les filles de son peuple étaient nubiles à neuf ou dix ans, et qu'un grand nombre enfantaient à onze ans. Même les membres des tribus dans lesquelles j'avais vécu les auraient considérées comme très précoces. Je ne fus guère surpris d'apprendre qu'elles étaient des femmes épuisées avant d'avoir atteint vingt ans, des grands-mères ridées à vingt-cinq, et des cadavres deux ans plus tard. Le sort des hommes n'était guère plus enviable. Ceux qui atteignaient quarante ans étaient rares et révérés de tous. Leurs cheveux, et ceux des femmes, devenaient blancs dès la vingtième année. J'en avais la preuve sous les yeux, car des touffes de cheveux poivre et sel apparaissaient déjà sur le crâne de Long-Œil. Chose étrange, son visage restait imberbe. J'eus l'occasion d'en être envieux, alors qu'une barbe courte mais drue provoquait des démangeaisons sur ma mâchoire et ma lèvre supérieure.

Long-Œil hissait la voile à la moindre brise, la ferlait et prenait les rames dès que le vent faiblissait. Chaque nuit, les courants nous faisaient dériver, mais en utilisant ses connaissances en navigation il compensait les tendances naturelles de l'esquif et les sautes d'humeur de la mer. D'après les indications portées sur son ancienne carte, nous devions nous diriger vers l'est, avant de descendre vers le sud. Nous utilisâmes le peu de nourriture chargée à bord par Zrenn pour appâter nos lignes et pêcher. Nous disposions même d'un brasero pour faire griller les poissons et de deux bouteilles d'argile que l'esclave avait pris soin d'emplir d'eau à l'unique source de l'île.

Si l'immensité de l'océan ne m'inspirait plus d'angoisse, ce milieu nouveau pour moi m'affectait malgré tout. Je n'étais pas accoutumé à la hauteur du ciel; aux énormes nuages qui paraissaient proches au point de pouvoir être touchés; à la clarté solaire qui traversait la masse liquide comme s'il s'agissait d'un bloc de verre; à la luminescence des poissons consumés par un feu intérieur dans les ténèbres; aux flots festonnés de phosphore que chaque coup de rame transmutait en argent.

Je me remémorai mes aventures et tentai de comprendre pourquoi je m'étais livré avec un tel fatalisme et une telle confiance aveugle à l'inconnu. Je conclus que je m'étais laissé dépasser par les événements, dont la succession avait été trop rapide pour moi. Cela expliquait peut-être mon humeur, et l'étrange expectative qui l'accompagnait.

Cinq journées s'écoulèrent ainsi. Le temps était d'un calme trompeur. Sous l'embarcation, nous voyions au travers des flots bleu-vert et limpides des forêts d'algues sombres grouillantes de poissons.

Vers la fin de la cinquième journée, alors que le soleil paisible s'embrasait d'un coucher de soleil écarlate, quelque chose apparut à l'est : une barrière de falaises nimbée d'une clarté rougeâtre qui s'étendait à perte de vue du nord au sud de l'horizon.

Le vent était tombé, et la mer avait la consistance épaisse d'un sirop. Long-Œil abaissa le mât et prit les rames. Les dernières braises du ciel s'éteignaient à l'ouest quand nous atteignîmes les falaises. Un escarpement abrupt, à la base couverte par les cheveux verts des sirènes de Hwenit, s'élevait de la mer. Nous tirâmes la yole à terre pour la nuit, et découvrîmes que les lieux étaient fréquentés par des oiseaux. L'un d'eux constitua notre repas.

Chose étrange, ce mur de roche qui semblait scinder l'océan d'un bout à l'autre de l'horizon avait moins de deux kilomètres de largeur. Une fois la lune levée, j'escaladai cette forteresse et découvris au delà de l'obstacle une nouvelle immensité de flots blancs et d'étoiles. Peut-être me trouvais-je sur un ancien continent englouti, dont seules les cimes des plus hautes montagnes émergeaient encore. Avec une impatience puérile, j'avais espéré chaque jour atteindre une nouvelle contrée et cru que cette muraille merveilleuse en était le rempart.

A l'aube, après un repas composé de quelques œufs d'oiseau, nous poussâmes à nouveau l'embarcation dans les flots. Je pris les rames, car même un dieu peut souffrir de l'inaction. Long-Œil, qui tenait le rôle de vigie, repéra finalement un étrange tunnel bas qui traversait de part en part la muraille rocheuse.

Seuls quelques cirrus filamenteux troublaient la perfection du ciel. C'était le calme précédant la tempête, qui eut lieu le jour suivant.

Certains peuples assimilent la mer à une femme, dont elle a les sautes d'humeur. Si elle exige d'être aimée, elle est aussi possessive qu'une mante religieuse. Elle libère de doux gémissements en recevant sur elle le poids des hommes et de leurs navires, mais ne tarde guère à vouloir les engloutir avec elle. Lorsqu'elle paraît bienveillante, elle prépare un châtiment.

Cette journée de calme plat s'acheva par un autre crépuscule purpurin et cuivré. Des poissons volants sautaient hors des vagues, le dos laqué de rubis, nageoires étendues comme s'ils voulaient atteindre les nuages écarlates. Puis ce fut une nuit noire, sans le moindre souffle de vent, et une aube argentée et paisible. En milieu de matinée, tous les poils de mon corps étaient chargés d'électricité statique.

– Que se passe-t-il ? demandai-je à Long-Œil.

– La mer est trop calme. Le mauvais temps s'annonce peut-être.

Je regardai autour de moi, tout en sachant parfaitement que je ne pouvais trouver ce que je cherchais. Nous étions à plus d'un jour de navigation des falaises que nous avions laissées derrière nous, et rien n'apparaissait à l'horizon. Compte tenu de l'impassibilité coutumière de Long-Œil, il m'était difficile de savoir à quel genre de mauvais temps il s'était référé.

Finalement, le ciel s'assombrit dans des nuances vert métallisé.

– Il approche.

Je n'avais jamais entendu de ma vie une phrase plus lourde de menaces.

Voilà où m'avait conduit ma quête aveugle, ce rêve de puissance qui me guidait en droite ligne vers mon but.

Le visage de Long-Œil était serein. Il n'avait aucune crainte, persuadé qu'il était de se trouver avec un dieu tout-puissant.

– Long-Œil, lui dis-je, crois-tu que ma magie puisse soumettre les éléments ?

Il haussa les épaules, et sa confiance surnaturelle, ce fatalisme étonnant, ébranla les ultimes vestiges de ma léthargie.

Puis la tempête arriva, un cyclone.

La voix du vent couvrit les grondements des vagues. Un hurlement qui semblait issu d'un énorme larynx de chair et de sang, et qui s'amplifiait à chaque seconde. Si un tel son n'avait pas sa place en ce bas monde, je l'entendais malgré tout. C'était une clameur qui eût incité le plus brave à prendre la fuite, mais nous n'avions nul refuge à gagner. Un arbre de feu emplit le ciel obscur, et les ramifications de la foudre s'étendirent d'un horizon à l'autre. Les racines de cet éclair donnèrent naissance à la tempête elle-même, qui assena un coup de masse sur la poupe de l'embarcation. La yole bondit, tel un poisson volant.

Les flots m'assaillirent. L'eau salée envahit ma bouche, et je pris instinctivement une inspiration. Mes poumons s'emplirent de liquide.

La vague passa, immédiatement suivie par une autre. La yole tenta bravement de fuir devant elle, mais la lame démesurée – noire et tachetée de vert, comme une pièce de soie eshkirienne – s'engouffra sous la quille. L'embarcation pivota, se cabra, et se retourna.

En dépit de mon statut divin, j'étais sur le point de me noyer. Dans certaines circonstances, même un dieu ne peut nager.

Les flots noirs m'engloutissaient, me gardaient captif. Je me débattais et suffoquais, en proie à une panique indescriptible.

Long-Œil avait appris à nager dans un fleuve bleu aux flots empoisonnés, en sachant qu'une seule gorgée de cette eau provoquait une mort atroce. Il me remonta vers la surface et referma mes mains sur le mât qui flottait désormais à la surface de l'océan.

Après un bref instant passé à l'air libre, je demeurai une cinquantaine de secondes au cœur d'une déferlante. Le vent m'assourdissait et m'aveuglait.

Malgré la pénombre, j'entrevis brièvement le visage de Long-Œil qui était toujours aussi impassible. Lorsque la lame suivante s'abattit sur nous, il colla sa paume sur ma bouche et mes narines, interrompant ainsi une nouvelle inhalation d'eau de mer.

A l'aide d'une drisse, il avait lié sa main gauche au mât. Entre les assauts des vagues, aussi réguliers que les battements d'un cœur, il parvint à m'attacher de la même manière à notre radeau improvisé.

– Esclave stupide, tu t'es choisi un mauvais maître, lui dis-je.

Puis les flots du ciel s'abattirent dans ceux de l'océan.

Le cyclone fit rage durant approximativement trois heures.

Si j'ignore comment nous parvînmes à survivre, je sais que je bus beaucoup d'eau, pour la rendre aussitôt. Les coups assenés par les flots et le vent avaient rendu ma chair insensible, mais je sentais mes côtes se briser. Si je ne percevais plus mes pieds et mes jambes à partir de l'aine, je souffrais d'une érection douloureuse comme si la mer cherchait son plaisir avec moi. L'épiderme de mon visage avait été arraché tel celui d'un homme flagellé. Mes mains bleuissaient et mon poignet gauche, attaché au mât, n'était plus qu'une plaie sanguinolente. Le sort de Long-Œil n'était pas plus enviable que le mien, avec ses joues éclatées et ses yeux à moitié aveuglés. Nous apprendrions bientôt que ses deux jambes avaient été brisées par l'impact des vagues.

Mais s'il n'avait eu la présence d'esprit de nous lier au mât, nous nous serions depuis longtemps retrouvés à des brasses de fond. Même ainsi, avec nos corps broyés et meurtris, nous n'étions que des morts en sursis. Si je m'étais nourri de poissons, les rôles seraient bientôt inversés. A peine conscient, je m'agrippai à l'existence – au mât; l'acte de survie réduit à de l'entêtement, toute raison abstraite littéralement diluée dans les flots.

Après ces trois heures d'enfer (je n'en déduisis la durée que plus tard, d'après la position du soleil lorsqu'il réapparut), il me sembla que je partais à la dérive dans un milieu différent. La mer était devenue si plate que je la crus gelée, si paisible que j'en eus la nausée après l'agitation précédente à laquelle j'avais fini par m'accoutumer. Puis, après l'interruption des agressions frénétiques des flots, mon engourdissement s'estompa pour me révéler des centaines de points douloureux dans toutes les parties de mon être.

La tempête semblait terminée. L'océan était brusquement calme, le ciel pastel et lumineux sous un soleil bas. Cette accalmie surnaturelle était cependant celle de l'œil du cyclone – cette zone paisible qui occupe son centre –, un simple interlude, le chat qui joue avec la souris.

Long-Œil m'en informa, bien qu'il fût à moitié inconscient, et son courage me sidéra.

Je regardai de toutes parts, heureux de cette pause en

dépit de sa nature éphémère. Le soleil se couchait à l'ouest, à main droite.

— Si tu es d'humeur à me maudire, ne t'en prive pas, dis-je à mon compagnon.

Mes paroles évoquaient celles d'un ivrogne, tant ma voix était pâteuse.

— Je sais que vous agirez lorsque vous le jugerez utile, Seigneur.

— Quand je le jugerai utile ? Esclave stupide, n'as-tu donc pas encore compris que je suis impuissant face aux éléments ? Ecoute, je t'affranchis, tu es désormais libre de me maudire !

— Le mât n'était pas suffisant pour nous maintenir à la surface. Sans votre volonté, nous ne serions plus en vie.

Il continuait apparemment de me prêter des pouvoirs illimités, sans pour autant me reprocher de ne pas les avoir utilisés. Je ne puis m'imaginer quelles devaient être ses pensées.

Je laissai reposer mon visage sur le mât. Mon esprit était vide.

Brusquement, entre deux inspirations, j'eus une révélation. C'était comme une voix qui m'appelait, loin dans les profondeurs de mon cerveau : *Ici. Je suis ici.*

On peut tout au long de sa vie s'attendre à voir son existence se métamorphoser, rester ouvert au changement, et être paré lorsque cela se produit. Pendant mon enfance, dans le krarl, quand j'apprenais à chasser ou monter à cheval en étant presque toujours mon propre maître, car le milieu où je vivais m'était hostile, je devais constamment réfléchir à mes actes : *Maintenant, place ainsi ta main, et à présent ton pied.* Un jour, j'eus une grande surprise — je venais de découvrir que j'avais agi instinctivement, sans penser préalablement à mes actes : j'avais appris. Ce fut une chose comparable qui se produisit dans l'œil du cyclone. C'était comme si un rideau noir tendu devant une fenêtre s'était brusquement déchiré pour laisser entrer la lumière; une révélation semblable à celle que les hommes prétendent avoir sur leurs dieux ou leur destinée. Mais peut-être n'est-ce que leur propre sagesse qui parvient finalement à s'imposer.

La lumière ambiante était à présent de la couleur du bronze et les flancs des vagues semblaient dus à un joaillier : une mer d'ambre et d'or martelé.

Je sentis fondre quelque chose à l'intérieur de ma poitrine : mes côtes se ressoudaient. Sur mon visage et mes mains, la peau morte se desquamait alors qu'au-dessous la chair s'était déjà reconstituée. Je rompis le lien de mon poignet gauche, puis réalisai le rêve de tout magicien. Je me levai, aussi facilement qu'un homme peut se lever sur le pont d'un navire. Je me dressai sur un sol d'or clapotant et marchai sur l'océan.

J'y réfléchis longuement, par la suite. Lorsque je fis cela, j'étais plongé dans une confusion mentale qui ne laissait aucune place à la raison. Je devais cependant parvenir à une conclusion : la foi est à l'origine de ce pouvoir. Il ne faut pas se dire qu'une chose est possible, mais savoir qu'on peut la réaliser. J'ai depuis lors suffisamment voyagé pour comprendre que ces facultés sont bien plus répandues que je ne l'avais alors supposé. Les dieux-sorciers sont ceux qui naissent en possédant la clé des chambres intérieures du cerveau. Mais, attention, le plus vil des individus peut découvrir cette clé, volontairement ou par un pur effet du hasard, et devenir un dieu maléfique.

Après avoir accompli ce miracle, le reste me sembla logique et aisé.

Je conservai mon équilibre ainsi que le fait un conducteur de char, en compensant avec mes jambes les mouvements réguliers des vagues. Le ciel se couvrait à nouveau, le vent redevenait menaçant.

Je fixai le ciel et la mer, dont j'étais devenu le maître.

La puissance donne des ailes. Le pouvoir est un nectar enivrant. Contrôler les éléments déchaînés devient simple et facile. Stopper le vent, égaliser les pressions qui engendrent le tourbillon. L'esprit s'oppose brièvement à la tempête. Les coups sont parés et les forces démesurées dissipées.

L'ouragan mourut tel un gigantesque oiseau immatériel.

Un vaste nuage vert suivait la tempête, et il en tomba de grosses gouttes de pluie. Je pus voir Long-Œil allongé sur le dos, qui récupérait une infime partie de cette eau dans une outre de cuir, les bouteilles d'argile ayant été brisées ou perdues. Je l'observai avec un intérêt tout prosaïque.

Des mouettes rescapées de la tempête traversèrent le ciel. L'atmosphère était saturée d'ozone et de l'odeur iodée due au brassage des algues flottant sur l'océan. Rien ne me paraissait étrange, sous ce coucher de soleil, l'apothéose était dans l'homme et non dans le monde qui l'entourait.

Long-Œil demeura allongé et m'observa jusqu'au moment où il me vint à l'esprit qu'il souffrait. Les dieux sont égoïstes, c'est à la fois un droit et un défaut.

Finalement, je me repris et allai vers lui.

Je guéris ses jambes brisées, ses meurtrissures et ses plaies d'une simple imposition des mains, sans rien ressentir de particulier. Je lui demandai s'il notait quelque chose : de la douleur ou une sensation inhabituelle. J'étais avide d'apprendre de nouvelles choses sur mes pouvoirs. Il me répondit que c'était comparable à de l'électricité statique dans la fourrure d'un animal, rien de plus. Je posai mes doigts sur son visage afin de régénérer les tissus endommagés, et il me parla d'araignées courant sur son épiderme. Ses jambes étaient raides, mais, dès qu'il fut capable de se lever, je le déliai du mât et lui dis de se lever et de me suivre.

L'expression de son visage, à présent presque invisible car la lune ne s'était pas encore levée, se modifia à peine.

– Je suis votre esclave, Seigneur.

– Si je te dis de faire comme moi, tu en seras capable.

Je savais qu'il mourrait s'il restait plus longtemps dans les flots. Avec une ferveur soudaine et affective, un sentiment nouveau pour moi, j'accordai brusquement une grande importance à sa confiance aveugle, à son esprit d'initiative grâce auquel il m'avait sauvé. Je le pris par les épaules.

– Tu sais que je puis te donner le pouvoir de marcher sur les flots.

– Vous êtes le manteau qui me couvre et me protège.

C'était une réponse rituelle, issue d'un passé ancestral, obscur et primitif.

Il lâcha le mât, et écarta les bras afin de conserver son équilibre. Je le levai par les épaules pour qu'il se tienne tout comme moi sur cette mer paisible, à peine agitée.

Nous restâmes un moment immobiles, debout entre le ciel et l'océan, alors que les nuages passaient lentement au-dessus de nos têtes et que les vagues s'enflaient légèrement sous nos pieds.

Long-Œil se mit à pleurer, sans honte ni retenue. Puis il découvrit ses dents et renversa sa tête en arrière pour fixer le ciel en souriant, les yeux pleins de larmes. Une minute plus tard, il passa ses paumes sur son visage et me regarda. Il était à nouveau aussi impassible qu'auparavant, semblant avoir effacé ses émotions en même temps que ses pleurs.

Je pivotai et m'éloignai en direction de l'est, la direction vers laquelle la tempête nous avait poussés, tel un instrument du destin. Il me suivit, obéissant à mes instructions. Sa foi était inébranlable. Il gardait les yeux rivés sur mon dos et foulait les flots.

A présent que je savais posséder un pouvoir plus grand que n'aurait pu l'espérer aucun homme, je ne connaissais ni confusion ni exaltation.

J'avais l'impression qu'un million de mains avaient pris la mienne, qu'un million de chambres fortes m'avaient livré leurs trésors et leurs secrets. Je connaissais une solitude plus absolue que le désert de l'espace et avais l'impression que tous mes aïeux s'étaient unis pour fusionner en une seule existence : la mienne.

Cependant, je ne pensais ni à mon père ni à elle, la femme-lynx, si ce n'est comme à un phare se trouvant quelque part devant moi et que je devrais un jour éteindre, ainsi qu'elle avait mis fin à l'existence de mon père.

Je pensais à ce qui était en moi, à moi-même.

Plus vieux que l'éternité, plus jeune qu'un poussin, je marchais sur un sol mouvant tacheté de noir et d'argent qui se teinta d'or lorsque le soleil se leva. La nuit s'était écoulée sans même que je m'en rende compte.

Et je vis le navire sur l'horizon, s'y découpant,

immobile. Il semblait m'attendre et était identique à celui dont j'avais eu la vision sur la berge de l'île.

2

Pour les peuples du Sud, la mer est une femme, et l'homme qui ose la chevaucher doit être capable de la mater. Voilà pourquoi le navire à l'ancre, poussé par la tempête loin des routes traditionnelles, avait reçu un nom masculin.

C'était une haute galère à deux rangs de vingt-cinq rames sur chaque bord, cent en tout. Ses deux grands mâts, dénudés jusqu'aux espars en raison de l'ouragan, se découpaient contre un ciel rendu incandescent par le lever de l'aube.

De la poupe à la proue de cette birème, vingt-quatre hommes auraient pu s'allonger. Toutes voiles dehors, elle avait fière allure, avec son bordage de bois et de fer peint du bleu d'un crépuscule estival, sa figure de proue dorée, et sa poupe en forme de grande queue de baleine incurvée. Sa voilure était indigo et ornée de motifs ocre, avec une voile d'artimon en forme d'aileron de requin. Son nom était écrit en caractères propres à l'écriture du Sud : *le Vignoble de Jacinthe.*

Il s'était rendu loin au nord-ouest pour emplir ses cales d'ambre roux et de perles noires, de jade, de tissus, de fourrures, de garance et de bronzes antiques des archipels de Seema et de Tinsen, avant de remettre le cap sur son port d'attache.

Un matin, en haute mer, la galère s'était encalminée. Les esclaves, aux dos sombres striés par les marques des coups de fouet qui pleuvaient sur eux telles des gouttes de pluie par une journée d'automne, ahanaient et grondaient leur haine sur les bancs de nage. Devenir galérien est l'unique condamnation à mort dont l'exécution dure une dizaine d'années, ou plus si le malheureux est résistant et obstiné.

Ce vaisseau magnifique, paré des couleurs prisées par les courtisans et propulsé par la souffrance et la rage qui bouillonnaient dans ses entrailles, se retrouva sur la trajectoire du cyclone à minuit.

La galère lutta contre les éléments pendant le reste de la nuit et la moitié du jour suivant.

Les voiles avaient été ferlées, mais elles furent arrachées, déchirées, et réduites en lambeaux. Les rames, inutilisables, avaient été rentrées. Bien que couverts, les bancs de nage étaient malgré tout balayés par l'eau qui s'engouffrait par les écoutilles, et des cadavres gisaient de toutes parts, car le surveillant avait tenté de prendre le mauvais temps de vitesse en s'acharnant sur les rameurs.

Le navire était ballotté en tous sens, à la merci d'une mer glaciale déchaînée et d'un vent impitoyable. Il fallait que sa construction fût irréprochable, car dans le cas contraire il eût sombré.

Vers midi, il atteignit l'œil du cyclone. Les membres de l'équipage, pour la plupart des esclaves et des marins improvisés, aussi ignorants que moi des choses de la mer et croyant tout danger écarté, demeurèrent prostrés sur le pont pour adresser des remerciements fervents aux amulettes qu'ils avaient implorées au cœur de la tourmente. D'autres, sachant que l'accalmie n'était que passagère et que le pire restait à venir, entreprirent de jeter la précieuse cargaison par-dessus bord, telle une offrande au dieu de la mer. Les officiers, dont l'avarice était plus grande que leurs craintes ou leurs superstitions, durent intervenir. Les instruments de navigation étaient cassés ou faussés; aucune côte n'était en vue. Le commandant fit un tour d'inspection, sans ménager son fouet à manche d'ambre.

Même au paroxysme de la tempête, cet homme avait été plus furieux qu'inquiet. Charpon, tel était son nom, pouvait se targuer d'être un « Fils du Sang nouveau », en d'autres termes un bâtard des conquérants qui occupaient depuis quatre-vingt-dix ans le port d'attache du navire. Ses émotions étaient limitées et sommaires : l'avarice, une fierté immotivée mais indéracinable, une certaine intelligence brutale qui ne laissait aucune place à l'imagination, et un goût très marqué pour les adolescents.

Pendant que le *Vignoble de Jacinthe* se balançait

doucement sur les flots, étrangement immobile au cœur de l'ouragan, Charpon demeurait à la proue pour attendre le retour de la tempête, le fouet à la main. Sans penser à la mort, il dressait mentalement l'inventaire des esclaves morts, des marchandises perdues, et du navire coulé qu'il devrait passer en pertes et profits. Il était le propriétaire de cette galère : le fruit de douze années de labeur.

Mais le cyclone n'était pas au rendez-vous.

Après deux ou trois heures, le ciel s'éclaircit en prenant une nuance dorée, et la mer se fit aussi lisse que les pièces de soie entassées dans la cale du navire. Les membres de l'équipage s'agenouillèrent à nouveau pour remercier l'océan.

Une lampe fut installée dans le gaillard d'avant, devant une effigie de cuivre. Elle représentait un dieu-guerrier qui brandissait dans son poing un éclair et chevauchait un lion de mer aux nageoires peintes en bleu et en vert. Il s'agissait du démon des vagues, Hessu. Cet esprit était révéré par les marins hesseks de sang « ancien »; une divinité dont Charpon n'avait cure.

Le navire jeta l'ancre pour panser ses blessures. Des équipes furent formées et chargées de tâches diverses : raccommoder les voiles, colmater les voies d'eau avec du bitume chaud, jeter par-dessus bord les cadavres. Quant au commandant et ses seconds, ils allèrent calculer une nouvelle route.

La nuit tomba et on établit des tours de garde : dix hommes épuisés et inquiets à la pensée que l'ouragan pourrait revenir les attaquer à la faveur de l'obscurité, tel un tigre. Ils égrenaient superstitieusement leurs chapelets, en récitant des prières à Hessek et en faisant mille promesses à tous les autres esprits.

Le soleil se leva à l'est, et une des vigies hurla de terreur :

– S'wah ei !

Ce qui signifie approximativement : « Puisse mon dieu me protéger ! » Il répéta cette supplique avec véhémence et s'effondra sur le pont en gémissant. Un autre homme utilisa son sifflet et les marins montèrent sur le pont en courant, bientôt imités par Charpon, le fouet enroulé dans sa main.

– Qu'a dit ce cerveau ramolli ?

Les marins qui avaient vu l'origine de sa terreur mais savaient leur commandant sceptique et athée, hésitèrent à répondre. Une caresse de son fouet délia la langue de l'un d'eux.

– Lauw-yess (un mot hessek exprimant le respect et l'obéissance), Ki aurait vu un homme dans la mer.

Ki semblait avoir perdu la raison. Il marmonnait, gémissait, et secouait la tête.

Le fouet de Charpon s'abattit sur son dos.

– Parle toi-même, vermisseau.

– Pas un homme, Lauw-yess. Un dieu. Le dieu Flamboyant des Rois... Masri, Masrimas, paré des écailles miroitantes du soleil. Je l'ai vu, Lauw-yess, et il marchait. Il marchait sur les flots.

Un murmure craintif parcourut les rangs des marins. Charpon utilisa à nouveau son fouet.

– Tous les membres de mon équipage auraient donc perdu la raison ? Les asticots ont rongé leur cervelle. Il n'y a rien, sur cette mer. Descendez ce lombric dans la cale et mettez-le aux fers. Il ne recevra ni eau ni nourriture tant qu'il ne fera pas preuve d'un peu plus de bon sens.

Ils emmenaient ce malheureux Ki quand une autre vigie cria. Charpon redressa brusquement la tête et les marins gagnèrent le bastingage en échangeant des commentaires. Cette fois, pas de magie. Deux hommes flottaient au creux des vagues, des naufragés victimes de la tempête.

Charpon hocha la tête avec satisfaction, en voyant ces rameurs de remplacement. Il déplaça deux perles de son boulier mental.

Sachant que si je m'étais avancé jusqu'au vaisseau en marchant sur l'eau, j'aurais vu un grand nombre d'hommes aux expressions paniquées ou agressives chercher des armes pour se défendre ou m'attaquer, j'avais préféré jouer le rôle d'un naufragé inoffensif. Le cri de terreur qui m'était parvenu constituait un avertissement suffisamment explicite. Je fis allonger Long-Œil dans la mer et l'imitai. J'utilisai simplement mes pouvoirs pour nous maintenir à la surface et laissai aux vagues le soin de nous pousser vers la birème bleue.

Un bout de filin nous fut lancé et des mains nous hissèrent sur le pont.

L'ombre noire de Charpon tomba sur nous.

Le sang « nouveau » des conquérants lui avait donné une grande taille, une ossature massive et un épiderme roux. Ses cheveux, retenus par une broche et enduits d'une huile capillaire, évoquaient un casque peint en laque noire. Ses dents, blanches mais irrégulières, me firent penser à des tessons de bouteille plantés au sommet d'un mur de béton. Sur la boucle d'oreille suspendue à son lobe gauche était représenté un symbole d'or : celui de Masrimas, le dieu Flamboyant.

Charpon me poussa du manche de son fouet.

— Il faut être résistant, pour avoir survécu à une pareille tempête. Nous serons bientôt fixés, dit-il avant de tapoter sa boucle d'oreille et d'ajouter : Vous parlez le masrien ?

— Un peu, répondis-je lentement.

Je ne voulais pas paraître trop bien connaître ce langage, bien qu'il fût brusquement devenu pour moi aussi facile à parler que tous les autres.

Charpon désigna Long-Œil de la tête.

— Non, ajoutai-je. Il n'est que mon serviteur.

Charpon eut un sourire. L'époque où je pouvais me faire servir était de toute évidence révolue.

— D'où venez-vous ?

— Du nord. Du nord-ouest, pour être plus précis.

— D'au delà des falaises ?

Je me remémorai la muraille de roche qui barrait tout l'horizon. Ce peuple de négociants avait certainement entendu parler des terres du Nord, mais ne s'était probablement pas rendu aussi loin depuis des siècles.

— Oui, de la contrée des anciennes cités.

— Ah ! fit-il avec mépris.

Il savait certaines choses sur elle : une terre peu propice au commerce, où l'on ne trouvait que des tribus barbares et des ruines.

Tout en lui évoquait la fourberie et l'avidité. Je sus, sans avoir recours à la magie, qu'il m'utiliserait de la façon qu'il jugerait la plus profitable dès qu'il l'estimerait opportun. Je me demandai brièvement s'il ne m'était pas possible de sonder son esprit : j'ignorais mes limites, et mes pouvoirs s'étendaient peut-être à tous les domaines. Cependant, je n'osai tenter cette intrusion dans les marais et les égouts pestilentiels d'un autre cerveau. J'estimai simplement que j'en aurais sans doute été capable.

Charpon ne semblait pas intéressé par la façon dont j'avais appris sa langue. Sans doute la croyait-il universelle, à la grande gloire de ses ancêtres. Il fit un signe à un marin, qui m'apporta une cruche contenant de l'eau mélangée à un alcool amer. Rien ne fut offert à Long-Œil, et, lorsque je partageai ma ration avec lui, Charpon parut surpris.

– Nous ne pouvons vous ramener chez vous, me dit-il. Nous suivons la Route du soleil, pour regagner la capitale du Sud. Je vous propose de nous accompagner. Ce voyage enrichira certainement votre expérience.

Cette tentative d'humour courtois et sarcastique suscita quelques grognements de la part de ses seconds, des brutes épaisses vêtues avec élégance.

– J'en serais ravi, mais je ne puis payer le prix de mon passage, déclarai-je. Peut-être me sera-t-il possible de travailler ?

– Certainement. Mais tout d'abord, venez dans ma cabine et partagez mon repas.

Son sourire et sa courtoisie surprenants auraient éveillé les soupçons du pire des imbéciles. Cependant, ayant tout perdu et me retrouvant livré à sa clémence, je le remerciai et le suivis, accompagné par ses sbires et Long-Œil qui marchait un pas derrière moi.

Nous gagnâmes le gaillard d'arrière peint en indigo et je notai que la porte était constituée d'une plaque de fer forgé montée sur des gonds de cuivre. Je ne pus m'empêcher de penser que ce matériau avait été choisi en prévision d'une éventuelle mutinerie. A l'intérieur se trouvait une vaste cabine avec des couchettes encastrées dans les parois et couvertes de fourrures tachetées ou rayées, de coussins et de draps qui eussent mieux convenu dans un lupanar. De bien étranges goûts pour cet homme de granit. Je pouvais me l'imaginer nonchalamment allongé sur une de ces couchettes, avec de l'encens qui brûlait et son fouet à la main.

Une belle statuette de bronze doré représentant Masrimas occupait une niche et regardait la pièce avec des yeux de nacre. Une flamme vacillait devant elle.

Je pris place à la table du commandant avec les quatre seconds, et Long-Œil fut autorisé à s'accroupir à mes pieds, sur le tapis. Trois adolescents apportèrent le repas. Enrôlés très jeunes pour cette vie infernale, les lois masriennes les liaient à cet homme pour dix ans, à moins que leur désespoir fût grand au point de les inciter à s'enfuir au cours d'une escale. Deux d'entre eux devaient avoir un physique agréable sous leur couche de crasse, et le troisième était conscient de l'opportunité qui s'offrait à lui et faisait des avances discrètes au Lauw-yess. Il frottait subrepticement son corps au bras du commandant alors qu'il posait les plats dans les cavités destinées à les recevoir. Charpon le repoussa, comme irrité par sa proximité, mais il prit note de ses bonnes dispositions. Ce garçon n'était pas stupide. Bien que frêle et de petite taille, de vieux sang hessek à en juger par son teint pâle, il avait déjà obtenu un nom masrien : Melkir. Il m'adressa un regard condescendant, l'expression de celui qui connaît une sécurité précaire et se désolidarise du condamné.

Des oiseaux avaient chu sur le pont du navire, lorsque ce dernier était entré dans l'œil du cyclone. Ils n'étaient qu'étourdis mais les marins leur avaient tordu le cou et les servaient à présent à leurs officiers. Ils étaient bouillis, car les adorateurs de la Flamme ne pouvaient souiller le feu en y plaçant des cadavres. Ils devaient obligatoirement faire cuire la nourriture dans une casserole, afin qu'elle ne fût pas en contact direct avec leur divinité.

Charpon m'encouragea à manger, car je manquais comme toujours d'appétit. Il me disait que je devais reprendre des forces, même si j'étais, de même que mon serviteur, d'une constitution peu commune pour avoir survécu à une pareille épreuve. Combien de temps étions-nous restés dans les flots ? Je lui mentis, disant que notre embarcation ne s'était retournée que vers la fin de la tempête. Il était cependant abasourdi. La plupart des hommes seraient morts. Nous avions bénéficié de la protection de Masrimas.

Je lui demandai, avec une désinvolture feinte, quel travail je pourrais effectuer afin de le dédommager du coût de mon voyage. Sans doute pensa-t-il que j'avais peur et tentais d'apprendre quel sort il me réservait. Il se contenta de répondre que mon rôle ne serait pas celui d'un simple homme d'équipage, et j'en déduisis qu'il avait prévu pour moi une place sur les bancs de nage.

Je pivotai vers Long-Œil, pour lui dire dans la langue du Peuple Sombre :

– Il a l'intention de faire de nous des galériens. Attention.

– La courtoisie exige que vous parliez masrien, me rappela sèchement Charpon.

– Mon serviteur ne connaît que sa langue d'origine.

– Sans importance. N'oubliez pas ce que je viens de vous dire.

Ses hommes de main eurent un rire, et l'un d'eux s'adressa à moi :

– Sans doute étiez-vous un grand prince parmi les primitifs. Avez-vous pu sauver quelques joyaux, lors de votre naufrage ?

Je lui répondis que je ne possédais plus rien. Un autre posa sa main dans mes cheveux.

– Il reste toujours ceci. Si le jeune seigneur barbare désire se débarrasser de sa toison, je connais des vieilles catins de Bar-Ibithni qui donneraient volontiers un collier de pièces pour une perruque faite avec de tels cheveux.

Je pivotai lentement pour fixer cet homme, un certain Kochus. Ses yeux s'écarquillèrent. Il écarta sa main de ma tête aussi brusquement que s'il s'était brûlé les doigts et son visage blêmit. Les autres, occupés à boire, ne notèrent pas l'incident.

Depuis le miracle que j'avais accompli au cours de la tempête, mes capacités semblaient libérées, prêtes à être utilisées. J'aurais pu hypnotiser tous ces misérables, les tuer ou les étourdir d'un éclair issu de mon cerveau, ou effectuer un autre tour de magie pour les figer de terreur.

Eprouver cette sensation de toute-puissance m'emplissait d'assurance, et ce fut mon erreur. Lorsqu'un bruit de pas s'éleva derrière moi, il était déjà trop tard. Un objet s'abattit sur mon crâne et ébranla mon cerveau.

Je conservai cependant une lucidité suffisante pour comprendre qu'ils allaient me descendre parmi les esclaves où je remplacerais une des victimes de la tempête.

Mon corps fut tiré; une écoutille s'ouvrit; et quelques paroles furent échangées, des commentaires sur la condition des morts et des vivants. On me fit descendre et je me retrouvai plongé dans des ténèbres puantes. Les galériens étendus dans un sommeil cadavérique poussaient des gémissements, ramant dans leurs rêves. Long-Œil roula près de moi, et l'écoutille se referma avec un claquement.

Quelque temps plus tard, la lueur d'une lampe brilla devant mes paupières. Le surveillant des bancs de nage se penchait sur moi, avec le tambour – cet homme dont la tâche consiste à marquer le rythme des coups de rames. Un pas derrière eux se tenait un des deux « stimulateurs », ces éléments essentiels d'une galère qui parcourent la coursive séparant les bancs de nage pour « encourager » à coups de fouet les esclaves défaillants. Comparé à leurs fouets, munis de trois lanières de cuir tressées et hérissées de pointes de fer, celui de Charpon était un ruban de velours. Mes yeux étaient clos et ma tête ébranlée; j'obtins une image plus mentale que matérielle de ces hommes par leurs murmures et mouvements, et plus tard par ma propre expérience. Je fus d'ailleurs légèrement déçu de découvrir qu'ils étaient en tout point conformes à ce que je m'étais imaginé. Comme le dessin d'un monstre tracé par un enfant, chacun d'eux était exactement tel qu'on aurait pu s'y attendre; à peine humain, un parfait archétype de sadisme dépravé et d'ignorance bornée.

– Celui-ci est très fort, fit remarquer le surveillant en pétrissant mes muscles comme s'il s'agissait de pâte à pain.

– Aucun d'eux n'est éternel, surveillant, pas même les plus résistants, fit remarquer le tambour avec indifférence.

J'entendis un esclave demander de l'eau dans son rêve, puis le claquement d'un fouet. Le stimulateur le plus proche eut un rire.

Ils examinèrent ensuite Long-Œil, et firent les mêmes commentaires. Devant une rangée de cinquante futurs rameurs inconscients, ils auraient sans doute répété les mêmes lieux communs : Celui-ci est fort. Même le plus résistant ne survit pas longtemps.

Deux stimulateurs me soulevèrent. Ils me manipulaient avec indifférence, étant donné que je n'étais pas pleinement éveillé et qu'aucun rapport affectif n'avait encore vu le jour entre nous. Ils préféraient de beaucoup les esclaves les moins dociles, ceux qui se rebiffaient en grondant face aux fouets, qui se débattaient dans leurs fers, qui étaient rongés par le désir de se libérer et de tuer leurs tortionnaires, sans avoir naturellement la moindre chance d'y parvenir.

Ils me trouvèrent bientôt une place.

Un homme enchaîné dormait sous le banc de nage, et sa poitrine craquait au rythme de sa respiration. Le cadavre de son compagnon avait été libéré de ses fers et jeté par-dessus bord quelques heures plus tôt.

Ici, la puanteur paraissait obstruer mes narines.

Un stimulateur se pencha pour refermer les fers sur mes chevilles, puis les fixer au banc. Mes deux jambes étaient immobilisées. Plus tard, un cerceau de fer enserrerait mon ventre et m'assujettirait à la rame elle-même.

Avant de repartir, un homme abattit son fouet sur mon dos, afin de m'éveiller et me permettre d'apprécier pleinement les plaisirs de ma nouvelle existence. Je recouvrai rapidement mes esprits et cicatrisai la balafre, ce qu'il ne put noter en raison de la pénombre.

Les chaînes étaient de fer bleui et trempé, ce métal appelé alcum dans les terres du Nord. Je les touchai, en me demandant s'il me serait possible de m'en défaire. Les rivets fondirent comme de la cire chaude, et je ris de ma magie. J'étais toujours couché sous le banc, et mon hilarité éveilla mon compagnon d'infortune. Il n'avait pas dû entendre de rire depuis bien longtemps.

A en juger par ses cris, il rêvait qu'il se noyait dans une mer glaciale, enchaîné dans les entrailles d'un navire en train de sombrer. C'était un Seemase, au teint jaune pâle et aux cheveux noirs crépus des sang « ancien ». Il lui restait une année à vivre, au plus. Il me regarda en s'éveillant avec un mélange de satisfaction et de pitié, désolé qu'un autre homme pût connaître le même sort que lui.

– La chance ne t'a pas souri, à toi non plus, me dit-il dans le jargon des marins, un amalgame de masrien, d'hessek, et d'une dizaine d'autres langages.

– Peut-être a-t-elle tourné pour toi. Comment t'appelles-tu ?

Il toussa et cracha, afin de désengorger ses poumons.

– On m'appelait Lyo, autrefois. Où t'ont-ils capturé ?

Il ne semblait pas curieux, sans doute respectait-il simplement un usage en me posant cette question.

– Ils ne m'ont pas capturé, lui répondis-je. Regarde, Lyo.

Je lui montrai mes chevilles libérées de leurs chaînes. Le fer-alcum semblait avoir fondu.

Il regarda, puis toussa et cracha, avant de dire :

– Tu les as soudoyés pour qu'ils ne t'enchaînent pas ? C'est inutile, ils reviendront.

Je pris un tronçon de chaîne entre mes doigts. Un maillon se brisa devant ses yeux. Il cilla, tentant de trouver un sens à ce qu'il venait de voir.

– Aimerais-tu être libre, Lyo ?

– Libre ?

Il me regarda, fixa la chaîne, expectora.

– Tu es malade, lui dis-je. Dans deux mois, ce sont tes poumons que tu cracheras.

Son expression changea. Il se voyait en haute mer, les côtes brisées, la poitrine déchirée comme une pièce de toile. Une frayeur modifia son regard pendant un bref instant, puis il se reprit.

– La mort n'est pas une étrangère. Serais-tu son messager ?

Je me penchai et posai ma main sur sa poitrine. Je sentis le mal se lover sous ma paume, tel un serpent immobilisé par un bâton fourchu. Il toussa, reprit sa respiration, et s'écarta de moi avec terreur. Il hoqueta, puis couvrit son visage de ses mains.

– Que ressens-tu ? lui demandai-je.

– Vous êtes un dieu, dit-il finalement.

– Quel dieu ?

– C'est à vous de me l'apprendre.

– Appelle-moi Vazkor.

– Que m'avez-vous fait ?

– J'ai régénéré tes poumons.

– Libérez-moi, dit-il. Libérez-moi, et ma vie vous appartiendra.

– Merci. Tu m'offres ce que je viens de te donner.

Il gardait ses paumes sur son visage, le geste rituel de soumission face à l'Infini.

– Fais comme si rien ne s'était passé, ordonnai-je. Sois patient, et tu recouvreras ta liberté.

Il se rallongea, affaibli par l'impact de la force curative qui s'était déversée en lui. Je trouvai étrange d'avoir accompli un tel acte de magie sans seulement éprouver de compassion ou de sympathie.

J'étais devenu prudent, et je ne fis rien d'autre. Bientôt, un stimulateur découvrit que je n'avais plus mes fers et appela un de ses camarades. Le surveillant vint les rejoindre et leur hurla à la façon d'un mauvais acteur qu'ils n'auraient jamais dû utiliser une chaîne corrodée par la rouille. Je les observai distraitement, pendant qu'ils allaient chercher d'autres fers pour m'enchaîner à nouveau. Lyo eut un rire, qui fut interrompu par la morsure d'un fouet autour de son cou.

Peu après, on nous ordonna de prendre les rames.

Le *Vignoble de Jacinthe* repartait vers son port d'attache.

Le sud, et non l'est. Ainsi que je l'avais vu sur la petite île, lors de l'éclair prémonitoire, ce navire était l'envoyé du destin qui me conduirait vers celle que je cherchais. Peut-être la trouverais-je à Bar-Ibithni, cette cité où l'on adorait le dieu Flamboyant. Qu'y faisait-elle ? Me faudrait-il aller plus loin pour trouver Uasti Réincarnée, ma mère ?

Plongé dans ces pensées, je ne tentai pas de me soustraire au dur labeur qui m'était imposé. Il me suffisait de savoir que je pourrais recouvrer ma liberté dès que je le voudrais. En outre, j'étais jeune et fier, et à nouveau animé par un violent désir de vengeance. Tirer et pousser cette barre de fer et de bois me permettrait de me libérer d'une partie de ma colère.

On rame des chevilles à l'aine, de l'aine au sommet du crâne. Seuls les pieds sont au repos. Un enfant n'ayant pas achevé sa croissance et enchaîné sur un banc de nage se retrouvera, s'il survit, avec un corps de crapaud : bras et poitrine démesurés, démarche de gnome, membres inférieurs atrophiés. A Bar-Ibithni, on peut voir ici et là de tels hommes, les rares rescapés d'un naufrage ou d'une bataille navale entre pirates, et qui ont ensuite pu recouvrer leur liberté en soudoyant le prêtre de quelque temple ou sanctuaire.

Mais ce labeur n'était rien pour moi. J'aurais pu manœuvrer à moi seul cette énorme rame, ce que je ferais d'ailleurs un peu plus tard.

Finalement, un stimulateur vint s'assurer que mes fers étaient toujours intacts. Il émit un grognement, recula, et leva machinalement son fouet. Je le fixai droit dans les yeux.

– Il est imprudent de tenir un serpent par la queue, chien.

La terreur modifia son regard.

Il sentait le fouet se tordre dans sa main, et le lâcha avec un cri.

– Pauvre larve, dis-je. Tu es malade. Va vomir, chien, va te vider entièrement.

Il étreignit son ventre, s'éloigna en titubant, et se mit à rendre. Lyo était secoué par de petits rires.

Notant quelque chose d'anormal, un autre stimulateur vint se matérialiser près de mon épaule.

– Donne-moi de l'eau, lui dis-je. De l'eau, pour l'amour de ton dieu.

Il sourit, me fixa, et alla pour me fouetter. La lanière se tordit et cingla son visage. L'homme hurla de douleur et tomba à genoux.

– Maintenant, donne-moi de l'eau, répétai-je.

Je posai ma paume sur son épaule, manœuvrant sans peine la rame d'un seul bras. Il écarta sa main de son visage lacéré.

– Dans une tasse, ajoutai-je.

Il s'éloigna en rampant et revint avec une écuelle de fer, la sienne, emplie d'un mélange d'eau et d'alcool de grain. Je bus son contenu et lui rendis l'écuelle en m'inclinant. Ensanglanté, il regagna son poste sans faire apparemment cas de la douleur.

Le tambour n'avait rien vu, trop occupé à ne pas perdre la cadence. Le surveillant se trouvait sur le pont supérieur.

La tension avait crû au sein de la chiourme. Seuls quelques hommes avaient noté ces incidents, mais une vigilance fébrile s'était répandue sur le pont, telle une nouvelle puanteur ravivant une des aspirations fondamentales de tous les esclaves : se mutiner, se rebeller, recouvrer la liberté. Un à-coup s'était produit dans les rouages bien huilés du mécanisme qui les opprimait. Tous l'avaient perçu et s'accrochaient à cet espoir en adressant des prières ferventes et désespérées aux dieux qu'ils révéraient encore.

Et aucun d'eux ne rompait la cadence.

3

Dix-sept jours seraient nécessaires pour regagner les routes maritimes et atteindre la cité. Dix-sept jours de voyage, à condition de pouvoir constamment naviguer toutes voiles dehors et de ramer sans trêve. Pour parvenir à ce résultat, les rameurs des rangs supérieurs et inférieurs travaillaient seuls pendant un tiers du jour, et tous ensemble pendant le tiers restant. Une heure après le coucher du soleil, les esclaves pouvaient sombrer dans leur inconscience coutumière et délirante. Lorsque sonnait la cloche, à minuit, les fouets les réveillaient pour ramer jusqu'au lever du jour.

Avec perversité, j'endurai cet esclavage pendant une journée entière, avant d'estimer que la coupe était pleine.

Au coucher du soleil, avant la fin de notre dernier tour, je brisai mes chaînes et me levai, laissant Lyo ramer seul. Les deux stimulateurs qui avaient pu juger de mes pouvoirs reculèrent en hurlant. Immédiatement, les cris se multiplièrent. Les esclaves grondaient tels des fauves affamés mais continuaient de ramer. Je fixai les stimulateurs droit dans les yeux et ils s'accroupirent sur la coursive, comme écrasés par un poids démesuré qui venait de s'abattre sur leurs épaules. Le tambour, dont l'attention s'était finalement éveillée, avait cessé de battre la cadence et tenait ses mailloches comme des massues. Je m'adressai à lui :

– Jette tes baguettes, tambour. Elles pourraient te briser le cou.

Même cette crise d'autorité n'avait pas interrompu les rameurs. Leurs mouvements se poursuivaient comme ceux d'un jouet mécanique, bien que tous les visages fussent tournés vers moi.

Le surveillant était couché dans sa cabine en compagnie d'une pipe d'opium de Tinsen.

– Regagne ton banc! m'ordonna-t-il d'une voix pâteuse. Qui t'a envoyé ici ?

– N'aie crainte, je ne suis qu'une vision engendrée par les graines de pavot.

– Tu n'es pas une vision, esclave puant, murmura-t-il tout en me souriant à travers la brume qui envahissait son cerveau. Qui t'a libéré de tes chaînes ?

– Je suis Vazkor, et tu es mon serviteur. Fais acte de soumission.

– Et si je refuse ?

– Alors, tu t'en repentiras.

Il s'effondra en arrière.

– Tu es un esclave, dit-il.

Je fixai ses yeux aveuglés par la drogue et lui fis comprendre qu'il se trompait sur mon statut, puis je sortis en le laissant dans une stupeur muette et abjecte, un sourire stupide figé sur ses lèvres.

Je ne pensais pas avoir besoin de dormir, mais je découvris que je ne pouvais m'en passer. J'allai m'allonger, confiant dans la peur que j'avais inspirée pour assurer ma sécurité. Effectivement, personne ne s'approcha de moi au cours de cette heure de repos.

Je rêvai, et fis un cauchemar qui me mit en rage, le premier depuis bien des jours. Allongé sur une couchette inconfortable du quartier des stimulateurs, je retrouvai Ettook et toutes mes vieilles frustrations, ainsi qu'une nouvelle damnation : une fille pendue à une corde tressée avec ses propres cheveux d'or. Je n'étais plus un mage, une fois endormi.

Je m'éveillai vers minuit.

La situation est différente, pensai-je. J'ai changé.

Une ombre se pencha sur moi et s'écarta dès que je bougeai.

– Je ne vous voulais aucun mal, Lauw-yess.

Le stimulateur au visage lacéré – qui garderait cette balafre jusqu'à la fin de ses jours – me donnait un titre jusqu'alors réservé à Charpon.

Aucune menace n'émanait de lui, mais je levai ma paume et libérai un éclair. Il se retrouva à genoux, m'implorant de l'épargner. J'avais appris à maîtriser ma puissance, à la doser.

Je n'aurais aucun problème pour soumettre mes serviteurs et tuer mes adversaires, contrairement à ce qui s'était passé au delà d'Eshkorek, avec l'éclair blanc et la torture insoutenable qui lui avait succédé.

Je fis un nouveau somme.

Et je rêvai de mon père.

Il était à cheval et traversait une cité blanche, éclairée par l'éclat rougeâtre des incendies allumés par les pillards. Je chevauchais à son côté mais ne pouvais discerner les traits de son visage contre le brasier, seulement un chat blanc assis sur son épaule. L'animal lançait sa patte vers sa poitrine et la griffait sans cesse à l'emplacement de son cœur. La chemise noire de mon père était rouge de sang. Cependant, ces coups de griffe ne lui arrachaient pas le moindre gémissement, et il pivota vers moi pour me dire : « Souviens-toi, souviens-toi du serment que tu m'as fait. Ne jouis pas de la vie à mes dépens, moi qui t'ai engendré, et n'oublie jamais. »

Je connus un éveil paisible, ce qui est rarement le cas après de tels songes. Mais toutes les piètres démonstrations de mon Pouvoir à bord de ce navire, et toutes les erreurs que je n'avais cessé de répéter, avaient pour moi l'aigreur d'un vin resté trop longtemps dans une barrique.

Je n'étais pas un enfant mais un homme, le fils d'un homme. Sa mort formait une cravate de chanvre autour de mon cou. Mon père n'aurait pas galvaudé ses Pouvoirs ainsi que je l'avais fait. Son ambition impitoyable, sa volonté d'airain, ses capacités, avaient été mieux employées. Imitais-je Ettook, les vaines démonstrations de puissance d'un porc dans sa porcherie ?

La cloche tinta sur le pont. Minuit. Ignorant mon absence, comme la foule ignore le passage d'un lépreux en s'écartant de lui tout en parlant du temps et de la situation économique, les stimulateurs éveillèrent les esclaves sous les encouragements des fouets.

Je me levai, sortis, et gravis l'échelle sous les regards craintifs et respectueux des galériens éveillés.

Je passai près de deux marins de faction sur le pont supérieur et les réduisis à l'impuissance avant qu'ils ne puissent réagir. Autrefois, j'aurais utilisé une arme ou mon poing. Rendre un homme silencieux d'un regard est un acte pour le moins étrange.

La cabine de Charpon était faiblement éclairée par une unique lampe rouge. Selon une autre règle du culte de Masrimas, aucune flamme ne devait être laissée nue, hormis devant le dieu. La cabine était emplie d'une odeur d'encens et d'écurie.

Le commandant, roux comme un taureau sous la clarté de la lampe, était vautré sur l'adolescent qui lui avait fait des avances au cours du repas. Ce dernier, d'un blanc laiteux entre son maître et les coussins rouges, me fixa avec effroi, tel un rat cerné par une meute de chiens.

– Lauw-yess ! s'écria-t-il en saisissant le bras de Charpon, tiraillé entre la crainte d'irriter son maître et la frayeur que je lui inspirais.

Charpon grommela et le garçon le secoua, en débitant un flot de paroles dans un masrien approximatif. Charpon jura et se tourna. Il me vit, et fit courir ses doigts le long de la couchette, en quête de son couteau. Il trouva son ceinturon, et je décidai de lui permettre de refermer la main sur son arme, avant de lui donner une leçon. Cette fois, je vis l'éclair jaillir de ma main et l'atteindre au poignet, sans un bruit. Charpon rugit et bondit de côté, lâchant le couteau à moitié dégainé. Le garçon hurla, sauta de la couchette, et alla se réfugier dans un angle de la cabine. Il m'inspira de la pitié; la nuit où son destin aurait pu changer avait été gâchée par mon arrivée inattendue.

– Melkir, cours chercher mes seconds, cria Charpon.

– Ce serait inutile, lui déclarai-je. Je tuerai cet enfant avant qu'il n'atteigne la porte, et tu iras juste après le rejoindre dans la mort. Je t'en fais la promesse.

Je lançai un second éclair qui l'atteignit à la hauteur des côtes. Il se plia en deux et rendit sur les fourrures exotiques.

Melkir se mit à sangloter.

– Tes beaux yeux vont rougir, lui dis-je. Garde le silence, et tu pourras regagner la terre ferme.

Il retint aussitôt ses larmes et me fit les yeux doux, espérant que j'y serais sensible. Ayant été à dure école, il apprenait vite et semblait moins redouter la sorcellerie que la violence – dont elle n'est de toute évidence qu'un dérivé.

J'avançai vers Charpon, et le fis rouler sur le dos. L'homme essuya sa bouche et découvrit ses dents irrégulières.

– Qui êtes-vous ? me demanda-t-il.

– Selon toi ?

– Je vous ai envoyé sur les bancs de nage et vous voici. Vous êtes un magicien... un prêtre, peut-être ? J'ai entendu dire que ces tours sont le propre de la caste sacerdotale.

Je notai un bruissement. L'adolescent s'enfuyait. Charpon jura, sachant parfaitement qu'il ne pouvait espérer d'aide de sa part.

– Alors, que voulez-vous ?

Je le fixai droit dans les yeux et, découvrant qu'il n'était pas de taille à se mesurer à moi, Charpon renonça à toute résistance.

– Ton navire et ta soumission. Tous les ordres que je donnerai devront être exécutés. Nous allons informer tes officiers de la bonne nouvelle.

A l'extérieur, la nuit avait déjà la fragrance d'épices propre aux contrées du Sud, et les étoiles dessinaient des motifs différents entre les voiles.

Je me remémorai brusquement Long-Œil et le fis libérer. Il vint me rejoindre d'une démarche claudicante, blessé par ses fers.

J'avais énormément apprécié cet homme, mais ne m'étais guère soucié de son sort. Je pris conscience que Long-Œil n'était qu'un des éléments de tout ce qui m'entourait : une terre étrangère hostile peuplée d'êtres pas plus proches de moi que le briquet à silex des étincelles qui en jaillissent.

Je me vêtis de lumière, afin de les impressionner. Ce résultat fut aisé à obtenir, comme tout le reste. Je n'étais pas surpris d'avoir si longtemps hésité à tester le Pouvoir brusquement éclos en moi, épouvanté par sa démesure. Cependant, je devins maître du navire de Charpon et, cette nuit-là, quatre-vingt-dix-sept hommes s'agenouillèrent sur le pont supérieur, en proie à la stupeur et la frayeur, pour me jurer fidélité.

Je n'éprouvai ni orgueil ni exaltation. J'étais alors aussi effrayé qu'eux. Je me retrouvais au pinacle, sans être un roi ou un magicien, pas même un dieu; simplement un homme isolé de la race humaine. Plus seul que je ne l'avais encore jamais été.

DEUXIÈME PARTIE

LE SORCIER

1

La première cité se trouvant sur ma route avait été une ville morte, Eshkorek-Arnor, le Crâne d'Or. Mais la seconde vivait, une fourmillière miroitante, apparemment immunisée contre les désastres, le délabrement, le souffle décapant du temps, et tout ce qui avait provoqué la mort lente de l'agglomération précédente. Je me souviens qu'en dépit des événements qui m'avaient conduit en ce lieu j'avais encore en moi assez de jeunesse et d'humanité pour rester bouche bée, ce dix-septième jour, lorsque le *Vignoble de Jacinthe* replia ses voiles telle une phalène bleue et pénétra à la rame dans la baie de Hragon.

L'été est précoce, à Bar-Ibithni. La mer de saphir renvoyait les reflets de cinq cents palais se découpant contre un ciel indigo. A l'ouest, là où débutait la zone portuaire, des navires-alligators or et vert couvraient les flots. Dans la baie se dressait une statue d'alcum doré de dix-huit mètres de hauteur, le Masrimas de Bar-Ibithni : Hragon Masrianes, le premier roi conquérant, qui avait érigé cette cité ainsi que sa propre statue. Si elle avait coûté la vie d'un millier d'esclaves hesseks, leurs existences avaient peu de valeur comme à toutes les époques. L'effigie du dieu portait la jupe plissée, la culotte bouffante et les hautes bottes des conquérants;

ainsi que le gorgeret, les épaulières et l'armet hérissé de pointes des guerriers.

Un siècle plus tôt, à l'époque des rois hesseks de sang ancien, seul un embryon de cité se dressait en ce lieu : Bit-Hessee, ou Bouche de la Mer. A l'intérieur des terres se trouvaient trois provinces hesseks, et sur les flots, à l'ouest, Hessek-Seema et Tinsen. Les royaumes hesseks étaient parvenus à subsister quelques siècles – une culture si ancienne et si fragile que les foudres de la guerre avaient rapidement provoqué son effondrement.

Cette guerre était venue de l'est, apportée par un peuple jeune qui poursuivait son expansion vers l'ouest et le sud. Le vieux monde s'écroulait sur son passage. Les petits empires, balayés et annexés l'un après l'autre, recevaient le nom de Masrimas, le dieu Flamboyant.

Le peuple des adorateurs de la Flamme était physiquement et numériquement supérieur. Ses légions, les *jerds,* étaient sans égales. Ces guerriers à la discipline d'airain, revêtus de bronze et montés sur des chevaux, montures que personne n'avait encore jamais vues dans le Sud, étaient avides de conquêtes. Contraints de fuir un pays aride, les Masriens découvrirent le Sud avec ses fleuves et ses plaines alluviales, et les Hesseks qui affrontaient ces envahisseurs avec leur sottise et leur entêtement habituels furent naturellement vaincus.

Séduits par la contrée qu'ils avaient violentée, les envahisseurs reconstruisirent l'ancien monde, le qualifièrent de « nouveau » et parèrent ses ruines de chefs-d'œuvre d'architecture. Bit-Hessee, simple port, fut rasée et rebâtie en une cité modèle pour l'Empereur-guerrier Hragon. Rebaptisée Bar-Ibithni, elle rivalisa avec les cités masriennes de l'Est, qu'elle supplanta bientôt. Des palais furent construits près de la mer, des temples, des monuments, des théâtres, qui rabaissèrent rapidement le statut de l'ancienne capitale à celui d'un simple clapier. Les envahisseurs étaient devenus les occupants d'un pays d'abondance dont ils adoptaient les coutumes. Les jerds s'exerçaient désormais aux arts de la guerre sur les champs de manœuvre et dans les cours des casernes. Les Masriens déposaient leurs armes dans les tavernes et près des lits des femmes, et finalement la moitié des Hesseks furent imprégnés de leur semence. Avec le temps, l'agressivité des Masriens fut remplacée par une jouissance intellectuelle et saine de la vie, annonciatrice du déclin d'une nation.

Le *Vignoble de Jacinthe* paya la taxe d'entrée et pénétra dans les bassins. Le trafic maritime était tel que la zone portuaire occupait près de deux kilomètres de rivage. Derrière se dressaient d'immenses entrepôts et le Marché aux poissons, délimité par deux poissons d'or dressés sur des socles de granit. Ici débutait la Route de l'Ambre, qui conduisait à son tour vers le Marché Universel, où était mis en vente tout ce qui pouvait être acheté dans l'empire : de la soie transparente au tabac vert de Tinsen, en passant par des abeilles candies. Ce centre commercial démesuré avait des ramifications : les marchés moins importants des vendeurs de chevaux, de bétail et d'esclaves, dans un environnement d'hostelleries, de cabarets et de lupanars.

Je laissai Charpon et trois de ses seconds régler à leur guise les transactions commerciales dans les bureaux des commissionnaires installés le long des quais. Accompagné par une garde de six Hesseks et de Kochus, le quatrième second, je traversai le Marché aux poissons et remontai la Route de l'Ambre en direction de la *Dent du Dauphin.* Cette hostellerie, qui possédait un nom marin alors que les navires recevaient un nom terrestre, était un établissement d'un luxe tapageur, fréquenté par des brigands enrichis. Même les pirates hesseks ne manquaient pas de s'y rendre dès qu'ils avaient suffisamment de colliers de pièces pour y séjourner. C'était cependant une demeure typiquement masrienne où l'on respectait les us et coutumes des conquérants, même si aucun descendant non métissé de ces derniers n'avait jamais dû y mettre les pieds.

Kochus me précéda sur les marches de marbre jaune de la *Dent du Dauphin* avec la fierté d'un propriétaire terrien regagnant ses domaines. De gros piliers bleus et rouges soutenaient un plafond de stuc blanc. Sur les murs carrelés étaient représentés des dauphins.

Buveurs matinaux, commandants de navires et

pirates entraient et sortaient du vestibule accompagnés par des escortes de ruffians. Kochus, avec le sentimentalisme propre aux sadiques, adressait de larges sourires révélant ses molaires noircies à toutes ses connaissances, qu'il étreignait avec chaleur. Notant que je me tenais modestement à l'écart, un diable balafré aux bras chargés d'or parut s'intéresser à mon allure d'étranger.

– C'est un seigneur venu d'une contrée lointaine, s'empressa de lui dire Kochus. Tout le navire a une dette envers lui.

– Quoi ? Charpon serait le débiteur d'un homme ? Hé, toi, l'efféminé, qu'as-tu donc fait ? Je t'aurais cru trop grand pour plaire au commandant.

Je m'adressai avec désinvolture à Long-Œil, qui se tenait derrière moi.

– Tu vois cet importun ? Va, et donne-lui un soufflet de ma part.

Kochus s'écarta avec crainte. Le pirate n'en croyait pas ses oreilles. Long-Œil ne perdit pas une seconde et abattit violemment le plat de sa main sur la bouche de Bras d'Or. Ce dernier n'apprécia guère cette salutation et leva son poing pour riposter, pendant qu'autour de nous les gens s'arrêtaient afin d'assister à la rixe. Telles furent les circonstances dans lesquelles je fis la première démonstration de mon Pouvoir à Bar-Ibithni. Je libérai l'énergie de ma paume, et l'éclair atteignit le cou de Bras d'Or, qui s'effondra aussi lourdement qu'un veau assommé d'un coup de merlin. Il s'écrasa sur le sol dallé et roula sur deux mètres, en hurlant de douleur. Un hoquet d'incrédulité s'éleva de la foule : ce son qu'un magicien s'accoutume à entendre dès ses premiers exploits.

En confirmation de ma puissance, les dix marins hesseks s'agenouillèrent à mes pieds et Kochus s'approcha craintivement pour m'implorer d'épargner cet homme.

Bras d'Or s'immobilisa et releva vers moi un regard interdit.

– J'avais espéré t'épargner cela, lui dis-je. J'espère pour toi que tu n'oublieras jamais qu'il est préférable d'être châtié par mon serviteur que par moi-même.

Des voix tendues s'élevaient dans la salle. Constatant qu'il n'était pas dans mes intentions de foudroyer toute l'assistance, les gens laissaient leur curiosité supplanter leur panique. Tel est l'effet civilisateur de la vie citadine, qui s'accompagne de la destruction de l'instinct.

A cet instant, une étrange personne approcha en longeant le vestibule.

De race hessek, parfumée, maquillée et poudrée, elle avait les lèvres, les joues et les lobes des oreilles fardés de la nuance du corail rose, les yeux soulignés de khôl bleu, les cheveux bouclés et parsemés de paillettes d'argent. Elle portait une robe de voiles et de soie verte, et des escarpins à talons hauts ornés de disques qui tintaient au rythme de sa démarche souple. Elle tenait dans ses mains fuselées la coupe d'argent de la bienvenue traditionnellement offerte aux nouveaux arrivants.

C'était à tel point inattendu qu'il me fallut quelques instants pour réagir. Une fille très belle, à la poitrine plate. Elle était à présent près de moi et me tendait la coupe tout en m'observant sous ses paupières peintes comme des ailes de papillon, et je notai alors que son menton avait été rasé avant d'être fardé, car les travestis ne sont pas castrés, à Bar-Ibithni.

– Buvez, Seigneur, me dit-il d'une voix douce dont le timbre révélait qu'il n'était pas de sexe féminin. Et vous, Seigneur Kochus, soyez le bienvenu au *Dauphin*. Le commandant Charpon viendra-t-il nous rejoindre ?

– Comment pourrait-il s'en empêcher ? répondit galamment Kochus, qui glissa sa main sous la robe fendue afin de caresser l'épiderme lisse et épilé du travesti, avant d'ajouter à mon intention : Je vous présente Theï, que je vous recommande. Theï, ce seigneur est un étranger, et il vient de démontrer ses talents de sorcier. Avertis la direction de ne pas saler la note, sinon il fera écrouler la demeure sur vos têtes.

Il était toujours blême de peur, malgré sa bonne humeur apparente.

Bras d'Or avait disparu au sein d'un groupe d'amis, tel un taureau s'engouffrant dans un bosquet.

Les murmures emplissaient toujours le vestibule, quand Theï nous guida vers nos appartements.

Une chambre, à la *Dent du Dauphin* : trois parois étaient peintes en rouge sombre, et la quatrième en lavande. Des lampes, encloses dans des cages de verre teinté, pendaient à l'intérieur d'autres cages de bronze emplies d'oiseaux pépiants blancs et roses, qui changeaient le plafond en une mosaïque mouvante d'ailes et de lumière. La cheminée, qui occupait toute la longueur d'un mur, avait un aspect inhabituel. Etant donné que les adorateurs de Masrimas ne peuvent regarder une flamme nue, un dispositif compliqué permettait d'allumer les fagots de façon invisible derrière un treillis de fer altérant la couleur du feu et irradiant sa chaleur dans les fraîches nuits du début de l'été. L'unique fenêtre possédait un store de parchemin qui, une fois baissé, apportait à la pièce une nuance purpurine. Elle donnait sur une petite cour agrémentée par des orangers et un bassin de marbre où évoluait un poisson tigré.

Je m'assis devant elle et on me donna l'apparence des habitants de cette cité. Aristocrates, négociants, bandits, tous étaient semblables dès l'instant où ils en avaient les moyens, car respecter les canons de la mode masrienne était onéreux.

A Bar-Ibithni, les hommes font tailler leurs cheveux au ras des épaules et leur barbe très près du menton, et frisent ce qui subsiste avec de petites pinces spéciales. Au moment du bain, on vous présente quarante sels différents tout en vantant les mérites de quarante autres. Trois tailleurs arrivent, les bras chargés de vêtements déjà confectionnés et de pièces de toiles, puis se chamaillent. Un joaillier se glisse dans votre chambre pour vous présenter un pectoral d'argent, large de deux mains et orné d'épaulettes représentant des lions, qui a probablement paré jusqu'à une période récente le cou d'un prince-pirate avant d'être remplacé par une corde de chanvre.

Finalement, le déjeuner est apporté et on découvre des fruits de mer au court-bouillon, des raisins secs avec des coings, des rôtis miniature dans lesquels on reconnaît des musaraignes cuites avec Dieu sait quelle garniture, et de hauts dés de koois, le rhum du Sud. En bref, tout ce qu'un requin aimant le luxe tel que Charpon pourrait désirer.

Tout cela faisait l'objet d'un crédit illimité, s'étendant à tous les officiers du *Vignoble de Jacinthe.* Lorsque je devais régler au comptant un achat, j'empruntais quelques pièces à Kochus qui assimilait toute nouvelle ponction dans sa bourse à une assurance le garantissant de ma colère.

En début d'après-midi, Charpon arriva à son tour. Il s'était entre-temps métamorphosé tout comme moi en personnage élégant et avait dissimulé ses cheveux en brosse sous une perruque noire bouclée.

– On m'a rapporté que vous utilisiez mes hommes à votre service, monsieur, dit-il en employant les tournures de phrases ampoulées du Nouveau Monde. Et que vous dépensiez mon or sans compter.

– Le seigneur Vazkor a employé mon argent personnel, Charpon, protesta Kochus qui souhaitait ménager ses deux redoutables supérieurs.

– Si tu souhaites te dissocier de moi, Charpon, tu es libre de le faire, dis-je à mon tour.

– Vous savez que je suis votre esclave, au même titre que n'importe quel Hessek membre de mon équipage, fit-il. Je suis même surpris que vous me laissiez en vie, après le traitement que je vous ai fait subir.

– Il n'est pas dans mes habitudes de tuer un homme sans raison valable.

Je lus derrière le voile de prudence et de reddition qui masquait ses yeux du mépris pour mes scrupules supposés et mon manque de maturité, que même mes Pouvoirs ne pouvaient compenser.

J'avais vécu pendant seize jours dans la cabine de Charpon, à bord du *Vignoble de Jacinthe.* Un laps de temps suffisant pour élaborer des projets. Les miens étaient très simples. Si ma catin de mère se trouvait ici, dans le Sud, comme j'en avais la ferme conviction, j'aurais besoin d'argent et de ruse pour la retrouver. Elle s'était certainement cachée. L'interrogatoire des marins ne m'avait rien appris. De toute évidence, elle ne s'était pas élevée à une position importante, comme à Ezlann lorsqu'elle était l'épouse de mon père. Si elle vivait à Bar-Ibithni, elle avait dû se perdre dans les bas-fonds. J'estimais que le meilleur moyen de l'inciter à sortir de sa cachette consistait à faire parler de moi, sous le nom de mon père. Je comptais devenir Vazkor, le sorcier-guérisseur, et m'enrichir en me servant de mes dons. La renommée et la richesse faciliteraient mes recherches. Si elle fuyait, ou si je ne parvenais pas à la trouver, je n'aurais alors qu'à étendre les mailles de mon filet.

2

Charpon me laissa et je sortis dans la cité où régnait cette douce chaleur qui précède la véritable fournaise de la fin de l'été. A partir du Marché Universel, la Route de l'Ambre longeait la Muraille de Hragon, une fortification qui isolait la partie aristocratique de la métropole de celle où vivait le bas peuple.

Bar-Ibithni se composait en fait de quatre cités distinctes. Son cœur, la vaste zone commerciale du port, des docks et des marchés, s'étendait jusqu'aux faubourgs dans les hauteurs du sud. Derrière la paroi interne de la Muraille de Hragon se dressait une citadelle fortifiée érigée sur une colline naturelle baptisée le Pilier, un fort militaire de plus de trois mille mètres carrés aux remparts revêtus de plaques de bronze et pouvant recevoir les dix-sept mille hommes de dix-sept jerds. A l'est du Pilier s'étendait le Quartier des Palmes, avec les terrasses de ses immenses temples et ses villas, surplombé par la Cité Céleste, la forteresse de l'Empereur, inaccessible à la plupart des hommes.

Au delà d'une bande de marécages, loin à l'ouest, se trouvaient les vestiges de la Bit-Hessee du Vieil Hessek, une zone de taudis délabrés encore plus sordides que ceux entourant la Nouvelle Capitale. En partie enterrés, fréquemment décimés par les épidémies, aussi sombres que le crépuscule à midi et noir comme la poix la nuit venue. Nul homme, guerrier ou imbécile, n'eût accepté de s'y rendre hormis pour une question de vie ou de mort.

La Route de l'Ambre s'achevait près de la Porte du Cheval ailé, l'accès principal au Quartier des Palmes dans la Muraille de Hragon, alors qu'à l'ouest du rempart débutait une zone commerciale élégante où l'on trouvait des places agrémentées de fontaines, des maisons crépies aux colonnades peintes, et le Bosquet des Cent Magnolias. Nombreux étaient les oisifs qui s'y rendaient à cette heure du jour, pour se pavaner sur les pelouses bien entretenues et humer l'agréable fragrance des magnolias fleuris, pendant que les conspirateurs ourdissaient des intrigues et que des fauves encagés rugissaient sous les tonnelles.

Accompagné de Kochus et de mon escorte habituelle, je me dirigeais vers le Bosquet quand Lyo surgit des ombres.

– Seigneur Vazkor, se hâta-t-il de dire dans sa langue maternelle, que moi seul pouvais parfaitement comprendre, j'en ai trouvé trois.

Pendant que je prenais du repos à l'hostellerie, j'avais chargé les Hesseks de Charpon de se rendre en ville afin d'annoncer l'arrivée du sorcier, et envoyé Lyo avec un homme qui connaissait bien Bar-Ibithni se renseigner sur les malades nécessitant des soins sortant de l'ordinaire.

– Trois, répétai-je. Parfait.

Il sourit, heureux de s'être bien acquitté de sa mission. Il souhaitait me prouver sa reconnaissance pour les poumons sains que je lui avais rendus.

– Voici comment se dérouleront les choses, Lauw-yess. Une vieille femme qui vend des confiseries viendra vers vous sur la seconde pelouse. Elle trébuchera et tombera à vos pieds en criant, afin que les promeneurs notent l'incident. Tous la connaissent et savent que sa colonne vertébrale est estropiée, même si elle joue un peu la comédie afin de susciter la compassion.

– En ce cas, ne verra-t-elle aucune objection à être guérie ?

– Oh, non, Lauw-yess ! Elle pense que si vous avez de tels pouvoirs, tous voudront voir comment a opéré votre magie, ce qui lui permettra de gagner plus d'argent que jamais. Elle a demandé... (il sourit à nouveau)... si vous ne pourriez pas lui rendre également la jeunesse.

– Et combien nous coûte sa coopération ?

Il fit une moue et je me tournai vers le second du commandant :

– Mes excuses, Kochus. Continue, Lyo.

– Lorsque vous aurez accompli ce miracle, un jeune homme frappé de cécité approchera à son tour. C'est le fils cadet de Kecham le marchand, mais son père lui a interdit l'accès de sa demeure en apprenant qu'il vivait avec une catin, qui est désormais la seule à s'occuper de lui. Elle a accepté de le guider jusqu'à vous, mais s'est montrée encore plus avide que la vieille vendeuse de confiseries et a exigé trois pièces d'argent. Elle ne croit pas en vos pouvoirs... pour l'instant. Ensuite, lorsque ce garçon aura recouvré la vue, les spectateurs se précipiteront. Mais, pour faire bonne mesure, j'ai averti les portiers de la maison de Phoonlin : un sang-mêlé de Masrien et d'Hessek, riche et superstitieux, dont l'épouse est encore plus stupide que lui. Un calcul rénal lui fait endurer le martyre. Il s'est adressé à bien des prêtres-guérisseurs des temples masriens; et également à des sorciers de l'Ancienne Foi, selon les rumeurs. S'il sait qu'un magicien se trouve au Bosquet des Cent Magnolias, il viendra voir ses prodiges. Après un ou deux miracles, il se jettera à vos pieds et vous implorera de le guérir.

– Tu as fait du bon travail, lui dis-je.

Mon autre envoyé arriva à son tour et Kochus les paya sans broncher. Je traversai la Place du Cheval ailé et franchis la muraille en direction du Bosquet, qui avait été un parc hessek un siècle plus tôt.

Les pelouses formaient quatre terrasses pointillées de bosquets de magnolias roses et d'étangs. Une fine poussière s'élevait des allées que suivaient les négociants et autres bourgeois.

Il y avait peu de femmes. Pour les Hesseks, ces dernières étaient des bijoux qu'il valait mieux garder dans leur écrin. Elles n'accompagnaient leurs époux au-dehors que sous le couvert du manteau de l'obscurité et voilées du nez jusqu'aux chevilles. Même les plus pauvres, que la nécessité contraignait à sortir, couvraient la moitié de leur visage et de leur corps de la même manière. Seules les Masriennes sortaient à visage découvert, mais elles ne quittaient que rarement le Quartier des Palmes. La zone où je me trouvais n'était fréquentée que par les sang-mêlé, et si les hommes avaient adopté la culotte bouffante et les allures des conquérants, ils s'en tenaient aux traditions hesseks pour tout ce qui se rapportait à leurs femmes. Je notai cependant un grand nombre de prostitués de sexe masculin tels que Theï. A plusieurs reprises, avant que je puisse m'y accoutumer, mes yeux furent attirés par des silhouettes trop efféminées pour appartenir à des femmes.

Sur la seconde pelouse, un tigre roux tournait en rond autour de son piquet et adressait des regards haineux à la foule des badauds qui l'observaient avec condescendance. Il me vint à l'esprit qu'il eût suffi d'une simple paille dans un des maillons de sa chaîne d'alcum pour que la situation devînt bien différente.

– Elle approche... la vieille femme, m'avertit Kochus. Là-haut. Je l'ai déjà vue, Lellih la bossue.

Je me tournai et la cherchai du regard. Elle me reconnaîtrait, grâce à la description que Lyo lui avait faite de ma personne. Ses cheveux clairsemés étaient gris et ses yeux enfoncés dans des replis d'épiderme, mais elle dissimulait elle aussi le bas de son visage derrière un bout de voile. Frêle et ratatinée, même pour une Hessek, elle possédait un dos semblable à une petite colline. Le panier d'osier qu'elle poussait devant elle sur une roue de bois était empli de confiseries délicates.

Elle arriva à deux mètres de moi en vantant sa marchandise d'une voix fluette et gémissante, et je compris pourquoi elle avait demandé de l'argent. Afin de bien tenir son rôle et d'accentuer l'effet dramatique, elle renversa son panier à mes pieds. Pendant que les perles de sucre roulaient sur le sol, Lellih se laissa choir sur l'herbe et se mit à hurler.

Les badauds s'écartèrent, alarmés par sa détresse. Kochus, incapable de dissimuler son amusement, eut un petit rire. Je lui avais pourtant recommandé de garder le silence.

Une femme arriva en courant, sans doute une servante qui connaissait Lellih. Elle s'accroupit près d'elle et tenta de la relever.

Je m'avançai vers la vieille femme recroquevillée sur l'herbe, et la servante porta sur moi ses yeux ternes, pour me crier :

– Ne lui faites pas de mal, Seigneur. Elle n'est pas fautive. Elle ira mieux dans un instant.

Ma taille était celle d'un Masrien, et avec mon teint hâlé et mes vêtements à la mode je devais évoquer un descendant direct des conquérants, aussi s'était-elle adressée à moi dans un masrien approximatif.

– Je n'ai pas l'intention de lui nuire, jeune fille, mais au contraire de la guérir.

La servante en resta stupéfaite, de même que les promeneurs. Seul un homme eut un rire en entendant mes propos. Lellih fit pivoter sa tête d'oiseau vers moi, et m'adressa un clin d'œil.

– Comment pourriez-vous m'aider? demanda-t-elle d'une voix forte pouvant être entendue d'assez loin, respectant les instructions de Lyo. Tout au long de mon existence, mes épaules ont ployé sous le fardeau de cette malédiction divine.

Je me baissai et l'aidai à se relever. Elle évoquait un fétu de paille sèche, prêt à s'enflammer sous la chaleur du jour. Ainsi voûtée, sa tête ne m'arrivait qu'à la ceinture.

– Ne vous moquez pas de moi, ajouta-t-elle d'une voix aiguë. Comment pourriez-vous soigner une invalide qui ressemble à un crochet de boucher depuis le jour de sa naissance? (Puis, à mi-voix, elle ajouta malicieusement pour moi seul :) Nous allons bien voir si vos pouvoirs sont aussi grands que vous le prétendez, démon tout droit sorti de la mer d'Hessu.

– Silence, vieille femme, lui murmurai-je sur un ton autoritaire.

Je posai ma paume droite sur sa colonne vertébrale, la gauche sous son menton, et la redressai comme un rameau de bois vert.

Si les fois précédentes je n'avais rien ressenti, je

percevais à présent une sorte de chaleur qui irradiait de mes paumes. Elle hurla. Sa colonne vertébrale incurvée craqua, telle une brindille sous le pied. Puis elle fut droite. Son fardeau s'était évaporé et ses haillons pendaient en plis sur son dos. Sa tête arrivait désormais à la hauteur de ma poitrine.

Un murmure s'éleva de la foule.

La servante dissimula le dernier quart de son visage non caché par le voile.

Et Lellih releva ses yeux de prédateur, pour déclarer :

– La douleur m'a cinglée comme un fouet à la lanière de feu, mais me voici aussi droite qu'une jouvencelle. Dites, beau prêtre, pourriez-vous me rendre également ma jeunesse? J'aurais été assez agréable à voir, autrefois, si je n'avais eu cette maudite bosse. En seriez-vous capable?

Des frissons me parcoururent. Si je parvenais à accomplir cet exploit, à réparer les méfaits des ans, à rendre la jeunesse, j'obtiendrais aussitôt la célébrité. Mais je n'avais aucune certitude, hormis que ce n'était pas une chose qu'un homme, un magicien ou un prêtre, devait tenter... un acte en partie démoniaque. Le simple fait d'y penser m'inspirait une crainte superstitieuse, mais je lui répondis calmement :

– Ta guérison suffit pour aujourd'hui. En outre, je n'effectue aucun miracle sans contrepartie, grand-mère. Si je réalisais ton souhait, tu deviendrais mon singe apprivoisé, une de mes références en tant que sorcier, une preuve vivante de mes pouvoirs.

– Rendez-moi ma jeunesse, et vous pourrez faire de moi tout ce que vous voudrez, fit-elle en tiraillant ma manche. Rendez-moi également ma virginité, afin que vous puissiez vous-même déchirer ce sceau. D'accord, d'accord, hein, joli sorcier?

Kochus la prit par ses frêles poignets et la repoussa.

– Doucement, lui dis-je.

Elle paraissait fragile au point de se briser entre ses mains. Elle me fixa, pivota brusquement, et s'éloigna en piétinant ses confiseries. Elle abandonnait son chariot, la servante qui était accourue pour la secourir, la foule qui la suivait des yeux, en criant comme une enfant :

– Voyez comme je suis droite, et comme je suis grande !

Je n'espérais pas voir l'aveugle et sa prostituée, qui avaient empoché l'argent et étaient incrédules, mais la curiosité les avait incités à venir. Deux ou trois secondes après le départ de Lellih, le fils de Kecham fut poussé vers moi par sa catin. Je constatai qu'il ne s'agissait pas d'une femme mais d'un autre Theï, bien que Lyo eût parlé de lui au féminin. Le fils de Kecham souffrait de la cataracte et un bon médecin aurait pu le guérir. L'éphèbe n'avait sans doute pas les moyens de régler les honoraires d'un praticien digne de ce nom. Guérir le jeune homme fut pour moi chose facile, et je ne sentis même pas le passage du fluide. Lorsqu'il put voir à nouveau, il se mit à pleurer. Son amant le prit par le cou et l'imita; une scène qui bouleversa l'assistance.

Cependant, si j'espérais voir ensuite arriver le riche Phoonlin avec son calcul rénal, je fus désappointé. En fait, je n'avais nul besoin de lui. Les promeneurs présents dans le Bosquet des Cent Magnolias s'étaient remémoré leurs maux personnels et se ruaient vers moi pour s'agenouiller parmi les bonbons de Lellih afin d'embrasser mes bottes.

Je demeurai sur place pour faire mon œuvre de thaumaturge.

Je dus sauver au moins une soixantaine de vies, au cours de ces heures, et juguler d'innombrables troubles mineurs, mais la foule affluait toujours en m'implorant. La nouvelle s'était répandue. Des hommes de toute condition sociale arrivaient en courant par la Route de l'Ambre et la Place du Cheval ailé.

Kochus se tenait à mon côté, le visage blême de panique, m'affirmant que nous serions piétinés par la foule frénétique.

Mon Pouvoir, apparemment plus grand qu'en tout autre moment de mon existence, me soutenait et m'apportait une satisfaction sans rapport avec les merveilles que je réalisais. Je n'étais aucunement intimidé par l'importance de la foule hurlante, qui ne m'inspirait pas la moindre compassion. Si je ressentais quelque chose, c'était plutôt du mépris. Leurs maux étaient comme des vers noirs qui se tortillaient dans les profondeurs d'un puits démesuré, des choses lointaines et sans importance.

Je n'avais pas songé à la façon dont je pourrais me soustraire à cette foule. Une solution consistait à me métamorphoser de sauveur en destructeur et à m'ouvrir un passage en utilisant la foudre. D'autres que moi résolurent ce dilemme.

Il y eut des cris et de l'effervescence, du côté de la Porte du Cheval ailé. Bientôt, ce tumulte fut couvert par un bruit de cavalcade et le son des trompes.

Près de moi, un des marins qui étaient restés à leur poste cria :

– Jerdat ! Jerdat !

Et Kochus balbutia :

– Quelqu'un a averti ceux de la Citadelle. Ils ont craint une émeute et envoyé des soldats.

La foule, consciente du danger, se scinda en son centre. Elle forma une allée dans laquelle s'engouffrèrent au galop deux cents cavaliers, le cinquième d'un jerd.

Tous les jerdiers montaient des chevaux blancs et portaient un uniforme identique à celui de la statue de Masrimas visible dans la baie : bottes, pantalon bouffant et jupe plissée de cuir blanc renforcé de bandes de métal. La couleur changeait au-dessus de la ceinture : cuirasse de cuir écarlate avec plaque pectorale de bronze, gorgerin, épaulières, canons d'arrière-bras de bronze et gantelets de chevreau rouge. Leurs armets de bronze étaient greffés sur des perruques de fils de cuivre évoquant les chevelures d'étranges poupées mécaniques assorties à leurs barbes noires. Tous savaient que les premières victoires masriennes dans ce pays où les chevaux étaient inconnus avaient été dues en grande partie à l'uniforme porté par la cavalerie. Blanc jusqu'à la taille, puis rouge et or au-dessus et monté sur un cheval blanc, chaque cavalier se fondait avec son animal et semblait, jusqu'à une distance proche, appartenir à une race de quadrupèdes monstrueux. Ces jours de gloire appartenaient cependant au passé.

Le commandant des jerdiers serra la bride de sa

monture et ses hommes stoppèrent derrière lui, avec un synchronisme parfait obtenu après des milliers d'exercices effectués sur un champ de manœuvre.

La foule s'était écartée, me laissant affronter seul la colère officielle.

Luisant dans sa carapace de bronze, le jerdat étudiait la scène. Il avait approximativement mon âge et devait séduire les femmes. Il estima finalement devoir m'adresser la parole.

– Vous, monsieur... êtes-vous la raison de cette effervescence ?

– C'est vous qui en êtes la cause, monsieur, pas moi.

– Veuillez vous expliquer, monsieur.

– Volontiers. Vous venez de pénétrer avec vos hommes au sein d'un groupe de personnes paisibles, ce qui a naturellement provoqué un certain émoi. J'espère m'être fait clairement comprendre.

Le jerdat hocha la tête, comme s'il venait d'obtenir la confirmation de l'opinion qu'il s'était déjà faite de moi.

– Veuillez avoir l'obligeance de m'apprendre quels sont votre rang et vos origines.

– Je ne suis pas de Bar-Ibithni.

– Vous parlez cependant un masrien irréprochable. Et votre rang ?

– Mon père était un roi.

Il sourit.

– Et que fait donc un prince, pour rassembler autour de lui un tel nombre d'Hesseks ?

– Je suis un guérisseur, entre autres choses.

– Je vous trouve bien élégant, pour un brûleur de verrues. Je me demande si vous ne seriez pas le fils d'un voleur plutôt que d'un roi, et si je ne devrais pas vous proposer l'hospitalité dans une des cellules du Pilier.

Une fois établie, l'autorité ne doit pas être battue en brèche. Je ne pouvais laisser ce soldat m'humilier publiquement, mais j'étais las. J'observai son visage souriant tout en libérant un léger éclair d'énergie qui atteignit sa cuirasse.

Il faillit être désarçonné mais, excellent cavalier, il resta en selle pendant que l'animal piaffait de terreur et que ses yeux roulaient derrière ses œillères d'argent.

La foule restait figée.

Les soldats s'élancèrent vers moi, mais le jerdat les arrêta d'un cri puis murmura entre ses lèvres exsangues :

– Un magicien !

– Ordonnez à ces gens de rentrer chez eux, et ils obéiront. J'ai accompli suffisamment de miracles, aujourd'hui.

Il y eut alors un échange de menaces entre les jerdiers et la foule. Je levai la main et obtins le silence que ce cinquième de jerd n'aurait pu imposer.

– C'est fini pour aujourd'hui, ai-je dit. A vous de jouer, capitaine.

La foule se dispersa sous les exhortations des jerdiers et se dissémina sans le moindre incident.

Le jerdat et trois de ses officiers attendaient à la bordure de la pelouse, leurs montures rendues nerveuses par la présence proche du tigre enchaîné qui tournait en rond et feulait. Finalement, le capitaine revint vers moi. Il souffrait toujours du choc reçu et était encore légèrement étourdi, mais il tenait à avoir une explication avec moi.

– Vous m'avez déshonoré, devant la racaille de la Route de l'Ambre et mes propres hommes, qui plus est.

– Quelles sont vos intentions ?

– Vous êtes un étranger, et je dois vous demander si vous connaissez notre code des duels.

– Vous croyez-vous de taille à vous mesurer à moi ?

– Oui, si vous respectez le code. Vous prétendez avoir une origine royale et semblez en tout cas être un gentilhomme. Je vous fais confiance sur ce point. J'y suis contraint, magicien.

Il perdit son calme et ajouta, les yeux luisant de haine :

– Par Masrimas, vous m'avez humilié et j'exige réparation !

– Et si je refuse ?

Il sourit, croyant avoir trouvé mon point faible et ne se trompant guère.

– Je ferai en sorte que toute la cité apprenne que vous avez peur de me rencontrer et que vous doutez de vos pouvoirs. Voilà qui risque de ternir votre réputation, croyez-moi.

– Admettons que j'accepte. Il me suffirait de répéter ce tour pour vous vaincre. Comment espérez-vous pouvoir tuer un sorcier ?

– Si vous avez le sens de l'honneur, vous utiliserez la seule arme autorisée par le code : l'épée. Et si vous le transgressez, vous trouverez à qui parler. J'ai été moi aussi initié à la prêtrise.

J'accordai brusquement de l'importance à un détail que j'avais noté un instant plus tôt. En dépit de son teint typiquement masrien, il possédait des yeux bleus; une caractéristique propre aux membres de la famille impériale, à en croire les rumeurs.

– Je suis en droit de savoir qui me défie, lui dis-je.

– Votre expression m'indique que vous l'avez deviné. Je suis le prince Sorem, fils de l'Empereur.

– Seul un fou pourrait envisager de rencontrer sur le pré l'héritier d'un trône impérial.

– Je n'en suis pas l'héritier. L'Empereur a répudié ma mère et je ne bénéficie pas de ses faveurs... Ne vous inquiétez pas à ce sujet. Vous recevrez la visite de mes témoins avant la fin de ce mois.

Il fit tourner bride à sa monture et s'éloigna. La colonne de ses hommes se reforma derrière lui, et le suivit au trot de parade.

Je pivotai vers Kochus et faillis rire en découvrant son expression.

– Courage, l'ami. C'est moi qui dois me battre, pas toi.

Il marmonna que tuer ce prince en disgrâce ferait certainement ma fortune. Tous les membres de la famille impériale se combattaient sans cesse, dans la Citadelle et hors de son enceinte. L'héritier du trône lui-même, inquiet pour son avenir, trouverait un moyen de me récompenser pour la mort de Sorem... la disparition d'un prétendant éventuel. Quant à l'Empereur, il avait eu trop d'enfants pour en tenir le compte, était devenu obèse avec l'âge, et ne s'intéressait qu'aux adolescents qui partageaient son lit malgré l'impuissance que lui attribuait la rumeur publique.

Ces ragots de cour n'avaient pas de rapports assez

étroits avec mon destin pour m'intéresser. J'étais simplement surpris de la tournure prise par les événements de l'après-midi. En outre, Sorem me rappelait le jeune homme que j'avais été et que j'étais peut-être encore – emporté et jeune, manquant de la maturité nécessaire pour affronter la vie. (Je me demandai si sa mère était laide, pour avoir été ainsi répudiée. Il me semblait inconcevable que la femme lui ayant donné le jour n'eût pas été belle. Mais les ans avaient dû être impitoyables avec elle. Et je me remémorai le krarl d'Ettook, tout ce que j'avais cru laisser à jamais derrière moi.) Quant au grade de Sorem, son titre de capitaine, c'était probablement un os qui lui avait été lancé. Il semblait coutumier pour la maison impériale de faire entrer ses princes dans l'armée, l'ancêtre des Hragon ayant été un militaire. Cependant, Sorem possédait des qualités et était un excellent cavalier. Il avait également parlé d'une initiation à la prêtrise. Peut-être s'était-il élevé à ce rang par lui-même. Ses hommes lui étaient loyaux, on ne pouvait manquer de s'en rendre compte, mais son origine avait dû constituer un handicap plutôt qu'un atout car tous guettaient le moindre de ses faux pas. Il n'était guère étonnant que sa fierté fût exacerbée. En apprenant qu'une foule d'Hesseks s'était rassemblée dans le Bosquet, il avait réagi tel un jeune lion impatient de passer à l'action, avant de découvrir que ses dieux lui faisaient subir une nouvelle épreuve. Il me tuerait, s'il le pouvait. Je n'avais d'autre choix que de l'empêcher de parvenir à ses fins, ce qui me contrariait.

3

Lorsque je quittai le Bosquet, le soleil était bas et s'enfonçait vers les lointains marais de l'Ouest, au delà des toits.

Le crépuscule nimbait Bar-Ibithni d'une nuance rougeâtre. Dans les hautes tours à prières du Quartier des Palmes, les prêtres de la Flamme entonnaient leur hymne au soleil de Masrimas.

Un homme s'attardait à proximité de l'enceinte du Bosquet. Il s'inclina en me voyant et toucha sa poitrine de la pointe des doigts, le salut masrien à un chef religieux.

– Illustre Seigneur, mon maître m'a envoyé vous prier de lui rendre visite. Sa maison est la vôtre et il vous donnera tout ce que vous pouvez souhaiter, si vous parvenez à le soulager de ses souffrances.

– De quoi s'agit-il ?

– D'une pierre, Très Saint, juste au-dessus de sa vessie.

Phoonlin, le riche marchand dont Lyo m'avait parlé, tentait finalement sa chance avec moi.

Cet homme m'apprit qu'il était l'intendant de Phoonlin, et je lui dis de me guider jusqu'à son maître.

La demeure cossue jouxtait la Muraille de Hragon et le Quartier des Palmes. C'était une maison aux murs crépis et au toit de tuiles soutenu par de lourdes colonnes dorées, sculptées en forme de troncs de palmier, au cœur d'un parc planté d'arbres noirs émondés. Le crépuscule se noyait dans une piscine que regardait une fontaine de pierre blanche : un lion aux seins de femme et aux ailes d'aigle, dont les lèvres crachaient un petit filet d'eau; le seul mouvement et le seul son venant troubler la quiétude des lieux.

Aucune lumière ne brillait à l'intérieur de la demeure.

Une femme voilée aux pieds nus vint ouvrir la porte, puis s'éloigna en trottinant devant nous.

L'intendant me demanda de laisser mon escorte au rez-de-chaussée et m'invita à le suivre au premier étage. Pendant que nous attendions le retour de la fille, il me murmura :

– Excusez le peu de clarté, Seigneur. C'est la volonté de mon maître.

– Pourquoi ?

Il parut embarrassé.

– Une croyance de l'Ancienne Foi. Pardonnez-moi, mais nous pensions que vous étiez un dévot de la religion du Vieil Hessek.

— Ressemblerais-je à un prêtre ? Je n'en suis pas un. Cette maison est pourtant masrienne.

— En partie, Seigneur. Mais lorsqu'un homme est désespéré, il n'est pas sectaire. Et si vous n'êtes pas masrien vous-même...

— Je suis un étranger. Parlez-moi de l'Ancienne Foi.

Il n'eut pas le temps de répondre que je me remémorai une discussion entendue à bord du navire. L'Ancienne Foi. Les Ténèbres opposées à la vive clarté de la Flamme, le soleil et la torche, symboles de Masrimas; un culte ésotérique et occulte, une poussière moisie issue de la tombe du Vieil Hessek.

— Je ne crois pas à ces superstitions, me dit-il sur le ton de celui qui sent sa raison battue en brèche par le doute atavique subsistant dans sa chair. Du sang masrien court également dans mes veines, et si je devais me prononcer pour une divinité, ce serait pour le dieu Flamboyant. Quant à l'autre, son culte est répandu dans la vieille cité, au delà des marais. Bit-Hessee... Savez-vous que même un jerdier ne s'y aventurerait pas après la tombée de la nuit ?

— Quel est le nom du dieu des Hesseks ? Je croyais qu'ils adoraient l'océan, ou quelque chose d'approchant.

— Oui, Seigneur... mais ce n'est pas un dieu. C'est plutôt un... démon. Je préférerais ne rien dire, je n'ai que trop parlé. Phoonlin, mon maître, s'est tourné vers ce culte par désespoir, sans en assimiler les principes fondamentaux. J'ai entendu dire qu'il fallait être de pur sang hessek pour... Mais voici la fille qui revient.

Il s'interrompit comme la servante voilée arrivait en trottinant sans bruit. Elle murmura que son maître m'invitait à entrer.

C'était à présent la nuit. Je franchis une autre porte et me retrouvai au sein des ombres. J'entendis une respiration hachée, par la douleur et l'impatience — à moins que ce fût par la peur ? J'eus de Phoonlin une image plus mentale que visuelle : celle d'un homme autrefois gras dont il ne restait que la peau et les os, avec une vessie de douleur dans son flanc, obsédé par la mort.

– Détendez-vous, lui dis-je. Je suis Vazkor le sorcier, et je vais vous guérir.

Je me dirigeai vers une lampe posée sur un guéridon, ouvris la porte de verre, et plaçai ma main à l'intérieur. J'utilisai mon Pouvoir pour chauffer la mèche et l'enflammer. Phoonlin retint sa respiration. La flamme jaillit et projeta sa lumière sur les murs, alors que je refermais le verre sur elle.

Je pouvais à présent le voir. Il gisait sur un fauteuil, et cillait en me fixant. Sa robe était ornée d'une frange d'argent, sa perruque bouclée mêlée de fils de même métal, dont étaient également constituées les grosses bagues ornant ses doigts. Je pus constater qu'il eût donné tout ce qu'il possédait pour une heure sans souffrance.

– J'ai tout essayé, mais rien n'a réussi, gémit-il. J'ai dépensé en vain beaucoup d'argent, et ce sera peut-être encore le cas, malgré le tour de la lampe. (Il me fixa, avec colère.) Je constate que vous n'êtes qu'un adolescent.

– Votre souffrance vous fait oublier toute retenue. C'est pourquoi je vais vous soulager, afin que nous puissions parler affaires.

Je sentis le calcul en posant ma main sur lui. Je le « vis » par l'entremise de ma paume, tel un nœud noir sur une branche blanche, et je pensai : Je vais te le laisser pour aujourd'hui. Je ne supprimerai que la douleur, en attendant d'obtenir ce que je désire.

Phoonlin se raidit et agrippa les accoudoirs du fauteuil. Puis il attendit, le temps d'obtenir une certitude.

– Il... il a disparu.

– Vous n'êtes pas guéri pour autant. Demain, seulement, si vous acceptez mes conditions.

Il soupira et ferma les yeux.

– Je vous récompenserai même pour ceci, dit-il. Par la Flamme, que c'est agréable ! Que ne donnerais-je pas pour ne plus souffrir !

J'avais interrogé Kochus sur la situation financière du marchand et avais été bien renseigné.

– Voici mes conditions. Dix balances d'or et quinze d'argent. Ainsi qu'un faible pourcentage sur vos ventes de blé, de vin et de perles. Seulement de quoi me permettre de vivre décemment pendant mon séjour dans cette cité : disons vingt pour cent... au cours légal du marché, naturellement.

– Chien, me croyez-vous riche à ce point ? Vous voudriez sucer tout mon sang, tel un parasite, n'est-ce pas ? Quel droit avez-vous de formuler pareilles exigences ?

– Et vous, quel droit avez-vous de vivre ? Choisissez.

– Vous allez me priver de tout.

– La mort le fera d'une façon plus définitive. Je reviendrai demain, pour savoir si vous acceptez mes conditions.

Il ne m'inspirait aucune pitié, cet homme qui tenait autant à ses richesses qu'à la vie. Je n'avais pas de temps à consacrer à la pitié, pas pour des êtres tels que Phoonlin, en tout cas.

Des torches brûlaient devant la *Dent du Dauphin,* à l'intérieur de tubes de verre bleu et jaune. Les clients que je croisai dans le vestibule et les corridors m'adressèrent des regards intrigués.

Tous savaient ce qui s'était passé : l'incident avec Bras d'Or; les miracles accomplis dans le Bosquet; le prince-jerdat qui avait rebroussé chemin avec ses deux cents hommes. Quel serait le prochain exploit du sorcier ?

Je regagnai ma chambre, où je reçus la visite de Kochus. Il revenait de dîner et avait une expression terrorisée.

– Charpon, Seigneur Vazkor, bredouilla-t-il.

Il était sur le point de trahir son maître, qu'il redoutait presque autant que moi.

– Qu'as-tu à me dire ?

– Le navire, le *Vignoble.* Les Hesseks racontent que Charpon a l'intention de monter à bord cette nuit et de lever l'ancre à l'aube. Les autres seconds sont avec lui et il pourra réunir l'équipage d'ici là. Les galériens sont toujours à bord. J'ai entendu dire qu'il leur a fait parvenir des rations, la viande et le vin qu'ils reçoivent avant un voyage.

Je laissai Kochus me parler de la stupidité du commandant, de son désir de me servir loyalement, des risques qu'il avait courus. Je ne voulais pas perdre ce navire. Charpon semblait fermement décidé à me compliquer l'existence, et l'unique moyen de ne plus être gêné par lui consistait à l'éliminer.

Après avoir pris cette décision, il me vint à l'esprit que je refusais de tuer cet homme, ou toute autre personne d'ailleurs, en utilisant mon Pouvoir. Ce n'était pas une question d'éthique ou de morale, mais de peur. Je redoutais ma Puissance. Lorsque je l'employais à de telles fins, je sentais un démon s'emparer de mon esprit.

Je remerciai Kochus et lui permis d'aller retrouver Theï, qui l'attendait dans sa chambre.

Long-Œil était resté couché à ma porte, tel un chien fidèle. Je le fis entrer et lui parlai des projets de Charpon.

– Je vais le suivre et le tuer, me dit-il sans que j'aie besoin de préciser mes intentions.

– Il ne sera pas seul.

– Sans importance. Les Hesseks vous respectent bien plus que cet homme.

– Je pourrais m'en charger moi-même, ajoutai-je, en proie à un étrange sentiment de culpabilité. N'es-tu pas surpris que je fasse appel à tes services ?

Il me fixait, d'un regard inexpressif. Les desseins des dieux sont impénétrables. Il s'éloigna dans la nuit, sans ajouter un mot.

Cet homme m'avait sauvé de la noyade, et je l'envoyais au-devant de la mort.

Je restai assis devant la fenêtre jusqu'au moment où l'aube teinta l'obscurité d'indigo, puis de rouge, et que les oiseaux se mirent à pépier doucement dans leurs cages.

La nuit s'était révélée peu propice au sommeil. Je n'avais cessé de penser : A-t-il tué Charpon, ou vient-il seulement de passer à l'action ? Les Hesseks sont peut-être restés fidèles à leur maître. Ils ont pu prendre Long-Œil pour un voleur et le tuer. S'il fallait utiliser le poignard, pourquoi suis-je resté dans ma chambre ? Je viens de commettre un meurtre par procuration.

Finalement, on frappa à la porte. Elle s'ouvrit et je me levai d'un bond, comme si c'était moi qui attendais l'exécuteur.

Il ne s'agissait pas de Long-Œil, mais d'un des Hesseks. Il se prosterna devant moi et couvrit son visage de ses mains.

– Le Lauw-yess, fit-il avant de s'adresser à moi en jargon des marins.

J'appris ainsi que Charpon s'était brusquement arrêté dans une allée tortueuse, un raccourci menant du Marché aux poissons aux quais, pour dire aux cinq Hesseks qui l'accompagnaient qu'il venait d'entendre des pas derrière eux. Les marins se dissimulèrent dans les entrepôts et Charpon attendit seul l'inconnu. Les pas s'étaient interrompus, et Charpon revint en arrière, couteau au poing.

Puis ils entendirent des cris étranglés.

S'il était exact que la plupart des entrepôts de la cité commerciale étaient surveillés par des gardes, ces derniers connaissaient les limites de leurs devoirs. Aucun ne sortit pour empêcher Charpon de larder Long-Œil de coups de couteau.

Trois Hesseks prirent la fuite. Deux restèrent dans l'ombre en tremblant. Finalement, les gémissements qui remplaçaient désormais les cris s'interrompirent. Charpon réapparut, un boucher couvert de sang, et il dit aux Hesseks collés dans les allées par la peur :

– Devrai-je en faire autant pour le maître de l'esclave, ce reptile de Vazkor ?

Puis il y eut un bruit, comme si un oiseau avait été dérangé sur un toit. Charpon releva la tête vers quelque chose qui volait dans sa direction au sein des ténèbres. L'oiseau lui creva les yeux.

Lorsqu'il cessa de vivre, bien plus tard, les Hesseks s'avancèrent et découvrirent que ce qu'ils avaient pris pour un oiseau était en fait un long éclat de silex, plus tranchant qu'un rasoir. Au cours de tant d'années passées à la limite imprécise de la légalité et du crime, ils avaient appris la prudence, et s'abstinrent d'aller voir qui avait vengé Long-Œil depuis le toit de l'entrepôt. Cependant, lorsque je les interrogerais par la suite, ils me diraient qu'il s'agissait certainement d'un Hessek de pur sang ancien, venu de la vieille cité de Bit-Hessee. Eux seuls utilisaient des frondes pour tuer les canards ou les mouettes des roseaux. Le port d'une arme blanche leur ayant été interdit par les lois masriennes, ils avaient trouvé d'autres méthodes pour tuer.

Le marin releva le regard et la clarté de l'aube souligna son expression. Je fus surpris de constater qu'il paraissait à la fois heureux et effrayé.

– Trouve Kochus et les autres, lui ordonnai-je. Et envoie-les-moi.

Selon son récit, il n'avait pas entrevu l'inconnu sur lequel Charpon s'était acharné, pas plus que le tueur dissimulé sur les toits. Tout commandant de galère est dans une certaine mesure haï par ses hommes, et Charpon ne faisait pas exception. Un des trois marins qui s'étaient enfuis avait pu profiter de l'occasion pour se venger de lui. Ce mystère ne justifiait pas qu'on perdît son temps pour tenter de l'élucider.

Le commandant avait été propriétaire du navire. Il me serait facile de faire transférer ses droits à mon profit en soudoyant un fonctionnaire, puis d'en donner le commandement à Kochus qui servirait mes intérêts ainsi qu'il le faisait déjà.

L'assassin inconnu m'avait ôté cette épine du pied.

L'affaire était réglée.

Et Long-Œil ? Appartenant à un peuple à la vie brève, il n'avait pas vécu plus longtemps à mon service. Il m'avait sauvé au cours de la tempête, afin que je puisse le livrer au couteau de Charpon. Il m'avait pris pour un dieu. Peut-être était-il mort en souffrant le martyre, toujours persuadé de ma nature divine.

Je m'assis et discutai avec Kochus, puis écoutai les trois seconds terrifiés rappelés du vaisseau. Ils avaient obéi à Charpon et m'imploraient de leur accorder mon pardon. Je ne cessais de m'imaginer le corps ensanglanté de Long-Œil, gisant dans une ruelle proche des quais. Je savais que pendant que je donnais des ordres et accordais mon pardon, les rats omniprésents dans chaque port sortaient de leurs trous pour s'offrir un festin.

4

Ce jour-là, je regagnai de bonne heure la maison de Phoonlin pour dissoudre le calcul rénal. Comme la fois précédente, il me traita de chien et tenta de marchander sa vie, mais il avait fait préparer les documents et venir des témoins. Cet homme n'avait pas le choix. La souffrance était réapparue, comme je l'avais escompté, et je refusai d'imposer mes mains sur lui avant la signature des actes officiels. Je lui fis remarquer qu'il n'aurait pas discuté la note de son tailleur, et lui demandai pourquoi il avait espéré pouvoir obtenir un rabais.

Peu après le lever du soleil, une foule s'était rassemblée autour de la *Dent du Dauphin*. C'était prévisible – les pauvres, les malades, les curieux. Lorsque j'apparus, il y eut une ovation. J'étais devenu célèbre encore plus rapidement que je ne l'avais espéré. Malgré les efforts de Kochus et des Hesseks, je fus bloqué par la foule et regardai autour de moi, en proie à la honte et au dégoût, tant pour eux que pour moi qui tirais profit de leur désespoir et leur naïveté.

– Je ne soignerai personne, ici. Rentrez chez vous. Vous me trouverez au crépuscule dans le Bosquet des Cent Magnolias. C'est mon dernier mot.

Une femme se précipita vers moi en hurlant et Kochus la repoussa sans ménagement. Si cette scène me bouleversa, je n'osai aider cette malheureuse en sachant qu'un tel acte encouragerait la foule à tenter de m'apitoyer.

Je m'avançai vers les marches et tous s'écartèrent de mon chemin, à l'exception d'un homme basané qui saisit mon bras. Au contact de ma chair, il reçut une décharge qui le projeta en arrière en hurlant. Ensuite, nul n'osa plus m'importuner.

A midi, la nouvelle de la mort de Charpon avait

atteint l'hostellerie. Les seconds du commandant, qui avaient certainement deviné mon rôle dans cette agression mais me redoutaient trop pour parler de leurs soupçons, confirmèrent la version d'un mystérieux groupe de malfaiteurs venus de l'ancienne ville hessek située au delà des marais. La plupart des crimes déjà commis dans le port trouvaient leur origine à Bit-Hessee.

Je réglai la question du *Vignoble* le plus rapidement possible, en nommant Kochus capitaine de ce navire. L'homme sourit et exprima sa joie, même si son regard trahissait un certain malaise. Il ne manifesta sa contrariété qu'à une seule occasion, lorsque j'ordonnai que la chiourme du *Vignoble* fût libérée de ses chaînes et eût la libre disposition du pont, sous la surveillance d'un garde. J'ajoutai que ces malheureux devraient être à l'avenir payés et nourris décemment. Il protesta que les esclaves étaient violents et enclins à prendre la fuite. La plupart de ceux que j'avais vus paraissaient trop épuisés pour tenter une telle aventure, et j'estimais que s'ils partaient malgré tout nous pourrions aisément en trouver d'autres. Le navire resterait peut-être longtemps à quai, je ne voulais pas qu'ils meurent par manque d'exercice et d'air pur. Je chargeai Lyo, mon ex-compagnon de banc de nage que j'avais affranchi et qui me servait désormais, de s'assurer que mes ordres étaient exécutés et de venir me faire un rapport. Cela me valut un nouveau surnom, à Bar-Ibithni, un synonyme de bonté stupide.

Je n'eus guère de loisirs, au cours de la seconde journée. Les représentants de Phoonlin vinrent me voir pour régler les modalités de règlement de mes revenus, et je passai le reste de l'après-midi à chercher une demeure élégante à l'est de la Muraille de Hragon, à la bordure du Quartier des Palmes où se trouvaient les richesses de la cité. Partout, je fus escorté par ma garde d'Hesseks et par Kochus, ou un de ses amis pirates. Par instants, des groupes de suppliants approchaient de moi, mais je ne faisais aucune exception et les chassais brutalement. Un bienfaiteur public n'est la propriété de personne, hormis de lui-même. J'étais angoissé à la pensée de regagner le Bosquet au crépuscule, où m'attendraient la maladie et les supplications, les guérisons qu'ils m'imposeraient, ce qui ne me procurerait aucun plaisir, seulement la célébrité et l'argent. Voilà ce qu'on appelle se faire sucer le sang, pensai-je. Mais qui est la sangsue, qui suce le sang de l'autre ?

Je me rendais finalement compte que tout avait été trop rapide. Il était cependant trop tard pour revenir en arrière. Je devais me remémorer constamment mon but, la finalité de tout cela... Je voulais réhabiliter le nom de mon père, me montrer digne de lui, le venger en tuant la sorcière blanche.

Au crépuscule, la Route de l'Ambre était envahie par la foule et pointillée jusqu'aux grilles du Bosquet de petites lanternes aux flammes couvertes de tubes de verre teinté. Je marchais sans regarder autour de moi, car j'avais appris que le simple fait de croiser le regard d'un homme l'encourageait à approcher pour me supplier. La foule s'écartait afin de me laisser le passage, puis se refermait derrière moi et me suivait. Tous étaient silencieux, même lorsque j'entrai dans le bois et gravis les pelouses : une masse obscure à l'exception des lampes et des lucioles qui voletaient dans les buissons. Je me souviens m'être demandé s'ils savaient que j'avais ordonné un assassinat, la nuit précédente, et provoqué indirectement la mort de deux hommes. Mais les choses étaient plus simples. Ils avaient entendu dire que je comptais m'installer à la bordure du Quartier des Palmes, pour y « vivre en Masrien ». Ils supposaient que c'était la dernière fois que je consentais à m'occuper d'eux. Il n'y avait pas de bousculade, de cris et de prières. Ils s'étaient résignés à ne pouvoir m'influencer. Ils venaient vers moi et je les touchais, ils guérissaient et se fondaient dans les ombres comme pour respecter un rituel. Ils étaient semblables à des spectres, et j'avais l'impression de voir au travers d'eux leur caractère éphémère, la brièveté de leur existence.

C'était une nuit noire sans lune, qui se rafraîchit rapidement, comme toujours à Bar-Ibithni au début de l'été.

J'étais las et me demandais comment ils pouvaient encore puiser dans mes forces.

Puis la foule devint brusquement moins dense, elle s'estompait, de même que les lumières et le contact de leurs doigts, comme en un rêve. Je notai avec surprise que le ciel s'éclaircissait, illuminé par l'aube.

Une vieille femme se tenait près de mon épaule.

– Rendez-moi ma jeunesse, murmura-t-elle.

– Allons, Lellih, dit Kochus.

Il avait sommeillé sous un arbre et bâillait en attendant d'apprendre si la requête de la vieille m'amuserait ou m'irriterait. La foule s'était écartée pour laisser le passage à cette femme qui avait déclaré m'appartenir.

– Jeune, dit-elle en agrippant mon bras. Jeune et vierge.

Je la fixai sous la pâle clarté couleur d'ardoise. Je voyais du parchemin fripé sur un crâne sans chair, mais un dos droit comme une épée. Je m'étais attendu à son retour.

– Pourquoi pas ? lui dis-je. Mais pas maintenant. Devant témoins. Es-tu d'accord, grand-mère ?

Elle éclata de rire, telle une enfant, et abattit dans mon dos sa main si frêle.

– Entendu !

Je regagnai l'auberge et dormis comme une souche, mais je rêvai. (Les morts rêvent peut-être, eux aussi, pour oublier leurs songes en se réincarnant, ainsi que l'affirment les prêtres masriens.)

A mon éveil, j'avais oublié Lellih. Cependant, cette dernière attendait dans la cour et hurlait que j'étais un imposteur, que je lui avais promis la jeunesse mais ne faisais rien. Kochus la menaçait de ses poings et elle le menaçait de le mordre avec les pauvres chicots qui lui tenaient lieu de dents.

C'était midi, et nous étions au cœur du mois de Nislat. Un jour comme un autre pour transférer mes affaires du *Dauphin* à ma nouvelle demeure.

Kochus s'était chargé des détails et avait engagé un cuisinier et deux filles pour nous servir et faire le ménage. Il avait également installé Theï dans ses propres appartements en me murmurant qu'il serait à ma disposition si un jour j'en éprouvais le désir... Je gardai mon escorte de dix Hesseks, que je pouvais désormais rémunérer grâce à l'argent de Phoonlin. Je leur attribuai la cour extérieure et les écuries, qu'ils transformèrent en baraquements. On y vit bientôt un chien noir, qu'ils affirmaient vouloir dresser contre les voleurs, même si l'unique chose qu'il avait appris à faire était leur quémander des morceaux de nourriture.

Il y avait neuf chambres en tout, construites autour de deux cours intérieures, dans le plus pur style masrien. Je réservai la plus belle à mon usage personnel, et l'autre fut partagée inégalement entre Kochus et les serviteurs. J'avais renvoyé les autres seconds et l'équipage du navire. Si je désirais faire appareiller le *Vignoble* le lendemain, je savais pouvoir trouver des hommes dans le Marché Universel ou le port. Les officiers avaient paru soulagés de partir, toujours sous le coup du meurtre de Charpon. Je ne les revis jamais.

J'avais cinq hommes à ma solde hors de ma demeure, et Lyo était l'un d'eux. Je les avais chargés de se renseigner sur les histoires de sorcellerie, les légendes concernant une femme albinos capable de guérir ou de tuer tout comme moi. Ils devaient mentionner mon nom, Vazkor, et noter les réactions. Seul Lyo osa demander :

– Est-ce votre sœur que vous cherchez, Seigneur ? Ou votre épouse ? Si elle a suscité votre colère, ne l'extériorisez pas sur moi.

– Pas ma sœur. Elle est deux fois plus âgée que moi. Une vieille sorcière blanche et desséchée aux yeux de glace. Découvre où elle se trouve, et je ferai de toi un homme aussi riche que l'Empereur.

Penser à elle faisait à nouveau circuler un vieux poison dans mes veines. Je la voyais en songe, cette créature blanche avec son masque de lynx en argent ou un shireen noir. Mon instinct, qui me hurlait qu'elle était proche, ne pouvait se tromper. Je me savais capable de parvenir à mes fins, de retrouver cette catin.

Au coucher du soleil, vingt-trois messagers m'avaient rendu visite. Les riches invalides du Quartier des Palmes attendaient ma venue. Certains promettaient des présents, d'autres m'en adressaient déjà; la pièce extérieure était encombrée d'or ouvragé, de plats d'argent, et de colliers de pièces; un trésor que Kochus contemplait avec amour.

Leurs émissaires s'inclinaient devant moi, et deux s'agenouillèrent. Leurs maîtres agonisaient, en proie à des maux incurables – furoncles, goutte, migraines, palpitations, ces maladies des sybarites et des gens raffinés. Je fixais des rendez-vous. J'étais prêt à me déplacer, à découvrir ce que me cachait ce quartier opulent. Tout ce qui pourrait m'être utile, en fait. Ce qui m'irritait était d'ignorer la nature exacte de ce que je cherchais.

J'avais moi-même envoyé un messager, après l'avoir fait vêtir de la livrée noire de mes serviteurs. Il était chargé de porter une lettre au Palais des Thérapeutes. Je demandais une audience, déclarant que j'avais l'intention de rendre (devant témoins) la jeunesse à une vieille femme : Lellih.

C'était une occasion que je ne pouvais laisser échapper, étant donné que ses dieux l'avaient placée sur mon chemin. Je ne me demandais plus si je serais capable de réaliser ce prodige. Je me voyais à chaque instant accomplir des miracles qui m'auraient fait béer d'admiration et d'incrédulité à peine un an plus tôt. Simplement afin de me distraire, j'avais par exemple soulevé par la seule force de ma volonté une jarre emplie de vin posée à l'ombre de la cour. Une voix intérieure m'avait alors dit : *Le moment est venu d'acquérir de la sagesse, lorsqu'on commence à accomplir des miracles afin de tromper l'ennui.* Mon père, Vazkor d'Ezlann, avait-il jamais fait une chose aussi puérile que de soulever une jarre pour le plaisir d'entendre hurler des servantes ? C'était peu probable.

Lellih vivait dans la première cour, isolée des baraquements des Hesseks par un mur de porphyre, un bosquet de cyprès et une fontaine de marbre gris. Au fil des jours, une amitié s'était forgée entre elle et Theï, et on les voyait à présent accroupis comme deux chats au-dessus d'un échiquier masrien rouge et bleu, buvant du koois dans de petites tasses laquées et fumant du tabac vert de Tinsen dans les petites pipes des femmes.

Mon ombre couvrit l'échiquier et Lellih pivota pour m'adresser des reproches. Je lui coupai la parole.

– Cette nuit, tu m'accompagneras au Palais des Thérapeutes.

Elle hurla.

– Ils découpent les femmes en morceaux qu'ils mettent dans des bocaux emplis d'alcool.

– Ils ne manquent donc pas de sagesse. Surtout s'ils commencent par les cordes vocales.

– C'est pour me rendre ma jeunesse... devant témoins ?

– Oui. Tu risques d'y perdre la vie.

– Alors, vous n'aurez qu'à me ressusciter. N'est-ce pas, mon beau sorcier ?

Les magiciens font des merveilles sur les vivants; ressusciter les morts est l'œuvre des démons. Ses paroles firent naître en moi un malaise.

– Je refuse de m'engager de la sorte.

– Rendez-moi jeune. Quel sera mon âge ? Quinze ans. J'aurai quinze ans et serai vierge.

Theï eut un rire, au timbre étonnamment masculin.

– Lellih n'a pas la moindre pudeur.

Elle le pinça.

– Nous formerons un couple assorti.

Je louai des chevaux et une voiture. Selon les lois des conquérants, seuls les Masriens de pure souche pouvaient monter ou conduire des chevaux blancs. Je les choisis noirs, par esprit de contradiction. La voiture dorée et laquée et les six cavaliers noirs de l'escorte formaient un petit cortège qui traversait le Quartier des Palmes en direction du Palais des Thérapeutes, et j'entendis au passage :

– C'est l'équipage de Vazkor le sorcier.

Les rues étaient bondées de monde. Le Quartier des

Palmes ne semblait jamais dormir, la nuit, et des lampes y brûlaient jusqu'à l'aube.

Des femmes, au visage dissimulé sous une couche de maquillage et non de voiles, se penchaient aux balcons; des porteurs de torches, encloses dans des cages de fer ou de verre, couraient devant des seigneurs se rendant au théâtre. De chaque côté des rues, les colonnes soutenaient à l'extrémité de leurs doigts ronds des cascades de toits. Les tours à prières pleuraient la mort du jour, leurs hauts minarets élancés se découpant sur le crépuscule bleu-vert pendant que dans le ciel la Cité Céleste de l'Empereur formait un diadème noir et lointain au-dessus des terrasses.

Le Palais des Thérapeutes était bondé. Les médecins étaient venus se gausser de moi, confondre l'obscur charlatan qui espérait pouvoir les duper par un tour de passe-passe banal, ainsi qu'ils ne se privaient pas de le dire. Leurs propos étaient méprisants et rieurs, mais lorsque je suivis l'huissier sur le sol de mosaïque représentant des chevaux ailés, le silence s'abattit comme la nuit.

Le Maître Thérapeute m'étudia à travers un monocle de topaze pendant que l'huissier m'annonçait, et une discussion s'ensuivit. Ces palabres n'avaient d'autre but que de me faire attendre et je décidai de les interrompre.

– J'ai conscience que tous connaissent déjà mon nom et mes intentions, car dans le cas contraire vous ne m'auriez pas accordé audience. Alors, messieurs, pouvons-nous commencer ?

Kochus et trois de mes serviteurs firent entrer Lellih. Deux subalternes furent désignés pour la dévêtir, afin de la soumettre à l'examen des médecins. Lellih, à la nudité décharnée et laiteuse, aux mamelles pendantes, lançait de tous côtés des œillades impudiques. Effrontée face à leur examen impitoyable, elle tâtait leurs flancs bien nourris chaque fois que leurs mains se posaient sur elle.

Le Maître Thérapeute prit finalement la parole.

– Je doute que vous puissiez faire plus qu'adoucir légèrement son épiderme avec une huile ou un baume, du genre Teinture des Princesses. Un dentier d'ivoire de baleine pourrait lui rendre une denture. Quant aux seins, il serait naturellement possible de les inciser et de les bourrer de membrane, mais il existe un risque d'infection et cette pratique est devenue impopulaire.

– Monsieur, je n'ai nul besoin que vous me fassiez un cours de chirurgie esthétique.

Ce vieillard solennel n'était accoutumé qu'à sa propre arrogance, pas à celle de ses interlocuteurs, et il ne put trouver ses mots pour me répondre. Aussi ajoutai-je :

– Cette femme a quatre-vingts ans, et je compte lui rendre sa jeunesse sans avoir recours aux artifices lamentables que vous venez de mentionner.

Sidéré, il laissa tomber son monocle. Un huissier se précipita pour le ramasser et le lui rendre.

– Dites à ce crapaud de la fermer ! s'écria Lellih. Il va voir.

Elle invita un jeune médecin à vérifier la rectitude de sa colonne vertébrale, en lui précisant qu'elle avait été voûtée depuis le jour de sa naissance et que j'étais l'auteur de cette métamorphose.

Je leur demandai finalement s'ils s'estimaient satisfaits, et les membres du corps médical s'écartèrent en hochant la tête. Ils souriaient et me traitaient de fou, mais leur tension était comparable à celle de la corde d'un arc bandé. Je demandai un tabouret sur lequel je fis asseoir Lellih, puis la plongeai en catalepsie, autant pour l'empêcher de parler que pour lui éviter des souffrances inutiles. J'invitai d'un geste les personnes présentes à se rapprocher. Le Maître Thérapeute avait cessé de regarder à travers la topaze et il se pencha tant sur son siège qu'il faillit basculer vers le sol.

Je posai mes mains sur le crâne de la femme et pensai, comme c'est fréquemment le cas lorsqu'il est trop tard pour revenir en arrière : Ce que je me propose est peut-être irréalisable. Mais quelque chose chassa mon hésitation. Tu es un dieu, Vazkor, fils de Vazkor. Et tu feras ceci, non seulement afin de trouver la cachette de la sorcière mais également pour que les hommes sachent qui se trouve parmi eux.

Je ne m'étais jamais véritablement senti orgueilleux

de mes capacités surnaturelles, pas même lorsque j'avais apaisé la tempête et marché sur les flots. De l'orgueil s'était naturellement mêlé à ma surprise, mais à présent je ne connaissais plus que cela.

Je sentis le Pouvoir, la vie, m'envahir. Et ce flux se déversa en Lellih, aussi lumineux que le soleil.

Sans en avoir l'intention, presque par mégarde, j'entrevis son cerveau : les corbeaux croassant dans les greniers de son esprit, la demeure mentale poussiéreuse de l'âme d'une vieille femme. Puis la lumière chassa la poussière et les corbeaux. J'en inondai cette chambre interne. Je lui fis partager mon Pouvoir, lui permis de s'en alimenter, et je sentis l'arbre mourant trembler dans son écorce.

Le thérapeute le plus proche cria et se recula.

L'épiderme de Lellih se craquelait et se recroquevillait, telle une feuille de papier consumée par les flammes. Je n'avais pas pensé que la métamorphose serait à ce point spectaculaire, que la chair morte pèlerait comme du vieux plâtre sur un mur. Sa main gauche apparut la première, fleur pâle qui poussait à partir de racines mortes, une main de femme parfaite avec des ongles en amande et une paume de lotus.

– Arrêtez ! hurla le médecin le moins éloigné. C'est un blasphème ! Arrêtez, vous allez la tuer.

Sans écarter ma main de la tête de Lellih, je fixai cet homme. Il baissa les yeux et se détourna, terrorisé. Je sentais la chevelure éparse de la femme s'épaissir et s'allonger sous mes doigts. Le sein gauche, plus rond qu'il ne l'avait jamais été, palpitait comme le cœur d'un moineau. Sa main-fleur reposait sur la brindille jaunâtre qu'était sa cuisse, et cette dernière éclata lentement, telle une chrysalide, pour laisser apparaître une jambe bien ferme de jeune fille.

Brusquement, elle se leva, laissant derrière elle son ancien corps comme une femme-serpent se dépouillant de sa peau précédente.

Je n'avais de ma vie jamais rien vu d'aussi inhumain, d'aussi épouvantable. J'en fus bouleversé : c'était moi qui avais réalisé ce prodige.

Les médecins hurlaient et s'écartaient de Lellih

comme d'une pestiférée, sans pouvoir toutefois détacher leurs regards de son corps.

Ses cheveux grandissaient et évoquaient des flots noirs coulant d'une fontaine, des cheveux d'Hessek, de jeune fille. Les squames de son ancien corps tombaient en pluie sur le sol de mosaïque. Son dos était blanc et lisse, s'évasant à partir de ses fesses bien fermes. Elle pivota légèrement et je vis le contour d'un sein, parfait jusqu'à son tétin rosé. Son profil était celui d'une statue d'albâtre, œil noir, bouche-fleur, petites dents blanches. Elle me regarda par-dessus son épaule. Je ne m'étais pas attendu à voir un tel visage, magnifique mais froid comme du métal trempé et sans vie intérieure.

Elle était jeune, tel le monde avant l'apparition des hommes.

Un thérapeute s'agenouilla. Elle pivota vers lui, comme s'il lui rendait hommage; ce qui était peut-être effectivement le cas. Elle n'avait pas achevé ce mouvement que ses yeux roulèrent et qu'elle s'effondra sans un bruit entre les ailes d'un cheval de jade de la mosaïque.

Tout le Quartier des Palmes le savait à l'aube, toute la cité à midi. Une vieille femme avait recouvré par magie sa jeunesse dans le Palais des Thérapeutes.

Elle était allongée, léthargique, dans une chambre de la seconde cour, près du mur de porphyre. Elle y demeura cinq jours.

Si j'avais cru qu'une foule venue de la cité commerciale viendrait s'agglutiner devant la grille, je m'étais trompé. Vazkor le sorcier inspirait désormais de la crainte.

J'avais voulu la mort de Charpon pour ne pas risquer de perdre mon moyen de transport, et j'avais tué Long-Œil en faisant de lui un assassin. Je devrais à présent combattre et tuer Sorem, un prince auquel j'avais à peine adressé la parole et qui me rappelait le jeune homme que j'avais été. Tout ceci était imputable à mon Pouvoir et ma quête, à ma couardise et mon orgueil, à mon incapacité à trouver en moi-même un juste équilibre entre l'homme et le mage. Et cependant, je venais de me servir de Lellih afin d'effectuer une de ces expériences qui engendraient en moi de la peur et un sentiment de culpabilité.

Pendant les cinq jours où elle demeura prostrée, inconsciente, je me rendis chez les riches bourgeois du Quartier des Palmes, soignai leurs maux, et récoltai leur argent. Ces personnes cultivées ne me redoutaient pas. Elles m'accueillaient avec joie, avides de nouveauté. Je découvrais les demeures magnifiques, les meubles de prix, et les gémissements de ces patriciens obèses dont les esclaves hesseks (tous les Masriens semblaient avoir des esclaves hesseks) souffraient de la faim dans les cuisines ou se hâtaient d'obéir aux ordres, le cou marqué par les balafres pourpres laissées par les fouets.

Mais je n'apprenais rien sur le compte de la femme que je cherchais, la sorcière. La nuit, je ne pouvais trouver le sommeil, désormais certain de m'être trompé en attribuant l'atmosphère maléfique de Bar-Ibithni à sa présence. C'était la cité elle-même qui était corrompue, tout comme chacun des actes que j'avais accomplis en ce lieu. Ma gloire avait pâli. Tout crépuscule, même le plus beau, annonce l'arrivée des ténèbres. Et dans mon cas également une période d'obscurité avait succédé à celle de lumière. J'avais l'impression de me retrouver pris au piège de mes propres machinations.

Et j'attendais toujours les témoins de Sorem. Selon le code de l'honneur masrien, un certain nombre de jours doivent s'écouler entre l'insulte et le duel, afin que les adversaires puissent s'entraîner et régler leurs affaires. Ce délai était presque écoulé. J'avais noté que des rumeurs concernant mon altercation avec le prince s'étaient répandues dans la cité. L'œuvre des hommes de l'Empereur, peut-être ? C'était sans grande importance; je devrais rencontrer cet homme et le tuer. Au moins serait-ce loyalement, avec une épée. Je respecterais leur code puéril, car j'étais repu de magie, écœuré.

Le défi n'arrivait pas. Aucun jerdier au visage impassible n'était venu jeter un rouleau de parchemin sur le sol. Je me demandai ce qui le retardait, si ce duel ne lui avait pas été interdit.

Une femme sans beaucoup de bon sens, l'épouse d'un de mes patients, m'écrivait chaque jour. Elle possédait une certaine beauté et sa calligraphie était agréable, mais elle m'affirmait qu'elle se tuerait et ferait en sorte que j'en porte le blâme si je ne répondais pas à ses avances. Son serviteur, un garçon rusé qui portait une boucle d'oreille, m'informa que je la trouverais dans le pavillon blanc de la demeure de son époux. Souhaitant me distraire, je me rendis à ce rendez-vous. Elle était vêtue selon le plus pur style masrien : robe de brocart à volants et veste ornée de perles, et là où il n'y avait pas de voiles, de soie, de manches ou de volants, je voyais des bracelets, des colliers, des bagues et des rubans. Il aurait été plus aisé de dépouiller un hérisson.

Je demeurai avec elle jusqu'au moment où les ombres rougeâtres de l'après-midi virèrent au bleu sur le treillage blanc du pavillon. Elle me reprocha de ne pas tenir à elle, alors qu'elle trompait son époux par amour pour moi; le genre de propos stupides que d'innombrables filles sans cervelle m'avaient tenus depuis le jour où j'avais perdu mon pucelage. Elle me dit également que je n'étais pas un dieu, comme le croyaient ses esclaves hesseks, mais un simple humain, et que j'aurais à nouveau envie de son corps. Des sermons dont je n'avais que faire.

Je regagnai ma demeure, espérant que du nouveau s'était produit.

C'était le cas.

Lellih avait disparu.

Lyo m'attendait dans la cour.

– Elle est partie au crépuscule, et il manque également un de vos gardes, un nommé Ki.

Je me souvins alors que Ki était le marin hessek que Charpon avait fait mettre aux fers, parce qu'il avait affirmé m'avoir vu marcher sur l'océan. J'avais appris cela par Kochus.

– Autre chose... à votre porte, ajouta Lyo.

Il me montra le corps d'un corbeau, le cou tranché jusqu'à la colonne vertébrale.

– Qu'est-ce que ça signifie ?

— Les Hesseks disent que c'est un présent de l'Ancienne Foi, fit Lyo en tressaillant. Une offrande.

— A qui ?

— A vous, Seigneur. A vous.

Je ne pris pas la peine de faire rechercher Lellih. Elle m'avait permis d'apporter la preuve de mon Pouvoir dans le Palais des Thérapeutes. C'était suffisant. Je n'avais pas besoin de l'exhiber, contrairement aux propos que je lui avais tenus. J'étais presque heureux de ne plus avoir sous les yeux ce témoignage vivant de mes Pouvoirs. Je ne fis pas de suppositions sur le lieu où elle s'était rendue, sur ce qu'elle avait fait. Seul le souvenir de sa tête à demi tournée — ce visage vierge de toute émotion — me troublait; cela et le corbeau trouvé à ma porte. Un sacrifice offert à un dieu. Pas Masrimas, pour lequel ils tuaient des chevaux blancs à l'occasion de la fête estivale, mais une divinité plus ténébreuse, un démon de l'Ancienne Foi. J'interrogeai Lyo, mais en tant que Seemase il ne savait pas grand-chose sur les croyances des Hesseks, et ces derniers se contentèrent de balbutier et marmonner. Ils me déclarèrent seulement que Ki aurait pu mieux me renseigner qu'eux sur l'ancienne religion du Vieil Hessek.

Assis dans un fauteuil, je m'abandonnai à une méditation inutile. Mon passé et mon présent chaotique défilèrent devant moi, mais mon avenir restait pour moi totalement inconnu.

5

Chaque nuit, la cloche du Temple de Masrimas du Quartier des Palmes sonne minuit. Ce tintement m'éveilla, et j'entendis autre chose. Le chien noir des gardes aboyait, car une voiture venait de s'arrêter devant la grille.

Un des Hesseks frappa à ma porte.

— Il y a une riche dame dans la première cour, Seigneur. Elle nous a donné de l'or pour que nous la laissions entrer.

Il me montra le collier de pièces et m'adressa un sourire gêné.

Je pensai que ma maîtresse de l'après-midi risquait de perdre sa réputation et d'épuiser l'indulgence de son époux par ses assiduités, et j'envisageai un instant de la renvoyer. Mais, à présent oisif, je m'en abstins. Si sa chair parfumée et ses gazouillis d'oiseau parvenaient à changer mon humeur, tout serait pour le mieux.

Je dis à l'Hessek de la conduire jusqu'à moi et m'assis pour l'attendre.

La lampe ne diffusait qu'une faible clarté, mais je compris aussitôt que cette femme n'était pas ma maîtresse.

Grande et très droite, elle possédait une fierté inhabituelle chez les femmes de cette taille. Ses vêtements étaient noirs, et elle pénétra dans le cercle de clarté rougeâtre comme un fragment des ténèbres régnant à l'extérieur. Malgré sa robe à volants masrienne et ses perles d'or, elle portait un voile typiquement hessek. Même ses yeux étaient dissimulés et je ne voyais que ses mains fuselées, hâlées et fortes comme celles d'un jeune homme. Pendant un instant et compte tenu des mœurs de Bar-Ibithni, je m'interrogeai. Mais les seins que dissimulaient les voiles m'indiquaient qu'il s'agissait bien d'une femme, ce qui me fut confirmé par le timbre de sa voix.

– Etes-vous Vazkor, celui qu'on appelle le sorcier ?

– Je suis Vazkor, celui qu'on appelle le sorcier.

Je compris au ton employé que nul ne devait discuter ses ordres. Cependant, elle semblait hésiter. Je notai qu'un petit bracelet d'or représentant un serpent enserrait son avant-bras droit. Il scintillait sous la clarté de la lampe, comme si elle tremblait, mais elle me dit d'une voix claire et ferme :

– On raconte que vous respectez vos engagements, lorsque la récompense est suffisamment élevée.

– Auriez-vous un grand malade parmi vos proches ?

– Non.

– En ce cas, que désirez-vous de moi ?

– Savoir quel prix a pour vous la vie d'un homme.

Je m'étais levé afin de respecter les usages masriens,

et je dirigeai ma main vers la lampe pour augmenter sa clarté.

– Tout dépend de l'homme en question, répondis-je. Certains ne valent pas très cher.

Je l'entendis prendre une inspiration. Je savais déjà la suite. La flamme grandit sous le cristal rosé.

– Sorem, Prince de Sang, fils de l'Empereur Hragon-Dat.

La clarté de la lampe n'était pas suffisante pour percer son voile.

– Sa vie vous semble chère. Pourquoi pensez-vous que je la mette en danger ?

– Il vous a provoqué en duel selon le code. Je sais que vous utiliserez votre magie pour le tuer, mais il est trop loyal et fier pour en avoir conscience. Je vous demande de refuser ce combat, en échange d'une somme que vous fixerez vous-même.

– Oublieriez-vous mon honneur, madame ? Voudriez-vous que j'acquière une réputation de couard ? Il m'a promis qu'il ferait le nécessaire pour que ce soit le cas, si je refusais cette rencontre.

– Vous troquez et vendez votre magie, fit-elle avec mépris. Vous guérissez un homme contre un collier de pièces, ou le laissez mourir s'il n'a rien à vous donner. Qu'est-ce qu'une épithète de plus ou de moins, pour un homme tel que vous ?

– Vous êtes injuste, madame, et bien mal informée. Quant à Sorem, c'est lui qui tient à ce combat singulier.

Elle demeura un instant immobile, telle une statue de pierre, puis avec un geste théâtral, et à nouveau presque masculin, elle arracha son voile.

Et je la vis.

Ses cheveux étaient noirs et bouclés, brillants comme du verre, remontés sur son crâne à la mode masrienne et retenus par des épingles de turquoise bleue. Elle n'avait pas d'autres bijoux, à l'exception du petit serpent de son bras, seulement le cuivre sans défaut de son épiderme. Elle était très mince, avec une taille aussi fine que ses mains. Son corps ne s'évasait qu'à la naissance des seins, en partie révélés par son corsage masrien : deux mamelons d'ambre saupoudrés de paillettes d'or qui s'enflaient à chaque inspiration. Je regardai son visage et le trouvai laid pendant une seconde. Ses traits étaient aquilins et son âge supérieur au mien de quelques années, ses yeux durcis par la colère. Elle n'avait en elle aucune douceur. Puis tout changea et je découvris la beauté de ses traits, leur perfection comparable à celle de la pointe d'un couteau.

– J'ai fait ceci afin que vous sachiez qui je suis.

Sa vision m'avait ébranlé, mais j'ignorais toujours son identité.

– Je suppose que vous êtes la maîtresse, ou l'épouse, de Sorem.

Elle sourit, avec l'ironie d'un prince contraint de se montrer courtois envers un ennemi. Derrière le khôl et les cils noirs, la clarté de la lampe révélait des yeux bleus au regard extraordinaire.

– Je constate que vous êtes vous aussi bien mal informé, magicien. Je suis Malmiranet, l'ex-épouse de l'Empereur. Sorem est mon fils.

– Pardonnez-moi, madame. J'ignorais avoir un membre de la maison impériale dans ma demeure. Asseyez-vous.

– Inutile de faire des mondanités. Dites-moi ce que vous voulez en échange de la vie de mon fils, et vous l'aurez. Ensuite, je partirai.

Ses yeux étaient bleus, mais aussi sombres que des saphirs. Son regard eût éveillé un homme à demi mort.

– Vous vous trompez de méthode, madame. Vous me traitez comme si j'étais un imbécile uniquement avide de richesse. Vous allez me rendre ainsi, et il sera alors impossible de me raisonner.

– Ne prenez pas des airs supérieurs.

– Vous non plus, madame. J'ai parlé avec votre fils. Votre intervention ne lui plairait guère.

Elle eut un geste qui signifiait : Quelle importance, dès l'instant où il reste en vie ?

– Et si je refuse ?

– Il existe d'autres façons de régler la question.

– Faites-moi assassiner, Dame Malmiranet, et toute la cité croira que votre fils a eu peur de moi. En outre, je me demande quel spadassin pourrait tuer un homme capable de foudroyer son adversaire avec son esprit.

Elle m'étudia sans répondre. Ses mains tremblaient à nouveau et je percevais à présent son parfum, une légère fragrance d'encens. Brusquement, elle ferma les yeux et me répondit d'une voix hachée :

– Pensez-vous que je prenne mon fils pour un couard ? C'est son courage que je redoute, et vos pouvoirs surnaturels. Si vous pouvez réaliser un cinquième des exploits qu'on vous prête, il mourra. Pourquoi un sorcier se battrait-il en duel ? La notion d'honneur vous amuse. Laissez-lui croire que vous avez peur de lui. Que vous importe ? Vous avez tout votre avenir devant vous. Utilisez vos pouvoirs pour devenir un grand seigneur dans une autre contrée, et laissez-le vivre.

Je me rapprochai de cette Impératrice, déchue pour une raison que j'ignorais. Je la voyais telle qu'elle était. Malmiranet n'était plus une jeune fille, mais son visage si pur et parfait n'avait jamais pu être celui d'une adolescente. Ses sourcils arrivaient presque au niveau des miens. Ses paumes étaient dures à force de chevaucher et celles de Sorem ne pouvaient être très différentes.

– Pour vous, il vivra, lui dis-je. Je renonce au plaisir douteux de le tuer.

Ses yeux s'écarquillèrent, deux puits bleus, incroyablement profonds.

– Quel est votre prix ?

– Rien.

Je m'estimais suffisamment récompensé par son regard.

Elle alla pour remettre son voile.

– Comment pourrais-je vous faire confiance, si vous n'acceptez aucun paiement ?

– C'est votre problème, pas le mien.

– Etes-vous le fils d'un roi, comme le prétend la rumeur ? s'enquit-elle après une pause.

– C'est à Eshkorek qu'il faut poser cette question.

Elle se détourna, et se voila avec impatience. Elle sortit sans ajouter un mot et, une minute plus tard, j'entendis les roues de la voiture et les sabots des chevaux sur la route.

Le défi de Sorem me parvint le lendemain.

Deux jerdiers, ses lieutenants, me l'apportèrent. L'un d'eux me tendit un parchemin et fixa le plafond pendant que je le lisais.

Sorem Hragon-Dat à Vazkor, appelé le sorcier,
Que j'invite à se mesurer à moi,
Ce soir au Pré du Lion, au pied de l'autel,
Une heure après le coucher du soleil.

– Acceptez-vous ? demanda le jerdier sans porter sur moi son regard.

Je répondis affirmativement.

Ils pivotèrent avec la rigidité de jouets mécaniques et s'éloignèrent à grands pas.

Ce jour-là, les cours étaient emplies de murmures... Lellih, le duel, et la femme voilée. En milieu d'après-midi, un homme en haillons amena sa fille jusqu'à la grille et m'implora de la guérir. Je n'eus pas le cœur de refuser, étant donné qu'ils n'étaient que deux. Si l'enfant gémissait tant ses bras la faisaient souffrir, elle repartit en riant et en courant autour des jambes de son père. Il pleurait. J'en fus ému, et me surpris à penser : Elle aurait dû assister à cela, cette Impératrice qui ne parle que d'argent et de troc.

J'estimais qu'il ne me serait pas très difficile d'éviter cet affrontement et mettre un terme à cette absurdité. Mais je n'avais pas l'intention de quitter Bar-Ibithni pour autant.

Elle avait couru des risques, en venant jusqu'à moi en secret (la Cité Céleste était célèbre pour ses gardes et ses portes verrouillées) alors qu'elle ignorait à quoi s'attendre de ma part. J'aurais pu exiger n'importe quelle récompense : la totalité de ses biens et de ses bijoux, la possession de son corps. J'aurais même pu réclamer sa vie en échange de celle de son fils. Elle n'avait entendu que des rumeurs qui faisaient de moi, selon les versions, un rédempteur ou un démon. Il s'agissait d'une femme courageuse. Je me demandai si elle était encore surprise d'avoir découvert en face d'elle un homme, et non un rebut de l'humanité.

A un kilomètre et demi de la Citadelle s'étend une zone de vignobles et de vergers, qui se poursuit au nord par une contrée boisée s'achevant en bord de mer. Un autel se dresse sur une colline basse, près de la muraille : une construction de pierre envahie par les ronces et consacrée à une déesse pastorale commune aux esclaves hesseks et aux Masriens défavorisés, qui se rendent à l'aube en ce lieu pour lui offrir du pain et des fleurs. C'est au pied de cette colline que s'étend le Pré du Lion.

Je m'y rendis à pied par des chemins détournés, dissimulé par un manteau. Je n'étais accompagné que de Lyo et regrettais Long-Œil, dont j'aurais préféré le silence et la discrétion, l'absence de curiosité.

Une palissade en ruine, vestige d'une forteresse hessek, longeait les faubourgs des rues cossues, isolant des vignobles le Quartier des Palmes. Le soleil venait de se coucher et le ciel bleuissait, lorsque je franchis cette palissade pour prendre le chemin menant à la muraille nord.

Des chauves-souris traversaient le ciel, et les rossignols omniprésents dans tout Bar-Ibithni saluaient l'arrivée de la nuit, perchés dans les cyprès.

Les étoiles apparurent. Le chemin s'élevait puis redescendait dans les bois, et je commençais à entendre les soupirs de l'océan apportés par la brise de mer, sereins comme la respiration d'une jeune vierge endormie. Quelle nuit pour aller commettre un meurtre ! pensai-je. Quelle nuit pour donner la mort ! Et je pris conscience que ma vision des choses avait été modifiée par une demi-heure de discussion avec une femme.

Lyo restait sur ses gardes, craignant de voir surgir des voleurs, et il sursautait au moindre bruit. Un renard glapit dans le lointain, et il saisit son couteau. Cela me fit rire, tant mon humeur était paisible. L'instant suivant, un homme sortit de l'ombre des arbres. Mais c'était un des jerdiers de Sorem, qui me fit signe de le suivre.

Le Pré du Lion était une pelouse ceinte de genévriers qui embaumaient l'air de leur senteur. Au nord, le sol s'élevait pour former la colline de l'autel, avec le lieu saint à son sommet, comme une porte ouverte dans le crépuscule. Je me demandai combien d'aristocrates s'étaient battus en duel devant la divinité obscure de la colline autour de laquelle des esclaves avaient déposé des fleurs de pavot.

Les jerdiers avaient apporté et planté dans le sol quatre torches encloses dans des cages de fer. Elles n'étaient pas encore allumées, et Sorem se tenait près de l'une d'elles, avec deux de ses officiers.

La nuit tombait, mais je vis nettement son visage et j'y retrouvai les traits de sa mère.

Il inclina la tête, rapidement, courtois comme mon guide l'avait été, et dit à l'homme le plus proche de faire de la lumière.

– Bonsoir, Vazkor. J'espère que le cadre vous convient.

– Très pittoresque. Mais il y a une chose dont je voudrais vous entretenir.

– Parlez, nous réglerons le problème.

Les torches s'embrasèrent derrière leurs caches de métal, changeant les couleurs pastel de la clairière en violets, verts et noirs profonds.

– Je vous ai causé du tort, lui dis-je. Je l'admets, et je vous accorderai la réparation que vous souhaitez.

– Je souhaite obtenir réparation ici même. Avec ceci.

Il tapota l'épée que lui tendait son lieutenant, toujours glissée dans son fourreau de cuir blanc.

– Je ne me battrai pas contre vous, Sorem Hragon-Dat.

Il libéra un juron, de mépris et de surprise.

– Auriez-vous peur ? Le grand sorcier perdrait-il son assurance ? Le mage qui rend la jeunesse aux vieilles femmes ?

– Disons plutôt que je ne souhaite pas prendre votre vie.

La dernière torche s'enflamma dans une gerbe d'étincelles et sa colère fit de même.

– Par Masrimas, vous vous battrez, et je vous ferai

goûter à l'acier de mon épée avant que vous puissiez répéter vos propos !

Je lui montrai mes mains vides. Il pivota pour demander une autre épée à ses hommes. Un jerdier lui tendit son arme, qu'il dégaina et m'offrit. Elle était tranchante et bien équilibrée. Puis il sortit sa propre arme du fourreau blanc. Elle était faite d'alcum bleu incrusté d'or autour de la garde.

– Etant donné que vous avez oublié votre épée, choisissez-en une.

– Vous êtes trop généreux, mais vous devez admettre que je n'ai pas besoin d'une arme.

Il évoquait un tigre ramassé sur lui-même pour bondir.

Il planta son épée dans le sol, à mes pieds.

– Prenez-la, et mettez-vous en garde.

– Je refuse.

Il leva l'épée du soldat, me salua, et vint vers moi.

Je m'y étais préparé, mais il était rapide et connaissait son affaire. C'est un guerrier, pensai-je, avec une sorte de stupidité tribale. Je levai ma paume et un rai de lumière pâle en jaillit. Les jerdiers hurlèrent. L'éclair atteignit l'arme de mon adversaire et l'arracha de sa main.

Il s'arrêta, à un mètre de moi.

– Des tours de magicien, fit-il posément.

Ses yeux s'écarquillèrent et se voilèrent. Presque aussitôt, quelque chose emplit l'air, une brûlure glaciale. Je sentis cela m'atteindre, puis le sol se souleva et me projeta de côté.

Je demeurai à terre pendant un ou deux battements de cœur, vaguement conscient que Lyo s'était accroupi près de moi et brandissait son couteau pour me défendre, pendant que je puisais dans mes forces internes pour clarifier mon esprit.

Je n'avais pas tenu compte du délai, des jours qui s'étaient écoulés avant que Sorem ne m'adresse un défi officiel. Je comprenais comment il avait employé ces journées. Il m'avait parlé de sa formation de prêtre et s'était exercé. Sorem, ce prince Hragon, détenait lui aussi le Pouvoir.

Je me relevai en titubant. Il n'avait pas lancé d'autres attaques contre moi.

— J'ai compris, lui dis-je.

— Parfait. Alors, battons-nous. Que préférez-vous, l'épée ou... ceci ?

Mais cet acte de magie avait prélevé sur lui un lourd tribut. Ses traits étaient tendus et son visage blême. Cet éclair blanc, plus faible qu'aucun des miens, l'avait vidé comme une calebasse.

— Sorem...

— Assez parlé !

Il se baissa pour reprendre son épée, et je pensai : Je ne fais que l'humilier un peu plus à chaque refus. Je puis le combattre sans le tuer. L'épuiser, le laisser me blesser, peut-être. Qu'est-ce qu'une estafilade, pour celui qui la cicatrise à sa guise ?

Je me baissai à mon tour et retirai l'arme plantée dans le sol, cette épée d'alcum qui lui appartenait.

J'avais pratiqué l'escrime, à Eshkorek, et je n'étais ensuite pas resté assez longtemps sédentaire pour oublier cet art. Cependant, mes intentions de le ménager furent rapidement reléguées au fond de mon esprit. Il se battait comme un serpent — avec rapidité, portant des coups inattendus et mortels.

Nos lames s'entrechoquaient, et la force de ses coups ébranlait mon bras jusqu'à la clavicule. Les caches des torches portés au rouge éclairaient son visage et me révélaient sa détermination. Il n'était pas sous l'emprise de la haine, ce qui rendait ma tâche plus ardue.

Finalement, il m'atteignit au flanc.

Le coup n'était pas mortel, mais douloureux. Si nous avions jusqu'alors, l'un et l'autre, cédé du terrain pour le reprendre aussitôt, la morsure de l'acier dans ma chair me fit perdre toute retenue. Nul homme n'aime être humilié, alors qu'il croit tenir la situation en main.

Je refermai aussitôt la blessure. Je doute que Sorem l'ait noté, car je ne lui laissais aucun répit.

Je ripostai, et il sourit tout en bondissant de côté.

— Voilà qui est mieux, bien mieux, Vazkor.

La pointe de ma lame venait d'érafler son épaule.

– Et ce n'est qu'un début, lui rétorquai-je.

Je me fendis et atteignis son avant-bras. Si moins de cinq minutes plus tôt je n'avais pas eu l'intention de le blesser, mon instinct de guerrier prenait le pas sur ma raison.

Cependant, je ne voulais toujours pas le tuer, bien qu'à présent l'amadou fût assez près de la flamme pour s'embraser.

Il se rapprochait de moi, quand j'entendis tousser au delà des torches. Ce n'était pas un son alarmant, hormis pour celui qui avait déjà eu l'occasion de l'entendre : la toux d'un homme dont la trachée est obstruée par la lame d'un couteau.

Sorem dut lui aussi en reconnaître la nature, car nous rompîmes aussitôt le combat pour regarder au delà des torches, notre duel pédantesque interrompu par la réalité.

Ils ne nous laissèrent pas attendre, ces quatorze hommes vêtus de noir.

Sorem s'était fait accompagner par quatre compagnons, moi par un seul. Si nous nous étions attendus à une trahison, c'était de la part de l'autre. Mais quatorze spadassins venaient de ramper jusqu'à nous, sombres comme la nuit. A leurs pieds gisaient les quatre jerdiers, égorgés avec une compétence de professionnels. Seul Lyo restait debout et indemne, bouche bée. Un des inconnus en manteaux noirs s'avança d'un pas.

– Excusez cette interruption, Prince, fit-il avant de se tourner vers moi. Pardon également, Sorcier. Mais nous avons assisté au duel et trouvé que les choses traînaient en longueur. Si vous avez besoin d'un coup de main, deux de mes hommes pourraient tenir Sorem pendant que vous passez votre épée au travers de son corps, vous épargnant ainsi une fatigue inutile, vous en conviendrez. (Il fit claquer ses doigts et un de ses acolytes lui lança un sac de velours.) Et il y a ceci. Nous avons entendu dire que votre prix est élevé. Mon maître – qui souhaite garder l'anonymat – vous offre les cent colliers de pièces d'or que contient ce sac, vous comprenez qu'après avoir tué un membre de la maison impériale vous aurez tout intérêt à quitter la cité. Notez que l'Empereur ne pleurera pas longtemps ce fils qu'il n'aime guère. Dans trois ou quatre mois, il vous accordera son pardon.

Quelqu'un voulait la mort de Sorem, et ces hommes avaient l'intention de m'aider à le tuer puis de m'en laisser porter seul le blâme. Peut-être de me réduire ensuite au silence, afin de garantir l'impunité de leur maître. Mon prix était élevé, avaient-ils dit ? Plus élevé, peut-être, qu'ils ne le supposaient.

Je regardai Sorem. S'il se croyait perdu, il restait là à nous étudier, avec ses yeux de glace, prêt à contraindre le plus grand nombre possible de ces misérables à l'accompagner dans les ténèbres de la mort.

– J'apprécie votre sollicitude, monsieur, dis-je à l'inconnu en manteau noir. Mais je préfère régler seul ce différend.

J'utilisai mon épée et la plantai dans son ventre. Je fis tourner la lame, estimant qu'il devait à ses victimes le plaisir de sa souffrance. Comme il tombait en hurlant, je libérai la force qui s'était accumulée en moi. Elle jaillit de mes paumes et de mes yeux, m'étourdissant à demi, l'éclair blanc du Pouvoir.

Lorsque je recouvrai ma vision, je vis dix cadavres allongés sur le sol et les trois survivants qui attaquaient Sorem avec leurs couteaux. Mon cerveau paraissait vidé de toute énergie. En outre, le prince se trouvait au sein de la mêlée et il m'eût été impossible de l'épargner. Les manteaux noirs hurlaient, terrifiés mais déterminés à mener leur mission à bon terme.

Une épée n'est pas l'arme qui convient pour affronter des couteaux, elle est volumineuse et d'un maniement trop lent. Je courus vers ces hommes, en saisis un, et lui ouvris la gorge. Un autre, empalé sur la lame de Sorem, tentait de s'en dégager, d'ignorer sa blessure fatale. Le prince le maintenait de côté et lançait des coups de pied dans les jambes du troisième homme. Lorsque ce dernier tomba, son compagnon l'imita, arrachant l'épée de la main de Sorem. Le prince pivota et vit son dernier adversaire se redresser pour lancer son couteau. Un rai de clarté blanche jaillit des yeux de Sorem, un éclair semblable à celui qu'il avait plus tôt utilisé contre moi. Assister à cela en simple spectateur me fit frissonner.

Le manteau noir s'effondra et son couteau se planta dans sa propre poitrine à la fin de sa chute. Puis son vainqueur se laissa choir à genoux et baissa la tête, tel un chien épuisé.

6

Des cadavres gisaient de toutes parts. Seul Lyo avait été épargné, et il s'était enfui. Je ne pus l'en blâmer.

Je m'assurai rapidement qu'aucun manteau noir ne vivait encore et ramassai le sac d'or. Je l'ouvris pour découvrir qu'il était empli de galets et de ces fausses pièces de métal doré avec lesquelles s'amusent les enfants.

La nuit était brusquement silencieuse, et même la mer retenait son haleine. Puis les rossignols reprirent leur concert, indifférents aux conflits des hommes.

Sorem s'était un peu repris et il s'assit, adossé à un genévrier. J'ignorais ce qu'apprenaient les prêtres dans les temples du Sud; s'il pouvait par exemple guérir ses blessures. Mais il n'avait pas refermé celle que je lui avais infligée à l'avant-bras, car sa manche était écarlate. Foudroyer le dernier manteau noir l'avait laissé à demi mort. Je pris conscience avec surprise que je ne me sentais nullement affaibli, comme cela avait été jusqu'alors le cas chaque fois que je m'étais servi du Pouvoir pour tuer. Je m'étais apparemment dépouillé un peu plus de mon humanité.

J'allai droit vers Sorem, qui me dit :

– Un dieu doit rire, quelque part.

– Il y a toujours des dieux qui rient. A condition de croire en leur existence, ce qui est certainement suffisant pour provoquer leur hilarité.

– Et maintenant ?

– Si vous en êtes capable, faites disparaître cette blessure. Dans le cas contraire, je m'en chargerai.

– Vraiment ?

Constatant qu'il ne pouvait refermer la plaie, je posai ma main sur son bras et regardai son épiderme se reconstituer, ne laissant qu'une marque bleuâtre, imperceptible sous sa manche ensanglantée. Il la fixa un moment, puis déclara :

— Je comprends que je ne suis qu'un novice et que Vazkor est un maître magicien. Cependant, vous me déconcertez. Pourquoi avez-vous refusé tout cet or ? S'ils n'étaient certes pas de confiance, vous n'aviez pas à les redouter en raison de vos pouvoirs. Merci pour votre aide, mais... pourquoi ?

— Pourquoi pas ? Je ne désirais pas votre mort. En outre, je ne suis pas à vendre comme un taureau au marché, et certainement pas pour un sac de fausses pièces.

— Basnurmon a fait de moi votre débiteur. Mais partez, ou vous vous retrouverez mêlé aux intrigues de la cour.

— Je le suis déjà. Seul, vous auriez difficilement pu repousser ces corbeaux. Les prêtres ne vous ont donc pas appris l'art de guérir ?

— Des rudiments, répondit-il avant de fermer les yeux. Mais le reste est plus facile à assimiler. Il est toujours plus aisé de faire le mal que le bien.

Je plaçai mes paumes sur ses épaules et lui transmis le fluide guérisseur. Si j'en sentis le flux, je ne perçus aucun affaiblissement en moi-même. Nos rapports étaient modifiés. Il comprenait, tout comme moi, que notre antagonisme, cet affrontement de deux faucons se croisant dans le ciel et qui croient nécessaire de se combattre, n'était qu'une fumée à présent dissipée.

Je lui montrai le sac de pièces factices.

— Mais... qui est ce Basnurmon qui a espéré pouvoir vous tuer et me duper ?

— Oui, je vous dois des explications.

Sentant ses forces revenir, et stupéfait de ce phénomène, il prit le temps de se concentrer. Les torches baignaient les cadavres d'une clarté vacillante. Il les regarda, puis me dit :

— Vous savez que mon père est l'Empereur Hragon-Dat. Je dois la vie à sa semence et je porte son nom, mais c'est tout. Il m'a engendré alors que ma mère était à peine une femme. Elle fut sa première épouse. Ils étaient cousins, tous deux de sang hragon, mais la fierté de ma mère l'irritait. Après moi, elle n'eut pas d'autre enfant. Je crois d'ailleurs que ce fut délibéré de sa part. Finalement, il la répudia puis se choisit une nouvelle Impératrice des Lys au sein de la caste sacerdotale, une catin qui lui donna trois fils. S'il l'a également répudiée, elle jouit toujours de ses faveurs en agissant comme une proxénète. Cette femme lui amène en effet des enfants des deux sexes à peine assez âgés pour marcher, bien trop jeunes pour partager son lit. Quant à moi, il m'a renié et déshérité au profit du premier fils qu'il a eu avec la prêtresse. Son héritier est désormais Basnurmon, et voilà où le bât blesse. Toute la cité sait que je suis de pure souche hragon, un descendant direct de Masrimas le Conquérant, tant du côté paternel que maternel. Basnurmon n'est un Hragon que par son père; sa mère n'a pas une goutte de sang royal dans ses veines. Cela l'inquiète. J'ai toujours été l'objet de complots. Je suis plus en sécurité parmi les jerds de la Citadelle qu'à l'intérieur du Palais Pourpre de l'Empereur. En apprenant que je vous avais lancé un défi, Basnurmon a voulu intervenir. Il espérait se débarrasser définitivement de moi. Presque tous les duels se déroulent sur le Pré du Lion, et ses sbires n'ont eu aucune difficulté à m'y trouver.

– Que se passera-t-il, lorsqu'il apprendra que vous vivez encore ?

– Cela m'intrigue, Vazkor. Il n'a jamais agi aussi ouvertement. Il a couru des risques, et sera fou de rage d'avoir perdu la partie. Quant à l'Empereur, il feindra de ne rien savoir, comme à l'accoutumée.

J'entendis des bruits dans les bois, derrière nous, et des cavaliers tenant des lanternes masriennes closes apparurent entre les arbres. Sorem sourit.

– Yashlom et des membres de mon jerd. Sans vous, ils seraient arrivés trop tard d'une ou deux minutes. Ils nous fourniront une escorte pour regagner la Citadelle.

Les soldats s'arrêtèrent et leur chef appela Sorem. Les espions avaient été apparemment espionnés, et ces cinquante jerdiers étaient venus intercepter les assassins à la solde de Basnurmon; un peu trop tard, ainsi que l'avait fait observer Sorem. Ils examinèrent les morts, récupérèrent les corps des leurs. Finalement, le capitaine Yashlom amena le cheval blanc de Sorem qui, courtois et gracieux comme à un festin, m'offrit cet animal.

Je le remerciai et lui répondis que je ne voulais pas violer la loi masrienne en montant un cheval blanc, avant d'ajouter que je pourrais regagner seul la cité, étant capable d'assurer ma protection ainsi qu'il avait dû le noter. En fait, je ne souhaitais pas attirer l'attention avec une telle escorte de militaires à mon retour chez moi. J'étais déjà bien trop impliqué à mon goût dans les conspirations et les complots de la Cité Céleste.

Sorem hocha la tête, sans doute conscient de mes raisons, et il me prit à part pour me dire :

– Je vous dois la vie. Nous étions ennemis, mais cela appartient au passé. Je n'oublierai jamais ce que vous avez fait cette nuit.

Il m'offrit sa main, que je serrai à la manière masrienne. Puis il se mit en selle et s'éloigna avec ses hommes en direction de la Citadelle et de sa sécurité précaire. Demain, la dame aux yeux bleus saurait que son fils me devait la vie.

Ne redoutant pas de voir d'autres spadassins surgir des ténèbres, je gravis la colline jusqu'à l'autel de la déesse inconnue et m'assis pour réfléchir. Cette cité semblait vouloir me prendre à ses pièges et m'éloigner de mes buts. Avec amertume, je pensai à la loyauté des jerdiers de Sorem, ces quatre officiers morts pour lui sur le Pré du Lion et les autres qui s'étaient précipités vers nous pour le défendre, tendus et anxieux. Je me remémorai les guerriers des tribus, même ceux avec qui j'avais combattu dans les ruines d'Eshkir, et qui m'avaient si rapidement oublié. J'avais fréquemment eu conscience que je ne pouvais me fier à personne, et la situation restait inchangée. Charpon le requin et Long-Œil étaient morts. Même Lyo avait pris la fuite.

Puis j'abaissai le regard sur la pente nord et oubliai ces pensées. Une clarté verdâtre était apparue, et des silhouettes colorées se découpaient contre elle. J'allais avoir de la compagnie.

Mon arsenal psychique était reconstitué, et je dégainai un coutelas pris sur le cadavre d'un des manteaux noirs. Je pus bientôt discerner l'homme qui se trouvait à la tête du groupe montant vers moi : Lyo.

Il leva la main et me cria en seemase :

– Seigneur ! Attendez, Seigneur Vazkor.

Puis il parcourut les derniers mètres en courant et s'agenouilla à mes pieds.

– Votre Pouvoir, j'ai eu peur de votre Pouvoir, et je me suis enfui.

– J'aurais plutôt cru que tu avais eu peur de ces quatorze hommes et de leurs couteaux.

– Non, Seigneur. (Il releva la tête, pour me fixer.) Je vous ai vu les foudroyer.

– Qui as-tu amené avec toi ?

– Des Hesseks, Seigneur Vazkor. Ils étaient dans les bois et vous observaient. Ils sont restés cachés jusqu'au départ des jerdiers.

– D'autres espions.

– Non, Seigneur.

Il semblait terrifié, non par moi ou les hommes qui l'accompagnaient, mais par quelque chose de moins tangible que des êtres humains.

Les autres arrivaient. Leurs lanternes brillaient derrière eux, un détail auquel je ne prêtai pas attention sur l'instant.

Des fleurs fanées jonchaient la pierre de l'autel, des pavots noirs dérobés dans la plantation d'un marchand d'opium. Je libérai assez d'énergie de mes doigts pour enflammer ces offrandes et obtenir une lumière suffisante pour voir alentour.

Les Hesseks s'immobilisèrent aussitôt. Leurs murmures évoquaient les bruissements des feuilles mortes dans une allée. Ils ne parlaient pas le masrien, le seemase ou l'argot de Bar-Ibithni, mais le vieil hessek. Je n'avais pas besoin de lumière pour voir qu'il ne s'agissait pas d'esclaves ou de coupe-jarrets du port, mais de proscrits de Bit-Hessee, la ville au-delà-des-marais.

Leurs vêtements en lambeaux, à l'origine des tuniques vertes d'un style différent de celles des Masriens, étaient fendus sur les côtés et retenus par des lanières, des ceinturons corrodés de cuivre couvert de vert-de-gris. S'ils n'avaient pas de couteaux – la loi –, d'étranges objets y étaient glissés : frondes et petites cordes nouées, sarbacanes et bourses emplies d'éclats de silex. Ils ne portaient aucune parure, pas même des colliers à prières hesseks. Leurs cheveux étaient longs et assez emmêlés pour briser les dents d'un peigne de bois. Ils possédaient un teint encore plus livide que les autres Hesseks. Même les chasses dans les marais n'avaient pu donner un hâle à leur épiderme blanchâtre.

Si je crus tout d'abord n'avoir encore jamais rencontré un seul de leurs semblables, je me ravisai bientôt. J'avais côtoyé l'un d'eux, vêtu en marin et ensuite de ma propre livrée. Je reconnus Ki, l'homme qui m'avait vu marcher sur les flots puis s'était enfui de ma demeure avec Lellih, en laissant un corbeau noir ensanglanté à ma porte.

Il s'approcha de moi, s'agenouilla et toucha le sol de son front, pour me demander :

– Vous souvenez-vous de Ki, mon maître ? J'ai été votre premier témoin, mais nul n'a voulu me croire.

Il était ridicule, ce discours d'un homme qui semblait s'adresser au sol avec sa croupe en l'air. Je lui dis de se relever et lui demandai ce qu'il désirait.

– Vous servir, me répondit-il. Nous souhaitons tous vous servir. Si des seigneurs masriens veulent attenter à votre vie et si vous cherchez une cachette sûre, nous en connaissons une.

Il ne me précisa pas laquelle.

Il émanait de ces hommes une aura de danger, d'illégalité et de mysticisme. Il n'était pas difficile de reconstituer les faits. Ki avait répandu ma légende, et conduit Lellih à son peuple en tant que preuve vivante de mon Pouvoir. Cet homme appartenait à une race semblable à celle de Long-Œil, habituée aux dieux, attendant peut-être leur venue.

Je fis alors ce que j'avais depuis longtemps à l'esprit. Je parvins à surmonter mes craintes et mes scrupules pour sonder volontairement ses pensées, afin de m'assurer de sa loyauté.

Si j'avais brièvement entrevu l'esprit de Lellih, j'étais alors caparaçonné d'orgueil et le contact avait été accidentel et vague. Cette fois, je me contentai d'effleurer la surface du monde intérieur de Ki, mais la découverte de cette contrée étrangère me glaça. S'aventurer dans le cerveau d'un autre homme n'est pas un voyage qu'on peut entreprendre à la légère, ou trop fréquemment. Cependant, cela me permit d'apprendre certaines choses.

Pendant un instant, je devins Ki, et ses yeux furent les miens. Et ce qu'il voyait devant lui était un dieu, un dieu plus noir que les ténèbres.

Les événements, mes pensées, m'avaient ébranlé. Tout cela engendrait en moi une angoisse dont je devais approfondir la nature.

Je pivotai vers les Hesseks et hochai la tête.

– A Bit-Hessee, leur dis-je. Allons visiter votre cité de proscrits.

7

Leurs lanternes vertes révélaient la digue, dont les marches effritées descendaient jusqu'aux flots. Je vis les vestiges d'un phare éteint depuis longtemps, et le long de l'appontement vermoulu deux embarcations hesseks sans voiles, faites de tiges de grands roseaux des marais assemblées entre elles. Des rames de bois noir reposaient dans les tolets, et leurs plats étaient enveloppés de bouts de toile.

Trois Hesseks s'installèrent dans l'esquif le plus proche, Ki et un autre homme prirent les rames du second canot et m'invitèrent à m'asseoir. Ce fut cet instant que choisit Lyo pour s'enfuir en courant vers le haut de la pente. J'ordonnai aux Hesseks de ne pas le poursuivre, et ils m'obéirent. Lyo avait été au mieux un compagnon encombrant, dont la nervosité mettait ma patience à rude épreuve.

L'embarcation de roseaux quitta la rive et s'éloigna sur l'étendue noire de l'océan.

Après approximativement trois quarts de mille, les Hesseks changèrent de cap pour éviter le port de Bar-Ibithni. Il n'y avait pas de lune et les flots étaient obscurs, hormis à main gauche où je voyais la luminescence diffuse de la cité et du port. Notre chemin était dégagé, à l'exception de deux galères ancrées au delà de la barre. Elles n'avaient pu pénétrer dans les bassins avant la fermeture du péage et possédaient l'immobilité cadavérique propre à tous les navires surpris par la nuit. Seuls des fanaux rouges dansaient sur leurs bastingages et paraient les flots de braises incandescentes. Les Hesseks avaient assourdi les avirons, ce qui permit aux embarcations de glisser entre ces galères sans être remarquées. Parias dans leur propre pays, les habitants de Bit-Hessee avaient appris la prudence.

Plus à l'ouest, la berge était plongée dans l'obscurité de la nuit et les points de clarté se firent rares et imprécis. Finalement, il ne subsista que la mer qui brasillait imperceptiblement.

Puis l'odeur saline de l'océan fut couverte par la puanteur des marécages.

Les canots virèrent vers la terre. Les flots s'épaissirent et les avirons plongèrent dans une soupe de verdure flottante. La proue des embarcations fendit bientôt des roseaux nimbés d'une phosphorescence surnaturelle. Le courant obliquait pour guider les flots et les embarcations dans un delta sinueux qui allait se rétrécissant et formait un étroit chenal d'eau noire. De chaque côté s'étendaient les marais de Bit-Hessee, vestiges de l'aube de ce monde.

Des marécages auxquels manquaient les bruits des oiseaux nocturnes et de la vie aquatique, mais où régnait un murmure perpétuel. Le bruissement insidieux des roseaux me fit penser, contre toute logique, au battement d'énormes ailes membraneuses dans le ciel et aux reptations d'étranges reptiles dans les flots. Il y avait cependant des insectes dont les vrombissements étaient incessants, et parfois quelques gargouillis provenant des berges boueuses où se dressaient des arbres aux formes bizarres.

Si je les pris tout d'abord pour des palmiers, ils évoquaient plutôt de géantes fougères préhistoriques. Sous la faible phosphorescence ambiante, leurs tiges fibreuses s'ouvraient au sommet en larges ombrelles de feuillage invisible.

– Ki, appelai-je.

Il tourna la tête vers moi, sans cesser de ramer.

– Oui, Seigneur ?

– Pas d'oiseaux, Ki. J'ai cependant entendu dire que les habitants de Bit-Hessee chassent dans ces marais.

– Plus à l'est, Seigneur. Non loin de la ville nouvelle. Les Hesseks s'y rendent lorsque c'est nécessaire.

Une créature sauta dans les flots, puis glissa près de l'embarcation. Juste au-dessous de la surface, je vis passer un saurien également nimbé d'une vague luminescence; un croisement d'alligator et de créature de cauchemar.

– Ce marais est très ancien, dis-je.

Ki m'adressa un sourire qui me parut menaçant, compte tenu des circonstances.

– Aussi ancien que les Hesseks.

– C'est-à-dire ?

– Aussi ancien que les ténèbres.

– Ki...

– Oui, Seigneur ?

– Quel est mon véritable nom ?

Il sursauta légèrement, puis répondit :

– Nous ne le prononçons pas à la légère.

– Tu crois cependant que je suis le Démon noir de l'Ancienne Foi.

Je n'avais pas sondé à nouveau son esprit, mais me souvenais du contact précédent et des images perçues à la surface de son cerveau.

– Vous l'appelez le Pasteur des Essaims, n'est-ce pas ?

Il baissa les yeux. L'autre homme me fixait toujours. Ils continuaient de ramer et leurs bras semblaient indépendants de leurs corps.

– C'est le Seigneur des mouches, des insectes qui rampent et qui volent, des chauves-souris, des ténèbres du tombeau et des vers. Voilà qui vous adorez, dans ces marécages.

– Les ténèbres existent depuis l'origine des temps, murmura Ki.

C'était une phrase rituelle.

– Shaythun, dis-je, et leurs visages se figèrent. Shaythun, le Pasteur des Essaims.

Ils gardèrent le silence. Nous glissions devant les arbres démesurés et les points lumineux des insectes. Les roseaux, aussi gros que le poignet d'un homme, envahirent le canal et les embarcations s'engagèrent en leur sein.

– Si je suis Shaythun, rien ne peut certainement m'empêcher de prononcer mon nom. Mais pourquoi serais-je Shaythun ? Si je suis un dieu, pourquoi pas Masri ?

Je m'étais adressé à Ki, me remémorant ce qu'il était censé avoir crié en me voyant marcher sur les flots : que j'étais ceint de lumière, que j'étais Masri – Masrimas, le dieu conquérant.

– Vous avez fait un feu, sans cacher ses flammes.

C'est exact, pensai-je. Aucun Masrien n'eût allumé un feu sans le dissimuler et réciter des incantations rituelles, et certainement pas en embrasant des offrandes déposées sur l'autel d'une divinité florale. Ki supposait que Masrimas aurait agi de même que ses fidèles.

– En ce cas, pourquoi pas Hessu, votre dieu de la mer ?

– Hessu n'est plus. Les Masriens l'ont chassé.

– Tu as réponse à tout. Je ne puis donc être que Shaythun.

– Cela reste à prouver.

Le rideau de roseaux s'interrompit brusquement. Devant nous, le chenal était dégagé et s'élargissait pour former un lagon irrégulier, cerné de marais dans toutes les directions, hormis à l'ouest où se dressait une masse blanchâtre : les vestiges du port de l'ancienne cité.

Nous approchions des quais, et le squelette d'un

navire apparut au delà d'une courbe de la berge : un vaisseau du Vieil Hessek, différent des galères des conquérants, effilé et sinueux, à présent verdâtre et en partie immergé. Derrière le navire mort s'alignaient les épaves; les membrures, les couples et les étraves vermoulues d'innombrables autres carcasses envahies par des arbres pleureurs. Ce port avait dû connaître une activité importante, autrefois. A partir de ce cimetière marin, de larges marches recouvertes d'un tapis d'algues visqueuses donnaient accès à la terre ferme.

La lanterne verte fut rallumée. Les canots atteignirent le large escalier et furent tirés dans les roseaux, qui les dissimulèrent. Ki me précéda vers le haut des marches.

Il tenait la lanterne dont la clarté révéla des murs noirs, des gravats, d'étroites fenêtres aveugles. Des chauves-souris voletaient dans les cheneaux crénelés d'avant-toits en partie effondrés.

Le chemin descendait en serpentant au cœur des ruines, et brusquement l'odeur de la fumée s'ajouta à la puanteur des marais. Les étages supérieurs des immeubles se rapprochaient de plus en plus, et ils métamorphosèrent bientôt la ruelle tortueuse en tunnel. Nous nous engageâmes dans ce passage immonde et noir comme la poix.

Voyant un rat hypnotisé par la clarté de la lanterne, je me remémorai le surnom que les habitants de Bar-Ibithni donnaient à ces lieux : le Trou à Rats.

C'était plutôt un terrier, semblable à ceux que creusent les garennes, mais par endroits aussi bruyant que l'antre d'un renard. Ici et là, les boyaux souterrains s'ouvraient sur un ciel contre lequel se découpaient la ville haute et les branches emmêlées d'arbres géants. La plupart du temps, cette voie plongeait sous les briques en surplomb ou dans les entrailles du sol, où la boue durcie avait été creusée et étayée avec des murs de pierre. Des canaux d'eau croupie serpentaient dans les ténèbres, et des hommes vivaient dans ce cloaque abominable.

Les ombres se rassemblaient contre les parois de terre où béaient de petites ouvertures; entrées de grottes, d'habitations troglodytes, et de pièces creusées à même le marais. Pas des lapins ou des renards. Plutôt des termites. Des termites qui possédaient le feu et le laissaient brûler sans dissimuler ses flammes (un blasphème pour les Masriens) dans des pots de terre posés à côté des « portes » de leurs épouvantables taudis.

Je n'avais jamais rien vu d'aussi sinistre. Les Hesseks s'étaient effectivement réfugiés sous terre, tels des animaux pourchassés.

Des flammes pâles éclairaient des visages blêmes. Il n'y avait pas un seul homme auquel j'aurais osé tourner le dos. Quant aux femmes, j'aurais préféré partager mon lit avec des louves.

Je notai un enfant assis sur le rebord d'une ouverture. Son pied était gangrené, mais il ne pleurait pas. Il se contentait d'abaisser sur moi un regard haineux qu'il avait dû acquérir très jeune. Sans doute me prenait-il pour un captif masrien, un prisonnier, ce que j'étais à un certain degré. Je tendis la main vers cet enfant, le besoin de le guérir ayant surmonté le dégoût engendré par cet enfer. Pendant une seconde, je crus qu'il me souriait, puis ses dents jaunâtres se plantèrent dans mon avant-bras.

Ki cria, imité par les quatre autres Hesseks.

L'enfant serrait ses crocs comme un furet, et je crus qu'il buvait mon sang. Je dus le frapper à trois reprises sur le crâne, avant qu'il ne me lâche et ne tombe dans le passage, la bouche ruisselante de sang et les yeux exorbités. Je posai alors ma main sur sa jambe, au-dessus de la zone gangrenée. Aucun flux curatif n'émana de ma paume.

De toute évidence, mon profond dégoût m'empêchait d'employer mon Pouvoir... uniquement sur les autres, car je cicatrisai aussitôt la blessure répugnante due aux crocs de cet enfant.

Les Hesseks sombrèrent à nouveau dans un mutisme profond. Je fis signe à Ki de repartir et lui demandai où il me conduisait.

– Non loin d'ici. Un lieu saint. L'enfant va-t-il mourir, Seigneur ?

— Il appartient déjà au royaume des morts. Quel est ce lieu saint ?

— Un tombeau.

Je n'entrevoyais plus son cerveau et, si j'avais toujours l'impression d'être invincible, l'obscurité, la puanteur et la misère déclenchaient en moi une sorte de rejet.

Trois minutes plus tard, nous arrivâmes à destination.

Le labyrinthe souterrain remontait vers un cimetière hessek, autrefois réservé aux défunts de la ville haute. Une grille de métal ouvragé et rouillé s'ouvrit en grinçant sur un couloir de pierre irrégulièrement éclairé par des torches.

L'extrémité de ce passage était fermée par des doubles portes de cuivre qui donnaient sur une chambre funéraire rectangulaire, tendue de vieilles tentures de soie arachnéenne. Contre la paroi la plus éloignée se trouvaient trois banquettes de pierre sculptées de volutes et agrémentées d'ossements humains verdâtres, apparemment disposés au hasard.

Il est rare qu'une visite rendue dans la maison de la mort soit agréable.

— Ki, ce n'est pas une résidence où j'aimerais m'installer.

— Soyez patient, Seigneur.

Il écarta les tentures fragiles, pour me révéler une seconde pièce éclairée par des torches.

J'y pénétrai. Les tentures se refermèrent derrière moi et je me retrouvai seul.

Une porte secrète, semblable à celles d'Eshkorek, s'ouvrit dans le mur opposé. Mais ce qui arriva par ce passage me fit aussitôt oublier cette cité nordique.

Je vis tout d'abord apparaître un homme. Il marchait à quatre pattes, tête baissée comme un fauve, et était tenu en laisse par un autre personnage tout comme lui vêtu de noir. Mais cet homme marchait normalement et son visage était couvert d'étranges motifs, apparemment dessinés avec des émeraudes. En dernier, arriva une femme.

Dans ses cheveux gris fumée se trouvait un nid de vipères. Des figurines de bronze poli qui me semblèrent vivantes, et même *trop* vivantes lorsqu'elles reflétèrent la clarté vacillante des torches et parurent se lover. La fine robe de lin transparente de la femme révélait ses jambes argentées. A sa taille miroitait une large ceinture de gemmes vertes et écarlates.

Elle s'arrêta, couvrit son visage de ses mains, et s'inclina devant moi. Elle ne portait ni voile, ni maquillage, et lorsqu'elle releva les yeux vers moi, je la reconnus aussitôt.

Lellih.

8

Le fauve humain accroupi sur le sol gronda et releva la tête. Son visage, peint de rayures noires, évoquait la gueule d'un tigre, et ses dents avaient été limées en crocs. Ses yeux étaient cruels et inhumains. Il était possédé ou envoûté et se prenait pour un félin. Le gardien de la bête, l'homme au masque d'émeraudes, s'adressa à moi.

– Soyez le bienvenu, Seigneur. Nous nous réjouissons de votre présence et que vous soyez venu de votre plein gré.

– Est-elle également venue ici de son plein gré ?

Lellih sourit, et des doigts glacés frôlèrent mes épaules. Elle était effectivement très belle, cette fille que j'avais recréée à partir d'une chair sénile. Trop belle. Et je me remémorai son profil virginal d'albâtre sur lequel la vie n'avait pas encore imprimé son empreinte.

– Elle devait devenir notre prêtresse, notre symbole.

– Le symbole de quoi ?

– Elle était vieille, et vous lui avez rendu sa jeunesse, sa force. Vous l'avez régénérée. Notre peuple est si vieux.

– Et vous comptez sur moi pour lui rendre ses forces et sa jeunesse, n'est-ce pas ? Parce que je suis ce dieu-démon que vous adorez.

Je notai alors que les émeraudes ornant les joues et le front de cet homme n'étaient pas des gemmes, mais de minuscules coléoptères sur lesquels se reflétait la lueur des torches. Il s'agissait certainement d'un prêtre, ces insectes-joyaux et l'homme en laisse étant les symboles de son autorité. *Mon* prêtre, sans doute. Et Lellih ma prêtresse.

– Même vous, Seigneur, pouvez ne pas connaître votre destinée, la volonté de celui qui est en vous. Si vous le permettez, nous allons vous guider vers le Saint des Saints et nous en assurer.

– Et si je ne le permets pas ? Vous savez que j'ai le pouvoir de vous foudroyer sur place, ainsi que tous ceux qui pourraient arriver.

– Oui, Seigneur.

Il était difficile d'interpréter son expression, avec tous ces insectes collés à son visage. J'avais entendu des Masriens déclarer avec mépris que tous les Hesseks étaient semblables, et dans la pénombre de cette nécropole, j'en obtenais, semblait-il, la confirmation. Cet homme était un composite des membres de sa race, plus qu'un individu. En le fixant, j'eus l'impression que je n'aurais pu le reconnaître, une fois dépouillé des attributs de sa fonction.

Mais ce fut Lellih qui répondit à ma place.

– Le dieu tout-puissant éprouve de la curiosité envers les hommes, dit-elle. S'il vient avec nous, il pourra la satisfaire.

C'était la première fois que j'entendais sa voix de jeune fille. Il ne subsistait en elle rien de l'ancienne Lellih. Elle possédait de la distinction, et même le cerveau qui avait formulé ces paroles avait changé. Je me demandai si elle se souvenait de son existence antérieure, des jours où elle n'était qu'une vieille invalide bossue vendant des confiseries. Mais elle n'avait pas menti; j'éprouvais le désir hésitant et malsain de découvrir ce qui m'attendait, cette curiosité qui m'avait attiré jusqu'ici.

– En ce cas, ne perdons pas de temps, répondis-je lentement.

Le prêtre s'inclina devant moi, puis devant Lellih.

Lorsqu'il s'adressa à elle, je notai qu'il ajoutait le titre honorifique des Hesseks.

– Vous êtes pleine de sagesse, Lellih-yess.

Le prêtre s'éloigna, et elle le suivit. Je leur emboîtai le pas le long d'un autre couloir, chaud et fétide comme seule une tombe peut l'être. Entre deux feulements de l'homme-tigre en laisse, je murmurai à Lellih qui marchait devant moi :

– Continue d'être pleine de sagesse, grand-mère. N'essaie pas de me jouer un tour.

– Vous vous méprenez sur mon compte, me rétorqua-t-elle sans se retourner. En outre, que pourrait redouter un dieu invulnérable ? Mais on m'a dit que vous veniez de sauver un prince hragon, cette nuit. Sorem serait-il votre amant, pour que vous attachiez un tel prix à sa vie ? Je croyais que Vazkor préférait les femmes.

Sa robe de voile ne me dissimulait rien de son corps, mais elle ne m'inspirait aucun désir et ne m'en inspirerait jamais. De la répulsion m'envahit à la pensée de coucher avec elle. Elle n'en prit pas conscience, ainsi que le confirma sa démarche.

– Vous m'avez également rendu ma virginité, et le sceau est intact. N'aimez-vous pas les femmes, Vazkor ?

– Toutes, madame. Vous exceptée.

Il n'existe aucune façon plus rapide de se faire une ennemie. Un homme peut traiter une femme d'idiote et de catin; dès l'instant où il la désire, ces insultes lui seront pardonnées. Mais s'il lui dit qu'elle est la plus grande merveille du monde sans pour autant réagir physiquement à sa présence, elle le haïra jusqu'à la fin des temps.

Lellih garda ensuite le silence, et je l'imitai.

Le prêtre me parlerait par la suite d'une prophétie qui avait vu le jour à Bit-Hessee approximativement quatre-vingt-dix ans plus tôt. Comme bien des peuples conquis et asservis, condamnés à la mendicité et à une vie de proscrits sur leurs propres terres, les Hesseks attendaient l'avènement d'un sauveur qui les libérerait du joug de l'oppresseur et ferait renaître l'ancien Empire hessek des cendres d'un million de cadavres de Masriens. Ils avaient renié leurs dieux précédents, ceux qui les avaient abandonnés; même Hessu le démon de la mer, fondateur mythologique de Bit-Hessee. Si les marins et les esclaves hesseks leur rendaient toujours un hommage de pure forme et faisaient des offrandes symboliques à leurs divinités de l'océan, des récoltes et du temps, il ne subsistait plus rien de cette religion originelle dans les marais de la vieille cité. Lorsque la métropole s'était refermée sur elle-même au sein des ténèbres, elle avait laissé ses divinités à l'extérieur.

Le peuple hessek était âgé, épuisé, décadent. Certains avaient osé dire que le sauveur des Hesseks apparaîtrait lorsque les poules auraient des dents – un dicton plein de cynisme compte tenu des circonstances, mais qui avait paru contenir de plus en plus de bon sens au fil de ces années d'oppression. Cependant, Lellih, la vieille poule bossue, avait retrouvé ses dents et sa jeunesse. Elle avait utilisé mes ambitions pour servir les siennes. Lorsqu'elle était venue vers moi en m'implorant de lui rendre sa jeunesse, dans le Bosquet, j'avais pensé que ses dieux la plaçaient sur mon chemin. Peut-être ne m'étais-je pas trompé.

Le Saint des Saints semblait se trouver au cœur du cimetière, accessible par un labyrinthe de passages qui traversaient d'innombrables tombes et ossuaires où les crânes empilés semblaient ricaner et où l'atmosphère était pestilentielle.

Un spectacle insolite m'attendait. Au delà d'une voûte apparut une vaste salle dont les parois étaient dissimulées par une foule de prêtres noirs et de Bit-Hessiens en haillons. Seul le centre, où brûlait un brasero juché sur un haut trépied, était dégagé. Lellih m'y précéda, de même que le prêtre et son semblant d'animal de compagnie répugnant. Lorsque j'entrai à mon tour dans la salle, une ovation s'éleva de la foule et se réverbéra sous la voûte. Ces cris possédaient le timbre hystérique de ceux des femmes des tribus, pendant un chant funéraire. Je n'aimais guère cela et ne compris les paroles que lorsque les cris s'élevèrent à nouveau. Ils disaient : *Eiullo y'ei S'ullooo-Kem!* (« Le dieu invisible s'est matérialisé en son fils ! »)

Je m'étais à plusieurs reprises attribué un statut divin, et j'avais eu pour cela d'excellentes raisons. Mais la peur me glaça lorsque je fus confronté à cette horde fanatique qui psalmodiait ces paroles. C'était comme de se retrouver dans une des poudrières d'Eshkorek et de battre le briquet, assis sur un baril de poudre à canon.

C'est un jugement, pensai-je. Si je les déçois, ils seront fous de rage, et dans le cas contraire, s'ils me prennent pour leur dieu, cette même folie m'explosera au visage.

J'ignorais quelle épreuve ils avaient prévue à mon intention.

Le prêtre leva les bras et obtint le silence. Lellih se pencha au-dessus du brasero et les joyaux ornant sa ceinture renvoyèrent des reflets rouges et verts sur ses seins et son cou.

Sur le sol, au centre de la salle, était représenté un cercle de fauves; des animaux à la fourrure blanche maculée de taches brunâtres : du sang séché, probablement. Sous l'étrange clarté dansante des flammes devant lesquelles Lellih priait, chaque fauve paraissait courir, bondir vers celui qui le précédait. Je pensai à un troupeau poursuivi par un essaim de taons, avant de prendre conscience d'une force qui m'attirait dans le cercle. Mon Pouvoir est plus grand que le leur, me dis-je, avant de décider de pénétrer dans ce cercle pour attendre la suite des événements, persuadé d'agir de mon plein gré.

Un homme peut se dire qu'il est un dieu ou un démon, mais il comprend son erreur lorsqu'il se retrouve en présence de l'un ou de l'autre. Je ne sais toujours pas si leur divinité-démon, ce maître des ténèbres, se manifesta réellement. Le sortilège était peut-être si ancien et inhérent à ce peuple qu'il avait acquis de l'efficacité. Mais peut-être n'était-ce que le fruit de leur conviction inébranlable; un phénomène comparable à la formation d'une perle autour d'une impureté contenue dans une coquille d'huître.

Les fauves blancs couraient, bien réels désormais. Je

pouvais sentir leur odeur, leur chaleur, et voir la bave couler de leurs gueules.

Puis le sol s'ouvrit lentement sous mes pieds, donnant l'impression de fondre, et je me retrouvai en un lieu où régnaient des ténèbres et un silence absolus. Et il était là, près de moi. Je ne pus ni voir ni entendre cet être qu'ils appelaient Shaythun, le Pasteur des Essaims, mais je perçus immédiatement sa présence, tel un souffle près de l'oreille d'un sourd. Je me souviens avoir concentré mon Pouvoir afin d'ériger un rempart contre lui, comparable au cercle de ronces édifié autour d'un krarl pour maintenir les loups à distance. Mais ce n'était pas une créature que je pouvais éloigner. Aucun homme n'est pur au point qu'on ne puisse trouver en lui une mauvaise pensée. Et cette mauvaise pensée est la porte qu'empruntent les démons pour entrer ou sortir à leur guise de son être.

Je commençais à voir, sans lumière; et à entendre, sans un son.

De la fumée, je discernais une sorte de fumée. Elle était composée d'un million d'atomes minuscules dans lesquels je reconnus ses sujets. Coléoptères, mouches, teignes, locustes et, bien plus bas, les créatures rampantes de son royaume, les asticots et les vers, les araignées. Tout cela tombait et grouillait derrière mes paupières closes, comme de la pluie contre un store de parchemin. Je n'avais apparemment d'autre choix que d'attendre, car mes Pouvoirs étaient enchaînés ou écrasés par la pression de la foi des Hesseks.

Un moment plus tard, cette vision prit fin ainsi que la pénombre.

Je me retrouvais dans le Saint des Saints, à présent désert à l'exception du cercle de fauves blancs. Désormais immobiles, ils tournaient leurs têtes vers moi, pour m'observer. Ils évoquaient des chimères à corps de lion et à tête de cheval, avec des pattes courtes et musclées et des ventres flasques et pendants. Leur odeur était celle de l'origine des marais, un suintement chaud refroidi depuis des siècles.

Ils me fixaient, leurs épaisses langues brunes pendantes, comme des chiens après la chasse.

Puis l'obscurité s'abattit entre moi et ces fauves. Une

ombre. Malgré les hurlements qui s'élevaient, je sus que ce n'était pas le Démon des Hesseks, car ce dernier était invisible. Etre réel ou spectre, il n'avait aucune forme masculine véritable. Je pris brusquement conscience que ma propre énergie mentale, contenue par la ferveur religieuse de Bit-Hessee, s'était repliée sur elle-même pour créer un archétype de mon propre cerveau, peut-être afin de contrer les leurs.

Je crus pendant un instant que c'était la matérialisation de mon image, telle que l'eût renvoyée un miroir.

Un homme grand, à la forte ossature, dur et élancé, hâlé, aux cheveux noirs aussi longs que les miens à l'époque où j'étais un guerrier des krarls. Il portait des bagues et des vêtements noirs. Son visage était le mien, bien que différent au niveau des yeux et de la bouche. Mon sang martelait mes tempes et mes muscles devenaient flasques.

J'oubliai les Hesseks. J'avais un goût salé dans la bouche et une terreur, qui n'était pas de la terreur, tordait mes entrailles. Je balbutiai, comme l'eût fait un enfant :

– Vazkor, mon père.

Il ne me répondit pas. Mais, spectre ou hallucination, il me fixa comme s'il me voyait. Aucun songe ou vagabondage de l'esprit ne m'avait préparé à cela, pas même la vision que j'avais eue sur l'île. Il semblait si matériel que je crus pouvoir le toucher, mais ne m'en approchai pas.

– Je n'ai pas oublié, grand roi. J'ai fait un serment. Je le tiendrai.

Mes jambes tremblaient et j'étais en sueur.

– Que voulez-vous de moi, outre ce que je vous ai promis ?

Il commença à se désagréger devant moi, une vision épouvantable et horrible.

– Attendez, criai-je. Que voulez-vous ? Javhovor... sire... *Père !*

Mais il avait disparu et, là où il s'était dressé si noble et matériel, se trouvait un gros félin rayé qui bondit vers ma gorge.

Je roulai sur le sol et luttai contre ce tigre à l'aide de

mon couteau. La lame entailla le cou de la bête et son sang coula sur ma poitrine, alors qu'un cri parvenait à mon esprit.

Et ce cri ne sortait pas de ma bouche.

J'étais debout, au centre du cercle de fauves blancs, au cœur du cimetière hessek. La flamme du brasero me révélait une foule agenouillée, dans cette attitude de prosternation immémoriale des hommes devant leurs dieux. Lellih était elle aussi à mes pieds, de même que le prêtre aux coléoptères et un autre personnage. Ce n'était pas un tigre, que j'avais tué, mais le fou à la laisse qui se prenait pour un fauve. C'était ainsi qu'ils offraient des sacrifices à leur dieu : en abaissant la victime au statut d'un simple animal, puis en l'égorgeant. Et c'était moi qui avais officié à leur place... le couteau ensanglanté était à nouveau glissé dans mon ceinturon.

Le prêtre rampa vers moi, à genoux. Il saisit mon pied et le baisa. Je le repoussai d'un coup de talon et lui brisai une dent. Il releva le regard vers moi, sans faire cas de la douleur.

– Nous avons obtenu la preuve, dit-il. Le Pouvoir du cercle l'a révélé. Vous, le principe directeur, l'ombre ignée. Vous êtes l'incarnation de Shaythun, Shaythun fait chair. Ordonnez, et nous obéirons.

– Estimez-vous heureux que je ne vous tue pas, lui dis-je d'une voix tout aussi basse que la sienne.

– Tuez-moi. Je suis prêt. Je m'offre en sacrifice, Shaythun-Kem.

Lellih avait également relevé son visage blême. Elle déchira sa robe de voile et griffa ses seins avec ses ongles. Ses lèvres étaient entrouvertes et les vipères miroitaient dans sa chevelure. Elle m'offrit d'autres parties de son corps, ayant apparemment oublié les propos que je lui avais tenus un peu plus tôt.

– Ordonnez, répéta le prêtre.

– En ce cas, conduisez-moi à ce refuge dont m'ont parlé vos hommes, et que je suis venu visiter.

Le sang, la magie, la puanteur cadavérique et la clarté vacillante des torches me donnaient des étourdissements. J'en avais assez, et j'étais fermement décidé à empêcher que tout pût recommencer.

Le prêtre se releva, s'inclina, et exécuta mes ordres.

J'entrai dans la chambre inoccupée, propre et d'odeur supportable après la puanteur de la nécropole. Un lit se trouvait près du mur. Je me laissai choir sur ses couvertures et pénétrai dans la contrée grisâtre des rêves.

Un songe m'éveilla, un cauchemar dans lequel un chat blanc buvait mon sang.

Je m'éveillai d'un bond dans la pénombre et vis le monstre du rêve accroupi au pied du lit. C'est une terreur bien différente des autres, elle ronge l'esprit. Mais l'aube s'était levée, ce qui me permit de reconnaître la véritable nature de ce que je voyais et de conserver ma santé mentale. Vêtue d'une robe blanche, avec un voile blanc sur les cheveux, Lellih la prêtresse cessa d'être mon obsession personnelle venue me dévorer.

Cette chambre devait être située dans la partie supérieure de la ville souterraine, car la clarté du soleil levant atteignait une fenêtre haute et étroite située sous le toit. Lellih s'étira dans la fontaine rosée de l'aube, laissa tomber son voile, puis sa robe.

– Voyez comme vous m'avez faite belle. Mais je n'aimerais pas faire de tels songes.

Je compris immédiatement qu'elle connaissait mon rêve dans ses moindres détails. J'avais dû crier dans mon sommeil, mais je fus persuadé qu'elle avait lu posément mes pensées, comme j'avais lu la veille celles de Ki avec malaise. Je percevais à nouveau la présence d'une chose immémoriale et perverse. Malgré mes prétentions de puissance, mon pouvoir de guérison m'avait trahi et j'avais pénétré dans le cercle des fauves plus docilement qu'un mouton attiré dans la cabane du boucher. Si je relâchais ma vigilance, le Pouvoir des Hesseks viendrait saper le mien pour faire de moi un des leurs et un élément de leur foi.

Lellih rit, en exhibant sa nudité.

– S'ils m'ont donné à porter les trésors du Vieil Hessek – la Couronne-Serpent et la Ceinture de Feu –, je possède des trésors encore plus fabuleux. N'hésitez pas. Le prêtre à face verte viendra vous rendre visite, mais je lui ai ordonné d'attendre que je sorte, ce qui vous laissera le temps de coucher avec moi.

Elle remonta mon corps en rampant contre lui, matérialisation de cette autre chose que je sentais s'infiltrer dans mon esprit.

Finalement, elle me murmura à l'oreille :

– Sorem le Masrien est donc votre amant, Vazkor Shaythun-Kem. Vous auriez dû faire de moi un garçon, semblable à Theï.

– Ote ton poids de moi, prêtresse, ou je t'enverrai rejoindre ton dieu, mon père selon vous, à l'aide de ce couteau.

– Oh ! Un couteau ? Est-ce tout ce que vous êtes capable de planter dans mon corps ? Et c'est tellement barbare ! Celui qui peut tuer avec la lumière préfère cependant une arme de voleur.

Je la repoussai et la frappai, car je ne pouvais tolérer les intimidations d'une femme. Elle semblait avoir lu mon passé avec le reste, connaître mes origines.

– Ton peuple me révère. Tu aurais intérêt à ne pas l'oublier.

Elle me fixa. Ses yeux n'avaient aucune profondeur et semblaient peints sur son visage. Elle couvrit de sa main la joue rougie par le coup, avec cette douceur propre aux adolescents qui caressent un enfant malade ou un chaton. Il ne subsistait en elle plus rien de la vieille Lellih. Bien qu'elle fût devenue l'emblème de la foi hessek, je compris à cet instant qu'elle ne me considérait pas comme un messie. Je disposais alors de tous les indices, mais n'en tirai pas la conclusion qui s'imposait.

Elle se releva, remit sa robe, et la laça. Puis elle laissa retomber le voile sur son visage et sortit de ma chambre.

Le prêtre-coléoptère entra un instant plus tard. Il avait attendu sa sortie, ainsi qu'elle le lui avait ordonné.

Il s'agenouilla sur le sol et je lui dis de se lever. Je me montrai autoritaire, car mon assurance s'était évaporée et j'aurais préféré me trouver loin de Bit-Hessee. Je lui demandai ce qu'il me voulait. Il s'inclina et raconta la légende d'Hessek. Alors que les coléoptères dérangés par ses mouvements faciaux couraient sur ses joues et ses sourcils, il me parla du personnage pour lequel ils me prenaient, de ce sauveur qui conduirait les proscrits hors des marais, dans les rues blanches de Bar-Ibithni, abattrait les portes, les murailles et les hommes se dressant sur son chemin, installerait ceux de Bit-Hessee au cœur de la Cité Céleste et dans le Palais Pourpre de l'Empereur, rendu effectivement de cette couleur par le sang masrien.

Une onde de panique me submergea. Je me sentais écrasé par le poids de leurs exigences, de leur impatience, de leur désir de vengeance et de leur haine incontrôlable. J'avais cinq ans et j'étais cerné d'ennemis issus d'un cauchemar : voilà ce qui m'advenait dans cette chambre de la cité des marais.

Je reconstituai mentalement l'assassinat qui avait été commis dans les ruelles du port; Charpon tué pour la simple raison qu'il s'opposait à moi... l'éclat de silex, une offrande qui m'était adressée, comme le corbeau et l'homme-tigre.

Mon unique arme restait la logique.

– Avez-vous terminé? demandai-je au prêtre, qui baissa la tête. Parfait. Alors, écoutez-moi. Je ne suis pas votre prophète, et encore moins votre sauveur. Je suis Vazkor le sorcier. Aucune religion et aucun pouvoir religieux n'y pourra rien changer. Redoutez ma personne, je vous y autorise, étant donné que je suis à même de tous vous foudroyer à ma guise. Mais cherchez-vous un autre chef.

– Pourquoi seriez-vous venu parmi nous ? s'enquit-il sans relever les yeux. Pourquoi auriez-vous agi ainsi que vous l'avez fait, si vous n'étiez pas celui que nous attendions ?

– Demandez à Shaythun. Maintenant, écartez-vous de la porte.

Il demeura figé sur place et murmura :

– C'est impossible, mon maître. Vous devez rester avec nous. Vous nous appartenez.

J'avançai vers lui, et il se redressa pour saisir ma taille.

Il était musclé. Son haleine avait l'odeur d'une

drogue ou de l'encens, et je vis dans sa bouche ouverte le chicot de la dent que j'avais brisée. Je ne voulais pas utiliser mon Pouvoir contre cet homme. La magie de cet enfer semblait puiser sa puissance dans la mienne. J'avais joué le rôle de Shaythun et augmenté ainsi l'influence de ce dernier. J'avais effleuré la surface de l'esprit de Ki, et Lellih avait pénétré dans les profondeurs du mien. L'ombre d'un démon s'était façonnée à partir de celle de mon père. Je craignais qu'en libérant l'éclair de la mort en ce lieu cette force ne se retourne contre moi.

Je luttai contre le prêtre et le repoussai. Il saisit ma jambe afin de me déséquilibrer, et je me penchai pour le frapper avec mon poignard. (Barbare... qui peut tuer avec la lumière et préfère une arme de voleur.) Il gémit comme un homme se tournant dans son lit au cours du sommeil, et me lâcha.

Au-dehors, le couloir montait sur la gauche, ainsi que je m'en souvenais vaguement. La clarté du jour se reflétait contre le mur. Je courus vers elle, et personne ne s'opposa à ma fuite.

9

En dépit de mon orgueil et de mes pouvoirs, je m'étais laissé attirer dans le Trou à Rats sous l'emprise de la sorcellerie hessek, et c'est à moitié fou que je m'enfuis de ce lieu. Nul n'est plus faible que celui qui se croit invincible, et même la piqûre des petites guêpes peut être mortelle, lorsque ces dernières sont nombreuses.

J'errais dans les ruines des niveaux supérieurs de Bit-Hessee, ayant oublié comment j'y étais parvenu, dans l'incapacité de trouver un moyen pour traverser les marais et le lagon. Finalement, je me remémorai les embarcations hesseks dissimulées dans les roseaux de l'ancien port, ainsi que le cimetière des navires où, si le reste échouait, il me serait possible de fabriquer un radeau de fortune avec des éléments d'épaves. Je refusais de marcher sur l'eau, tant je regrettais de ne pas être un simple humain. Un œil semblait me surveiller, celui du Vieil Hessek. Je frissonnais de lassitude et d'épouvante, et ne pouvais parvenir à rassembler mes esprits.

Je me dirigeais en titubant vers le nord, et au-dessus de moi les épaves noires du port d'Hessu se balançaient au rythme de mes pas.

La chaleur du jour arriva, écrasée par un ciel bas. A une occasion, quelque chose cria dans les marais, au sein des arbres-fougères démesurés. Et une autre fois, entre les immeubles, je m'enfonçai jusqu'aux genoux dans une poche de boue d'où je ne parvins qu'avec difficulté à m'extraire.

Je ne vis aucun humain et aucun animal. Et je ne parvins à atteindre ni les quais ni le rivage.

Je m'allongeai à l'ombre d'un mur, dans la vase et les roseaux, sans m'inquiéter de l'ennemi. (Il était omniprésent, pourquoi prendre la peine de monter la garde ?) Le Pouvoir des Hesseks annihilait le mien. Ils m'empêchaient de m'échapper. J'avais fui la ville souterraine et me retrouvais encagé à la surface. Je marmonnai des propos sans suite, en proie à une sorte de fièvre, et je sommeillai.

Lorsque je me repris, la clarté du jour décroissait derrière les épées entrecroisées du feuillage et des toits effondrés. Je notai un contact visqueux sur ma cheville et découvris que six ou sept sangsues sorties d'une flaque se nourrissaient de mon sang. Je les arrachai de ma jambe. Dans ce crépuscule fuligineux, mon sang continua de couler et les plaies ne se cicatrisèrent pas.

Au cours des représentations théâtrales masriennes, un orage éclate toujours en de tels instants. Grondements du tonnerre et éclairs rouges ponctuent dramatiquement les blasphèmes et les prières du héros condamné. Il en fut de même dans la réalité. Le ciel s'assombrit et fut brusquement déchiré par trois épées de feu blanc et le grondement des nuages qui se livraient bataille. La pluie se mit à tomber, aussi chaude que mon sang.

Je me réfugiai sous un porche et m'allongeai dans

son ombre. La pluie formait un rideau au travers duquel je ne pouvais rien discerner. Le tonnerre gronda dans le ciel et mon esprit redevint brusquement limpide. Energie et intelligence se déversaient en moi. Je regardai les plaies dues aux sangsues et elles se cicatrisèrent. Le moment était venu de tenter de gagner le port. La pluie semblait laver Bit-Hessee de sa magie fangeuse. Je pourrais trouver le lagon et une embarcation, atteindre la mer.

Quelque chose murmura mon nom, juste derrière moi. Ce n'était pas le nom que je m'étais choisi, mais celui que m'avait donné mon krarl.

Tuvek.

Je pivotai lentement, avec crainte. Je ne pris pas la peine de sortir mon couteau, sachant qu'il me serait inutile.

Ce porche s'ouvrait sur un vaste vestibule, faiblement éclairé par la clarté qui pénétrait par les fissures des murs. Je ne voyais qu'une seule chose : une vague luminescence blanchâtre à son extrémité la plus lointaine. Il m'était impossible de deviner son origine mais, pendant que je scrutais la pénombre et retenais ma respiration, des filaments descendirent du plafond pour s'accrocher aux murs, s'entrelaçant avec méthode pour m'encager à l'intérieur d'une toile d'araignée démesurée. Et en son centre, sous la faible luminescence, était-ce une mygale ?

Je me dirigeai vers elle, vers le cœur blanc de la toile. J'obéissais moins à une contrainte qu'à la certitude que toute autre direction m'était interdite.

Les fils que je rompais au passage se reformaient derrière moi, m'isolant au sein de cet écheveau. Leur contact évoquait des baisers glacés. Je discernais à présent une silhouette assise au centre de cette blancheur.

J'avais tendu mon filet et m'étais attendu à retrouver Uasti. Mais elle avait eu des années pour acquérir de la ruse et fourbir ses armes : toute mon existence. Existait-il pour elle une cachette plus sûre et plus discrète que Bit-Hessee au-delà-des-marais ? Quel royaume plus pourri, ténébreux, et animé par un esprit de vengeance ?

Elle avait approximativement deux fois mon âge, mais paraissait bien plus vieille, ainsi que je m'y étais attendu. Si son visage était comme toujours masqué, à présent à la façon hessek, d'un lourd voile de soie blanche, ses bras et sa gorge étaient nus. Je voyais un épiderme blême tendu sur ses os, et j'apercevais sous sa robe deux jambes squelettiques. Ses cheveux blancs réunis en nattes étaient retenus par des chaînettes d'argent, et ses ongles démesurés laqués de la couleur des braises mourantes.

Je ne pouvais dire un seul mot. J'avais juré de la tuer dès que je la verrais, mais j'étais impuissant. Je restai bouche bée, pendant qu'elle me parlait d'une voix mélodieuse et juvénile, mais plus dure que de l'alcum bleu.

– Ma haine m'a débarrassée de ton père, et je te tuerai également. A moins que tu consentes à me servir.

– Pour que je vous serve, vous auriez dû me garder près de vous.

– Tu étais la malédiction que m'imposait ton père.

– Et je le suis toujours.

– Les Hesseks m'appartiennent, dit-elle. Obéis-moi. Conduis mon peuple à la victoire, et je t'épargnerai et te récompenserai.

Brusquement, mon cerveau se remit à fonctionner. Je comprenais que rien de tout ceci n'avait le moindre sens.

– Shlevakins, dis-je. Ces êtres sont des *shlevakins*. La lie de l'humanité. Les Hesseks ne sont rien, pour Uasti la déesse-chatte d'Ezlann. Il s'agit d'un autre tour des prêtres de Shaythun.

Avant même d'être arrivé à cette conclusion, j'avais tendu la main et arraché le voile couvrant son visage.

Je bondis en arrière, les yeux exorbités. Je ne voyais pas une face humaine, mais celle d'un lynx blanc. En arrachant le voile, ma main avait effleuré sa fourrure et j'avais humé l'odeur fétide de sa gueule, vu des iris de jade et des crocs maculés de sang séché.

Je savais qu'il s'agissait d'une illusion, mais elle paraissait bien réelle, dans le moindre détail. De panique, je dégainai mon couteau et en portai un coup vers l'œil droit, le plus proche. La réalité rencontra le mirage, et lorsque la lame transperça le globe oculaire, elle hurla puis s'évapora dans les airs.

Les filaments qui m'entouraient frémirent et retrouvèrent leur nature véritable : une simple toile d'araignée. Il ne restait rien de la mygale – sorcière-chatte-reine. J'avais lâché mon couteau. Il se trouvait sur le sol, souillé de sang frais.

Je sortis sous la pluie et atteignis sans peine le rivage et le port. Je trouvai une embarcation tout aussi facilement. Il y en avait une dizaine, parmi les roseaux. Je pris les avirons et m'éloignai en ramant. Les flots sirupeux formaient des anneaux concentriques autour des gouttes de pluie. Le tonnerre avait gagné le sud, suivi par une traînée de nuages dans le ciel assombri. Je ne craignais pas de me perdre, même dans les nombreux canaux du delta. J'étais guidé vers l'océan par un instinct comparable à celui qui attire les poissons vers les mers plus chaudes à l'approche de la saison froide. En outre, par un acte stupide et non prémédité – le coup de poing d'un primitif terrifié –, j'avais déchiré la toile du Vieil Hessek. Avant qu'elle fût reconstituée, je serais loin.

Mais nous n'étions pas quittes pour autant.

La pluie avait cessé de tomber et l'embarcation de roseaux glissait entre les arbres géants en direction de la mer, sous l'arc que la lune dessinait dans la nuit.

Tout en sachant que la sorcière qu'ils avaient fait apparaître devant moi n'était qu'une illusion, j'avais désormais la ferme conviction qu'Uasti se trouvait à proximité. La cruauté omniprésente en ces lieux portait sa signature, avait en elle le poison de ses sortilèges. Si les rêves de reconquête de Bit-Hessee laissaient ma mère indifférente, elle pouvait s'en servir pour détruire la menace que je représentais. Sachant que je partirais à sa recherche, elle avait placé des trappes sur mon chemin. Eh bien, elle venait de me donner une leçon. A l'avenir, je me tiendrais sur mes gardes.

Et si cette catin sortait du Trou à Rats pour me voir faire un faux pas, elle aurait intérêt à redoubler de prudence.

Une heure plus tard, les roseaux s'ouvrirent sur

l'océan, l'air marin, les poissons qui bondissaient hors des flots et, loin à l'est, le halo de Bar-Ibithni.

10

Comme mes guides hesseks, j'effectuai un large détour afin d'éviter la cité et le port, car je savais que toute embarcation provenant de Bit-Hessee eût éveillé la méfiance des gardes masriens. Les murs de marbre, les parcs des palais et les jardins descendaient jusqu'à la mer, le long de la côte est de la Baie de Hragon, et je n'eus d'autre choix que de mettre pied à terre dans la cour d'un temple. Ici, au sein de la fragrance des lys écarlates du Sud, je me débarrassai du canot de roseaux en le coulant dans les eaux noires, sous un appontement.

Dans les jardins, je croisai un prêtre en robe rouge qui ne m'accorda pas plus d'attention qu'à un chat errant. J'en déduisis que des dévots devaient venir ici après le coucher du soleil, ou plus probablement des amants qui voulaient profiter de l'intimité des buissons.

Il était près de minuit, lorsque j'atteignis ma demeure et découvris qu'elle était plongée dans l'obscurité, une chose plutôt surprenante dans le Quartier des Palmes. J'avançai avec prudence, ce qui se révéla inutile : la violence avait cessé avant mon arrivée.

Les grilles extérieures avaient été forcées, de même que les portes intérieures. Des tentures piétinées et des jarres brisées jonchaient le sol, et le chien noir des gardes gisait dans le caniveau, le cou brisé.

Je ne trouvai aucune trace de Kochus et de mes hommes, et je devinai aisément quel sort avaient subi les femmes.

Je possédais désormais tant d'ennemis que j'ignorais à qui attribuer ces représailles. Je regardais autour de moi, lorsque j'entendis un bruit et pivotai brusquement pour découvrir une des filles de cuisine juste derrière moi.

– Seigneur, fit-elle d'une voix aiguë. Oh, Seigneur !

L'expression de son visage ruisselant de larmes indiquait sa frayeur, de moi autant que du reste. Je la fis asseoir sur le rebord de la fontaine et, trouvant une flasque de koois oubliée par les vandales, je lui en donnai à boire une gorgée. La majeure partie du vin, des alcools et des autres choses de valeur avait disparu.

D'être servie par son maître provoqua un choc qui l'aida à reprendre ses esprits, et elle me fit sans préambule le récit des événements.

Tout avait commencé une heure avant l'aube. Elle s'était levée pour allumer le fourneau et aller chercher de l'eau au puits public, afin d'emplir le réservoir des bains.

Les gardes hesseks avaient murmuré et eu une conduite étrange tout au long de la nuit. (Sans doute savaient-ils que je m'étais laissé conduire dans les marais.) Cependant, malgré leur agitation, ou peut-être à cause d'elle, leur vigilance se relâcha. Les grilles extérieures furent brusquement enfoncées et la demeure fut envahie par une multitude d'hommes qui criaient mon nom. N'obtenant aucune réponse, ils chassèrent mes gens de leurs lits et des cachettes où ils s'étaient dissimulés. La fille, habituée aux calamités depuis sa plus tendre enfance, alla se réfugier dans le réservoir alimentant les robinets de la baignoire, cette cuve qu'elle devait chaque jour emplir avec neuf brocs d'eau puisée dans le puits. Elle demeura dans cet abri humide et obscur pendant que les étrangers buvaient et mangeaient, emmenaient Kochus et mes gardes hesseks, pillaient la demeure, puis allaient poursuivre leurs recherches dans les cours des villas voisines. Faute de trouver ma trace, ils s'étaient intéressés à mes biens, avaient bu mes alcools et couché avec les autres filles de cuisine.

Finalement, le silence encouragea la servante à sortir de la cuve, pour découvrir l'importance des dommages. Vinrent aussi quelques voisins alarmés qui ne tardèrent guère à regagner leurs demeures, par crainte d'un retour des pillards.

Elle seule était restée pour me mettre en garde.

Constatant qu'elle avait un esprit vif et un courage plus grand que tous les autres membres de ma maisonnée réunis, je lui donnai la flasque d'argent et quelques pièces que j'avais sur moi... une récompense improvisée. Mais elle rougit et me rendit les pièces, en précisant qu'elle avait agi ainsi par amour pour moi. J'avais à peine remarqué cette fille brune issue d'une pauvre famille masrienne et n'ayant guère plus de treize ans. Cependant, elle ne me rendit pas la flasque. La vie avait déjà dû se charger de lui apprendre à faire passer ses intérêts avant les sentiments.

Je lui demandai si elle pouvait me dire qui étaient les assaillants, et elle me répondit aussitôt :

– Ils étaient vêtus de jaune et de noir... les membres de la garde personnelle de Basnurmon Hragon-Dat, le prince héritier. Tout le monde connaît ses guêpes.

Je renvoyai la fille chez elle, après qu'elle m'eut surpris en disant qu'elle avait un foyer, puis je récupérai tous les objets négociables oubliés par les sbires de Basnurmon et allai les vendre avant de gagner l'écurie de louage la plus proche, toujours crotté par la boue de Bit-Hessee.

L'homme qui m'ouvrit avait appris que des soldats venaient de mettre ma demeure à sac et me posa maintes questions, auxquelles je m'abstins de répondre. En échange d'une chaîne de pièces il me remit une monture, et une heure après minuit j'avais traversé les rues éclairées du Quartier des Palmes et martelais le battant de bronze de la Porte du Renard, l'entrée de la Citadelle.

L'appartement se composait de trois ou quatre pièces, celle principale plus vaste et richement meublée qu'il n'était d'usage dans les quartiers d'un militaire, même d'un commandant. Les lampes avaient la même nuance agréable que le vin jaune contenu par la carafe de cristal. Sur les murs blanchis à la chaux étaient mis en montre des épées d'alcum ciselé, des boucliers, des arcs et des lances de chasse ou de guerre, ainsi que la peau d'un léopard que Sorem avait un jour abattu et qui suscitait sa légitime fierté. Ce dépouillement des lieux n'était pas caractéristique du mode de vie masrien, mais il n'avait rien d'inesthétique. On trouvait dans le tapis tressé de Tinsen les couleurs vives qui manquaient aux lampes, et les coupes de malachite polie n'auraient pas déparé sur la table d'Erran, à Eshkorek.

Une chienne grise était couchée devant la fenêtre ouverte, par laquelle nous parvenaient la brise fraîche du matin, les bruits étouffés de la garnison, ainsi que les bruissements et l'agréable senteur des citronniers de la cour.

On se couchait très tard, dans toute la partie est de Bar-Ibithni, même à l'intérieur de la Citadelle. Les gardes de la Porte du Renard m'avaient laissé entrer sans me poser de questions. Ayant appris que son frère venait d'exercer des représailles contre moi, Sorem avait envoyé des hommes à ma recherche et donné l'ordre aux gardes de la porte de me laisser entrer. J'apprendrais bientôt que la situation avait beaucoup évolué, depuis notre séparation sur le Pré du Lion.

Sorem entra, bien éveillé et vêtu de l'uniforme ordinaire des jerdats. Son visage était tendu, et son sourire exalté d'adolescent m'apprit aussitôt que du nouveau s'était produit. Une fille vint nous servir du vin, puis nous laissa. Nous nous levâmes pour boire en silence, ainsi que le veut la tradition masrienne pour vider la première coupe.

– Je vous dois la vie et je me suis engagé à assurer votre protection, me dit ensuite Sorem. Cependant, je vous avertis que vous vous êtes réfugié chez des hors-la-loi.

– Des hors-la-loi ?

– Des rumeurs se rapportant à la félonie de Basnurmon sont parvenues jusqu'à la Citadelle, et les jerds ont pris mon parti. Les quatre autres commandants de cette garnison et mes officiers, en tout cas. Je pense en outre que les soldats me préfèrent à l'héritier choisi par Hragon-Dat. Ce qui place les cinq jerds de la Citadelle sous mes ordres. Bar-Ibithni ignore encore tout, en raison de la loyauté de ces hommes qui semblent prêts à risquer leur vie pour moi. Cependant, Vazkor, le Pilier est désormais un territoire rebelle au même titre que le Vieil Hessek au-delà-des-marais.

Je bus d'un trait le reste de la coupe. Tout cela s'accordait si bien au plan audacieux qui avait germé dans mon esprit, que j'eus la conviction qu'un dieu s'en était mêlé.

– Que savez-vous sur Bit-Hessee ? m'enquis-je.

Ma question parut le surprendre.

– Son surnom de Trou à Rats est suffisamment explicite. Un cloaque d'extrême pauvreté et de corruption. Ses habitants se raccrochent à l'ancienne foi hessek et pratiquent une magie immonde incluant, paraît-il, des sacrifices humains. Depuis l'époque de mon grand-père, Masrianes, qui a conquis le Sud et érigé cette cité, les Masriens ont tenté de mettre un terme à ces pratiques, de chasser ces gens hors de leurs marais, et de faire cesser à tout jamais leurs rites abominables.

– Et que leur proposiez-vous à la place ? Un statut d'esclaves ou une vie de mendicité dans vos belles avenues ?

– Je n'en suis pas responsable, Vazkor. C'est le code de l'Empereur qui interdit d'employer des Hesseks de pur sang ancien à Bar-Ibithni, et le tribut qu'il prélève sur Bit-Hessee nous fournit une main-d'œuvre gratuite. Chaque année, ses gardes vont chercher trois cents enfants qui deviendront des esclaves, pour la plupart dans les mines de l'Est. Les prêtres du Trou à Rats ne s'en plaignent pas. J'ai même entendu dire que leurs marais ne pourraient alimenter plus d'enfants qu'ils n'en gardent et que sans cette taxe payée à l'empire ils connaîtraient la famine. Mais cette pratique est abjecte et je n'aimerais pas lui apporter la caution de mon sceau, si je devenais le maître du Palais Pourpre.

Je souris, n'ayant pas noté cette ambition lors de nos rencontres précédentes. Il avait appris à dissimuler ses désirs. Mais à présent que les dés étaient jetés, que l'ignominie de Basnurmon avait finalement été révélée au grand jour et que la Citadelle lui avait prêté allégeance, les voix qui murmuraient au fond de lui-même depuis vingt ans osaient finalement se faire entendre.

Je le voyais brusquement sous un jour nouveau.

Sa taille était inférieure à la mienne de l'épaisseur d'un pouce, mais sa conformation identique. Nous n'avions ni l'un ni l'autre connu une existence facile. Les paumes de ses mains étaient calleuses à force d'avoir tenue l'épée, l'arc et les rênes, et je notai une balafre blanche irrégulière sur son avant-bras. Mon passé de chasseur me permit de reconnaître la marque laissée par une défense de sanglier. Je lui trouvais un aspect familier, et même ses yeux bleus étaient ceux d'un Dagkta. Il me vint à l'esprit d'autres similitudes entre nos passés. Nous avions tous deux été rejetés par nos pères et privés d'amour; nos mères avaient connu la disgrâce pour ne pas avoir eu d'autres enfants; nous nous trouvions tous deux spoliés de notre héritage (un krarl ou un empire) et, dans le cas de Sorem, au bénéfice d'un autre.

Après mon bref séjour à Bit-Hessee, je comprenais vers quoi me conduisaient ces étranges similitudes : à intervenir dans le différend opposant les descendants de la dynastie des Hragons, à compenser ma perte par l'entremise de Sorem, à prendre le pouvoir et l'utiliser pour parvenir à mes fins. Ce faisant, je détruirais ce qui m'avait pourchassé dans la cité des marécages... la sorcière et sa toile.

Nous nous assîmes, et je contai brièvement à Sorem ce qui m'était advenu depuis la nuit de notre rencontre. Il m'écouta attentivement et ne fit aucun commentaire superflu. Je passai sous silence les sortilèges de Bit-Hessee et ne lui parlai ni d'Uasti ni de l'image de mon père issue du cercle magique peint sur le sol du tombeau, mais je lui fis prendre conscience de l'horreur régnant dans ces ténèbres et lui appris que les Hesseks me prenaient pour leur messie, Shaythun-Kem. Je conclus en ces termes :

– La Citadelle s'est prononcée pour Sorem; cinq mille hommes. Et sur un seul mot de moi, en dépit de mes actes et de mon départ précipité, Bit-Hessee obéira aux ordres de Vazkor. Combien d'hommes à même de se battre peut-on trouver dans le Trou à Rats, selon vous ?

– Par la Flamme, pas seulement des hommes, Vazkor. Vous les avez vus. Compte tenu des circonstances, les femmes et les enfants se battraient eux aussi. C'est Hragon-Dat, mon père, qui leur a interdit le port d'armes blanches, car des rumeurs de soulèvement et d'avènement d'un chef prophétique ont toujours circulé. Mais les Hesseks ont trouvé des moyens de circonvenir cette loi. J'estime à sept mille le nombre de personnes qui voudraient se battre, huit mille si les vieillards et les enfants s'en mêlent. En outre, les esclaves de Bar-Ibithni se soulèveraient, s'il y avait un messie. (Il me fixa droit dans les yeux et ajouta sèchement :) Avez-vous l'intention de les lancer contre moi, Vazkor ? Je sais qu'ils refuseront d'aider un Masrien.

– Ils le feront sans même le savoir. Ecoutez-moi, avant d'émettre des objections.

Je lui exposai mon plan, et ce fut une nuit interminable passée à étudier diverses stratégies, et à boire du vin entre deux suggestions. Finalement, Sorem fit venir son second, Yashlom, un capitaine qui s'était battu à ses côtés deux ans plus tôt. Ils se devaient mutuellement la vie et ne s'en estimaient que plus. Yashlom était un petit prince de l'aristocratie masrienne, sérieux et habile. Deux autres jerdats dont la loyauté à Sorem dépassait le cadre de leur devoir vinrent nous rejoindre : Bailgar du jerd de l'Ecu (ainsi nommé suite à un honneur militaire obtenu par le passé) et Dushum, qui avait été le premier à se prononcer pour Sorem après avoir appris la félonie de Basnurmon. Ils se méfiaient de moi, ce dont je ne pouvais les blâmer, mais finirent par m'accorder leur confiance en raison de ce qui s'était passé sur le Pré du Lion. Sorem décida finalement d'organiser une réunion de tous les autres commandants de la garnison dans la matinée, et nous allâmes nous coucher peu avant l'aube.

Je dormis peu, trop préoccupé pour m'abandonner au sommeil, et lorsque j'entendis l'hymne au matin s'élever des tours à prières de la ville, je me relevai pour faire les cent pas dans la chambre qui m'avait été attribuée, réétudiant chaque chose à tête reposée.

En plus des cinq jerds de la Citadelle, cinq mille hommes au total, l'armée masrienne se composait des trois jerds impériaux de la Cité Céleste : la garde de l'Empereur. En outre, neuf jerds patrouillaient aux frontières de l'empire, à Tinsen, et dans les provinces de l'Est. Rappelées vers Bar-Ibithni, ces troupes pourraient l'atteindre en moins de deux mois. Nos chances de réussite semblaient minces, mais avec Bit-Hessee placée dans la balance, cette dernière pencherait peut-être en notre faveur.

Car mon plan était le suivant : je prendrais officiellement le parti du Trou à Rats; inciterais les Hesseks à se soulever contre les oppresseurs masriens; me renseignerais sur leurs méthodes, leurs forces exactes, et l'instant qu'ils choisiraient pour passer à l'action. Huit milliers d'Hesseks fanatiques se déchaînant dans Bar-Ibithni garantiraient deux choses. Premièrement, que l'Empereur devrait faire donner sa garde personnelle pour mater la révolte, vidant la Cité Céleste et le Palais Pourpre de ses jerds. Deuxièmement, que Bar-Ibithni terrorisée ferait porter la responsabilité de ce soulèvement à Hragon-Dat et à son héritier Basnurmon, les auteurs des lois et des taxes contre lesquelles les Hesseks se rebellaient. Les trois jerds de l'Empereur, peu disciplinés, ne pourraient suffire pour réprimer la révolte.

Si l'émeute pouvait prendre suffisamment d'importance pour que le Quartier des Palmes et les marchands eussent à en souffrir, Hragon-Dat et son successeur n'auraient aucune pitié à attendre de la part de leurs sujets. A ce stade, Sorem, sortant de la Citadelle à la tête de ses jerds, délivrerait la métropole de la menace hessek. (Cinq jerds – cinq mille cavaliers armés d'arbalètes masriennes et de rapières, protégés par leurs armures, bien entraînés et préparés – devraient être capables d'exterminer la racaille hessek, sous-alimentée et uniquement armée de sarbacanes et de frondes.) Reconnaissance et approbation se porteraient vers Sorem comme le poids d'un pendule et, une fois la révolte matée, il lui serait facile de renverser l'Empereur Hragon-Dat et de prendre sa place. Ainsi qu'il me l'avait dit, tous les Masriens savaient qu'il était de sang royal tant du côté paternel que maternel.

J'avais décidé d'aider Sorem non seulement par

sympathie, mais également en raison du pouvoir temporel que cela me permettrait d'acquérir. Si je devenais son frère d'armes au cours de cette campagne, il me serait ensuite possible de choisir ma récompense, sans magie, grâce à mon seul mérite. Une part de l'Empire masrien n'était pas à négliger. Même le peu que j'avais pu en entrevoir me l'indiquait. Deux hommes jeunes et décidés pourraient lui rendre sa vigueur. Je nourrissais de vagues rêves de conquête (ceux de mon père, peut-être, qui avait fondé un empire puis l'avait perdu suite à la trahison de ses proches). N'avais-je pas des droits, moi aussi, après avoir failli de peu hériter également d'un trône ?

Mais j'étais plus que tout rongé par le désir de faire disparaître la boue et la puanteur du Vieil Hessek, de démontrer à la sorcière que je pouvais la surpasser. Elle avait voulu me faire dévorer vivant par leurs croyances, espéré que je résisterais et périrais, ou que je succomberais à leurs désirs immondes et m'étoufferais dans leur fange. Elle savait certainement que sa toile m'avait presque capturé, et avait attendu avec impatience des nouvelles de ma mort depuis le lieu où elle se terrait. Mais je l'avais désappointée, j'étais parvenu à m'enfuir. A présent, elle devait s'attendre à tout, hormis à mon consentement.

Elle mourrait avec eux si elle se trouvait à Bit-Hessee, et un peu plus tard si elle était ailleurs. Ironie du destin, je me souvenais avoir envoyé des *Hesseks* à sa recherche. Elle les avait gardés dans l'ignorance, ou ils m'avaient menti. Je devrais désormais me méfier du Pouvoir que je possédais, car elle y puisait sa puissance et le retournait contre moi. C'était pour cette raison que j'avais opté pour une solution militaire, pour des armes d'acier, la ruse humaine. Je l'éliminerais d'une façon ou d'une autre. Ce faisant, je deviendrais un prince masrien. J'obtiendrais ce dont elle m'avait spolié, je prendrais ma revanche.

Le sort des rats de Bit-Hessee ne m'importait pas plus que celui de la populace oisive et opulente de Bar-Ibithni qui sentirait bientôt leur morsure. On ne peut faire la guerre et pleurer le sort de ses victimes. La mort était le lot de tous les humains, ils étaient condamnés à disparaître tôt ou tard. Je ne faisais qu'avancer l'échéance, afin d'obtenir ce qui me revenait de droit. L'existence s'était chargée de m'apprendre cela. Comme le disaient les Masriens : seuls ceux qui vivent dans une jarre de miel peuvent croire que le monde est plein de douceur.

Nous tînmes un conseil, bref et lucide. Ces hommes étaient intelligents, et le plus âgé, Bailgar, n'avait guère plus de trente ans. Je suppose qu'ils avaient vu la pourriture s'installer dans Bar-Ibithni, l'armée croupir dans les forts et les baraquements. Le fait que les légions de la Citadelle fussent parfaitement entraînées et prêtes à combattre, sans la moindre bedaine ou le moindre bouton décousu, était à porter à leur crédit. Je déduisis de la conversation que les chefs des jerds de la Cité Céleste n'auraient pu en dire autant.

Mon plan les sidéra. Ils l'étudièrent, puis finirent par l'approuver. Ils me connaissaient déjà de réputation et me posèrent maintes questions, auxquelles je répondis avec franchise lorsque c'était possible, et en mentant dans les autres cas. Je ne trouvais plus leur loyauté envers Sorem irritante, à présent que je pouvais l'employer à mon profit. Il savait se faire aimer et respecter, et agissait toujours en sorte que nul n'eût à se sentir diminué de l'appeler son commandant ou son ami. Ce matin-là, nous prîmes de l'exercice dans la grande Cour de la Hache, au cœur de la Citadelle, et il me démontra son adresse au tir à l'arbalète. Je suppose que les jerdats me faisaient subir une épreuve. Je tirai honorablement avec leurs arcs ferrés et je fis bonne figure dans les autres épreuves. Ils ne purent me prendre en défaut et Bailgar alla même jusqu'à se répandre en éloges. Il me tapa sur l'épaule et se déclara jaloux de mon regard perçant.

Je ne pouvais cependant oublier mes préoccupations.

Il y avait ce navire acquis au prix de la vie de Charpon, le *Vignoble de Jacinthe*. Il était ancré au port et gardé par les ruffians de Kochus, si les gardes de Basnurmon n'y avaient pas déjà fait une incursion. Bien que ce navire ne fût plus aussi important à mes yeux, à présent que mon destin semblait avoir pris un nouveau cours, je comptais aller y chercher un membre de l'équipage hessek. Peu désireux de retourner à Bit-Hessee, il me fallait un messager.

J'en parlai à Sorem. Il déclara que mon visage était trop connu dans la ville et que je devrais me déguiser.

Bailgar et quatre des jerdiers de l'Ecu m'accompagneraient. Seuls les commandants avaient prêté allégeance à Sorem, et les simples soldats n'étaient pas censés savoir que les jerds de la Citadelle n'étaient plus placés sous les ordres de l'Empereur. Cependant, il me semblait que de nombreux hommes se doutaient de ce qui se passait. Il régnait dans la forteresse cette tension propre à la conspiration, à l'attente. L'agitation devait avoir été latente depuis des mois ou des années, la popularité de Sorem et la stupidité de l'Empereur comparables à une mèche d'amadou prête à s'enflammer à la moindre étincelle. Partout où je portais mon regard, je voyais des hommes polir leur attirail, ferrer leur cheval, s'entraîner ou rire et se livrer aux jeux brutaux qu'engendrent l'impatience et la nervosité.

Même les six prêtres qui apparurent en leur sein telle une vision et sortirent par la Porte du Renard, une heure avant la cloche de midi, ne suscitèrent aucun commentaire. Tous semblaient savoir.

Ces six prêtres appartenaient à l'ordre des Avaleurs de Feu, une secte marginale qui possédait un ou deux petits temples à Bar-Ibithni. Ramification du culte de Masrimas, les Avaleurs de Feu prétendaient recevoir la bénédiction du dieu en mangeant des flammes. Cette pratique était naturellement considérée comme blasphématoire par la majeure partie des Masriens, qui préféraient s'écarter dès qu'ils voyaient les robes orangées des membres de cet ordre.

Ces prêtres, paresseux comme la plupart de leurs semblables, se déplaçaient à dos de mule. Ils suivirent au trot les larges avenues du Quartier des Palmes et passèrent sous la Porte du Cheval ailé sans attirer l'attention, mais dans la zone commerciale des gens leur adressèrent des bénédictions ou des malédictions.

Une petite fille qui vendait des figues au Marché Universel s'approcha respectueusement et leur offrit des fruits. Un prêtre (Bailgar) la remercia et refusa l'offrande, tout en mettant une pièce de cuivre dans sa petite main. En dépit de sa piété masrienne, cette fillette était en partie hessek. J'avais été heureux de ne voir que des serviteurs masriens, dans la Citadelle, mais de retour dans la cité j'étais obsédé par une image; non celle de Lellih ou du démon à tête de chat, pas même celle de l'homme-tigre dont j'avais été le sacrificateur... mais celle de l'enfant qui avait planté ses dents dans mon bras et bu mon sang alors que je voulais le soigner. Il était devenu pour moi le symbole de cette nécropole.

L'odeur du Marché aux poissons me remémorait mon arrivée à Bar-Ibithni, la simplicité des projets que j'avais alors, la solitude engendrée par la divinité et l'invincibilité. Les deux poissons dorés miroitaient contre un ciel de lapis-lazuli, comme ce matin-là. Tout paraissait identique, mais l'essence même des choses avait subi une métamorphose.

Le *Vignoble* était à quai. Kochus, amoureux des belles choses, avait fait déverguer ses voiles et astiquer ses bleus et ses ors. Cependant, les gardes avaient disparu, peu désireux de se trouver à bord à présent que j'étais devenu la cible de Basnurmon. Des enfants sales et dépenaillés grouillaient sur le pont et dans les haubans, tels de petits singes noirs. A la faveur de la nuit, le navire avait reçu d'autres visiteurs, car je notai immédiatement la disparition de divers accessoires. Même les ailes laquées du dieu tutélaire n'étaient plus là, et la barre en fanon de baleine avait été démontée et emportée.

Bailgar fit une grimace sous son capuchon.

– Vous devriez utiliser votre magie, Vazkor, me dit-il. Arrachez vos biens des mains de ces voleurs.

Je ne répondis rien, sachant qu'il n'avait pas eu de mauvaises intentions, et ordonnai à deux de ses hommes de se rendre à la capitainerie du port pour dire au responsable de faire surveiller le navire du sorcier.

– S'il discute, intervint Bailgar, ajoutez que le

prince Basnurmon s'y intéresse et ne veut pas qu'il soit pillé. Voilà qui devrait inciter cette larve à prendre les mesures qui s'imposent.

Avec les deux derniers membres de l'Ecu et Bailgar, je gravis l'échelle de coupée – laissée en place par un imbécile. Les enfants s'égaillèrent dans toutes les directions, et certains sautèrent dans les flots pour nager vers des appontements lointains. Dix secondes plus tard, nous nous retrouvions seuls sur le pont, avec les immondices.

– Nous voici à court d'Hesseks, dis-je à Bailgar. Je devrai chercher dans le port.

Nous regardâmes partout, même sous les bancs de nage. Les esclaves avaient couru leur chance et pris la fuite, ce que j'aurais pu difficilement leur reprocher. La cabine de Charpon avait été pillée : ses coussins, ses soies, ses fourrures, et également sa statue de bronze doré de Masrimas avaient disparu. Des amants masculins avaient utilisé sa couchette en laissant des traces de leur visite, et des fruits en décomposition avaient attiré des rats, des cafards, et d'autres invités du même genre. Et c'était le résultat d'une ou deux nuits d'abandon seulement.

Un jerdier resté sur le pont nous appela. Je sortis de la cabine et le vis avec une épave humaine qui se contorsionnait et qui parut vouloir s'enfouir entre les planches lorsque j'approchai. Il s'agissait de mon fidèle et dévoué Lyo.

– Je l'ai trouvé dans la cale, monsieur, m'expliqua le jerdier. J'ai pensé qu'il s'agissait d'un des sbires de Basnurmon et l'ai corrigé. Il était effrayé par l'obscurité, et également par vous, monsieur.

J'ordonnai à Lyo de se relever. Il obéit et me raconta qu'il avait fui mes appartements quand les guêpes de Basnurmon avaient forcé les portes. Il s'était réfugié à bord du *Vignoble,* l'unique cachette qu'il connaissait dans cette ville. Il avait presque perdu l'esprit, en raison de sa peur et de ma colère, conscient d'avoir déjà fui à deux reprises la nuit où je m'étais rendu à Bit-Hessee.

Je l'étudiai, sans éprouver de pitié. Je voyais simplement en lui un homme qui pourrait m'être utile, s'il cessait de gémir. Il me devait la vie, n'est-ce pas ? Il devait la mériter.

Je le conduisis vers le bastingage et le fixai.

Le fait d'utiliser mon Pouvoir après ce qui m'était survenu me rendait nerveux, mais je n'en faisais qu'une utilisation mineure. Je l'hypnotisai. Ses gémissements s'interrompirent et je sentis sa volonté se briser sous l'impact de la mienne. Je m'adressai à lui à voix basse.

J'étais conscient que Bailgar et les membres de l'Ecu m'observaient, intrigués par mes actes. Sans doute comprirent-ils que j'utilisais ma magie, car ils restèrent silencieux.

Finalement, Lyo quitta le navire et s'éloigna le long du quai, en direction de l'ouest. J'étais certain que les Hesseks avaient posté des guetteurs dans le port et à l'entrée des marais. Ils le guideraient, dès qu'ils sauraient que cet homme était mon envoyé. Il ne me vint pas à l'esprit qu'ils pourraient le tuer, étant donné qu'il était un Seemase et non un Masrien, une race apparentée à la leur. En outre, il leur apprendrait que leur messie s'était incliné face à sa destinée après avoir lutté contre lui-même, et qu'il acceptait de prendre leur tête. Shaythun-Kem, le *Dieu-devenu-visible.*

L'expression de Bailgar traduisait le changement qui venait de s'opérer en lui. S'il avait entendu parler des prodiges que je réalisais, il y assistait pour la première fois.

– C'est donc fait ? Eh bien, je dois dire que vous connaissez votre affaire. Comment vous contacteront-ils, lorsqu'ils seront prêts ?

– Lyo les informera que je réside dans la Citadelle. Il leur dira que j'ai mis à profit mon amitié avec Sorem pour assurer ma protection, et également pour duper les Masriens et découvrir les points faibles de leur armée. A Bit-Hessee, on sait que j'ai sauvé la vie du prince, et le reste en découle naturellement. S'il est facile aux Hesseks de me joindre, même dans la Citadelle, je serai averti.

Bailgar adressa un regard à ses hommes, avant de me fixer à nouveau.

– Vazkor, je suis heureux de savoir que vous ne

souhaitez pas devenir le messie de Bit-Hessee. Je ne me trompe pas, au moins ? Rassurez-moi, afin que je puisse trouver le sommeil, cette nuit.

— De toutes les choses que je pourrais désirer, celle-ci est bien la dernière.

Je présume que mon expression et le ton de ma voix furent convaincants, car il sourit.

TROISIÈME PARTIE

A L'INTÉRIEUR DU PALAIS POURPRE

1

Après m'être extirpé du bourbier dans lequel je m'étais enlisé, l'atmosphère de la Citadelle me paraissait salubre et revigorante. Les remparts blindés de bronze et gardés par des jerdiers aux uniformes rouge et blanc étaient pour moi comparables à un bouclier m'isolant des Hesseks. Car, bien que n'ayant jamais admis la terreur que m'inspirait Bit-Hessee et le statut auquel m'avait réduit sa magie (celui d'un animal impuissant), il ne s'écoulait pas une seule heure de la nuit sans que je fasse un cauchemar. Voyant une toile d'araignée dans une lézarde d'un mur de la Cour de la Hache, j'écrasai la malheureuse créature et sa dentelle arachnéenne comme l'eût fait un enfant.

Deux autres journées s'écoulèrent, la dixième et la onzième depuis mon arrivée dans cette contrée. (Seulement onze jours, et tant d'événements.) Nous avions réglé les derniers détails de notre plan. D'anciennes cartes, étalées sur la table de cèdre, représentaient les mille rues et avenues de Bar-Ibithni; de la porte des marais, à l'ouest, à la vieille digue nord, au delà des vignobles de l'est et aux faubourgs du sud. Nous avions dressé un plan de bataille digne d'une grande campagne militaire, avant même de savoir avec certitude quelle route suivrait la lie hessek. Bailgar me fit remarquer qu'attirer les rats par une seule voie garantirait leur extermination; Denades et Dushum désiraient qu'une autre embuscade fût tendue en un autre lieu; et Ustorth du cinquième jerd soutint mon opinion selon laquelle le fait de sacrifier une petite partie de la ville nous assurerait ensuite la gratitude des survivants. Il était indéniable qu'une intervention trop rapide nous priverait de la reconnaissance du peuple. Sorem, dont j'avais surestimé l'ambition, manifesta son désaccord. Son sens de l'honneur et sa compassion allaient à l'encontre de ses intérêts. Il déclara qu'il refusait de livrer les rues de Bar-Ibithni aux massacres et aux pillages. Et pendant toute la discussion, il écouta et admira discrètement la musicienne, dont les boucles de cheveux jacinthe tombaient sur le luth de Tinsen dont elle jouait dans un recoin de la pièce. S'il y avait de nombreuses filles, dans la Citadelle, il s'agissait de femmes libres et respectées; même si elles devaient probablement être rarement seules, la nuit. Si je ne vis aucun travesti, je supposai que, comme la plupart des armées, celle des Masriens devait avoir ses propres traditions en ce domaine.

Contre toute logique, je m'étais mis à attendre un signal provenant des marais immédiatement après avoir envoyé Lyo porter mon message, mais je n'avais pour l'instant reçu aucune réponse de Bit-Hessee. Nous apprîmes cependant que Basnurmon avait renoncé à me retrouver et nous supposâmes qu'il avait deviné où je me dissimulais. A la fin du troisième jour passé sur la colline du Pilier, nous en obtînmes une confirmation.

Sorem et moi nous trouvions sur la piste équestre de la Citadelle. Je montais un cheval blanc en dépit de mes affirmations précédentes, et nous tentions ainsi de passer le temps et de soulager notre tension. Je n'avais jamais monté un animal aussi beau, hormis à une ou deux occasions alors que je me trouvais à Eshkorek. C'était un pur-sang, de la race des Flèches de Masrimas, ainsi qu'ils les appelaient, racé et rapide comme un lévrier, de la couleur de la neige sous le soleil, et avec une longue queue de soie en panache. Ce fougueux destrier n'attendait qu'une erreur de ma part pour me désarçonner mais, découvrant que je le maîtrisais sans me montrer brutal, il finit par m'accepter sur son dos.

Je remportai cette course et mis pied à terre. Yashlom couvrit l'animal de sa couverture rouge et je lui donnai un morceau de grenade, ce qui fit rire Sorem.

— Vazkor, si vous le soignez, il est à vous.

J'en fus surpris. Il donnait comme le fait un enfant généreux, sans manières. Un enfant riche, sans doute, et pour celui qui n'avait jamais eu que ce qu'il avait arraché aux autres par la force, cela avait quelque chose d'irritant. Ce n'était pas la faute de Sorem, ou la mienne, et j'avais suffisamment appris à le connaître pour ravaler la boule qui me serrait la gorge, le remercier, et accepter.

Alors qu'ils emmenaient les chevaux, il me dit cependant :

— Faire un présent est plus aisé que l'accepter, Vazkor.

— L'attente m'a aigri et a fait de moi un rustre. Excusez-moi.

— Sans importance. Offrir un cheval à celui auquel on doit la vie est un bien piètre présent. Je craignais qu'il ne soit pas à la hauteur du vôtre, et je m'avoue soulagé de constater que vous l'avez estimé assez important pour en être froissé.

Nous vîmes alors une sentinelle arriver en courant de la Porte du Renard. Des envoyés de Basnurmon avaient sollicité une entrevue avec Sorem. Ce n'était pas un traquenard, déclara le jerdier. Il y avait simplement un intendant portant la livrée jaune et noire, monté mais désarmé, accompagné par deux serviteurs qui apportaient un coffret de bois sculpté. Un présent de Basnurmon à son frère de sang royal.

Ce dernier me regarda et sourit.

— Je vais vous montrer comment accepter un cadeau, Vazkor, me dit-il avant de pivoter vers la sentinelle. Fournissez-leur une escorte digne d'eux et conduisez-les dans la Cour de la Hache... vingt hommes, épées au poing, devraient suffire.

Nous gagnâmes la cour et nous arrêtâmes près des colonnes rouges alignées derrière la palissade des cibles. La chienne de Sorem arriva et se coucha entre les bacs contenant les citronniers. Yashlom et Bailgar la suivirent, mais aucun autre homme n'était présent, car le soleil se coucherait bientôt. C'était cette heure où nul Masrien n'eût tiré à l'arc à moins d'y être contraint, car une ancienne superstition voulait que la flèche pût crever l'œil du soleil couchant. Bien que considérée avec dérision, cette coutume était respectée, comme l'habitude de toucher de la pierre ou du bois dans d'autres contrées, afin d'apaiser des esprits auxquels plus personne ne croit vraiment.

Dans la Cour de la Hache déserte, un noble s'avança au sein d'une escorte de vingt jerdiers brandissant leurs épées.

– Prince Sorem, dit-il, je viens du Palais Pourpre pour vous apporter un présent de votre illustre frère, et voici qu'on me traite comme si j'étais un voleur.

– Vous faites erreur, répondit Sorem en souriant. Si mes hommes ont dégainé leurs armes, c'est pour assurer votre protection. Il circule des rumeurs de trahison, monsieur, on parle d'assassins qui rôdent dans les rues de la cité, et nous craignons pour votre vie.

Bailgar éclata de rire et l'envoyé de Basnurmon grimaça. D'un claquement des doigts, il fit approcher les deux serviteurs qui vinrent rapidement poser le coffret sur le sol. Il était de chêne sculpté, avec des poignées d'argent et des incrustations de nacre, et je me demandai s'il contenait de la poudre explosive – même si je n'avais jamais vu de Masrien en employer – ou un nid de scorpions.

Sorem me surprit. Avec courtoisie, il demanda à l'intendant jaune et noir de relever lui-même le couvercle. Il me vint alors à l'esprit qu'il avait vécu pendant vingt ans au sein des complots, et n'aurait pu survivre le quart de cette durée sans avoir préalablement appris la prudence.

L'intendant, par confiance ou ignorance, releva le couvercle laqué d'un geste plein de panache, mais il se figea et blêmit brusquement en découvrant son contenu. Ce n'était pas la mort, mais l'insulte : une statuette de porcelaine d'approximativement vingt centimètres de hauteur, peinte et pleine de détails. Je me demandai comment elle avait pu être réalisée en si peu de temps, car c'était la réplique presque exacte de moi-même et de Sorem. La position dans laquelle nous étions représentés était communément appelée celle « du lièvre et du chien » dans les bordels masculins de Bar-Ibithni.

Une telle représentation de ma personne avec une femme m'eût déjà rendu fou de rage, inutile de préciser avec un homme. Lorsque j'aurais recouvré mon calme, je comprendrais qu'il s'agissait d'anciennes statuettes auxquelles on avait brisé les têtes pour les remplacer par celle de Sorem et la mienne, faites pour la circonstance. Je crois également que si j'avais pris la peine de les étudier, j'aurais trouvé cette ressemblance moins parfaite qu'il ne le paraissait de prime abord.

Le visage de Sorem s'empourpra, puis pâlit, et je pus entendre Bailgar jurer. L'intendant avait lui aussi cessé de sourire.

Afin d'empêcher cette scène de s'éterniser, je m'adressai à Sorem d'une voix que j'espérais posée et calme :

– Basnurmon confond ses penchants avec les vôtres. Quant à la valeur artistique, j'ai vu des statuettes plus belles au Marché Universel.

– Monseigneur...

Le prince s'adressa à lui d'une voix que je ne l'avais encore jamais entendu utiliser.

– Prenez cette chose obscène et ramenez-la à la chose obscène qui me l'a adressée.

L'homme s'empressa d'obtempérer. Je n'avais jamais vu personne se hâter à ce point. Moins d'une minute plus tard, il avait disparu, avec le coffret, les serviteurs, et l'escorte de jerdiers, trop heureux de pouvoir quitter la Citadelle.

Bailgar et Yashlom, avec une sorte d'accord tacite, s'étaient éloignés. La chienne, consciente de la tension ambiante, vint se frotter contre la botte de Sorem.

Il était malade de rage, et sa main trembla lorsqu'il se pencha pour caresser l'animal. J'avais pour ma part recouvré une partie de mon calme et trouvais même l'incident amusant dans une certaine mesure.

– Il se repentira amèrement de cette plaisanterie, dis-je. Ne nous laissons pas gagner par la bile autant qu'il le voudrait.

– Non, répondit Sorem sans me regarder, tout en jouant avec les oreilles de la chienne. Si Basnurmon a fait un tel présent, c'est qu'il sait que la Citadelle brûle du désir de se battre. Plus tôt les Hesseks passeront à l'action, mieux cela vaudra. Nous perdons du terrain.

Il regarda autour de lui, et appela Yashlom.

– Entre-temps, ma mère serait plus en sécurité ici que dans la Cité Céleste. Je ne voulais pas la compromettre avec mes intrigues et la croyais plus en sécurité auprès de l'Empereur, mais à présent... (Sorem se tourna vers Yashlom, qui s'était rapproché :) Prenez deux hommes et allez chercher Dame Malmiranet. Elle sait qu'un départ rapide du palais peut être imminent et se tient prête. Passez par l'Escalier du Cèdre et remettez-lui cette bague. C'est le signal dont nous sommes convenus.

Dire que je n'avais plus pensé à Malmiranet depuis notre rencontre nocturne serait mentir. J'aurais même pensé à elle bien plus souvent si je n'avais eu d'autres sujets de préoccupation.

Yashlom allait prendre congé.

– Je remplacerai ces deux hommes, leur dis-je. Si le prince-guêpe intervient, un sorcier vous sera plus utile que deux soldats.

Sorem me fixa pendant une seconde, avant de dire :

– Vous avez donc juré de faire éternellement de moi votre débiteur.

– Attendez que votre mère soit en sécurité pour tenir de tels propos.

J'étais curieux de découvrir les passages de la Cité Céleste; et Malmiranet, dont le souvenir venait d'être ravivé, me paraissait un excellent antidote aux toiles d'araignée et aux tombeaux, aux complots et à l'attente.

Il me vint à l'esprit que je la verrais peut-être sous un jour différent : mangeant des confiseries et sursautant de surprise à mon entrée, avec un petit cri aigu.

Yashlom s'était arrêté pour me permettre de le rejoindre. Nous nous dirigeâmes vers les écuries, sans paroles inutiles.

De nouveaux déguisements. Ils semblaient abonder en ce lieu. Cette fois, la tenue des clercs : culotte, veste et court manteau noirs. Nos montures étaient deux petits chevaux, ridicules après ma Flèche blanche et rétifs par surcroît.

Yashlom, qui connaissait bien la route à suivre, m'apprit avant notre départ tout ce que j'avais besoin de savoir. Nous ne sortîmes pas de la Citadelle par la Porte du Renard, mais par une issue dérobée, au cas où la forteresse eût été placée sous surveillance.

Derrière nous, le ciel virait au rouge et était tacheté d'argent par les oiseaux qui s'envolaient des tours à prières, dérangés par l'hymne au coucher du soleil.

Je ressentais une tension agréable dans mes entrailles. Je ne pensais plus qu'elle sursauterait et crierait en me voyant.

2

Les terrasses s'élevaient sur trois kilomètres en direction des hautes murailles de la Cité Céleste. Elles étaient cernées par les lumières du Quartier des Palmes et couvertes dans leur partie supérieure de bosquets de cyprès, de chênes et de mélèzes bleutés du Sud. A Bar-Ibithni, on disait souvent : aussi inaccessible que la Cité Céleste, lorsqu'on se référait à une femme vertueuse. Mais, en fait, elle n'était pas plus imprenable que la plus fidèle des épouses.

Des patrouilles de soldats impériaux veillaient dans les bosquets. Cependant, ces hommes étaient occupés à raconter des ragots, jouer aux dés et boire du vin, et nous pûmes passer sans encombre après avoir laissé nos montures attachées devant un petit temple, huit cents mètres plus bas.

La muraille avait dix-huit mètres de hauteur, plus en certains endroits, et elle était noire comme l'encre, avec des tours de guet pourpres et une fresque de chevaux d'or en mosaïque le long de son sommet. Elle était imposante et apparemment infranchissable, sans la moindre prise ou fissure, l'unique entrée étant la vaste porte de la face nord qui surplombait la cité et le port.

D'ici, ce dernier évoquait une petite mare et les navires semblaient des libellules phosphorescentes posées sur les flots. De la plus haute terrasse, on voyait tout Bar-Ibithni, un écrin à bijoux que je me serais attardé à contempler, si j'en avais eu le temps.

Yashlom nous fit contourner la forteresse par un chemin détourné. Ici, une source jaillissait de la roche, surplombée par un cèdre démesuré et centenaire qui se penchait vers elle depuis la base du mur. Dans son ombre se trouvait un puits asséché dans lequel nous descendîmes. Les prises ne manquaient pas; du moins pour celui qui les connaissait, car elles étaient dissimulées par une profonde obscurité. Finalement, le ciel crépusculaire se changea en un disque de saphir épinglé au-dessus de nos têtes, et pendant que nos pieds s'enfonçaient dans la vase, dérangeant quelques crapauds, Yashlom fit fonctionner le mécanisme d'une porte secrète et nous pénétrâmes dans un étroit passage. Il battit le briquet pour me révéler sa longueur et l'escalier abrupt se trouvant à son extrémité, puis il souffla la flamme (après s'être excusé auprès de son dieu comme tout bon Masrien) et nous gravîmes ces marches à tâtons, aveugles comme des taupes. J'étais angoissé, m'imaginant des sentinelles sur chaque marche. Mais il s'avéra que Yashlom avait eu raison de se passer de lumière, car cet escalier débouchait à l'intérieur de la forteresse et n'était dissimulé que par d'épais buissons de mimosa rouge.

Ce fut ainsi que je pénétrai pour la première fois dans la Cité Céleste, dont je ne garderais qu'une impression confuse d'arbres aux feuilles effilées, d'allées bordées de colonnes et de pelouses pentues, de lumières lointaines et de notes de musique, et d'une odeur omniprésente de fleurs nocturnes.

Nous passâmes entre des peupliers et nous engageâmes dans une large allée bordée de haies plus hautes qu'un homme. Un lion gronda non loin de nous, ce qui m'emplit d'appréhension.

– Le parc zoologique de l'Empereur se trouve à proximité, me dit doucement Yashlom.

L'allée donnait dans une vaste cour qui s'achevait sur un large escalier. Cinq hommes s'y trouvaient, allongés à côté d'un bassin où nageaient des poissons d'agrément qu'ils essayaient d'attraper pour se distraire. Ces imbéciles portaient l'uniforme rouge et or du Palais Pourpre, des gardes impériaux de Hragon-Dat. Pendant que Yashlom et moi traversions le vaste espace découvert, tête baissée, ils nous adressèrent des plaisanteries obscènes concernant notre profession supposée et notre destination. Yashlom m'avait appris que Malmiranet avait reçu de son père l'instruction d'un prince et employait à son service des clercs, des historiens, et autres érudits. On voyait à toute heure de tels personnages entrer et sortir de ses appartements, car elle s'intéressait toujours à quelque chose, lisait et dictait des notes sur tel ou tel ouvrage, ou se faisait apprendre un idiome des contrées perdues du Sud. Il m'avait encore appris qu'elle parlait l'hessek et les dix-sept dialectes de l'Est. C'est pourquoi la présence de deux clercs falots se dirigeant vers ses appartements ne pouvait susciter de curiosité particulière. De telles occupations m'avaient paru rébarbatives pour une telle femme, et j'avais conclu qu'elles servaient sans doute de justification à d'autres activités plus agréables. Les soldats de la Garde impériale étaient apparemment parvenus à des conclusions identiques, à en juger par leurs quolibets, mais ils nous laissèrent passer. Nous descendîmes les marches et atteignîmes un ensemble de bâtiments de crépi et de pierre blanche, sur une pelouse en pente.

La grande muraille nous était dissimulée par des arbres, mais elle existait. Je me demandai à nouveau comment Malmiranet était parvenue à sortir de sa cage dorée pour se rendre chez moi, avant le duel. Certainement pas en empruntant le puits; pas avec ses vêtements élégants, sa voiture, et ses chevaux.

Yashlom rompit le silence pour me murmurer :

– Les favoris de l'Empereur vivent auprès de lui.

De toute évidence, Malmiranet n'aurait pu résider plus loin du cœur du palais. Mais la proximité de sa résidence et de l'Escalier du Cèdre m'avait frappé. Sans doute avait-elle choisi sa demeure pour cette raison. Des acacias formaient un nuage autour de la porte ouverte de la première cour. Un garde était assis sur un banc de marbre, et je compris aussitôt qu'il était inoffensif. Un pichet d'alcool, une tasse, et une assiette de bonne nourriture. Il avait défait sa ceinture et, nous remarquant, il se contenta de nous renvoyer un visage adipeux et de nous faire signe d'entrer. Il me vint à l'esprit qu'elle l'avait soudoyé en prévision d'une telle éventualité.

Une colonnade menait de la cour à une large terrasse. Ici, de hautes lampes d'albâtre irradiaient une douce clarté qui accentuait par contraste la noirceur de la nuit, et je découvris une scène qu'un peintre eût aimé pouvoir capturer pour la reproduire sur les murs d'un palais.

Deux jeunes filles étaient allongées sur des tapis et des coussins. La plus proche jouait de la harpe, un instrument rectangulaire originaire de l'Est dont les arpèges s'écoulaient comme l'eau d'une fontaine alors que les reflets des lampes faisaient scintiller les cordes vibrantes. C'était une Masrienne à l'épiderme couleur d'ambre, avec des cheveux noirs bouclés tombant sur ses épaules, et elle portait la veste et la robe à volants des dames masriennes. Le satin avait une nuance bronze assortie aux cheveux de l'autre fille. Bien que hâlée, cette dernière était visiblement d'une race différente et ses tresses de bronze tombaient en vagues sur ses seins et ses vêtements noirs, à leur tour assortis aux boucles sombres de la musicienne. Telles deux chiennes magnifiquement appariées, elles étaient couchées aux pieds de la femme assise dans le fauteuil.

Mes souvenirs d'elle étaient imparfaits. Il est difficile de conserver intacte l'image d'une personne. Pourrait-on mémoriser un paysage, avec toutes ses fleurs, ses pierres et ses brins d'herbe ? Il y a toujours un détail qu'on déforme, quelque chose qu'on oublie.

Elle était vêtue de soie couleur du cuivre et d'un tour de cou en or massif, mais je le notai à peine. Elle écoutait la musique, les yeux mi-clos, et caressait lentement les cheveux bronze de l'étrangère dont la tête reposait sur son genou.

Une dernière note s'éleva de la harpe. J'avais trouvé la mélodie étrange, ni joyeuse ni triste. La Masrienne inclina la tête, l'autre fille releva la sienne. Malmiranet se baissa pour déposer un baiser sur ses lèvres et mon cœur s'emballa.

Nous nous étions immobilisés dans les ombres; moi pour regarder la scène bouche bée, Yashlom par politesse, sans doute.

Malmiranet se leva, et la clarté des lampes dansa sur la soie. Elle traversa la terrasse d'une démarche souple, puis s'arrêta près d'une colonne à peut-être un mètre de nous et demanda, tout en fixant la nuit :

– Se pourrait-il que mon illustre époux ait finalement décidé de me faire assassiner ?

Je percevais en elle du danger. Elle évoquait un serpent lové sur lui-même, immobile avant d'attaquer.

Yashlom alla vers elle, s'inclina, et lui tendit la bague remise par Sorem.

Elle la prit sans un mot, l'étudia, puis à nouveau regarda droit devant elle. Son expression restait pratiquement inchangée, mais elle demanda :

– La situation s'est donc à ce point dégradée ?

– Oui, madame.

Elle était aussi grande que lui. Je me souvins que ses yeux avaient presque été au niveau des miens.

– En ce cas, nous n'avons pas de temps à perdre.

Elle pivota vers ses suivantes, qui s'étaient levées et attendaient ses ordres. Toutes deux étaient très belles, mais comparées à Malmiranet elles n'étaient que des toiles représentant des flammes à côté d'un brasier.

– Vous avez entendu le capitaine Yashlom, leur dit-elle. La jarre de vin est-elle prête, Nasmet ?

La Masrienne eut un sourire rusé.

– Je vais m'en assurer, Impératrice.

– Va avec elle, Isep.

– Oui, Impératrice.

L'autre fille s'inclina, et toutes deux disparurent entre les colonnes, accompagnées par un cliquetis de bracelets.

– Nous devons partir sans perdre de temps, madame, insista Yashlom.

– Excusez-moi, capitaine, rétorqua Malmiranet. C'est justement l'erreur que nous ne devons pas commettre.

– Votre fils...

– Il vous dirait de vous en remettre à moi, capitaine. Avez-vous remarqué les cinq imbéciles qui se morfondent dans la Cour des Poissons ? Sans doute influencé par la prudence du prince Basnurmon, mon époux a fait doubler la garde autour de moi, pour la première fois depuis bien des années. Si nous laissions leurs cadavres derrière nous, la patrouille de minuit trouverait ces corps et donnerait l'alerte. Nasmet et Isep sont très intelligentes. Elles ont fait la connaissance de ces gardes, au cas où cela se révélerait un jour utile. Nous devrons attendre au plus la troisième partie d'une heure. Veuillez vous asseoir.

– Madame...

– Yashlom, deux ravissantes jeunes femmes et une jarre de vin additionnée de somnifère viendront plus discrètement et sûrement à bout des cinq gardes que vos couteaux.

– Peut-on faire confiance à vos suivantes ?

– Absolument.

Le ton catégorique de Malmiranet vint à bout de ses réticences, et il n'ajouta rien. Il s'assit, ainsi qu'elle le lui demandait à nouveau. Après tout, Nasmet et Isep lui avaient donné le titre d'Impératrice, ce qui nécessitait un certain courage, compte tenu des circonstances.

Elle ne prêtait pas attention à moi, me prenant probablement pour un simple jerdier de Yashlom.

– Et le garde de faction devant votre résidence ? demandai-je alors. Allez-vous le faire droguer, lui aussi ?

Elle pivota et vint vers l'endroit où je me trouvais, sans me voir en raison des ombres.

– Porsus n'est pas à craindre. Nous sommes de vieux amis, lui et moi. Il m'est déjà arrivé de pouvoir sortir d'ici grâce à cet homme.

Yashlom était assis à l'extrémité de la terrasse, et j'avançai hors des ombres afin qu'elle pût me voir.

– Je me demandais justement comment vous aviez pu quitter le palais, la nuit où vous êtes venue me rendre visite dans le Quartier des Palmes.

Elle retint sa respiration et recula d'un pas, comme effrayée par ma présence.

– Qu'est-ce que cela signifie ? Vous n'avez donc pas quitté Bar-Ibithni, ainsi que je vous l'avais suggéré ?

– Vous n'avez qu'à interroger Basnurmon pour savoir ce que j'ai fait.

– Ne jouez pas sur les mots, sorcier, rétorqua-t-elle avec colère. Le moment est mal choisi. Entendu, je savais où vous logiez, mais il m'est difficile de croire que vous soyez le garçon de courses de mon fils.

– Je suis venu avec Yashlom pour vous conduire de la Cité Céleste à la colline du Pilier.

– Par la Flamme !

Elle détourna le regard, sourcils froncés.

– Je n'aime guère vous savoir mêlé à cette affaire.

– Vous m'avez fait confiance, autrefois. Sorem est toujours en vie et je suppose que vous devez en connaître la raison. Mais lorsque vous serez seule avec lui, madame, et étant donné que vous semblez avoir mal interprété les nouvelles qui sont parvenues jusqu'à vous, demandez-lui de vous expliquer en détail ce qui s'est passé sur le Pré du Lion.

– Yashlom semble se porter garant de vous, et je m'incline.

– Trop aimable, madame.

– C'est lorsque je suis aimable qu'il faut se méfier le plus de moi, jeune homme.

Elle s'éloigna et adressa un mot à Yashlom au passage, avant de gravir un petit escalier menant à un appartement du premier étage.

C'était une nuit magnifique et la vue était agréable, mais cette attente imposée par les caprices d'une femme mettait mes nerfs à rude épreuve.

Le regard de Yashlom trahissait sa tension, même si ses mains restaient immobiles. Quant à moi, je ne tardai guère à me lever et à faire les cent pas.

Notre attente fut brève. La Masrienne revint en courant pour nous annoncer joyeusement que les gardes du Palais Pourpre dormaient dans les buissons. Isep, la fille de bronze, arriva avec moins de hâte, l'expression sévère, et je me demandai si ces deux filles n'avaient pas dû offrir à ces hommes plus que du vin : une chose que la première appréciait contrairement à sa compagne. Elles montèrent toutes deux au premier étage et, peu après, je vis trois jeunes hommes en redescendre. Lorsque les lampes les éclairaient sous certains angles, il était possible de voir qu'il s'agissait de femmes : Malmiranet et ses suivantes, vêtues en hommes et sans le moindre bagage.

– Vous seule devez nous accompagner, madame, déclara Yashlom.

– Voudriez-vous que j'abandonne Nasmet et Isep aux représailles que ce chien et son héritier exerceront certainement contre elles ? Notez que nous n'emmenons aucun bagage. Nous sommes prêtes et ne ferons pas de bruit.

– Il faudra passer par l'escalier et le puits.

– Naturellement. Pourquoi croyez-vous que nous ayons mis des culottes ? En route, pourquoi s'attarder ?

– Vous n'emportez rien. Aucun bijou ? dis-je.

– Pour me prémunir contre la pauvreté ? Inutile, je suppose que Sorem récupérera mes biens.

Sur ces mots, elle pivota et se dirigea vers la cour.

Son garde, le gros Porsus, vint s'agenouiller devant elle. Son regard contenait tant de dévotion qu'il évoquait un chien fidèle.

– La voiture a déjà franchi les portes. Le garde de faction a empoché l'argent, mais l'information a dû atteindre le Palais. C'est cette voiture vide que les gardes de Basnurmon prendront en chasse.

– Tu es un homme habile et de confiance. Je serais morte, sans toi. (Ce pitre rougit.) Prends garde à toi, après mon départ.

– Il ne m'arrivera rien.

Je le pris pour un pauvre imbécile, et elle pour une femme mauvaise. Comment pouvaient-ils seulement oser supposer qu'il ne serait pas inquiété, lorsque les gardes découvriraient la voiture vide, leurs collègues drogués, et le reste ? Mais je ne voulais pas gâcher leurs adieux si touchants.

Une heure plus tard que nous l'avions prévu avec Sorem, nous escortions trois femmes vers le haut de la pente. Nous passâmes près des gardes qui ronflaient et descendîmes finalement les marches plongées dans l'obscurité.

Je dus reconnaître que ces femmes étaient sereines et lestes comme des mouflons. Alors que nous attendions dans les ténèbres que Yashlom eût déclenché le mécanisme de la porte secrète donnant dans le puits, deux bras entourèrent mon cou et une bouche à la douceur du vin et aux dents coupantes mordilla amoureusement ma lèvre inférieure. Pendant une seconde je crus que c'était elle; mais il s'agissait de la Masrienne, qui me murmura à l'oreille une promesse. J'entendis Malmiranet rire et pensai : Vous faites donc si peu cas de moi, madame, qu'il vous faut rire ainsi pour le démontrer?

Tout se passa sans encombre. Nous ne vîmes pas de patrouilles ou de poursuivants jusqu'au temple, huit cents mètres plus bas que la muraille. Les deux chevaux qui nous attendaient eussent suffi pour deux hommes et une femme mince, mais pas pour ces deux filles supplémentaires.

– Sans importance, dit Malmiranet. Nous trouverons des montures. Le prêtre a une petite écurie et est influençable. Si un homme reste avec moi pour assurer ma protection, l'autre pourra conduire mes suivantes en sécurité dans la Citadelle.

– Madame... commença Yashlom.

Je me demandai quand il renoncerait à toutes ces politesses pour mettre un terme à ses caprices.

– Isep est une cavalière sans pareille. Nasmet pourra monter derrière l'homme, sur le second cheval, ce qu'elle devrait apprécier tout autant que lui.

Je décidai d'intervenir.

– Madame, c'est vous que nous avons pour mission de conduire à Sorem, pas la moitié de votre suite. Et comment pouvez-vous être certaine que le prêtre vous donnera des chevaux?

– Ce ne sera pas la première fois. Seriez-vous effrayé à la pensée de rester seul avec moi? J'ai pourtant entendu dire que le sorcier pouvait venir à bout de toute une armée.

Elle parlait sèchement, comme toute femme habituée à voir son entourage se plier à ses moindres désirs. Je regardai Yashlom.

– Obéissez-lui, capitaine. Conduisez les filles au Pilier. Je vous suivrai le plus rapidement possible avec Dame Malmiranet.

– Monsieur...

– Vous souvenez-vous des dix hommes que j'ai tués, sur le Pré du Lion ? Je puis assurer la protection de cette dame mieux qu'une armée. Si elle manque de bon sens dans la plupart des autres domaines, elle n'a pu manquer de le comprendre.

Son attitude hautaine m'avait incité à plastronner, à me dresser sur mes ergots comme un coq dans un poulailler. Mais Yashlom interpréta mes paroles au premier degré, hocha la tête, et se mit en selle avec la Masrienne pendant que la fille de bronze sautait sur l'autre monture comme un jeune guerrier et descendait au trot la pente accidentée, en direction des lumières du Quartier des Palmes.

Je me retrouvai seul avec l'Impératrice devant le portique du temple.

Elle se drapa de son manteau et me dit :

– Je ressemble à un garçon, dans cette obscurité, et il m'est déjà arrivé de duper ce prêtre. Dites-lui que nous sommes deux amants et que mon père me fouettera, si je rentre tard à la maison et qu'il découvre que j'ai joué au lièvre et au chien avec vous dans les bosquets de la terrasse.

– Se laissera-t-il convaincre ?

– Certainement. Il a un faible pour les adolescents et leurs amants, surtout quand il peut gagner une ou deux pièces d'argent.

Elle me lança une bourse, que je lui renvoyai aussitôt.

Je me trouvai sur le seuil du temple, lorsque je sentis une présence et pivotai.

Trop tard. Une main se posa sur mon bras et une voix déclara :

– Du calme, Vazkor. Un de mes hommes s'est déjà emparé de votre compagne. Vous ne voudriez pas qu'elle meure, après avoir pris tant de précautions pour la protéger, n'est-ce pas ?

Puis des torches furent allumées, après les invocations d'usage. La religion avant tout, même avant le meurtre.

Je restai silencieux et regardai autour de moi. Je ne fus pas surpris de découvrir une quinzaine d'hommes regroupés dans le temple délabré, les armes et les uniformes noir et jaune des guêpes de Basnurmon illuminés par la clarté des flammes encagées.

Derrière moi, l'homme parla à nouveau.

– Vous me cherchiez, sorcier. Je suis ici. Je suis venu en personne, cette fois.

Et je pivotai vers l'héritier de l'Empereur, avec lequel j'avais eu maille à partir par personnes interposées.

Il me semblait vaguement familier, et j'en fus déconcerté avant de prendre conscience que tous les Masriens étaient identiques, avec leurs barbes et leurs cheveux bouclés. Même moi, qui avais adopté cette mode, devais vaguement ressembler à cet homme. J'ignorais à quoi je m'étais attendu, car nous avons tous tendance à attribuer à nos ennemis inconnus des traits hideux, d'une façon puérile. Je trouvais étrange de découvrir un homme ordinaire, assez beau, vêtu avec élégance, et qui souriait comme un pêcheur venant de prendre deux poissons avec le même hameçon.

– Vous m'avez appelé sorcier. Croyez-vous en mes pouvoirs ?

Il eut un sourire amer, comme s'il mangeait des citrons.

– Certainement. Vous êtes le prêtre nordique qui foudroie ses adversaires du regard. Mais si vous tournez la tête, vous verrez la mère de votre bien-aimé Sorem. L'affection qui vous lie à mon demi-frère vous rend la vie de Malmiranet précieuse. Vous n'oseriez pas la mettre en péril.

Deux de ses sbires immobilisaient la femme contre un pilier, et l'un d'eux collait un couteau à sa gorge. Elle semblait amusée, tolérante, et elle s'adressa directement à moi, ignorant tous les autres.

– Je sens une puanteur immonde, dans ce temple. A quoi peut-on bien l'attribuer ?

Le garde qui avait les mains libres alla pour la frapper, mais Basnurmon lui aboya de rester tranquille. Il tenait à avoir des présents intacts à offrir à l'Empereur, ou pour les divertissements qu'il avait projetés. Je comprenais que toute intervention de ma part coûterait la vie de Malmiranet, ou la mienne. Je m'étais vanté de disposer d'un véritable arsenal psychique, sans tenir compte du fait que depuis mon séjour à Bit-Hessee j'avais peur de l'utiliser.

Je cherchai à croiser le regard de Basnurmon, mais ses yeux évitèrent les miens. Peut-être avait-il également entendu parler de mes autres exploits. Il se dirigea vers Malmiranet et sa main caressa les seins de la femme.

– Mon devoir m'impose d'informer l'Empereur, mon père, que je vous ai surpris avec votre amant. Une telle trahison est passible de la Peine de Mutilation. D'abord l'ablation de ceci... (ses doigts serrèrent avec force un sein)... et ensuite de ce joli nez que vous avez trop souvent fourré dans des affaires qui ne vous concernaient pas.

– Pauvre enfant, dit Malmiranet. Je comprends que tu ne puisses t'empêcher de dire des insanités, quand je pense à la chienne stupide qui t'a mis bas.

– Taisez-vous ! hurla-t-il en tremblant comme le chiot battu auquel l'avait comparé Malmiranet.

Je pensai : Cette femme est aussi courageuse et prompte à la riposte qu'un homme. Croit-elle qu'il va la tuer, ou espère-t-elle que je pourrai la sauver ? Elle n'a eu autour d'elle que des personnes sans volonté depuis la mort de son père. Même Sorem fait plus penser à de l'or qu'à de l'acier.

Et mes peurs me quittèrent, cette terreur sépulcrale du Vieil Hessek. Je sentis une fierté s'élever en moi, comme l'aube de Masrimas, car cette femme méritait qu'on livrât bataille pour elle.

Ils nous emmenèrent dans la nuit. Sans doute avaient-ils chassé le prêtre, à moins qu'il ne se fût caché. Je ne l'avais pas entrevu. Des chevaux attendaient derrière le temple, et les hommes-guêpes se mirent en selle. Ils m'avaient trouvé une monture mais ne semblaient pas en avoir prévu pour Malmiranet. Basnurmon ordonna à l'un de ses coupe-jarrets de délier ses mains et de la prendre en croupe. Je sus alors ce que je devais faire.

La cité miroitait au delà des arbres. J'entendais même un rossignol qui, comme toujours, agrémentait l'obscurité de ses trilles.

L'homme qui escortait Malmiranet avait passé la

corde liant ses poignets dans sa ceinture, et je lançai alors :

– La promenade risque d'être mouvementée. Tenez-vous bien, Impératrice.

Je lus dans son regard qu'elle avait compris le sens de mes paroles, et libérai juste assez d'énergie pour envoyer mes gardes rouler sur les côtés. Basnurmon cria et l'homme derrière lequel se trouvait Malmiranet pivota en brandissant sa dague. L'éclair blanc auquel je devais les deux tiers de ma renommée à Bar-Ibithni l'atteignit à la poitrine et je talonnai ma monture. Je me précipitai vers la sienne et, alors même qu'il tombait, je calcinai la corde du bout du doigt, employant la même méthode que pour allumer une lampe. Je sautai de mon cheval sur la selle laissée vacante par le garde, devant elle, et lançai la monture au galop d'une légère décharge d'énergie.

L'Impératrice avait gardé la tête froide, ainsi que je l'avais espéré, et elle enserra ma taille de ses bras.

S'il est fréquent que des cavaliers descendent les terrasses que surplombe la Cité Céleste, ils font preuve de lenteur et de prudence car les corniches se succèdent, telles les marches d'un escalier, dominant par endroits le Quartier des Palmes d'une trentaine de mètres. Je dirigeai ma monture droit vers la bordure de la terrasse du temple, vers un de ces abîmes. L'animal tenta de dévier, mais je le maintins dans la direction choisie et, avec un hennissement de terreur et dans une gerbe d'étincelles et de pierres soulevées par ses sabots, il sauta dans le vide.

Cette femme, qui se montrait souvent aussi autoritaire qu'un homme, poussa un petit cri aigu, telle une souris.

– Agrippez-vous à moi et ayez confiance, lui criai-je.

Sa prise autour de ma taille n'avait pas faibli.

Le cheval piaffait et hennissait. Il martelait le néant de ses sabots pendant que les étoiles tournoyaient autour de nous. J'imposai ma volonté à son cerveau, ouvert sur le chaos de sa terreur, et le contraignis à l'obéissance et au silence, pendant que je le maintenais dans les airs, sans effort, ainsi que j'avais soulevé la jarre de vin pour m'amuser de la surprise des filles de cuisine. Frissonnant jusqu'aux extrémités de ses pattes tendues, alors que je tenais ses flancs avec mes cuisses et son cerveau sous l'emprise du mien, l'animal restait immobile dans les airs.

Des cris s'étaient élevés derrière nous, sur la terrasse, mais à présent, le bâillon de la stupeur les avait étouffés.

Les fenêtres-joyaux de la cité se trouvaient loin au-dessous de nous, minuscules. La crinière du cheval était agitée par la brise nocturne, toujours soumise aux lois de la nature, l'une d'elles exceptée.

J'étais jeune, et j'étais un dieu. Le Pouvoir qui résidait en moi était comparable à une flèche d'or.

— Etes-vous toujours en vie ? lui demandai-je.

Je perçus un mouvement contre mon omoplate. Elle hochait la tête, incapable de dire un seul mot.

Je caressai le cheval, désolé d'avoir dû le maltraiter. D'un grand bond, il s'étira et se mit à galoper dans le ciel comme dans une prairie.

Cette chevauchée, bien que très brève, était tout droit issue d'un mythe. On parlerait ensuite dans la cité de la chute d'une étoile filante, d'une comète. Le folklore de Bar-Ibithni s'enrichirait d'une légende où il est question d'un prince et d'une princesse qui traversent le ciel sur un cheval ailé. Je ne pourrais dire si quelqu'un assista véritablement à ce vol, à l'exception des hommes regroupés au pied du Palais de l'Empereur et qui avaient d'excellentes raisons pour tenter d'oublier cette scène.

Je repris rapidement mes esprits et repoussai la possibilité d'arriver ainsi dans la Citadelle, sans pouvoir véritablement en analyser les raisons. Trop d'agitation, peut-être, ou encore pensais-je à ce qu'elle ressentirait, lâchée des nuages sur le giron de son fils. Elle ne cria plus et s'abstint de me supplier. Elle avait pris conscience de l'étendue de mes Pouvoirs et s'en remettait à moi. Sa reddition m'était très agréable, dans cet instant de triomphe, la renaissance de ma divinité.

Je fis poser le cheval sur le sol, avec la légèreté d'une

écharpe de soie, dans la campagne qui s'étend juste au delà du Quartier des Palmes, à proximité des vignobles.

Je humais l'arôme de la magie de toutes parts, du moins en avais-je l'impression. La nuit, les bosquets, les contours de l'ancienne palissade et le miroitement des lumières visibles au delà. Je laissai le cheval se reposer une minute dans l'herbe haute, et il baissa la tête pour paître comme si nous arrivions du marché.

– Quelqu'un vous a trahie, Malmiranet, lui dis-je. Quelqu'un qui savait que je me trouvais avec vous et qui vous connaissait suffisamment pour deviner ce que vous feriez une fois arrivée au temple.

– Il vole dans le ciel, et parle de trahison, fit-elle d'une voix rauque. Je vais perdre la raison.

Elle me lâcha et se laissa glisser à terre, pour s'éloigner d'un pas. Pendant une seconde, je crus qu'elle pleurait, avant de comprendre qu'elle riait. Je mis à mon tour pied à terre et lâchai les rênes sur la tête du cheval. Il n'était pas d'humeur à prendre la fuite. Je me dirigeai vers Malmiranet, l'attirai contre moi, et l'embrassai.

J'avais été fou de prendre une autre femme pour elle, dans l'escalier. Elle n'avait le goût ni d'un vin ni d'un parfum, mais de la pulsation fuligineuse de la nuit elle-même. Il n'existait aucune bouche comparable à la sienne et son corps répondait parfaitement au mien.

Elle n'attendit qu'un battement de cœur avant de passer ses bras autour de mon cou, et de m'enlacer aussi fermement qu'elle l'avait fait dans le ciel. Finalement, elle me repoussa doucement, me fixa, et sourit.

– Vous a-t-on dit que le koois s'améliore au fil des ans ?

– Sorem doit monter sur le trône du Palais Pourpre, lui dis-je. Je ferai de lui un Empereur. Quelle récompense m'accorderez-vous ?

– Si peu de chose, en échange de tant. Je suis trop vieille pour vous, mon magicien.

Mais elle souriait toujours. Elle m'embrassa, me tenant par les cheveux, et les boutons de sa chemise masculine cédèrent si facilement que je pensai qu'elle les avait préalablement défaits à moitié afin de me faciliter la tâche.

Puis les renâclements et les piaffements du cheval attirèrent mon attention.

Je me tournai et constatai que la partie inférieure du ciel était embrasée, que le soleil semblait se coucher à nouveau. Je sentis une odeur de brûlé, et un grondement comparable à celui du tonnerre me fut apporté par le vent.

– *Le feu !* s'exclama-t-elle. Il semble que ce soit dans le port. Quelle peut bien en être l'origine ?

Le serpent glacial qui se lova dans mon crâne me fournit la réponse.

– Bit-Hessee.

3

Le cheval ne fendait plus les airs mais suivait au galop les artères pavées du Quartier des Palmes. La foule s'égaillait devant nous, plus nombreuse que d'habitude et rongée par une peur insidieuse; des silhouettes se penchaient sur les balcons des tours pour regarder des flammes écarlates s'élever du port.

Ils ignoraient ce qui s'était passé et pensaient à une explosion, un incendie accidentel. Ceux qui avaient armé des navires étaient livides et ordonnaient fébrilement à leurs esclaves d'aller se renseigner sur place. Je découvrais également l'embarras superstitieux et ridicule des Masriens face aux flammes nues blasphématoires.

Le vent d'ouest apportait désormais le tintement funeste du tocsin, ainsi qu'un goût de cendres. Et j'avais peur, car le Vieil Hessek semblait vouloir aspirer mon âme. L'attaque s'était produite alors que je n'étais pas prêt, après une si longue attente.

Nous remontâmes la route du Pilier, et les gardes ouvrirent la Porte du Renard sans nous poser la moindre question. La grande cour interne de la Citadelle grouillait de jerdiers et de chevaux qu'illuminait la clarté rougeâtre des torches. Les hommes étaient silencieux, mais ici les tintements des cloches étaient plus forts et nous entendions un grondement lointain, dû au brasier ou à des voix.

Un des capitaines de l'Ecu de Bailgar s'approcha rapidement et nous guida vers la Cour de la Hache.

Sorem se trouvait sous la colonnade, encadré par Dushum, Denades et Ustorth au visage de marbre, alors qu'une foule de jerdiers allait et venait autour d'eux.

Yashlom apparut et aida avec courtoisie Malmiranet à mettre pied à terre. J'entendis cette dernière lui demander si ses suivantes étaient en sécurité, et il répondit affirmativement. Puis Sorem approcha et la prit par les bras, avant de remercier son dieu qu'elle fût saine et sauve.

– Basnurmon nous attendait, lui dit-elle.

– Par Masrimas, je savais bien que trouver un cheval n'avait pu vous retarder à ce point !

– Le sorcier a fait le nécessaire. Dois-je te parler de son exploit miraculeux, ou garder cela pour plus tard ? Tu parais affairé, mon fils. Que se passe-t-il, ici ?

– Prenez place au sein de notre conseil et écoutez, Mère. Vazkor...

Il prit ma main.

– Je voudrais vous exprimer ma gratitude, mais cela devra attendre. Vous avez vu l'incendie ?

– Comme tous les habitants de la cité, répondis-je.

Je me sentais de plomb, privé d'énergie. L'effervescence régnant autour de moi accentuait encore cette impression. Au prix d'un effort, je me repris et ajoutai :

– J'en conclus que ceux de Bit-Hessee me considèrent comme leur adversaire, en dépit de la comédie que je leur ai jouée. Ils ont attaqué sans m'en avertir.

– Ils l'ont fait, mais vous n'étiez pas là pour recevoir leur message.

– Un Hessek a demandé à me voir et vos hommes l'ont laissé repartir avant mon retour ?

– Pas exactement.

Il appela un jeune jerdier qui flânait près de la palissade des cibles. Ce garçon semblait nerveux et mordillait sa lèvre inférieure. Lorsque Sorem lui dit de parler, il débita d'une traite :

– J'étais de garde, sur la tour gauche de la Porte, monsieur. C'était le crépuscule, lorsque j'ai vu arriver ces hommes qui faisaient penser à des mendiants. Conformément aux ordres reçus, je leur ai demandé amicalement s'ils voulaient quelque chose. Mais ils ont aussitôt pris la fuite en laissant un panier au pied des remparts. J'ai envoyé un de mes compagnons le chercher et nous l'avons ensuite ouvert. J'ai vu bien des horreurs au cours de mon existence, mais cela...

L'homme appartenait à l'Ecu, et Bailgar vint se placer derrière lui pour lui prendre le bras.

– N'en fais pas un drame. C'était une tête, Vazkor. La tête tranchée d'un enfant à laquelle on avait arraché toutes les dents.

– Arraché, répéta le jerdier.

Ma gorge se serra, et je dus ravaler ma salive pour pouvoir répondre :

– Oui, je crois savoir de qui il s'agit.

– Lorsque le reste aura été mené à bien, il faudra en profiter pour purifier ce trou puant par les flammes, déclara posément Bailgar.

Je fis quelques pas entre les colonnes, au delà des torches. J'avais des nausées, comme dans le tombeau fétide de Bit-Hessee, l'autre nuit. La tête édentée de l'enfant qui m'avait mordu avec ses crocs jaunâtres était leur présent. Cependant, s'ils m'avaient accepté comme leur messie, pourquoi n'avaient-ils pas attendu que je puisse recevoir leur offrande en main propre et leur prouver ma gratitude? A moins... à moins que je l'*aie* fait!

Le Pouvoir. Je l'avais utilisé à nouveau, et de façon assez importante pour illuminer leurs ténèbres. Car la sorcière blanche leur avait appris ses méthodes. A présent, ils pouvaient lire en moi, s'alimenter en moi, ainsi qu'elle l'avait fait. Faire voler ce cheval avait été comparable à allumer un phare. Percevant ce signal, ils l'avaient pris pour un ordre et s'étaient soulevés, faisant de moi leur Shaythun-Kem, s'alimentant à ma Puissance, leur avidité nourrie par mon cerveau et ma vie.

Il fallait y mettre un terme, immédiatement, avant qu'ils ne me détruisent. Je refusais de me laisser dévorer vivant. Je ne leur appartenais pas, pas plus qu'à Uasti. Moi, qui étais capable de marcher sur l'eau, d'arrêter un cyclone, de voler dans le ciel, je pouvais certainement redevenir maître de moi-même et mater ces *shlevakins*.

Je dus crier, car lorsque je pivotai, tous me fixaient, inquiets et sidérés. L'homme que je considérais comme mon ami, et cette femme que j'en étais venu à désirer plus que toute autre et qui détournait la tête afin de me dissimuler la peur que je lui inspirais.

Mais j'avais cessé de hurler tel un veau suspendu face au couteau d'un boucher, cessé de me soutenir à une colonne.

Je revins vers eux.

– Que se passe-t-il ? s'enquit Sorem.

– C'est fini, répondis-je.

Un homme se précipita dans la cour en criant le nom de Sorem.

– Jerdat, le port est en flammes, de même que les silos à grains. Vingt navires se sont embrasés et une multitude d'hommes remontent la Route de l'Ambre. Des Hesseks, Seigneur, plus de trois milliers. Et d'autres arrivent par l'ouest, selon les sentinelles.

Ils jaillissaient des marais tel du pus d'une blessure infectée, une meute de chiens errants plutôt que de rats. Les voyant arriver, les gardes du port avaient pris leurs jambes à leur cou. C'était comparable à un raz-de-marée de fange qui s'engouffrait dans Bar-Ibithni, le débordement de marécages aux flots empoisonnés. Une vingtaine d'hommes – des policiers du port qui espéraient pouvoir tenir la rue des Poissons, une venelle menant vers la baie – avaient été massacrés en quelques instants par une pluie de fléchettes et d'éclats de silex. Les Hesseks étaient armés de couteaux improvisés, des instruments primitifs de silex taillé ne possédant même pas de manche. A chaque coup porté, ils s'entaillaient profondément la main, mais n'hésitaient pas pour autant. Ils massacraient tout ce qui se trouvait sur leur chemin : hommes, femmes, enfants ou animaux, puis piétinaient les cadavres. Ils n'avaient qu'un seul esprit, un seul cœur. Ils étaient encore silencieux; seuls leurs victimes et les fuyards étaient à l'origine du grondement lointain qui nous parvenait.

En moins d'un quart d'heure, la terreur se communiqua aux artères de la Nouvelle Cité. Au rythme des cloches du tocsin et sous le halo d'un horizon rougeâtre, les riches négociants fuyaient leur quartier. La Porte du Cheval ailé devint le point vers lequel se concentra cet exode. Tous voulaient gagner la sécurité présumée du Quartier des Palmes, de l'autre côté de la Muraille de Hragon. Les gardes de faction, trente ou quarante jerdiers, se jetèrent dans la mêlée sans avoir reçu d'ordres, dans l'espoir de canaliser le flot des habitants terrorisés et de leur interdire l'accès de ce passage, comme si c'étaient eux, et non les rats de Bit-Hessee, qui s'étaient révoltés. Et lorsqu'un grand éclair accompagné d'un grondement de tonnerre s'éleva dans le ciel – les cuves de l'entrepôt d'huile de baleine du Marché aux poissons avaient explosé –, les jerdiers refermèrent les portes d'alcum et poussèrent les verrous. Un acte de bureaucratie stupide qui ne fit naturellement qu'augmenter la panique.

Les marchands et leurs familles, les travestis vêtus de robes pailletées, les sang-mêlé et les Masriens, tous étaient logés à la même enseigne et tombaient les uns sur les autres en tentant de se dégager. Ils voulaient non seulement fuir le Marché Universel et la Route de l'Ambre, où la fermeture des portes les avait bloqués, mais également la foule qui se retrouvait coincée contre la Muraille de Hragon. Des hommes tentaient d'escalader sa paroi, pour basculer et s'écraser sur ceux en contrebas.

Des étincelles avaient entre-temps propagé l'incendie aux lupanars et aux auberges d'un luxe tapageur qui occupaient le pourtour du Marché, et les Hesseks poursuivaient leur progression.

Ils étaient près de quatre mille, sur la Route de l'Ambre, alors que trois autres milliers pénétraient dans Bar-Ibithni par le sud. Certains avaient emprunté leurs embarcations de roseaux pour atteindre les jardins situés au pied du Quartier des Palmes, et nul ne les avait pour l'instant remarqués. En dépit de ce semblant d'organisation, les révoltés n'avaient aucun plan de bataille; leurs forces étaient réparties au hasard et ils tuaient et incendiaient sans méthode; hommes et femmes, jeunes et vieux, envahissant les rues masriennes pour les livrer aux flammes.

La nouvelle mit longtemps pour parvenir au Palais Pourpre. Abrité derrière les hautes murailles, l'esprit accaparé par des conspirations intestines, n'ayant à sa disposition que des jerdiers peu enclins à se battre, paresseux et mal préparés, l'Empereur tarda lui aussi à réagir. Je n'aurais jamais osé espérer qu'il se révélerait sous un si mauvais jour à son peuple. Il refusa tout d'abord de croire à une révolte de Bit-Hessee. Lorsqu'on lui désigna le ciel embrasé et qu'on lui fit remarquer l'appel du tocsin, la Cité Céleste lui parut au-dessus de tout cela, au sommet de son éminence. Il s'étira finalement et détacha un de ses jerds, un simple millier d'hommes. Il fit en outre venir son scribe pour dicter un message succinct destiné à Sorem : *Jerdat, nous avons été éveillés par une émeute dans notre cité. Comment la Citadelle peut-elle toujours dormir ?*

Sorem tournait comme un ours en cage, tant il était impatient de mener les jerds de la garnison au secours du quartier commercial. Malmiranet avait assisté à notre dernier conseil et porté sur la situation un jugement d'homme. Avec Ustorth, Bailgar et les autres, elle l'avait exhorté à attendre. En lisant le message de l'Empereur, elle déchira le parchemin et marmonna :

– Il se souvient enfin qu'il a un fils apte à commander des hommes. Il lui a fallu ceci pour se le remémorer.

Et lorsque Sorem s'écria que pendant que nous attendions, les navires du port étaient la proie des flammes, ce fut avec emportement qu'elle rétorqua :

– Laisse-les se consumer. Ne t'ont-ils pas laissé te consumer de rage, pendant ces vingt dernières années ?

Nous avions posté des éclaireurs dans les divers quartiers de la cité, et ces hommes revenaient régulièrement nous faire leur rapport. Nous ne pourrions intervenir que lorsque nous connaîtrions l'importance de la horde d'Hesseks, et l'endroit où ils avaient l'intention de lancer le gros de leurs forces. Charger l'ennemi avec héroïsme mais pas de cervelle et subir une défaite n'était pas dans mes intentions. Bit-Hessee disparaîtrait cette nuit, à condition de ne pas commettre la moindre erreur. Pour obtenir la couronne impériale, Sorem devait faire taire ses scrupules et attendre.

En observant son expression angoissée et ses lèvres exsangues, je portai sur lui un jugement sévère. Sa mère possédait l'ambition qui lui faisait défaut et eût été plus digne que lui de ce trône. Toujours vêtue de ses vêtements masculins, Malmiranet se tenait sur le rempart nord de la forteresse, et sa silhouette se découpait contre un ciel de feu avec sa longue chevelure noire tombant librement sur ses épaules. Elle avait pris Isep par le cou, la fille de bronze qui paraissait aussi excitée qu'elle, et se penchait en avant avec des yeux cruels et des lèvres entrouvertes dans le vent fuligineux. Nasmet, la sybarite, à la fois terrifiée et folle de joie, buvait du vin en l'honneur d'esprits obscurs, les yeux larmoyants.

Nous apprîmes bientôt que l'incendie était circonscrit au port. Les Hesseks n'avaient pas pris la peine d'occuper les zones envahies pour poursuivre leur avance, laissant le passage dégagé derrière eux. Des fugitifs armés de seaux avaient formé une chaîne le long de la baie, puisant dans l'océan pour éteindre les flammes, et les résultats obtenus étaient excellents. J'attendais toujours d'apprendre que les esclaves hesseks du Quartier des Palmes s'étaient soulevés. Ils mirent longtemps à se décider à passer aux actes, mais lorsqu'ils le firent ce fut efficacement.

La petite troupe de l'Empereur, cet unique jerd qu'il avait lancé dans la bataille, descendait vers la Muraille de Hragon et la cité commerciale. Elle progressait lentement en raison de la foule prise de panique présente dans les rues du Quartier des Palmes. Ces jerdiers du Palais Pourpre étaient arrogants et se croyaient capables de mater la révolte à eux seuls. Ils n'avaient pas pleinement conscience du nombre d'adversaires qu'ils devraient affronter. Ils s'engagèrent dans le Jardin de la Fontaine, un des grands parcs qui agrémentaient le secteur masrien de la ville. Le jerd avait parcouru approximativement un tiers de la longueur de l'allée bordée d'arbres qui traversait ce jardin quand apparurent d'innombrables silhouettes tenant des lanternes.

De nombreux esclaves qui avaient profité de la confusion pour quitter leurs maîtres, ou qui avaient été envoyés aux nouvelles, s'étaient regroupés en ce lieu pour intercepter la Garde impériale, s'attendant sans doute à trouver un plus grand nombre de soldats. Vêtus des haillons ou des belles livrées que leurs imposaient leurs maîtres, les Hesseks s'étaient armés de couteaux de cuisine, de pierres, ou d'armes préhistoriques qu'ils avaient improvisées en sachant que la nuit du soulèvement était pour bientôt.

Mille cavaliers en armure, armés d'épées et d'arbalètes, furent tirés de leur paresse et de leurs rêveries stupides par des animaux sauvages qui se battaient avec leurs crocs et leurs griffes en cas de besoin et semblaient possédés par des démons. Les jerdiers survivants parleraient de chevaux hennissants éventrés à mains nues, de fillettes d'une douzaine d'années aux cheveux ruisselants de sang qui désarçonnaient les cavaliers puis les recouvraient telles des abeilles sur du sirop renversé.

Avant cet incident, nous n'avions eu aucune nouvelle des esclaves.

A présent, ils grouillaient dans la cité commerciale et se déversaient tel un flot d'encre noire dans le Marché Universel, pour apparaître aussi brusquement que la mort dans les larges avenues du Quartier des Palmes. Ils se mirent à psalmodier :

– Shaythun-Kem ! Shaythun-Kem !

Que suivait un autre cri :

– Ei ulloo y'ei S'ullo-Kem !

Malgré le fracas du tocsin, je l'entendis depuis la Citadelle, et fus parcouru de frissons. Je dus faire appel à toute ma force de caractère pour ne pas perdre la raison.

Puis un son plus naturel se mêla à leurs invocations. Des martellements à la Porte du Renard et les appels rauques des bourgeois terrorisés.

Sorem se tenait dans une pièce située à l'extrémité de la colonnade de la Cour de la Hache, caressant la tête de sa chienne grise. Son expression était celle d'un homme garrotté qui entend torturer son épouse dans la chambre voisine.

Bailgar et Dushum lui expliquaient que près de

soixante-dix dignitaires l'imploraient de leur prêter assistance.

Il se redressa et porta sur nous son regard.

– Les cinq rois de Bar-Ibithni me permettent-ils d'intervenir, à présent que la cité est à genoux ?

– Seigneur Sorem, protesta Bailgar, nous sommes convenus dans votre intérêt...

– Je n'ai jamais approuvé cela ! s'écria-t-il. *Jamais,* vous entendez ?

– En ce cas, Sorem, rien ne vous empêchait de révoquer ces ordres et d'agir selon votre conscience, fis-je remarquer. Nous sommes vos vassaux, et notre rôle se borne à donner des conseils que vous êtes libre de suivre ou d'ignorer.

Il se tourna vers moi, et je crus qu'il allait me gifler, comme l'eût fait une fille. Mais il se reprit à temps.

– Si vos conseils sont excellents, vous ne tenez aucun compte de la vie humaine. On dit que les cadavres jonchent les rues.

– En ce cas, le moment est venu d'intervenir.

– Nous aurions pu le faire deux heures plus tôt.

– Nous avons attendu afin d'apprendre combien d'Hesseks s'étaient soulevés et quels étaient leurs projets, ainsi que pour démontrer l'indifférence et la faiblesse de l'Empereur tout en affaiblissant son pouvoir. Enfin, pour contraindre la population à se jeter à vos pieds, Sorem, à s'adresser à vous et non à Hragon-Dat. C'est chose faite, et nous pouvons passer aux actes.

Il me fixa, et me dit d'une voix posée :

– Vous avez tout provoqué, Vazkor. Mettez-y fin.

Et je pensai : Qu'est-ce qui a véritablement tout provoqué ? Le présent de Basnurmon, ces statuettes de maison close qui ne prêtaient qu'à rire ? Ou devine-t-il que je désire Malmiranet, et éprouve-t-il envers moi l'aversion éternelle du fils envers l'amant de sa mère ? A moins qu'il n'ait jamais vu tant de sang et de flammes, les semblants de campagnes militaires de l'empire n'ayant pu le préparer à une telle nuit ?

J'avais adopté une tenue de jerdier depuis mon retour à la Citadelle. Je la complétai avec un armet aux boucles de cuivre et gagnai le sommet des remparts.

Les riches seigneurs du Quartier des Palmes s'étaient

massés au pied de la muraille. La route scintillait de leurs lampes et de leur or empilé autour d'eux : tout ce qu'ils avaient pu emporter dans des ballots, des carrioles, les bras des domestiques. Je vis même quelques esclaves hesseks qui paraissaient aussi terrorisés que leurs maîtres. Peut-être s'agissait-il de sang-mêlé ou d'incroyants, mais ils ne m'inspiraient guère confiance.

– Je parle au nom du Prince Sorem Hragon-Dat, criai-je. La Citadelle offrira asile aux Masriens, mais aucun Hessek n'y sera admis.

– Et la cité ? hurla un porte-parole de la foule, un homme imposant couvert d'or et de rubis.

– L'Empereur en est seul responsable. Les jerds du Palais Pourpre sont chargés d'assurer votre défense.

– Un seul jerd ! hurla l'homme, dont le cri fut repris par les autres. Et tous ces soldats ont été massacrés par les esclaves, capitaine !

– Incroyable ! dis-je.

La foule m'affirma que c'était pourtant la stricte vérité.

Je me sentais d'humeur facétieuse. Ces gens ne m'avaient pas reconnu sous cet uniforme de militaire, mais j'avais pour ma part noté certains de mes anciens patients : des hommes auxquels j'avais épargné une mort certaine, et sous le toit-parasol d'un landau ma maîtresse trop vêtue du pavillon blanc.

Un membre du jerd de Denades vint me dire que des lueurs d'incendies avaient été notées dans les faubourgs du sud, ce qui signalait la présence dans cette zone d'un troisième groupe d'Hesseks.

La Porte du Renard fut ouverte et les fugitifs couverts de joyaux se bousculèrent en grommelant pour entrer dans la Citadelle.

– Où est le Prince Sorem ? Va-t-il leur permettre de réduire en cendres la cité ? L'Empereur lui a certainement donné l'ordre d'envoyer ses jerds assurer notre protection.

– Seigneur, répondis-je lentement, afin qu'il ne pût perdre une seule de mes paroles, l'Empereur n'accorde pas sa confiance au Prince Sorem. Sans doute avez-vous entendu parler d'une tentative d'assassinat dirigée contre le prince par son demi-frère Basnurmon, avec l'approbation de leur père à tous deux.

Au cours des deux jours précédents, nous avions tout fait pour répandre la vérité d'un bout à l'autre de la ville en utilisant les services des colporteurs de ragots stipendiés de la métropole; ces hommes qui se chargeaient de faire circuler n'importe quelle rumeur, sans se soucier qu'elle fût ou non fondée.

– Cependant, ému par l'épreuve que connaît Bar-Ibithni, et sans avoir reçu la moindre instruction de son père, le prince rassemble déjà ses troupes afin d'exterminer la racaille hessek.

L'homme aux rubis ne mit pas en doute mes belles paroles et me fixa avec des yeux ronds. Je m'inclinai devant lui puis descendis les marches. Les jerdiers se plaçaient en formation dans les cours de la Citadelle, heureux de pouvoir finalement passer à l'action. Je remarquai Bailgar, Dushum et les autres entourés de leurs capitaines, et je pensai : Si Sorem ne se manifeste pas immédiatement, tout cela n'aura servi à rien.

Il apparut au même instant.

Il s'était équipé pour le combat et montait un étalon blanc harnaché de la même couleur : cette vieille illusion masrienne, un centaure sous la clarté rougeâtre des torches. Il avait tout d'un roi, s'il n'était pas encore un empereur. Nul n'aurait pu croire que quelques minutes plus tôt il s'était emporté comme un enfant capricieux.

Nous étions convenus que je partirais avec lui, ma présence à ses côtés étant capitale, compte tenu de mes intentions. Mais le simple fait de penser à ce que j'avais décidé d'accomplir rendait ma bouche sèche, à présent que le moment de passer aux actes approchait. Un jerdier amena ma monture, la Flèche blanche que Sorem m'avait offerte l'après-midi même, bien que des années semblassent s'être écoulées depuis. Je me mis en selle, et le prince se rapprocha de moi pour me dire :

– Me pardonnerez-vous un jour ma stupidité, Vazkor? J'ai parlé sans réfléchir à un homme plein de sagesse, dont j'apprécie les conseils. Comprenez-vous, c'est mon grand-père qui a érigé cette cité, et j'étais révolté à la pensée de la laisser détruire par les flammes pendant que je me terrais derrière les remparts de la Citadelle.

Il me vint à l'esprit que cet homme ne cessait de me présenter des excuses.

– Aucun des propos que vous m'avez tenus ne pourrait susciter ma rancœur, Sorem Hragon-Dat.

Les riches citoyens de Bar-Ibithni se regroupaient sur les murailles pour assister au départ des sauveurs de leur cité et de leur or. Les portes étaient grandes ouvertes et des hommes postés sur les remparts sonnaient du cor. Je chevauchais au côté de Sorem qui se tenait à la tête de son jerd, et mon pouls était d'une lenteur extrême.

Il me semblait assister à ce défilé majestueux de légions, voir ces hommes aux montures caparaçonnées de blanc et bardés de cuir rouge sang. J'avais l'impression d'être un de ces prêtres-mages représentés sur les fresques d'un vieux temple en train d'observer le monde dans une sphère de cristal. Bien que tendu parce que je me portais à la rencontre de la magie du Vieil Hessek, il me semblait être immunisé contre ma propre peur.

Une femme se tenait sur le parapet, vêtue d'un costume masculin et avec un serpent d'or lové autour du poignet. Malmiranet nous regardait, elle aussi, quitter la Citadelle et assistait au spectacle comme une lionne admire l'aube d'une journée propice à la chasse depuis le sommet d'un rocher. Mais je nous voyais également dans la boule de cristal. Dans un siècle, ou bien moins, elle ne serait plus qu'un monticule de poussière dans une tombe, et moi un dieu mort.

Les esclaves hesseks, laissés hors des murailles, gémirent et nous implorèrent, puis s'éclipsèrent.

La cité embrasée s'offrait à nos yeux, et je regagnai l'intérieur de mon corps. J'avais recouvré un statut d'être humain et devant moi se trouvait un adversaire que j'étais résolu à tuer.

4

Les mille hommes de Dushum traversèrent au galop le Quartier des Palmes, en direction de l'ouest; le jerd de Denades et l'Ecu de Bailgar suivirent la route du sud pour stopper la progression imprévisible des trois mille Hesseks disséminés dans les faubourgs; le jerd d'Ustorth alla vers le sud, puis l'ouest, coupa par la cité commerciale au point où s'achevait la Muraille de Hragon, et obliqua finalement vers le nord afin de prendre les quatre mille Hesseks à revers, tout en harcelant leurs flancs dès que c'était possible et en les poussant à la rencontre du jerd de Sorem le long de la Muraille de Hragon et à la Porte du Cheval ailé.

Les désespérés de la Route de l'Ambre, bloqués par ces portes closes, s'étaient repliés au sud devant la poussée bit-hessienne, laissant derrière eux des monceaux de cadavres victimes de la panique de leurs concitoyens. Le Marché Universel, ses rues avoisinantes, ses boutiques et ses entrepôts grouillaient de rats venus de Bit-Hessee, ou étaient dévorés par les flammes des incendies allumés avant leur départ.

Mais quelque chose ralentissait désormais la progression des Hesseks. Ce n'était pas l'avidité ou la curiosité des armées d'envahisseurs, dont les hommes s'arrêtent pour piller et violer, ou simplement admirer les merveilles qu'ils découvrent. Non, rien de tout cela ne semblait les intéresser. C'était l'absence d'un chef qui les rendait apathiques et sans but. Ils s'étaient soulevés pour respecter la volonté de Shaythun-Kem, dont ils avaient chanté les louanges, mais ils ne voyaient nulle part le Dieu-rendu-visible.

Il ne me vint pas à l'esprit que je les avais trahis. Ils n'étaient pour moi que de la fange qu'il fallait faire disparaître, un nid de vipères que je devais écraser.

Les quarante jerdiers qui avaient barré l'accès de la Porte du Cheval ailé à une foule terrorisée et inoffensive gisaient au pied de la muraille, victimes des projectiles des Hesseks. Au delà des remparts un rideau de clarté rouge et noire dansait, et la fumée masquait le reste de la ville. Il s'en élevait des craquements, des appels au secours et des hurlements de souffrance et de terreur. Un millier d'Hesseks s'étaient regroupés devant la Porte et avaient trouvé un bélier improvisé – un des montants du porche d'une auberge proche – dont ils se servaient pour ébranler l'obstacle d'alcum. Un étrange linceul de silence s'était abattu sur cette scène de cauchemar : une colonie de fourmis s'affairant sur la carcasse d'un animal mort. Ils avaient cessé de crier et manquaient d'inspiration.

Ils notèrent l'arrivée d'une armée sur les pentes visibles derrière la muraille, et posèrent leur bélier.

Le jerd fit halte et attendit, majestueux sous la clarté vacillante des brasiers.

Comme j'en avais eu l'intention, je gravis seul la rampe menant au sommet de la muraille et découvris la foule rassemblée devant la Porte du Cheval ailé. Je retirai mon armet, soulagé de me débarrasser de son poids. Mes paumes étaient moites et mes entrailles glacées, mais de l'acier me soutenait toujours : ma santé mentale, ma fierté. Ils avaient retourné mon Pouvoir contre moi, mais j'étais leur maître. Ils seraient exterminés en ce lieu.

Je mis pied à terre et m'avançai sur le rempart en abaissant sur eux le regard. Finalement, une femme hurla mon nom, puis celui qu'ils m'avaient donné :

– Vazkor ! Ei Shaythun-Kem !

Elle, et elle seule, avait crié, mais leurs visages se métamorphosèrent et se relevèrent vers moi. J'avais vu de tels regards chez des femmes qui pensaient m'aimer et chez des loups torturés par la faim.

Je m'élevai dans des ténèbres crépitantes d'étincelles. Je n'avais à faire aucun effort, comme avec le cheval, le cyclone, la marche sur les flots. Cela possédait la facilité des choses parfaites.

Ils m'observaient et penchaient leurs visages blêmes pour assister à l'ascension de leur dieu. Je les frappai alors même qu'ils me vénéraient.

Le feu qui émana de mon être n'était plus blanc, mais rouge, aveuglant, un voile de haine écarlate qui nous recouvrit tous.

J'en tuai trois cents ou plus d'un premier éclair, six

cents lors du suivant. J'irradiais la mort en vagues gigantesques de lumière, et ils s'effondraient telles des poupées de cire molle. Ils n'essayaient pas de s'enfuir et restaient immobiles jusqu'au moment de leur chute.

Je me souviens avec précision de tout ce qui s'ensuivit.

Le jerd avançait. La Porte avait été ouverte et les cavaliers s'y engouffraient, bondissant par-dessus les monceaux de cadavres calcinés. Je regagnai la rampe et voulus saisir la bride de ma monture, qui recula en hennissant jusqu'au moment où je l'apaisai d'une caresse de mon esprit. Je me mis en selle et rattrapai les hommes de Sorem, puis traversai leur groupe pour m'éloigner seul dans le feu-brouillard qui formait des tourbillons devant nous.

Les rats du Vieil Hessek utilisaient leur propre magie, cette nuit-là. Bien que disséminés dans toute la cité, ils surent immédiatement que leur messie les avait trahis et que ses éclairs étaient dirigés contre eux. J'avais brisé leur soulèvement à la Porte du Cheval ailé, mais je l'ignorais et je n'avais pas encore terminé mon œuvre.

Combattre un ennemi au fond d'une trappe obscure, sentir qu'il vous étouffe, pour découvrir brusquement un couteau dans sa main : voilà ce que j'éprouvai. Je le frappai encore et encore, cet adversaire qui ne pouvait plus désormais se tapir dans l'ombre, se protéger derrière mon propre corps. Longtemps après qu'il eut lâché prise, je plantais toujours mon arme ensanglantée dans son flanc.

De tous côtés des feux crépitants, des voix et des hurlements, et devant moi un sol jonché de cadavres d'Hesseks. Les jerdiers n'utilisaient que rarement leurs épées et leurs arbalètes, mais ils avaient une cité à sauver, des incendies à éteindre, une réputation de bravoure à défendre et des honneurs à mériter. Tel était leur rôle, pas le mien.

Je notai finalement que le ciel prenait une clarté différente, celle de l'aube : la couleur des feuilles mortes dans la fumée. Un silence pesant s'abattit sur les marais pour remplacer les ténèbres.

Le jour révélait des rues noircies par la suie et

bordées de façades carbonisées où des damnés se déplaçaient : certains avec leurs vêtements ou leur épiderme brûlés. Je ne soignai personne, et nul ne vint m'implorer. Mon visage était noir de fumée et mes yeux rouges, comme ceux des gens qui m'entouraient. Ils ne me reconnaissaient pas, tant je devais paraître effrayant, ainsi marqué par les stigmates du génocide que je venais de perpétrer.

Un semblant d'ordre émergea des ténèbres en même temps que la cité.

Les incendies mouraient, car il s'était mis à pleuvoir (un présent de Masrimas, peut-être ?), la preuve de la victoire de la lumière, même si certains crurent que le sorcier avait imposé ses volontés au ciel.

C'était le premier lever de l'aube auquel j'assistais sans que des hymnes à Masrimas s'élèvent des tours à prières. Les prêtres s'affairaient à soigner les blessés (je notai même les robes orange des Avaleurs de Feu qui apportaient des paniers emplis de baumes et d'amulettes), ou avaient récupéré les trésors de leurs temples et s'étaient dissimulés.

La pluie tombait dans cette aube triste. Les soldats ramassaient les cadavres hesseks et masriens que nul ne réclamait et les jetaient dans les nombreux chariots de la voirie. Malgré la pluie, tant de corps ne pouvaient rester sans sépulture au cœur de l'été.

Quelques Hesseks vivaient encore, pour la plupart des sang-mêlé qui n'avaient pas pris part au soulèvement et étaient terrorisés par tout le monde : Masriens et Hesseks de pur sang ancien venus de Bit-Hessee. Ce jour-là, presque tous ces derniers avaient été tués par le sorcier, ou les jerdiers.

Denades et Bailgar avaient mis en déroute les trois mille émeutiers des faubourgs qui, selon les jerdiers, avaient brusquement cessé de représenter une menace. Comme par enchantement, ils avaient lâché leurs armes et s'étaient livrés aux traits des arbalètes et aux lames des rapières, tels des rats empoisonnés. Denades regagna à l'aube le Pilier pour annoncer sa réussite. Dans le Sud, les dommages étaient peu importants, seulement une ou deux auberges incendiées. La situation était plus ou moins semblable dans le Quartier des

Palmes. La révolte des esclaves avait été circonscrite au Jardin de la Fontaine, où les Hesseks étaient demeurés pour se livrer à des distractions macabres sur les cadavres des jerdiers de l'Empereur. Privés de but et de chef, les esclaves avaient assouvi les rêves orgiaques propres aux gens de leur condition, et s'étaient complus à mutiler les symboles de leur servitude : neuf cent soixante gardes impériaux. Les hommes de Dushum avaient assisté à un festin cannibale de vampires et de goules, et aucun des esclaves du parc n'avait été épargné.

La plupart des Hesseks venus par la mer furent abattus à vue. Quelques-uns regagnèrent leurs embarcations, surprenant les jerdiers par leur rapidité et leur volonté de survivre, car la plupart des autres s'abandonnaient sans réagir aux représailles.

Au nord, Ustorth reprit rapidement le contrôle de la zone des docks et du port, réorganisa sa police, et bloqua toute retraite aux Hesseks en les repoussant vers les épées des hommes de Sorem. A l'aube, il s'attela à sa seconde tâche : rétablir l'ordre dans ce chaos.

Seul l'Ecu de Bailgar ne nous avait transmis aucun rapport, mais une colonne de fumée qui s'éleva à l'ouest de la cité fut aussi explicite qu'un message. C'était à présent au Trou à Rats de connaître les flammes, car Bailgar cautérisait cette blessure purulente qu'était Bit-Hessee, ainsi qu'il se l'était proposé.

La lueur de l'incendie ne cessa de croître et de décroître, jusqu'au moment où la pluie et les marais l'effacèrent du ciel.

Et Bailgar avait également mené à bien ce dont nous étions convenus la veille. En échange de quelques pièces d'or, des voix commencèrent à acclamer Sorem, hurlant son nom et appelant sur lui la bénédiction de leur dieu, pendant que nous revenions en traversant le Marché Universel avec un demi-jerd derrière nous. Bientôt, la foule d'épaves privées de demeures et encore sous le coup du choc s'y regroupa pour faire écho, avec un semblant d'hystérie épuisée, aux louanges rémunérées. Dans le Quartier des Palmes, où seuls les membres du malheureux jerd impérial avaient eu à souffrir de l'émeute, les acclamations furent plus fortes et catégoriques.

Denades vint à notre rencontre sous la colline du Pilier.

– Ecoutez, dit-il avec un sourire qui révélait ses dents blanches dans un visage de suie. Je me demande si l'Empereur l'entend.

– Je me demande surtout si Hragon-Dat entend quoi que ce soit, dis-je. Que savons-nous sur son compte ?

– Une belle histoire, répondit Denades. Deux ou trois survivants du jerd impérial ont regagné le Palais Pourpre : sans doute des couards qui ont piqué des deux au premier bruissement de buissons dans le Jardin de la Fontaine. En apprenant quelle était la situation, l'Empereur a ordonné aux deux bataillons restants d'assurer la défense de la Cité Céleste. Chaque esclave hessek se trouvant à l'intérieur des murs a été passé par les armes, qu'il soit ou non enclin à la révolte. Après cet acte de courage, ses jerdiers se sont installés dans les tours de guet où ils ont pris leurs aises pendant que la cité mijotait dans son sang et ses flammes.

– Jerdat, je suppose que vous avez trouvé des hommes pour vanter la témérité de l'Empereur ?

Il hocha la tête.

– Bien sûr, par Masrimas ! Mais il existe également une rumeur vous concernant, monsieur.

– Laquelle ?

– Une histoire de sorcellerie.

Il haussa les épaules, ne sachant toujours pas quoi penser de moi.

– Un millier ou plus de rats hesseks foudroyés, un prêtre magicien devenu fou; quelque chose de ce genre.

– Les jerds de l'Empereur en ont-ils eu vent ?

– Soyez-en certain.

Pendant cet échange de paroles, Sorem était demeuré en selle, à mon côté. Il portait son regard au delà des rues et des tours, vers les contours de la Cité Céleste que la fumée estompait presque entièrement. Il était aussi sale et échevelé que nous tous, mais avait toujours aussi fière allure. Pour la foule vociférante, il devait évoquer un chef inébranlable. Pour moi, et peut-être pour moi seul, il semblait effrayé. Non d'une bataille ou d'un homme, mais des circonstances, de cette opportunité qu'il devrait saisir avant qu'elle ne s'envole. Mes pensées remontèrent jusqu'au Pré du Lion, où il avait utilisé le Pouvoir; une magie quatre fois moins puissante que la mienne. Je n'y avais depuis lors presque jamais réfléchi, et cela correspondait mal à l'image que je me faisais de cet homme. Il m'était en fait devenu difficile de me le remémorer autrement que comme un simple figurant de ce drame, bien qu'il en fût le héros.

Puis il pivota vers moi, pour me dire :

– La moitié de mon jerd est restée dans la cité commerciale pour ramener l'ordre, mais l'autre moitié se trouve ici, avec les hommes de Denades. Nous pouvons également compter sur les mille jerdiers de Dushum, s'ils ont terminé de pourchasser les rats. Ce devrait être suffisant.

Il parlait ainsi que le fait un homme qui désire mettre les choses au net dans son esprit, mais pour moi ce fut comme s'il avait hurlé : « Et maintenant, que dois-je faire ? »

5

Ainsi que je l'avais prévu, la Cité Céleste fut investie dans le calme et sans le moindre combat.

La population était en effervescence et avait gagné les bosquets situés sous les murailles du Palais, psalmodiant le nom de Sorem comme un cri de guerre.

Je m'étais trompé en pensant que les deux jerds impériaux restés au Palais ne seraient pas embarrassés outre mesure par leur inaction. Le devoir de veiller sur un monarque et sa maisonnée en ayant sous les yeux une cité ravagée et incendiée avait empli ces hommes de fureur contenue et de gêne. Ils formaient une meute d'imbéciles apathiques qui avaient vécu confortablement pendant des années sur le dos d'un porc bien gras. La mort atroce de leurs camarades et le mépris haineux et corrosif du peuple masrien leur firent perdre toute velléité de résistance. Affolés par les insultes et les menaces de la foule, et voyant quelque deux mille cinq cents jerdiers avec Sorem à leur tête, les gardes décidèrent d'ouvrir les portes de la Cité Céleste et de s'agenouiller devant le prince. Ils voulaient se disculper du rôle qu'ils avaient tenu, ou plutôt de leur absence de participation aux combats. Ils crachèrent sur le nom de l'Empereur, plusieurs pleurèrent. Ils n'étaient que trop heureux de s'en remettre à Sorem, un prince de pure lignée hragon, que leur fonction leur imposait de protéger.

La fois précédente, j'avais pénétré en ces lieux tel un voleur. A présent, je m'avançais à cheval dans ces parcs que je n'avais fait qu'entrevoir dans la pénombre. C'était une cité jardin, d'arbres en fleurs et de pavillons. Venant des ruines fumantes de la cité, je fus frappé de voir des flamants roses immobiles dans les eaux peu profondes d'un lac argenté, les saules penchés et ployés en cascades, les bâtiments miniature aux dômes laqués, lavés par la pluie. Seules fausses notes, les fauves grondaient de façon menaçante en humant la chair cadavérique, et les oiseaux captifs des cages suspendues aux branches ne se sentaient pas d'humeur à offrir leurs mélodies à un monde incertain.

Au cœur de la Cité Céleste, le Palais Pourpre évoquait un temple érigé à un dieu, avec ses volées successives de larges marches de marbre rose de Seema, ses grandes colonnes lie-de-vin qui s'évasaient à leur sommet, ses corniches de dentelle d'or et ses fenêtres de feu. La large allée conduisant aux portes du palais était bordée de chevaux ailés qui possédaient des têtes de femmes magnifiques. Chaque créature mesurait trois mètres et était en fait une énorme lampe d'albâtre qui diffusait la nuit la clarté des torches placées à l'intérieur. Devant les portes de mosaïque, assez larges pour autoriser le passage de vingt cavaliers de front, s'étalait une tache sanglante qui commémorait le souvenir des esclaves massacrés, dont les corps avaient déjà comblé quelque fosse commune.

Basnurmon s'était enfui, ce qui ne me surprit guère. Il avait senti le vent tourner et ne manquait pas de sagesse dans sa fourberie. Sa mère, cette prêtresse-princesse que Hragon-Dat avait épousée après avoir répudié Malmiranet, avait également pris le large dans une voiture débordant de pierreries et de parures.

Cependant, l'Empereur était resté.

Il était assis dans une chambre en compagnie de deux jeunes garçons d'une dizaine d'années qui restèrent accroupis près de lui, visiblement terrorisés.

Jusqu'à cet instant, Hragon-Dat n'avait été pour moi qu'un titre et un but à atteindre. Je ne m'étais pas attendu à rencontrer un personnage imposant, ce qui me fut confirmé. Il nous fixait depuis une pile de coussins, avec des yeux délavés ne pouvant plus être qualifiés de bleus dans un visage jaunâtre. Ses cheveux drus et bouclés étaient ceux d'une perruque, qui tomba sur le sol lorsqu'il baissa la tête pour sangloter.

– Sorem! gémit-il. Sorem, mon fils! Tu ne vas pas me tuer, n'est-ce pas? Je t'ai engendré, je t'ai donné la vie. Tu ne t'abaisseras pas à tuer l'auteur de tes jours?

Le visage de Sorem était crispé et blême, sous sa couche de suie. C'était l'instant qu'il avait tant redouté, la raison de son silence au pied de la colline du Pilier. Il avait eu la prémonition de cette pénible scène.

– Remettez-moi cette cité et cet empire, fit-il.

Sa voix était assurée et forte; elle ne trembla à aucun moment, pas plus que sa main balafrée de guerrier qui tendit à Hragon-Dat l'acte d'abdication à signer, le sceau impérial, puis la cire qu'un clerc terrorisé avait fait mollir à la chaleur. Tout fut rapidement terminé, et je pensai : Sorem ne tuera jamais son père, il est trop masrien pour cela. Mais cet homme est vieux et malade. Son trépas sera facile à obtenir, et son fils n'aura pas à se souiller les mains.

Je notai dans la pièce les soldats épuisés; les odeurs de la pluie, de la peur, de la cire chaude; et les cris d'abdication de l'Empereur.

Et je pensai encore : Voici que j'envisage à nouveau de commettre un meurtre dont un autre homme bénéficiera. Me voici pris au filet.

Ils emmenèrent Hragon-Dat qui évoquait un vieil

enfant obèse, resté si longtemps à un goûter que ses camarades et les adultes étaient las de supporter sa présence. Tout en s'éloignant avec sa perruque de guingois, il pleurait, et cette vision était affligeante et pathétique. Je me remémore désormais cette scène avec pitié, mais, sur l'instant, je me contentai de détourner le regard, afin de ne pas augmenter la gêne de Sorem.

Les deux jeunes garçons furent emmenés à leur tour et nous restâmes les maîtres de ce palais fabuleux.

J'éprouvais le besoin de dormir et gagnai une chambre somptueuse. Je m'allongeai sur la soie délicate d'un lit orné d'une proue dorée, tel un navire, après m'être dépouillé de mon armure d'emprunt mais pas de ma sueur et de ma crasse.

Qu'était devenu le *Vignoble de Jacinthe,* cette galère acquise au prix de la vie de Charpon ? Incendié avec les autres navires du port, sans doute. Comment me serait-il désormais possible de poursuivre ma quête de la sorcière blanche, ma mère ? J'estimais improbable qu'elle eût péri à Bit-Hessee. J'aurais dû me rendre là-bas, plutôt qu'au Palais, et incendier moi-même le Trou à Rats au lieu d'en laisser le soin à Bailgar. Le jerdat n'avait pas dû y chercher des araignées ou des chats blancs...

Je la vis dans sa robe de glace, avec ses cheveux retenus par des épingles d'argent, ses doigts griffus, sa tête de félin souriant, son œil gauche vert et un cratère sanglant à l'emplacement du droit que j'avais énucléé d'un coup de couteau. Elle me murmura, aussi tendrement qu'une maîtresse : « Tu ne vas pas me tuer, Vazkor, mon fils ? Je t'ai enfanté, je t'ai donné la vie. Tu ne t'abaisseras pas à tuer celle qui t'a donné le jour ? »

Je tentai de m'éveiller, désormais conscient qu'il s'agissait d'un rêve. Moineau, cette petite musicienne d'Eshkorek, me tenait et me murmurait que tout allait bien. Sa prise était plus forte que dans mes souvenirs et j'ouvris les yeux, pour découvrir une pénombre ambrée, comme la bouche qui murmurait contre la mienne :

– Lorsque tu seras aussi âgé que moi, tu ne feras plus de tels rêves, mon magicien.

Malmiranet était couchée à mon côté, aussi nue que moi, mais fraîche du bain qu'elle venait de prendre, parfumée de lotions et d'encens. Même ses cheveux bouclés, sa crinière de lionne, avaient la fragrance de la pluie et du musc.

– Je ne m'étais pas préparé à recevoir la visite d'une Impératrice, lui dis-je, conscient de ma saleté.

– Tu es un homme. Dois-je t'en aimer moins pour cela ?

Sa peau était merveilleusement douce et ses muscles très fermes malgré ses allusions à son âge. Je savais qu'elle me mettait à l'épreuve et avait conscience de sa valeur. Elle voulait de moi par choix et non par solitude. Ils avaient été nombreux, les hommes sur lesquels elle avait jeté son dévolu pour quelques instants de plaisir, avant de les rejeter lorsqu'elle s'en était lassée. Je n'avais pour ma part encore jamais partagé mon lit avec une femme telle que celle-ci. Elle ne faisait pas l'amour par jeu, ainsi qu'on l'apprend à Eshkorek, et assouvissait une luxure privée de toute inhibition. Elle avait analysé ses motivations, était allée au fond des choses. Contrairement à la plupart des femmes, elle ne trouvait pas cela surprenant. C'était plutôt pour elle un domaine aussi ancien que la Terre et tout aussi fertile. Elle n'avait pas besoin de discours ou de justifications, seulement de nos deux corps.

Plus tard, elle me révéla ce qu'elle savait sur mon séjour à Bar-Ibithni et mes relations avec son fils. Ses informations étaient complètes et précises. Sans doute avait-elle ses propres espions dans la Citadelle. Si elle avait su depuis le début que j'étais un fils de roi, je crois que cela n'aurait rien changé. Elle m'aimait et m'eût aimé même si je n'avais été qu'un simple palefrenier. Elle n'avait nul besoin de la noblesse des autres pour mettre la sienne en valeur.

Le jour grandit puis décrut derrière les stores de soie. Je ne saurais jamais si ce jour fut couvert ou ensoleillé. J'en avais terminé avec les intrigues et les armées, tout au moins jusqu'à l'heure du souper. Finalement, je notai la lueur d'une lampe sous la porte et une fille, probablement Nasmet, l'appela doucement pour lui dire que les commandants avaient l'intention de célébrer notre victoire par un festin donné dans la Salle des Tigres.

Malmiranet répondit qu'elle s'y rendait immédiatement, mais demeura contre moi. Une minute plus tard, elle me dit :

– Il ne faut pas que Sorem l'apprenne.

– Devrons-nous en ce cas nous retrouver en secret, nous dissimuler comme des garnements qui volent des pommes dès que les adultes ont le dos tourné ?

– L'envie de voler des pommes sera éphémère.

– Elle sera éternelle.

– C'est toi qui le penses. Je dois laisser mes filles te tester, avant de t'enchaîner à moi. Peut-être me préféreras-tu Nasmet, qui voudrait tant te plaire ? Même Isep a fait quelques commentaires flatteurs à ton sujet, et il est rare qu'elle s'intéresse à un homme.

La voix qui s'éleva à nouveau derrière la porte avait désormais un ton malicieux.

– On vient d'apporter vos coffres de vêtements, madame. Je vous prépare la robe de soie rouge ou la blanche ?

– La blanche, et disparais, petite impertinente.

– Crois-tu qu'elles garderont le secret ? demandai-je.

– J'ai confiance en elles. Sur ma vie, comme tu as pu le constater.

– Quelqu'un t'a trahie, la nuit dernière.

– Porsus, fit-elle en fronçant les sourcils. Il a offert à Basnurmon ma vie en échange de la sienne.

Je me remémorai cet homme prosterné à ses pieds, et déclarai :

– Je veillerai à le punir pour sa trahison.

– C'est chose faite, rétorqua-t-elle avant de m'embrasser.

Je l'aurais gardée plus longtemps entre mes bras si je n'avais entendu le rire étouffé de Nasmet derrière la porte.

6

Le *Vignoble de Jacinthe* n'avait pas été incendié. Sachant que ce navire m'appartenait, les Hesseks – qui semblaient tout connaître sur le compte de leur messie, hormis qu'il les trahirait – l'avaient attaché par des câbles à leurs embarcations de roseaux et tiré à la rame hors du port en flammes. Il y avait eu deux cent quatre-vingts navires à l'amarre dans les bassins, cette nuit-là; des vaisseaux des marges de l'empire, de l'est, de l'ouest et du sud. Soixante-cinq avaient été dévorés par les flammes, avec leur chargement. La progression inorganisée des Hesseks avait permis aux survivants d'établir des piquets d'incendie et de sauver les autres, aidés par l'absence de vent et la pluie qui s'était mise à tomber dès l'aube.

Pendant des jours, des hommes venus de la cité commerciale patrouillèrent à la limite des marais et de l'embouchure du delta. Ils surveillaient les ruines fumantes du Vieil Hessek et, dès qu'un rat sortait de son trou, ils le tuaient à coups de bâton. Les plus hardis s'aventurèrent jusqu'à Bit-Hessee et pénétrèrent dans ses galeries obscures encore plus ténébreuses et délabrées après avoir été livrées aux torches de Bailgar.

Les rares êtres vivants qu'ils y découvrirent furent aussitôt massacrés.

Des récits d'épouvante commençaient à circuler. On parlait de spectres qui hurlaient dans les marais, d'apparitions aux griffes sanglantes, et de têtes de femmes tranchées aux dents jaunâtres qui rebondissaient tels des ballons dans tout Bit-Hessee et tentaient de happer les Masriens au passage. Victimes de leur imagination, ces derniers regagnèrent Bar-Ibithni. A nouveau, comme dans le proverbe, nul guerrier ne traversait les marais une fois la nuit tombée, mais à présent par peur des esprits malins... alors qu'auparavant il ne redoutait que des hommes.

Que Bailgar eût livré Bit-Hessee à des flammes nues était blasphématoire, mais son acte était commenté avec une approbation discrète. Masrimas avait utilisé sa lumière pour purifier les ténèbres, le jerd de l'Ecu étant son instrument. Bailgar but du koois plus que de raison, se souvint que ses ancêtres étaient des propriétaires terriens, et mit sur pied un projet pour assainir les marais, qu'il réclama afin d'y faire pousser des melons, du riz et du tabac d'eau vert dont la culture réussissait si bien dans les vallées marécageuses de Tinsen.

Une fois tout danger écarté, Bar-Ibithni réagit au désastre avec une sorte de gaieté geignarde. Sorem avait ouvert les coffres impériaux afin de venir en aide aux sinistrés, et de permettre à ceux qui avaient perdu leurs biens d'être indemnisés par l'Etat. Bientôt, les propriétaires des lupanars luxueux dont une tour avait été détruite par le feu tentèrent d'obtenir des fonds pour en reconstruire deux, et les riches marchands dont le fret reposait au fond du port remplissaient des formulaires en déclarant des pertes trois fois supérieures à celles réellement subies. Il fallut faire des enquêtes, et les plaintes pour fraude s'accumulèrent dans les tribunaux. Les formalités rebutantes de l'attribution des aides puis de leur rétractation vinrent s'ajouter aux tâches habituelles des ministres impériaux, car l'Empereur n'avait consacré de temps à rien d'autre qu'à ses plaisirs. A présent que Sorem le remplaçait, plus actif en matière de loi et d'Etat, plus jeune et décidé, les ministres récalcitrants se raccrochaient à leur dignité et à leurs parchemins en hurlant que rien ne devait être changé à cet état de choses. La plupart étaient des voleurs habitués à puiser dans les coffres de l'Etat depuis une décennie ou plus. Et en dépit de l'importance que Sorem accordait à des réformes, tout cela finit par le lasser. Après avoir un peu débroussaillé les sous-bois et choisi des personnes en qui il savait pouvoir avoir raisonnablement confiance, il remit toutes ces responsabilités entre leurs mains.

Il ne portait pas encore le titre d'Empereur. Il était l'Elu impérial, autrement dit un fonctionnaire de Hragon-Dat. Les documents sur lesquels son père avait apposé sa signature et son sceau avaient été présentés à la cour, des copies envoyées aux membres de l'aristocratie et placardées dans toute la cité. Hragon-Dat déclarait que son abdication volontaire était motivée par l'humiliation due à sa propre faiblesse, pour avoir laissé Bar-Ibithni livrée à la menace hessek. Il déclarait son fils bien-aimé Sorem – né de sa première union avec Dame Malmiranet, ex-Impératrice des Lys – prince et sauveur de Bar-Ibithni, et apte à lui succéder.

Une seule phrase lapidaire, griffonnée sur le parchemin de la main même de l'Empereur, mentionnait Basnurmon : *Ce misérable a abandonné la cité et son père impérial à la mort.*

Sorem était donc devenu le maître de l'empire et il ne lui en manquait que le nom. Les titres masriens ne pouvaient être conférés que par les prêtres, les sourcils oints d'huile, la robe aspergée d'eau contenue dans un récipient sacré, pendant qu'un cheval blanc était immolé au dieu. Alors, et alors seulement, l'Elu impérial devenait Empereur.

En attendant ce jour, les messagers partaient annoncer la nouvelle dans les zones éloignées de l'empire, et en rapportaient des présents et des missives par lesquelles tous se soumettaient à leur nouveau maître. Les neuf jerds cantonnés hors de la cité lui envoyaient leurs étendards, que leurs représentants se verraient rendre lors du sacre (une coutume typiquement masrienne). Ces garnisons lointaines ne représentaient aucune menace. Leurs commandants se prononçaient à leur tour pour Sorem sans la moindre arrière-pensée. Les légions chargées des marches de l'empire savaient que le moyeu de la roue d'or qu'ils protégeaient était fait de bois pourri. Le règne de Sorem s'annonçait meilleur.

Tous l'admiraient, et tant les vétérans que les nouvelles recrues l'acceptaient pour chef. Mais je repensai à son éclat dans la Citadelle, à son héroïsme et à sa colère enfantine, au regard incrédule et désespéré qu'il avait porté sur la Cité Céleste en imaginant les larmoiements de son père, perdant ainsi de précieuses secondes. Il était dans les coutumes masriennes de révérer ce qui était beau et honorable, chaque couteau recevait une gaine de brocart.

Et si je n'avais pas été à ses côtés ? pensai-je. Sorem se serait porté au secours de la cité avec les cinq jerds de la Citadelle, mais aurait-il ensuite renversé Hragon-Dat ? Sans doute pas. Après avoir bénéficié d'un statut divin pendant un jour, il eût été assassiné le suivant, et des milliers d'hommes et de femmes auraient pleuré en voyant passer son sarcophage doré dans les rues de la cité. La Nécropole royale se dressait sur une haute colline du sud, une cinquième cité de dômes blancs et de dorures dans Bar-Ibithni : un monument érigé à la mort. Les Masriens affirment que les dieux tuent ceux qu'ils aiment, afin de les garder pour eux seuls. Mais les Masriens ne sont pas toujours romantiques; il faut le miel du Sud pour les adoucir. Et rien ne se rompt plus facilement que l'acier corrodé.

Un mois s'écoula. C'était l'été, les arbres de la cité jardin étaient en fleurs, les fontaines comme figées dans l'air bleu, le Palais baigné dans ses ombres rouges, et les lions poussaient des grondements ensommeillés dans le parc. Tout cela s'est fondu dans mes souvenirs en un après-midi immuable et sans fin. Un après-midi interminable au long duquel, grâce à la complicité de ses suivantes, Malmiranet et moi restâmes couchés l'un près de l'autre pendant que son fils était retenu au Palais. Mais il y avait aussi les nuits. Chaque souper était un véritable festin, dans la Cité Céleste. Sorem, l'Elu impérial, occupait le trône avec moi à sa droite, ses commandants autour de nous, et les notables relégués au loin. Malmiranet, Impératrice des Lys, vêtue de soie blanche, or, ou lie-de-vin, était assise à l'autre extrémité de la table : la place qu'elle occupait vingt ans plus tôt, lorsqu'elle avait quinze ans et était la douairière de l'empire, l'épouse non désirée de Hragon-Dat. Certains des vieux boucs et de leurs épouses présents sous les tigres des fresques de la salle des banquets l'avaient vue porter cet enfant qui deviendrait Sorem.

Elle avait des appartements princiers, tendus de voiles et de rideaux de perles. Mais sur un mur se trouvaient également un arc d'ivoire et des lances de chasse brunies par l'usage, qu'elle disait ne pas avoir utilisées depuis longtemps. Un haut palmier se dressait au delà de sa fenêtre, et elle m'apprit qu'elle l'avait escaladé lorsqu'elle avait six ou sept ans, après avoir vu un esclave effectuer cette ascension. En fait, elle me révéla tout de sa vie entre les moments de luxure qui marquaient nos nuits. Le récit de son existence était tel que je l'avais supposé, bien qu'elle n'eût jamais cherché à susciter ma pitié. Il s'agissait d'une femme fière et cruelle, mais humble et généreuse avec ceux qu'elle aimait. Elle était tiraillée entre son amour pour moi et son amour pour Sorem. Si je trouvais la clandestinité dans laquelle nous dissimulions nos amours complètement stupide, je ne perdis pas de temps à tenter de la raisonner. J'avais pensé : Il faudra que j'en discute avec lui, un soir, lorsqu'il ne sera pas accaparé par les obligations absurdes de la cour, et ensuite nous verrons. Cependant, je repoussais constamment l'échéance.

En fait, je remettais tout à plus tard. J'étais devenu léthargique en tout, hormis en amour, comme c'est parfois le cas lorsqu'on a trop longtemps combattu. Il me vint à l'esprit que je m'étais battu presque chaque jour, et j'eus l'impression de me retrouver sur une île ensoleillée au milieu d'un océan déchaîné. Je m'y reposais, oubliant que la mer me cernait toujours.

Il est difficile de se remémorer un océan, lorsqu'on n'entend plus les grondements de ses vagues. La menace et la peur avaient disparu au cours de cette nuit de feu, ainsi que je l'avais espéré.

Il n'en subsistait que les cendres de Bit-Hessee et quelques histoires de revenants. Au cours de ces jours d'ambre, je crus que mes rêves avaient été expurgés de leurs cauchemars et que je n'en ferais plus, pas même ceux se rapportant à la sorcière blanche.

Il était exact que j'avais fait un serment à l'ombre de mon père, ou à ma conscience. Mais la femme que j'avais juré de tuer, Uasti la chatte, avait peut-être disparu en même temps que Bit-Hessee. Cependant, si elle vivait encore, je disposais désormais de toutes les ressources de l'Empire masrien pour en venir à bout. La vengeance n'est-elle pas un plat qui se mange froid, après tout ? Mon père n'aurait-il pas souhaité me voir jouir des honneurs, même si cela retardait quelque peu le trépas de son épouse traîtresse ? Il y avait un temps pour chaque chose.

La lenteur des préparatifs pour la cérémonie du sacre était contagieuse, et il me semblait que je me déplaçais à l'intérieur d'une mer tiède, avec le rivage toujours en vue. J'avais moi aussi goûté au miel du Sud.

Ainsi, entrecoupés de quelques chasses et promenades équestres dans les immenses parcs, d'innombrables réunions du conseil et festins, et d'heures passées à faire l'amour avec Malmiranet, cet après-midi et cette nuit interminables semblaient ne jamais devoir prendre fin.

Les astrologues décidèrent de la date du couronnement, une journée placée sous d'excellents auspices. Une foule de personnes qui ne voulaient pas manquer l'événement arriva des faubourgs et des villages, des plaines côtières et des archipels, des forteresses du désert aride de l'Est. Seigneurs et roitelets qui devaient rendre hommage au nouvel Empereur; paysans désireux d'admirer les fastes de la cérémonie; marchands venus vendre leurs denrées; et voleurs itinérants qui espéraient subtiliser un bon nombre de bourses et trancher la gorge de quelques bourgeois éméchés.

Etant resté pendant tout mon séjour à Bar-Ibithni, je savais bien peu de chose sur cet empire. La diversité de personnes et d'animaux présents dans les rues de la cité suscitait en moi un vif intérêt, et j'accordais à la flânerie d'autres heures de langueur. J'aimais tout particulièrement observer les membres des tribus de l'Est, dont les femmes couvraient leur visage de voiles transparents qui ne dissimulaient rien et se promenaient les seins nus; ou ces négociants d'ivoire et de saphirs à la peau noire, qui arrivaient des jungles du Sud montés sur des créatures coléreuses à l'épiderme plissé et au museau surmonté d'une corne, des sortes de licornes monstrueuses enclines à déféquer sans avertissement. (C'était pour cette raison que les pauvres les aimaient, leur fiente leur étant utile de maintes façons. Je ne vis que rarement un de ces animaux grondants sans son cortège de malheureux armés de pelles et de seaux.) De Seema étaient venus des magiciens aux traits dissimulés par des voiles rouges, armés d'épées semblables à des couperets de boucher glissées dans leur ceinture. Dans le Marché Universel, ils dansaient avec des cordes qui paraissaient vivantes, ou repliaient leur corps en petit nœud de peau et d'os. J'étais accompagné par quelques jerdiers de la Citadelle et, en me voyant, les Seemases s'inclinèrent presque jusqu'à terre. Un acte qui m'amusa, car il semblait avoir désormais perdu toute signification. Notant que même les étrangers honoraient le sorcier, la foule rit et applaudit. Si je n'avais pas droit à l'amour que les Masriens portaient à Sorem, tous savaient quel rôle j'avais joué dans l'extermination des Hesseks et j'étais fréquemment acclamé par le peuple – même si plus personne ne m'implorait de soigner ses maux.

Je me détournais quand un de ces magiciens vint vers moi et tirailla ma manche. Je ne pus voir que ses yeux, au-dessus du voile rouge, mais ce fut suffisant.

– Votre pouvoir dépasse celui des simples mortels, me dit-il dans un langage que nul autour de nous ne pouvait comprendre, pas même les aristocrates qui m'accompagnaient.

Il me parlait de mon Pouvoir, et j'en obtenais confirmation. J'avais immédiatement compris le sens de ses paroles et je lui répondis comme s'il s'agissait de ma langue maternelle :

– Il surpasse celui de la plupart des hommes que j'ai rencontrés.

– C'est exact. Cependant, vous n'êtes pas seul. Je ne parle pas d'un homme, mais d'une femme.

S'il avait brusquement brandi son couperet pour me trancher la tête, je n'aurais sans doute pas sursauté plus violemment que je le fis.

– Quelle femme ?

– Celle que vous cherchez, Seigneur des sorciers. Blanche comme le lynx. Uasti.

Près de moi, Denades nota mon expression et me demanda :

– Que veut cet importun, Vazkor ?

– Une affaire personnelle, répondis-je. Une ancienne querelle familiale.

Denades hocha la tête et s'écarta. Dettes d'honneur et querelles familiales étaient des choses que les Masriens pouvaient comprendre. Je m'adressai à nouveau au Seemase :

– Comment savez-vous cela, et pourquoi m'en avez-vous parlé ?

– A ma façon, je suis moi aussi un magicien, Seigneur, fit-il sur un ton empreint d'une certaine ironie. Il circule d'étranges récits sur l'incendie de la Vieille Cité au-delà-des-marais et les spectres qui hantent ses ruines. Tous n'appartiennent pas au royaume des morts. Je suis désintéressé et ne cherche pas à vous tendre un piège, Seigneur. Si vous m'accompagnez jusqu'à mon sri, je vous montrerai.

Denades reconnut le mot « sri » – le chariot qu'emploient les Seemases pour voyager – et me dit :

– S'il vous demande de le suivre, refusez.

– Je n'ai pas le choix. Il détient de précieuses informations. Ne vous inquiétez pas. Je ne suis pas en danger, et il n'arrivera rien à ce voile rouge s'il se montre courtois.

Le Seemase comprit, je le notai au plissement de ses yeux. Il souriait toujours quand je sondai son esprit, un contact aussi bref que les fois précédentes en raison de la répugnance que m'inspirait cet acte, mais suffisant pour me révéler son honnêteté, ainsi que son savoir étendu dans le domaine des sciences occultes.

– En ce cas, nous vous attendrons ici, déclara Denades. A moins que vous souhaitiez vous faire accompagner par l'un de nous ?

– Merci, mais je préfère m'y rendre seul.

– Sorem me passera son épée à travers le corps, s'il vous arrive malheur.

Ses yeux étaient rieurs. Denades eût suivi Sorem dans toutes les batailles pour protéger ses arrières, comme son chien, mais il aimait plaisanter et c'était une habitude que je trouvais lassante.

– Conduisez-moi, dis-je au Seemase.

Il s'inclina et nous traversâmes la place du Marché, suivis par les regards de tous, y compris par ceux de deux mendiants « aveugles ».

Les magiciens seemases avaient dressé leur campement dans un champ proche du Marché aux chevaux. Leurs six chariots noirs, décorés de pompons écarlates et d'amulettes de cuivre et d'os, formaient un demi-cercle sur l'herbe rasée par les chevaux. Sur un petit feu, recouvert d'une grille de fer par respect pour les coutumes masriennes, deux femmes faisaient cuire le repas de midi. Richement vêtues et parées de colliers de pièces d'or, elles gardaient le visage découvert et ne dissimulaient que leurs cheveux sous des turbans rouges. Cette coutume de montrer la femme et de cacher l'homme me parut plutôt étrange, mais je supposai que cela possédait un rapport avec leur magie.

Les chevaux se trouvant de l'autre côté de la barrière observaient cinq gros bœufs blancs couchés à l'ombre d'un arbre. Il n'y avait eu aucun cheval à Seema, avant que Hragon Masrianes n'annexe ce territoire, et ces légers chariots voyageaient toujours par trains de deux ou de trois, reliés entre eux par des attelages de cuivre et tirés par une paire de bœufs. La route terrestre qui menait de Seema à Bar-Ibithni était longue et périlleuse, et la parcourir prenait plus de jours que n'en comptait le mois masrien. Ils n'auraient jamais pu arriver à temps pour le couronnement, et j'en déduisis qu'ils étaient arrivés par mer : hommes, femmes, chariots et animaux.

Les femmes eurent de petits rires et l'une d'elles m'envoya un baiser. Mon guide n'y prêta pas attention, et je lui fis remarquer :

— Vous leur laissez de grandes libertés.

— Non. C'est Dieu qui les leur a accordées, et les hommes du Sri n'ont pas la présomption de les leur reprendre. Nous ne sommes pas véritablement des Seemases, Seigneur Vazkor, nous appartenons à une race plus ancienne et nos coutumes sont différentes. Les Sri ont un adage : Conserve ce que tu peux conserver et renonce sans regret au reste, car cela ne t'appartient déjà plus.

Nous montâmes dans un des chariots. Dans la pénombre régnait l'odeur agréable de touffes d'herbe suspendues à des crochets. Il alluma une lampe et prit un disque de cuivre qu'il posa sur le tapis. Nous nous assîmes et il attira mon attention sur ce disque poli comme un miroir de femme. En fait, je l'avais pris pour un tel objet.

— Le Seigneur a lu dans mon esprit, dit-il, mais les voies d'un esprit sont obscures même pour celui auquel il appartient. Il est préférable d'en regarder le reflet dans le cuivre. C'est la méthode qu'emploient les adeptes du Sri. Les pensées projetées vers le disque par un mage sont révélées à l'autre. Il ne peut y avoir aucune tromperie; et le contact des cerveaux, si déplaisant pour les deux personnes concernées, est ainsi évité.

Je le fixai, hésitant. Tout en sachant que j'aurais pu le maîtriser à l'aide de mon Pouvoir, j'avais l'impression d'être un enfant devant son maître. D'après ses yeux et ses mains, je lui donnais la cinquantaine, et il devait être fort, agile, et plein de sagesse. Assis devant lui, j'éprouvais la même sensation de non-permanence qu'en quittant la Citadelle la nuit du soulèvement, cette prise de conscience que la vie d'un homme était bien trop brève et que les ouragans et les montagnes de sa vie étaient en fait insignifiants... vengeance, amour, puissance et conquêtes, tout cela s'achevait par un petit monticule de poussière.

Je me souvins finalement de ce que j'étais venu chercher et baissai la tête vers le disque de cuivre, y concentrant ma volonté. En un instant, mon sang se changea en glace et j'oubliai mes pensées métaphysiques.

Ils étaient venus par la mer, ainsi que je l'avais supposé, et leur haute galère avait longé les marais obscurs de Bit-Hessee. Depuis le bastingage, humant la sorcellerie comme le chien sent la présence d'un lion, l'homme du Sri avait vu sur la rive une silhouette blanche, réduite par la distance à la taille d'un doigt.

Je la vis dans le disque, comme l'avait vue ce témoin. Et je reconnus, ainsi qu'il l'avait fait avant moi, la nature de la force qu'elle irradiait : celle de la haine. Cet homme avait entendu parler de l'incendie de Bit-Hessee et des apparitions qui hantaient ces lieux, mais il ne s'agissait pas d'un spectre. Une femme à la robe et aux cheveux blancs, et dont le Pouvoir était aussi grand que le mien.

Disséminées sur la berge boueuse, des silhouettes noires tenaient des torches. Les grondements des brisants, les craquements des rames et les claquements des voiles du navire couvraient tous les autres bruits.

L'image disparut du disque de cuivre et je vis que mon hôte me tendait une coupe d'agathe contenant une boisson alcoolisée.

Je bus, et il me dit :

– Je connaissais son nom, car elle l'avait écrit sur la nuit afin que tous puissent le lire. Je savais aussi que vous étiez sa cible. Sa marque vous désigne comme celle d'un fer rouge. Oui, Seigneur, cette cité et ceux qui s'y trouvent sont condamnés, et pas seulement les hommes qui ont rasé Bit-Hessee ou qui ont simplement rêvé de le faire un jour. J'ai vu un nuage noir flotter au-dessus des tours dorées de Bar-Ibithni, un nuage noir qui dissimulera le soleil.

Je me levai, tremblant.

– Comment pourrais-je m'opposer à elle ? m'écriai-je. Cette sorcière puise ses forces dans les miennes. J'ai essayé, je m'étais débarrassé d'elle, et la voici qui réapparaît à nouveau. Tout ce que je tente se retourne contre moi.

Mon esprit était emporté par un tourbillon. J'envisageai de regagner aussitôt ce rivage maudit, l'avenue de navires morts, les ruines calcinées, afin de la tuer et tenir le serment que j'avais fait autrefois. Mais peut-être eût-il été préférable que je devinsse sa proie. Elle m'avait marqué, eh bien, je n'aurais qu'à l'inciter à me poursuivre, à l'entraîner loin d'ici. Ainsi, Bar-Ibithni resterait intacte, avec Sorem pour Empereur et Malmiranet, celle que j'aimais, sur le trône de lys du Palais Pourpre, pensant que j'avais fui par couardise...

Il me prit le bras.

– Je suis un messager, rien de plus. Je ne puis vous conseiller. Mais mon nom est Gyest, si vous avez besoin de moi.

J'aurais aimé bénéficier de son aide, mais je ne comprenais que trop qu'il ne pouvait m'assister. Un paradoxe. Mes capacités étaient sans commune mesure avec les siennes, et je frissonnais.

Je le remerciai. Son regard était fataliste. Elle avait maudit la cité, et il y demeurait. Renonce sans regret à ce que tu ne peux conserver, car cela ne t'appartient déjà plus. La vie n'échappe pas à cette règle.

A l'extérieur, le ciel était aussi bleu que les saphirs

apportés par les hommes du Sud sur leurs horribles licornes. Il n'y avait pas un seul nuage.

Denades m'avait attendu avec deux capitaines. Il haussa les épaules pour dire :

– De mauvaises nouvelles, je vois. J'avais espéré le contraire.

Ils ne savaient rien de ma vie, hormis quelques détails sans importance, et guettaient toujours la moindre occasion d'en apprendre plus sur mon passé.

– Une personne que je croyais morte vit toujours.

– Oh ? Qu'allez-vous faire, Vazkor ? Respecteriez-vous une de nos coutumes, le code des duels ?

– Le défi a déjà été lancé, et relevé.

Denades m'adressa un regard exprimant à la fois de l'approbation et des reproches.

– Deux jours avant que Sorem soit sacré Empereur, le moment me paraît mal choisi, Vazkor.

Je talonnai ma monture, et traversai le marché empli de bruits, de couleurs et de spectacles, sous ce ciel d'azur sans nuages. Denades me rattrapa.

– Sorem le sait-il ?

– Ce sera chose faite avant la prochaine heure.

Il se renfrogna, puis garda le silence.

J'avais fait bonne contenance, par obligation, mais j'avais des nausées.

Sans rien ajouter, Denades piqua des deux et partit au galop en direction de la Citadelle, sans doute pour annoncer la nouvelle.

Je devrais me battre, faute d'avoir le choix. Me battre et me battre à jamais. Ce n'était pas cette cité que je voulais sauver, et je n'accordais guère d'importance à la vie ou à l'estime de ses habitants. Je voulais simplement me débarrasser de ma terreur. Je préférais attaquer de front mon abominable adversaire et en finir, plutôt que de lui tourner le dos. Je l'avais crue morte ou rendue inoffensive, j'avais cru avoir tout mon temps pour la rechercher, et peut-être même l'oublier. Uasti devait bien rire de moi.

7

A mon entrée dans le Palais Pourpre, le soleil avait atteint le sommet des hautes fenêtres de l'ouest et entrecroisait sur les murs rouges et le sol de marbre rose ses doigts fuselés de lumière pointillée de pollen.

Devant une audience composée de membres du conseil et de prêtres, Sorem apprenait les répliques du rôle qu'il devrait tenir lors de son sacre. La veille de la cérémonie, il se retirerait dans le Temple de Masrimas. Je ne l'avais quoi qu'il en soit vu que très rarement, depuis que nous avions investi la Cité Céleste. A une occasion, nous étions allés chasser un de ces sangliers élevés en cage et libérés dans le seul but de permettre à quelques nobles de les pourchasser – une distraction stupide, me sembla-t-il ensuite, même si je n'en pris pas conscience sur l'instant. Sorem, qui n'avait pas apprécié plus que moi ce passe-temps, m'avait promis une chasse bien plus intéressante dans les collines du Sud où vivaient des pumas, des lions et diverses bêtes aquatiques, dès que nous aurions quelques jours devant nous. Durant ce mois d'après-midi éternel, il me fit constamment des promesses, et aussi des présents que ses serviteurs m'apportaient pendant qu'il s'entretenait avec le conseil, afin que je ne puisse les refuser. Cependant, ses envoyés me trouvaient rarement dans mes appartements. Je passais la majeure partie de mon temps auprès de Malmiranet, et je finis par me demander s'il ne me faisait pas surveiller tout en essayant d'acheter ma loyauté.

Je contemplais le soleil, quand Nasmet vint vers moi en courant et plaça dans ma main une fleur : le signal convenu avec Malmiranet. La suivante ne semblait pas nous envier, même si elle feignait d'avoir une liaison avec moi afin de me permettre d'aller retrouver sa maîtresse.

Notant mon indifférence apparente, elle me déclara :

– L'Impératrice ne vous imposera pas sa présence, si vous avez d'autres occupations.

– Je pourrais peut-être m'occuper avec toi, répondis-je, comme ma peur donnait à chaque chose une saveur perverse. Cela ne te déplairait pas, tu peux me croire.

Je plaçai mes mains sur sa taille. Je n'étais pas amoureux de cette fille, mais je lui aurais volontiers consacré quelques instants si elle avait été consentante.

– Cela déplairait à Malmiranet, en tout cas. Et mon amour pour elle est plus grand que celui que pourrait m'inspirer un homme, peu importe sa beauté ou les plaisirs qu'il procure dans un lit. En outre, elle nous tuerait tous les deux.

Je fus ramené à la raison par sa loyauté et son mépris amusé, auxquels se mêlait une fierté presque surnaturelle. Je me l'imaginai déclarant posément, avec la lame de la dague de Malmiranet plantée dans son cœur : « Telle est la colère d'une Impératrice. » Sans doute aurais-je même été embarrassé, si je n'avais eu d'autres préoccupations. Et, tout en la suivant, je me demandai si elle n'informerait pas Malmiranet que je lui avais fait des avances dénuées de finesse. Je suppose que je souhaitais au fond de moi-même extirper le désir et l'amour de ma chair, de mon cerveau et de mon cœur, sachant qu'il me serait plus facile de mourir une fois libéré de toute attache.

Puis les portes furent ouvertes et je la vis.

Il ne m'arriva jamais de la retrouver deux fois de suite semblable. Je notais toujours une modification subtile de son humeur, de l'aménagement de la chambre, de ses vêtements. Que ce fût étudié ou instinctif, elle était à la fois changeante et immuable, tel un jardin au fil des saisons.

Je me souviens que sa robe de voile blanc de Tinsen renvoyait les reflets rougeâtres du soleil sur le mur et paraissait incandescente sur son épiderme, captive d'une ceinture de soie rubis. Ses cheveux étaient remontés et noués en chignon. Il lui arrivait parfois de les peigner ainsi pour m'offrir le plaisir de les libérer. Elle jouait avec un jeune léopard, un petit diable feulant qui se roulait sur la mosaïque et mordillait l'extrémité de sa ceinture de soie. Elle pivota vers moi, et le contre-jour traça autour de sa svelte silhouette un filet de feu. Et je pensai brusquement à Demizdor, bien qu'il eût été impossible de trouver des points communs à ces deux femmes.

– On vient de me parler d'une bien étrange lubie, me dit-elle. Tu aurais l'intention de te battre à nouveau en duel ?

J'avais cessé d'être surpris par la rapidité avec laquelle se répandaient les nouvelles, dans cette cité.

– Oui, je ne puis m'y soustraire.

Elle défit sa ceinture, qu'elle abandonna au jeune léopard, puis vint vers moi et plaça ses mains sur mes épaules.

– Je sais que Sorem te doit le trône impérial, que sans toi et sans ton génie pervers il serait mort. Je m'incline devant toi, mais il faut renoncer à ce duel. D'autant plus que le couronnement de mon fils aura lieu dans moins de deux jours. Il a en toi une confiance aveugle, il t'estime. Si tu meurs, une partie de lui-même disparaîtra également. Je m'abstiendrai de te parler de mon propre chagrin.

Elle ne savait rien de mon passé, ce que tous connaissaient déjà excepté. Nous étions tombés amoureux simplement et n'avions pas eu à employer le mensonge. Malmiranet ne m'avait rien demandé sur ma vie, contrairement à la plupart des femmes qui pensent que le moindre détail raconté ajoute un maillon au lien qui unit un couple, et qu'un homme ne devrait pas avoir eu une existence antérieure avant de faire leur connaissance. Malmiranet n'avait pas eu à m'interroger pour me connaître tel que j'étais.

Notant mon expression, elle ajouta posément :

– Tu le feras quand même, n'est-ce pas ? Ce n'est pas en t'implorant que je pourrai te faire revenir sur ta décision ?

– Non. Les paroles n'y changeront rien. Nous n'y changerons rien.

– Vas-tu m'en expliquer les raisons ?

– Je le ferais si cela était utile, mais cela ne l'est pas.

Elle m'attira vers elle et m'étreignit, pour déclarer :

– Alors, je ne demande rien de plus.

Si j'avais dû pleurer depuis que j'étais devenu un adulte, c'eût été à cet instant, car j'eus la prémonition de ma mort et de la sienne; une vision aussi nette que celle des motifs dessinés sur le mur par le soleil.

A cet instant, la porte s'ouvrit sur Isep, la fille de bronze, qui entra en courant.

– Impératrice, haleta-t-elle, votre fils...

Il était inutile d'en dire plus. Sorem apparut derrière elle.

Il était vêtu de noir, la modestie étant de mise avant un couronnement, et sa tenue semblait accentuer sa colère. Il saisit par les cheveux la fille de bronze, qui tressaillit mais ne laissa pas échapper le moindre gémissement.

– Oui, dit-il, en s'adressant à nous.

Il regarda la robe de voile arachnéen couvrant à peine la nudité de Malmiranet, et son visage s'empourpra. Il s'abstint de porter les yeux vers moi.

Malmiranet s'écarta.

– Isep, dit-elle, emmène mon jeune léopard et veille à ce qu'il soit nourri. S'il a encore faim après avoir dévoré ma ceinture, naturellement.

Elle parlait avec désinvolture, comme si rien de fâcheux ne s'était passé. Sorem en fut à tel point surpris qu'il lâcha la fille. Isep se précipita en avant, saisit l'animal et la ceinture, puis sortit en courant. Calmement, Sorem alla refermer la porte.

Le dos tourné, il déclara :

– Toutes les personnes présentes dans ce palais étaient au courant de votre liaison, moi excepté. J'avais entendu dire que Vazkor fréquentait assidûment les lits des femmes du Quartier des Palmes, mais j'ai été surpris d'apprendre qu'il faisait également bénéficier ma mère de sa virilité.

– Mettons les choses au point, rétorquai-je. Votre concept de l'honneur vous impose-t-il de faire irruption dans sa chambre pour vous assurer de sa chasteté ?

Il pivota brusquement, proférant un juron.

Malmiranet s'adressa à lui, avec douceur.

– Mon fils, tu dois savoir que je n'ai pas prononcé les vœux d'une prêtresse.

– Que vous ayez choisi des hommes est votre affaire. Mais celui-ci, ce chien nordique qui offre sa semence comme un pilier de taverne des coupes de mauvais vin...

Ses propos éveillèrent en moi une colère sourde. A présent, j'aurais pu sourire ironiquement. Le garnement irrationnel réapparaissait à nouveau, l'enfant gâté insupportable. Quelle mouche le piquait ?

– Vous me trouviez d'autres qualités, voilà seulement un mois.

– J'avais alors confiance en vous, même si j'aurais dû me douter de votre duplicité. Vazkor, vous êtes parvenu à me convaincre de laisser cinq cents hommes et femmes périr lors de l'incendie de la cité. Je ne pourrai l'oublier de sitôt.

– Il n'y a qu'une seule chose que vous oubliez, lui dis-je. Vous-même.

– Par Masrimas ! fit-il en s'avançant vers moi d'un pas, les yeux luisants. Vous vous seriez fait couronner Empereur à ma place, si vous l'aviez pu. La trahison est votre arme favorite, avec ce qui pend entre vos jambes et que vous avez utilisé sur *elle* dans le même but. *Voilà* le chemin que vous comptiez emprunter pour vous élever, n'est-ce pas ? Obtenir mon trône, en vous jouant des sentiments d'une femme.

– Qui vous a donc dressé contre moi ?

Il se contint au prix d'un effort, et me répondit :

– Un des capitaines de Denades m'a rapporté que vous aviez eu un entretien avec des magiciens seemases, dans le Marché. Je connais vos liens avec Seema... Lyo, votre esclave, appartenait à ce peuple. J'ignore ce que vous complotez, mais sachez-le, Vazkor, j'ai pris des mesures pour m'en protéger.

– Dommage que vous n'ayez pas su vous protéger contre des rumeurs infondées, monsieur.

Je me demandai si c'était ce capitaine qui lui avait également parlé de ma liaison avec Malmiranet. Plusieurs personnes étaient probablement au courant, et nous avions été stupides de vouloir dissimuler notre amour à Sorem. Cependant, je ne pouvais trouver de raison à sa fureur. Il m'injuriait tel un enfant, ou une fille délaissée ayant bu pour tenter d'oublier son chagrin.

Son visage blême me fit penser aux cendres d'un feu éteint depuis longtemps.

– J'avais confiance en vous. J'aurais fait de Vazkor mon frère, mon ami.

Il traversa la pièce et me souffleta. Je n'avais jamais laissé aucun homme porter la main sur moi sans réagir, lorsque j'avais eu tous mes esprits et les mains libres. Je ne dérogeai pas à cette règle.

Il s'étala à l'emplacement précédemment occupé par le bébé léopard. Cependant, le filet rouge qui sortait de sa bouche n'était pas une ceinture, mais du sang.

Il se releva lentement et s'adossa au mur pour me fixer, les yeux larmoyants. Puis il appela, et Yashlom fit irruption dans la chambre, suivi de six jerdiers.

Malmiranet s'était écartée de nous et regardait le palmier géant par la fenêtre, comme pour ne pas être le témoin de l'avilissement de son fils. Finalement, elle murmura :

– Non, Sorem, fais-le pour moi.

Le timbre de sa voix me rappela la nuit où elle était venue me demander de l'épargner. Et je compris qu'elle ne lui adressait cette requête ni pour elle ni pour moi, mais pour lui éviter de commettre un acte ignominieux.

– Madame, rétorqua-t-il, j'ai mis jusqu'alors vos actions sur le compte de la faiblesse féminine. Ne m'incitez pas à croire que vous êtes impliquée dans cette trahison.

A ces mots, elle pivota pour lui faire face. Elle lui adressait ce regard qu'elle avait autrefois porté sur moi, et dont je ne me souvenais que trop. Sorem tressaillit et baissa les yeux. Sans regarder personne, il ordonna aux jerdiers de me conduire dans les appartements qui m'avaient été attribués. Je n'avais jamais entendu phrase plus élégante pour ordonner l'incarcération d'un homme.

Je n'étais pas armé, et ne voyais ni couteau ni épée près de moi. Mes réflexes étaient en outre émoussés. Le sortilège des marais et l'inaction m'avaient rendu apathique pendant un mois, et je ne pus réagir assez rapidement pour saisir une arme improvisée : le tabouret, une des lances accrochées au mur. Dans mon désespoir, tout me paraissait vain, voué à l'échec. Quant au Pouvoir, je n'osai l'employer. De tous mes moyens de défense, le plus efficace m'était refusé, et je pensai : Il se peut que ceci, la stupidité et la colère de Sorem, soit le fait de la sorcière qui veut me prendre au piège. Si j'utilise mon Pouvoir, elle s'en nourrira et l'utilisera pour me détruire. Dans le cas contraire, elle pourra à loisir provoquer ma mort. A quoi bon se battre, puisque le résultat sera en fin de compte identique ?

Il s'agissait d'une cage dorée : deux chambres dans une des tours ouest, décorées de laque et de marbre, avec une bibliothèque occupant tout un pan de mur, un placard à vins et alcools. Le lit reposait sur le dos de quatre femmes-lionnes accroupies. Tout est ambigu et anormal, à Bar-Ibithni; on n'y trouve aucune statue de bête fauve qui n'ait une tête et des seins de femme, aucun cheval sans ailes, et aucun homme qui ne soit ambivalent.

J'étais jeune et stupide. Je m'assis sur le lit pour boire du koois et du vin rouge. Je n'avais jamais pu m'enivrer, car tout excès de nourriture ou de boisson me rendait immédiatement malade, ce qui se produisit à nouveau. Après avoir rendu, je fermai mon esprit au monde extérieur et dormis.

Je m'éveillai au matin. Les oiseaux chantaient dans leurs cages suspendues aux branches des arbres. J'étais hébété et résigné à ne pouvoir faire de choix. Je demeurai couché, à observer le ciel. Chaque fenêtre était dotée d'une grille de fer, ce qui me remémorait Eshkorek et ma prison dorée. Comme autrefois, dans cette autre cité, j'attendais ma mort avec une langueur morbide, presque avec paresse.

Tous les remèdes étaient inefficaces. Même le duel de sorcellerie que j'avais projeté ne pourrait s'achever que par ma défaite. Pourquoi aurais-je pris la peine d'aller au-devant de la mort dans les marais, alors que je pouvais l'attendre bien plus confortablement en ce lieu ?

Je sommeillai.

A midi, un membre de la Garde Pourpre m'apporta mon repas. Il avait peur de moi, et m'avertit que cinq de ses camarades étaient de faction devant la porte. Je me levai du lit et il recula d'un pas en dégainant son épée.

— Rassure-toi, l'ami, lui dis-je. Le sorcier a rétracté ses griffes.

Mais il sortit en hâte, et ses compagnons remirent en place les barres afin de m'enfermer dans mes appartements. Si je m'étais senti libre d'employer mon Pouvoir, ces hommes se seraient retrouvés dans une situation délicate.

La nourriture était excellente. Je mangeai parcimonieusement et ne bus que de l'eau. Le simple fait de penser à du vin me donnait des nausées.

Je ne croyais pas que Sorem eût maintenu contre Malmiranet une seule des accusations qu'il avait portées contre moi. Sa colère devait être alimentée par d'autres personnes, sa jalousie filiale, sa crainte de ma puissance et l'humiliation subie la nuit de l'incendie.

C'était le jour où il devait jeûner et prier dans le Temple de Masrimas. Ses méditations étaient probablement troublées par des pensées qui ne se rapportaient pas à la cérémonie du sacre. Cela me rendit brusquement mélancolique. Je connaissais une tristesse d'ivrogne en me remémorant notre brève amitié. Sorem, le seul homme auquel j'aurais pu tourner le dos en toute confiance.

Dans cette chambre, j'avais trouvé une viole de l'Est à trois cordes et, faute d'avoir d'autres occupations, j'entrepris de la réaccorder.

Peu avant minuit, les barres furent retirées et Sorem pénétra dans la pièce.

Il portait la robe jaune d'un acolyte, dont il repoussa le capuchon. Il fit signe à ses gardes de refermer la porte et demeura seul avec moi, m'observant alors que j'accordais toujours l'instrument. Et je pensai : Par mon âme, est-il une fois de plus venu me présenter des excuses ?

— Je ne suis pas ici, Vazkor. Je me trouve dans le temple, devant l'Autel des Rois. Comprenez-vous ?

Je relevai le regard vers lui, et répondis :

– Je comprends que le temps des plaisanteries est révolu.

Il écarta les mains, ce geste qui lui était habituel.

– Je ne sais pas quoi faire de vous, je l'avoue. Il n'est pas dans mes intentions de vous faire exécuter.

Je dus sourire, tant la disparition de cette menace était ridicule, comparée à l'épée suspendue dans le ciel au-dessus de Bar-Ibithni. Il retint sa respiration avant d'ajouter :

– Ne riez pas de moi, Vazkor. Vous m'avez trompé et ridiculisé, ne vous estimez-vous pas satisfait ?

– Prince, je suis las.

– En ce cas, écoutez. Des dispositions ont été prises pour que vous quittiez la cité, demain, au crépuscule. Vous pourrez emmener vos richesses et vos biens, je n'ai pas l'intention de m'approprier ce que vous avez honnêtement acquis.

– Au crépuscule, en ce cas. Adieu, Prince.

Il fit une moue. Sans doute avait-il copié cette mimique sur celle d'un acteur.

– Étant donné que vous tenez tellement à avoir de ses nouvelles, sachez que ma mère va bien et qu'elle continuera de bénéficier de sa suite impériale, ainsi que de tous les présents que je pourrai lui faire.

– Pourquoi devrais-je demander de ses nouvelles, Prince, dès l'instant où vous affirmez qu'elle n'a été pour moi qu'un moyen d'accéder au trône impérial ? Quant à vos présents, je suis certain qu'elle n'en fera pas cas.

Il abattit son poing sur la table, renversant la coupe emplie d'eau.

– Demain, vous ferez partie du cortège qui m'accompagnera jusqu'au temple, car le peuple s'attend à vous voir. Mais vous serez placé sous étroite surveillance et des prêtres se tiendront prêts à intervenir, au cas où vous envisageriez de faire appel à la sorcellerie. Après la cérémonie, vous attendrez le coucher du soleil puis serez escorté loin de Bar-Ibithni.

– C'est parfait, répondis-je. Qu'est-ce qu'un jour de plus ou de moins ?

– A vous entendre, on pourrait croire que la fin du monde est pour demain. Je puis vous assurer que ce ne sera pas le cas, en dépit de tout ce que vous avez bien pu tramer contre moi.

La flamme de la lampe était basse, la pièce plongée dans la pénombre. Il frissonna brusquement, puis s'avança pour placer sa main sur mon épaule.

— Vazkor, ajouta-t-il à voix basse, cette querelle est ridicule. Si vous me jurez par vos dieux que vous n'avez jamais conspiré contre moi...

— J'en ai assez de votre empire, Sorem, et je n'ai aucun dieu, lui dis-je en soutenant son regard. Agissez à votre guise.

Des larmes apparurent dans ses yeux et ses doigts serrèrent mon épaule, comme s'il n'avait pu se tenir debout sans cette prise, puis il s'éloigna. Mais je venais de noter ce que j'avais été trop aveugle pour comprendre jusqu'à présent... peut-être parce qu'il m'était trop pénible de l'admettre.

— Je regretterai longtemps que vous ayez refusé de prêter serment et de vous laver ainsi de tout soupçon, Vazkor.

Puis il frappa à la porte et ses gardes le laissèrent sortir.

Je bloquai la dernière cheville de la viole. Quelque part, des rossignols chantaient, mais un homme peut se lasser de tout, même du chant des oiseaux.

QUATRIÈME PARTIE

LE NUAGE

1

Les mouches firent leur apparition à l'aube. A mon éveil, ma chambre était emplie de leurs bourdonnements. Elles voletaient sur les vitres des fenêtres et couraient sur la table – dix, douze, ou plus; il était difficile de les compter en raison de leurs déplacements constants. Ce son et cette agitation m'irritaient, aussi me changeai-je en destructeur d'insectes tant que le silence ne régna pas à nouveau dans la pièce.

Une jeune fille m'apporta un petit déjeuner masrien : fruit cuit dans du miel, petits pains sucrés et denrées similaires. Contrairement aux gardes, elle ne semblait pas me redouter; peut-être ignorait-elle qui j'étais. Puis, alors qu'elle disposait les plats d'argent sur la table, elle vit les mouches mortes et poussa un cri.

– Qu'avez-vous ? lui demandai-je.

Elle m'inspirait une profonde pitié. A la place de son corps, je voyais des ossements en décomposition, le symbole de sa mort prochaine. Ce jour-là, toute la cité m'apparaissait sous un jour aussi macabre.

– Les mouches, dit-elle. De toutes parts. Au Marché aux chevaux, elles affolent les bêtes. C'est une mouche qui m'a réveillée, ce matin. Elle s'était posée dans mon oreille.

– La chaleur estivale, sans doute.

Mais elle porta la main à sa bouche, pour murmurer :

– Le prêtre aveugle qui mendie à côté de la Porte du Cheval ailé affirme que le dieu des esclaves hesseks, ce démon qu'ils appellent le Pasteur des Essaims, exerce sa vengeance... une invasion de mouches.

– Il en existe de plus redoutables. Regardez, je les ai tuées.

Mais lorsqu'elle fut partie, je ne pus rien manger.

Les cloches tintaient, dans le Quartier des Palmes. Le soleil brillait, pour ce jour de couronnement.

Une heure plus tard, on m'apporta une robe de cérémonie, du linge de corps crème brodé d'or et d'argent, une jupe à franges diagonales indigo, des bottes de cuir blanc ornées de clous de bronze rouges. Il y avait également un lourd collier d'or et d'alcum serti de gemmes bleues, et sur la légère cape de soie écarlate était représentée une chasse à l'ours en fils verts, bleus et d'argent. Rien n'avait été oublié, pas même l'épée de parade à la lame d'or massif et à la garde incrustée de perles. Il importait que le peuple ne puisse se douter que j'étais en disgrâce, moi le frère de Sorem, le sorcier. Il ne manquait pas de finesse, à sa façon. Quelle explication comptait-il fournir à mon brusque départ ? Mais il n'aurait pas besoin de se justifier. Plus maintenant.

L'épée invisible suspendue au-dessus de la cité s'abattrait aujourd'hui.

Je me sentais aussi apathique et indifférent qu'un homme devant se rendre sur les lieux de son exécution capitale.

Des pièces de soie pourpre déroulées dans les rues menant au grand Temple de Masrimas évoquaient un parterre de fleurs de pavot, mais il n'en subsistait plus que des lambeaux après le passage du cortège. Cependant, les badauds se précipitaient derrière nous pour les déchirer en morceaux encore plus petits qu'ils emportaient en souvenir de cet instant glorieux. Nous n'avions pas franchi les grilles du Palais que j'entendis les acclamations et les cris de la foule. Le peuple s'entassait dans les bosquets, et des gens étaient grimpés aux arbres pour mieux voir. Certains s'étaient même juchés dans le vieux cèdre qui surplombait le puits et son entrée secrète. Alors que le cortège descendait les avenues de la terrasse, les badauds étaient à tel point serrés qu'ils parvenaient à peine à mouvoir leurs bras. Ils restaient bouche bée ou nous ovationnaient, en découvrant ce spectacle qui faisait de chacun d'eux un monarque par procuration.

Conformément à la tradition, Sorem était demeuré dans l'enceinte sacrée du temple. Il viendrait au-devant de nous, vêtu de noir, pour nous accueillir sur le parvis. Là, le représentant du conseil le saluerait; un nonagénaire stupide et borné qui prenait grand plaisir à respecter ces coutumes, et était ravi par le rôle qu'elles lui attribuaient. Sorem lui demanderait quelle était la raison de notre présence et s'entendrait répondre que nous étions venus faire de lui notre Empereur. Sorem refuserait aussitôt, protestant qu'il était indigne d'un tel honneur. Le conseil dresserait alors la liste de ses vertus et nous entrerions tous dans le temple pour officialiser les choses. Cette comédie stupide était une coutume d'origine hessek que Hragon-Dat avait adoptée pour son propre couronnement, tant afin de satisfaire les membres du peuple conquis que pour flatter son orgueil.

Le soleil changeait ce temple recouvert d'or et de bronze en un bloc de lumière. D'énormes piliers en marbre jaune de neuf mètres de hauteur s'évasaient dans leur partie supérieure pour soutenir un portique orné de représentations divines. Six tours élancées s'élevaient du dôme central démesuré, un chef-d'œuvre de dorures et de laque. Le parvis du temple était entouré de chevaux ailés de bronze, pour l'occasion parés de guirlandes de jacinthes et de roses. D'autres fleurs jonchaient le tapis de soie rouge et les marches de l'escalier monumental.

J'étudiais la scène et tentais de la graver à jamais dans ma mémoire, comme si ce souvenir pourrait me réconforter dans ma tombe. Mais je ne voyais qu'une place déserte, une foule réduite à des ossements brunâtres, et des corbeaux perchés sur les corniches du temple avec dans leur bec des lambeaux de chair sanguinolente.

Mon être et mon cerveau étaient déjà morts. J'avais eu l'occasion de voir des insectes dans un état comparable, vidés de leur substance et captifs d'une toile d'araignée.

Malmiranet se trouvait quelque part devant moi, au sein du cortège. J'avais par instants entrevu la tapisserie des lys de l'Impératrice, déployée devant elle sur des perches d'argent. Sa robe était d'émeraude et de pourpre, frangée d'or, et son corsage orné de gemmes miroitait tel un feu. Elle portait un haut diadème d'où pendait un voile de brocart pourpre et d'or, et était assise dans un cabriolet bas tiré non par des bêtes de trait mais par des hommes. Ils étaient nus, à l'exception d'une peau de panthère tachetée ceignant leurs reins et d'une tête de cheval en argent qui emprisonnait leur tête véritable. Une fille en blanc tenait un parasol à franges de la nuance de l'asphodèle jaune au-dessus de Malmiranet. Je voyais tout cela bien plus nettement que le visage de l'Impératrice, qui me paraissait étrangement inexpressif.

Et je me demandai : A-t-elle, comme moi, conscience que nos existences vont s'arrêter, tels des mécanismes aux ressorts distendus ? Avant de penser à nouveau : Pourquoi prendre la peine de poursuivre cette comédie ?

La présence des mouches avait posé quelques problèmes en irritant la foule et les chevaux. Cependant, la lumière semblait les dessécher, au fur et à mesure que le soleil s'élevait et que la journée devenait plus chaude.

Le cortège s'arrêta sur le parvis, cerné par les statues de bronze et la foule. Dix prêtres sortirent du temple, avec Sorem.

J'avais disposé de suffisamment d'indices pour comprendre. Même ma maîtresse, qui lui avait donné le jour, l'avait su. Le prince n'avait pas eu un père ou un frère à respecter et, parmi son entourage, j'étais le seul à avoir osé m'opposer à ses décisions, à m'être montré assez discourtois pour imposer mes vues et me révéler plus énergique que lui. Telle était peut-être la raison de l'admiration qu'il me vouait, mais je soupçonnais l'élément féminin de son être de souhaiter trouver un maître. Tout autre que moi y eût été sensible. Telle était la nature des hommes de Bar-Ibithni, le fruit de leur éducation. Même ceux qui se mariaient et avaient des enfants recherchaient leur plaisir avec des adolescents. Je pense également que Sorem n'en prit conscience que lorsque Basnurmon lui ouvrit les yeux en lui adressant cette statuette obscène. S'il avait ainsi changé d'attitude à mon égard, c'était plus par méfiance envers ses penchants qu'envers moi. Il me chassait de la cité par peur de ses désirs, et non parce qu'il accordait foi à cette ridicule histoire de complot.

Je l'observai, alors qu'il débitait posément des inepties rituelles auxquelles sa prestance apportait plus de poids. C'était exact, il avait tout pour me séduire : son aspect, son courage, sa loyauté... tout en lui, en fait, si j'avais reçu une éducation différente.

Quoi qu'il en soit, il n'aurait plus longtemps à souffrir de sa honte et de son reniement.

Le vieillard sénile lui donnait la réplique comme un mauvais orateur. Je n'entendais que sa voix, dans ce silence semblable à celui qui s'abat sur les montagnes lorsque le vent cesse de souffler, le calme du désert. Pas un murmure ne s'élevait de la ville; la foule était étrangement muette, pas un oiseau ne chantait, pas un chien n'aboyait. C'était de circonstance. Bar-Ibithni attendait sa mort sans un seul gémissement, captive d'une toile d'araignée, paralysée.

Une ombre nous sépara du soleil.

Elle était si brillante, cette torche céleste de Masrimas, qu'il semblait impossible qu'un simple nuage pût la dissimuler. Mais brusquement sa clarté dorée vira au brun et le revêtement de bronze doré du temple cessa de flamboyer pour se changer en plomb jauni. Tout était plongé dans la pénombre.

Le doyen du conseil s'interrompit en plein milieu d'une longue tirade. Il sentait de la glace s'infiltrer dans la moelle de ses os et releva son visage ratatiné vers le ciel. La foule faisait des vagues et murmurait; des milliers de têtes renversées de la même manière. Il y eut des éclats de voix et des imprécations, puis à nouveau un lourd silence.

J'avais moi aussi relevé les yeux, comme les autres.

Un ruban de nuages, évoquant une pièce de tissu

dévidée sur l'horizon ouest, se découpait dans le bleu profond du ciel. Il recouvrit le soleil et le dissimula, l'éteignit, apportant au reste du firmament une nuance terre d'ombre.

Dans la foule, des gens tendirent le doigt. C'était superflu, car tous fixaient déjà les cieux. Certains se mirent à prier, terrorisés par ce phénomène. Et il était effectivement impossible de ne pas éprouver de la peur. Cette nappe noire ne semblait pas se dissiper, mais au contraire devenir plus dense juste au-dessus de nous.

Les chevaux commençaient à balancer la tête et à piaffer nerveusement. Les prêtres qui se tenaient sur les marches, derrière Sorem, agitaient leurs encensoirs d'or et imploraient à haute voix Masrimas d'écarter le voile masquant son visage. Mais le nuage continuait de s'obscurcir et de croître. Le parvis s'assombrit comme au crépuscule et des femmes hurlèrent, puis réprimèrent leurs cris.

Nous entendions à présent un nouveau son, le bruit que faisait ce nuage en descendant vers nous, un bourdonnement aigu.

Finalement, cette masse noire menaçante se fragmenta en millions de paillettes qui s'abattirent sur la foule.

Des mouches.

Une pluie de gouttelettes noires vivantes qui adhéraient à tout ce qu'elles touchaient. L'air tourbillonnait et évoquait une mare dont le fond avait été remué. Les choses noires se collaient aux yeux exorbités, pénétraient dans les oreilles et les narines. Toute bouche qui s'ouvrait pour hurler était aussitôt envahie par une noirceur grouillante. Les membres étaient recouverts d'une épaisse couche d'insectes, les cheveux agités comme si de l'eau y ruisselait. En suffoquant, aveugles et fous de terreur, chevaux et êtres humains se débattaient au sein de ce chaos.

Ma propre monture se cabra, les yeux couverts d'un bandeau de gomme noire, et je vis ses sabots antérieurs broyer le crâne d'un garde qui mettait pied à terre près de moi. Puis je me retrouvai sur le sol, au sein d'une forêt de pattes.

Je reçus un coup de sabot qui m'envoya rouler sur le

sol et je fus arrêté par un des chevaux de bronze, lui aussi noir et luisant de mouches. Dès qu'ils découvraient que cet animal n'était pas fait de chair, les insectes repartaient aussitôt pour être remplacés par des centaines de leurs congénères. J'arrachai ma cape de soie et l'enroulai autour de ma tête. J'écrasai contre mon visage les insectes emprisonnés à l'intérieur et crachai ceux qui avaient pénétré dans ma bouche. Je découvrais que je pouvais toujours agir, même si j'étais incapable de *penser*. Seul mon instinct était à l'ouvrage.

La finesse de cette cape de soie de Tinsen me permettait de discerner au travers tout ce qui m'entourait. Et ce que je découvrais était horrible. A moins d'un mètre de moi, un homme avait perdu la raison et donnait des coups de couteau de toutes parts, dans l'espoir de tuer des mouches. Il mutila ou massacra les hommes et les femmes qui approchaient de lui jusqu'au moment où il perdit l'équilibre, tomba, et fut piétiné. Je trébuchai sur un enfant étouffé par les insectes qui avaient envahi sa gorge alors qu'il hurlait. Ils étaient nombreux dans ce cas, et plusieurs se contorsionnaient sur le sol, agités de spasmes violents. Ici et là, quelques personnes avaient fait comme moi pour protéger leur visage. Mais, faute d'avoir des capes de soie fine, ils ne pouvaient voir et avançaient à tâtons, relevaient leur protection par panique, étaient à nouveau assaillis par une nuée de mouches. Certains martelaient les portes des maisons entourant la place, mais ces demeures aux fenêtres restées ouvertes avaient été également envahies.

A l'emplacement du cortège, je ne voyais qu'une masse de chevaux hennissants et de soldats qui se débattaient. Je ne pouvais être sûr de grand-chose, car la soie brouillait ma vision. Sorem n'était visible nulle part, et je tentai de me frayer un chemin vers le point où j'avais vu pour la dernière fois le chariot de Malmiranet.

Les vrombissements des ailes me faisaient désormais penser à ceux d'un moteur mécanique emballé.

Je trébuchai à nouveau, cette fois sur un prêtre qui

gisait de tout son long, et je notai autour de son encensoir une petite poche d'air libre. Les mouches semblaient craindre cette fumée parfumée. J'arrachai le couvercle afin d'exposer les brises incandescentes et les bâtonnets d'encens, puis je saisis la chaîne de cet objet et le fis balancer autour de moi.

Je discernai finalement l'étendard de l'Impératrice des Lys, dont la hampe s'était coincée dans une roue du cabriolet. Malmiranet était restée dans le véhicule, un point de repère pour quiconque eût voulu la rejoindre. Elle utilisait le voile de brocart pourpre de son diadème pour protéger comme moi son visage et celui de la fille se trouvant près d'elle : Nasmet, que je n'avais pas reconnue alors qu'elle tenait le parasol. Elles étaient serrées l'une contre l'autre et restaient silencieuses, alors que les mouches pointillaient leurs bras et leurs épaules, tel un châle de perles noires. J'avais déjà noté la préférence des insectes pour la chair. S'ils se posaient brièvement sur le métal et le tissu, ils repartaient aussitôt.

Près du cabriolet, j'eus une nouvelle preuve que la peur est mauvaise conseillère. Pris de terreur, les hommes qui avaient tiré le véhicule s'étaient dépouillés de leurs casques représentant des têtes de cheval, livrant ainsi leurs orifices faciaux à l'invasion des mouches.

Je montai dans la voiture qui se balança sous mon poids et tendis ma main, elle-même gantée d'insectes, vers sa taille.

– Malmiranet, lui dis-je.

Elle sursauta, revenant brusquement à la vie.

– Tu... tu es ici ?

Elle avança ses mains vers moi, puis les ramena brusquement sur ses cuisses, épouvantée par le lest vivant qui les alourdissait.

– Où est Sorem ?

– En sécurité, lui dis-je, afin de la rassurer. Il faut gagner le temple. Il doit exister des salles sans fenêtres où nous pourrons nous réfugier.

– Est-ce de l'encens ?

– Oui. Prends l'encensoir et tiens-le près de ton visage. Ces pestes noires n'apprécient guère son odeur.

Elle fit ce que je lui ordonnais, mais lorsque sa paume écrasa les mouches posées sur sa main et sur la chaîne, elle libéra un petit gémissement. Nasmet se mit à sangloter.

Je les guidai vers le large escalier. Le cadavre d'une femme gisait sur le parterre de fleurs, recouvert d'un linceul luisant d'insectes.

Nous avions gravi la moitié des marches quand un cheval passa au galop près de nous, en hennissant, aveuglé et fou de terreur. Il s'écrasa la tête la première contre une des grosses colonnes et le bruit sec de l'impact de sa boîte crânienne révulsa mon estomac, en dépit de toutes les atrocités auxquelles j'avais déjà assisté. L'animal bascula et tomba sur le dos, avant de disparaître sous une couverture de mouches.

Les sanglots de Nasmet s'étaient changés en hoquets. Malmiranet lui murmura ces douces paroles d'amour propres aux femmes, et poursuivit l'ascension des marches.

Nous atteignîmes le portique et entrâmes dans le temple. La pénombre intérieure m'empêchait de voir au travers de ma cape, mais le bourdonnement des ailes semblait s'amenuiser. Une étrange sensation sur mes bras et ma poitrine m'apprit que les insectes s'en détachaient par blocs. Ici, l'odeur de l'encens était forte, et des points de clarté m'indiquaient la présence d'un grand nombre de lampes. Je m'arrêtai, pour noter les gémissements des enfants et les murmures des mouvements humains, au sein de ma cécité.

L'odeur de l'encens semblait avoir repoussé les mouches.

Un cri s'éleva devant nous. L'instant suivant, une tache de blancheur lumineuse perça le voile de ma cape et une voix d'homme demanda :

– Est-ce l'Impératrice? Vous êtes en sécurité, madame. Vous pouvez retirer votre protection. Les mouches ne s'aventurent pas jusqu'ici. Masrimas les éloigne de nous par sa sainte lumière.

2

Nous écartâmes nos voiles, et ce qui nous entourait fut révélé à nos yeux.

Juste devant nous se dressait la statue du dieu, une effigie d'or pur vêtue de l'uniforme des guerriers de l'Est et devant laquelle brûlait une flamme nue. Au-dessus, des lampes de verre épais diffusaient la fumée de leur encens qui formait des tourbillons bleutés. Il n'y avait aucune mouche, à l'exception des corps inertes de celles qui s'étaient détachées de nos vêtements et de notre épiderme.

Quelques êtres humains étaient accroupis entre les piliers et autour des autels des chapelles. De jeunes enfants pleuraient, mais c'était l'unique son audible. Une angoisse trop profonde pour être exprimée les avait tous privés de la parole.

Un prêtre vêtu de la robe blanche du temple approcha de Malmiranet, pour s'incliner et incurver ses lèvres exsangues en un sourire. Il répéta que le dieu la protégerait et lui demanda si elle était indemne. Le visage de Malmiranet était aussi noir que le mien, ainsi recouvert d'une couche immonde d'insectes écrasés, tout comme ceux des rescapés qui nous entouraient. Elle fixa le prêtre immaculé qui s'était trouvé en ce lieu au moment où le fléau s'abattait sur la ville.

— Et la population ? demanda-t-elle avec froideur.

— Les personnes qui ont cherché refuge ici sont sauvées, comme vous pouvez le constater.

— Personne n'a assisté la foule se trouvant au-dehors, l'accusai-je. Le grand Temple est resté sourd aux hurlements de souffrance, au bourdonnement des ailes.

Malmiranet me fixa.

— Que leur importe le nombre de victimes, dès l'instant où ils sont en sécurité, me dit-elle avant de demander au prêtre : Où est mon fils ? Avez-vous au moins protégé votre Empereur ?

— Ah, madame ! En voulant se porter à votre secours, le Seigneur Sorem a reçu un violent coup de sabot. Rien de bien grave, heureusement. Deux de ses capitaines l'ont amené ici. Les prêtres-thérapeutes s'occupent de lui.

Malmiranet referma ses mains souillées sur sa robe. Si cet homme n'avait pas été un prêtre, elle l'aurait frappé. Il dut s'en rendre compte, car il lui proposa aussitôt de la conduire auprès de son fils. Paraissant m'avoir oublié, elle prit Nasmet par le bras et le suivit. A six pas de moi, cependant, elle pivota presque involontairement et revint, abandonnant sa suivante.

Elle serra mes mains sans faire cas des choses visqueuses qui séparaient nos paumes. Elle n'eut pas besoin de parler; son regard était suffisamment explicite. Puis elle me laissa et s'éloigna avec sa suivante au sein des ténèbres, derrière le prêtre.

J'entendis une légère clameur à l'autre extrémité du temple... un homme avait plongé vers la porte, gravi deux ou trois marches, et s'était effondré. J'allai vers l'entrée voûtée, cette arche élancée et bleutée qui s'ouvrait sur la scène de cauchemar du monde extérieur. Les réfugiés pelotonnés entre les piliers ne prirent même pas la peine de me suivre du regard.

Si j'avais laissé Bar-Ibithni brûler, pour une raison valable, rien ne m'empêchait désormais d'intervenir. Confronté à une telle horreur, je n'avais réagi ni en magicien ni en dieu, mais en homme. Même si j'avais osé employer mon Pouvoir, cette solution ne me serait probablement pas venue à l'esprit, ainsi captif de ce tourbillon de malfaisance. Le statut de Vazkor était celui d'une de ces créatures humaines pitoyables. Je me trouvais devant cette porte, les cadavres étendus sur le seuil. Et je me mis à courir, après avoir à nouveau protégé ma tête à l'aide de ma cape.

J'ignore quelles étaient exactement mes intentions. Chercher ceux qui se débattaient encore et les porter vers l'abri du sanctuaire, guider les autres comme du bétail jusqu'au haut des marches. Mon corps était tendu comme celui d'un athlète au départ d'une course. Mais en jaillissant hors de la porte voûtée, je compris que l'épreuve était déjà terminée.

Sous le ciel qui s'éclaircissait, le parvis et les rues avaient l'aspect étrange et en partie statique des champs de bataille après le retrait des armées belligérantes. Sortant des monticules de cadavres recouverts d'un linceul noir, une main ou un bras cherchait sa liberté. Certains s'avançaient à genoux. De nombreuses personnes, aux yeux aveuglés ou blessés par les mouches, avançaient à tâtons en implorant de l'aide, en marmonnant des blasphèmes presque inaudibles, ou en appelant des noms sans recevoir de réponse. De partout, les insectes formaient des monticules luisants qui s'immobilisaient progressivement.

Parfois, une petite spirale de mouches s'élevait, tournoyait pendant quelques secondes comme mue par le vent, puis redescendait vers des corps. Des ruisselets d'insectes s'étaient formés sur les marches du temple, et je les piétinai en descendant. L'un d'eux vint se poser sur ma paume ouverte, et je le regardai : une créature de deux centimètres de long, aux pattes raides comme des fils de fer, aux ailes sans éclat, inoffensive ainsi isolée de ses congénères.

Un cheval aveuglé gisait contre la marche du bas et donnait faiblement des coups de patte. Je pris un couteau sur le cadavre d'un jerdier et achevai cet animal.

Un homme, couvert d'une croûte noire comme chaque être présent en ce lieu d'épouvante, vint vers moi d'une démarche claudicante et me prit le bras. Il bredouilla qu'un autre cheval était tombé sur le corps de sa femme, mais que cette dernière vivait encore. J'allai l'aider et parvins à soulever l'animal pendant qu'il dégageait la malheureuse. Puis il s'assit près d'elle et tint sa tête sur son genou, heureux qu'elle ne souffrît pas. Mais sa colonne vertébrale avait été brisée et elle semblait en avoir conscience aussi bien que moi, même si elle souriait et caressait la main de son époux.

J'allai aider d'autres personnes, soulagé que ce couple n'eût pas reconnu en moi le sorcier et imploré mon aide. Je n'aurais rien pu faire. Le Pouvoir n'était plus en moi, il avait disparu. Je le sentais, comme la femme sentait sa blessure fatale. Je m'attelai à d'autres tâches, parfaitement conscient que tous mes efforts seraient quoi qu'il en soit inutiles.

Nous ramenâmes dans le temple un homme qui suffoquait. Je l'allongeai sur le ventre et m'affairai sur lui jusqu'au moment où il vomit un flot de mouches noires et se remit à respirer presque normalement.

Je me relevai et regardai le ciel. Il était vide, et le soleil luisait au sein d'un halo métallique.

Des gens avaient vu ce que je venais de faire pour cet homme, une méthode employée à bord de la plupart des navires pour vider l'eau de mer des poumons d'un noyé, et on me réclama de toutes parts. C'est ainsi que je redevins un guérisseur, même si j'utilisais des techniques plus prosaïques et moins spectaculaires que la fois précédente. Si on me reconnut, personne n'en dit mot.

Je m'affairai ainsi jusqu'à midi, sans m'interrompre un seul instant. J'avais conscience que ce n'était qu'un début, mais j'ignorais complètement quelle forme prendrait le coup de grâce. La normalité luttait pour reconquérir la cité. La pluie de mouches s'était abattue dans toute l'agglomération et aucune demeure n'avait été épargnée, mais c'était seulement à proximité du temple que les victimes étaient si nombreuses.

D'autres personnes avaient noté l'effet répulsif de l'encens et, en début d'après-midi, il n'existait plus un seul passage qu'un brasero n'emplît de sa fumée bleutée. Derrière les fenêtres, les visages étaient figés par la peur ou le chagrin.

C'était le démon de Bit-Hessee qui avait envoyé le fléau des mouches; tous en étaient convaincus, même ceux qui n'auraient pu dire son nom : Shaythun, Seigneur des Mouches, Pasteur des Essaims.

Bien avant que le crépuscule n'eût assombri le ciel, le soleil formait un halo sanglant dans le voile bleuté de l'encens. Des hommes gravissaient les toits en pente pour aller sceller les fissures et les cheminées, tout en portant régulièrement le regard vers l'ouest tant ils redoutaient l'arrivée d'un nouvel essaim.

Bailgar avait assumé le commandement dans la Citadelle, et posté des guetteurs sur les lieux élevés : les tours et les remparts de la cité.

J'étais descendu jusqu'à la Porte du Cheval ailé. On déplorait moins de victimes, de ce côté de la muraille, bien que la panique et l'horreur eussent été aussi grandes. Je franchis la Porte et me lavai dans les bassins publics du Marché Universel. Une des licornes des hommes noirs, attaquée par les mouches, s'était enfuie en écrasant tentes et pavillons, avant qu'une artère ne se rompe et qu'elle ne s'effondre contre le mur des bassins. Deux hommes noirs se tenaient à côté de sa carcasse, pour exhorter la bête morte à se relever.

J'étais à nouveau irrésolu et désœuvré. Des prêtres allaient et venaient, ainsi qu'ils l'avaient fait sitôt après l'incendie, le lendemain du soulèvement des Hesseks. Des lampes avaient déjà été allumées, en raison de l'obscurité due à la fumée et au ciel couvert, ce ciel qui s'était changé en une lentille épaisse s'interposant entre Bar-Ibithni et le soleil. Conscient de l'ironie d'un tel acte, je me dirigeai vers le Bosquet des Cent Magnolias.

Je fus rattrapé en chemin par trois jerdiers portant l'uniforme de la Citadelle.

– Vazkor ? Est-ce bien le Seigneur Vazkor ?

Ils ne semblaient pas avoir eu vent des accusations de trahison que Sorem avait portées contre moi et de l'incarcération à laquelle je m'étais soustrait de façon si fortuite. Ils souhaitaient simplement m'escorter jusqu'au Palais. J'inventai l'histoire d'une femme qui vivait de ce côté de la Muraille de Hragon et dont je voulais avoir des nouvelles, avant de leur demander comment se portait Sorem.

– Sorem Hragon va bien, me répondit un capitaine. Le cheval n'a fait que l'étourdir, mais les prêtres l'ont transporté dans le temple. L'Impératrice mère est elle aussi indemne. Il faudra reporter le couronnement de quelques jours. (Il m'adressa un sourire enjôleur de jeune fille, pour ajouter :) Je n'oublierai jamais comment vous avez exterminé tous ces Hesseks, l'autre nuit ; comme le dieu lui-même.

Je le remerciai. Comprenant qu'ils n'obtiendraient rien d'autre de moi, ils s'éloignèrent au trot dans ce crépuscule brumeux et ensanglanté.

Je n'avais aucun désir de regagner le temple ou le Palais, de voir Sorem exprimer avec difficulté sa gratitude et ses regrets, me demander à nouveau pardon. Je ne voulais pas revoir ma maîtresse, même si j'aurais été heureux de me retrouver entre ses bras, de connaître le réconfort que son corps et son amour nous auraient apporté à tous deux avant le coup de grâce.

J'estimais illogique de tenter de grappiller un peu d'espoir, un peu de vie, alors que la vie et l'espoir étaient condamnés à disparaître.

Je m'allongeai sous un arbre, à l'intérieur d'un bosquet. Aucune étoile ne brillait entre ses branches, dans ce ciel occulté.

Peu après la cloche de minuit (j'avais été surpris d'entendre son tintement, ce respect des traditions et de l'ordre alors que nous étions en équilibre sur une corde raide tendue au-dessus de l'abîme du chaos), une voix s'éleva non loin de moi, pour ne plus s'interrompre ensuite.

J'allai voir et trouvai un homme gisant dans les buissons. C'était un voleur, sorti pour subtiliser des bourses, même par une nuit pareille. Il avait choisi ce lieu pour compter son butin. Allongé sur le flanc, pelotonné dans son manteau souillé, il me fixait en tremblant et gémissait :

– J'ai froid, Fenshen. Fenshen, va chez la veuve et trouve du charbon. J'ai froid et je suis malade, Fenshen. J'ai l'impression que des vers rongent mes entrailles.

Comme si une lampe venait brusquement d'éclairer un mot dans un livre, je compris.

Il frissonna et se plia en deux, puis m'appela Fenshen une fois de plus.

– Les mouches ne m'ont pas fait de mal, Fenshen. J'ai eu le temps de me réfugier dans la cave de la maison de la veuve, et je les ai chassées quand elles se sont posées sur mes bras. Mais elle hurlait, l'imbécile, et ces saloperies sont entrées dans sa gorge.

Puis il rit, hurla, et étreignit son ventre en grimaçant de souffrance.

Cet homme était la première victime de l'épidémie dont les mouches avaient été les vecteurs.

3

Cette épidémie reçut un nom : le Voile jaune. Les humains se sentent toujours contraints de trouver une appellation à chaque chose, comme si le fait de pouvoir s'y référer de façon précise en réduisait l'horreur. Ce terme était d'ailleurs adéquat. Après une brève période de profonde faiblesse, les victimes de l'épidémie prenaient une forte fièvre accompagnée de délires et souffraient d'hémorragies intestinales. C'était la phase décisive, car soit les pertes de sang s'interrompaient inexplicablement et la fièvre diminuait, permettant au malade de se rétablir, soit l'hémorragie empirait et tous les organes internes apparemment empoisonnés se détérioraient, provoquant la mort. Le corps était alors à tel point exsangue que son épiderme — dans la plupart des cas celui d'un Masrien au teint brun — prenait une nuance jaune pâle répugnante. Après avoir vu ces cadavres empilés sur les chariots de la voirie, nul ne pouvait douter qu'il s'agissait d'une sorte de peste contre laquelle aucun remède n'était connu.

Le Voile jaune se répandit en une nuit, avec la rapidité d'un fléau surnaturel. L'épidémie contamina immédiatement les personnes les plus faibles. Celles qui avaient une constitution plus résistante bénéficiaient d'un sursis.

Je parle en ayant une connaissance approfondie de cette maladie. Je pus observer presque tous ses stades, et presque toutes ses variantes. Le voleur du Bosquet des Cent Magnolias rendit l'âme rapidement, avant le lever du jour. Je ne pus rien faire pour atténuer ses souffrances, et m'abstins d'ailleurs d'intervenir. Je savais qu'il s'agissait du coup de grâce. Je crois que d'en avoir conscience m'apportait une étrange sérénité.

A l'aube, l'épidémie avait frappé trois cents personnes. A midi, trois mille étaient contaminées et plusieurs centaines avaient rendu l'âme.

Au début, faute d'avoir compris ce qui se passait, les familles voulurent ensevelir leurs morts dans des caveaux de pierre, avec les rites sacerdotaux d'usage.

Puis de vastes fosses communes furent creusées dans les parcs, et finalement dans les terrains situés à l'est du Quartier des Palmes. En raison des interdits de la religion masrienne, il fallut attendre deux jours pour qu'un édit autorise la crémation des cadavres sur des bûchers. Ce délai avait été suffisant pour que l'épidémie se répande dans tous les quartiers de Bar-Ibithni. Elle ne faisait aucune discrimination, épargnant parfois les vieillards et les invalides, pour terrasser des hommes dans la force de l'âge, de jeunes mariées, des femmes enceintes. Quant aux enfants, à peine un sur cinq cents survécut.

Je savais que je ne serais pas épargné et me résignais à connaître la souffrance que j'observais chez les autres. J'étais jeune et fort et j'avais survécu au venin d'un serpent, mes blessures s'étaient jusqu'alors refermées sans laisser la moindre cicatrice, mais ceci me serait fatal. Cette femme blanche, que j'avais tant recherchée, que j'avais juré de tuer, avait envoyé ce fléau sur Bar-Ibithni afin de m'éliminer. De tous les habitants de cette métropole condamnée, moi, plus que tout autre, ne pouvais espérer en réchapper.

Après la mort du voleur, je m'éloignai dans une pénombre fuligineuse annonciatrice de l'aube qui évoquait déjà l'obscurité pestilentielle d'une fosse commune. Je vis devant moi un petit groupe de personnes venant des quartiers les plus pauvres; des familles parties en emportant leurs malades sur des brancards improvisés. Les visages de ces gens étaient déformés par la terreur mais ils discutaient entre eux à voix basse, comme pour tenter de réfuter ce qu'ils savaient déjà. J'arrivais à la hauteur d'une fille d'une vingtaine d'années qui fermait la marche, avec un petit garçon agrippé à sa robe, lorsqu'elle s'effondra brusquement. Les membres les plus proches de ce groupe s'écartèrent et les femmes se hâtèrent de faire des signes religieux. Personne n'approcha de la fille, et le petit garçon qui tiraillait toujours sa jupe éclata en sanglots.

Je m'avançai pour m'agenouiller près d'elle, et caressai les cheveux de l'enfant dans l'espoir de le rassurer.

La fille avait les premiers symptômes de cette étrange maladie.

– C'est la fièvre, monsieur, dit une des femmes. Ils sont plusieurs à en être atteints. Nous allons au Temple de l'eau, sur la Route de l'Ambre, dont les prêtres sont de bons guérisseurs.

La fille marmonna et bougea. Elle rouvrit les yeux, mais ils paraissaient voilés et elle était en sueur. Elle dut cependant entrevoir l'enfant, son frère ou son fils, car elle tendit vers lui une main tremblante.

– Ne pleure pas.

Puis elle m'aperçut, le visage brouillé d'un inconnu, et ajouta :

– Ça va mieux, monsieur. Je vais me relever.

Elle en était de toute évidence incapable, aussi la pris-je dans mes bras et la portai-je en suivant ses compagnons. L'enfant avait cessé de pleurer, il n'avait que trois ou quatre ans. La femme plus âgée lui prit la main et se hâta de regagner l'abri illusoire du groupe.

Nous n'étions pas allés loin que la fille fut parcourue de frissons. Mais elle possédait toujours sa lucidité et me demanda de la déposer. En raison de son état, j'accédai à sa demande. Elle resta dans cette rue pendant deux heures, au centre d'une mare de matières fécales et de sang. Finalement, elle serra ma main, torturée par la souffrance, recouvra ses esprits le temps de me demander quelle heure il était, et expira avant qu'il me fût possible de lui répondre. Elle avait rendu l'âme encore plus paisiblement que le voleur du Bosquet.

Il régnait une chaleur étouffante, sous ce ciel de la couleur de la cendre que ne traversait aucun oiseau ou nuage. J'ignorais ce qui me possédait, et peut-être était-ce un désir d'expiation. Sans éprouver ni terreur ni colère, je suivis le chemin emprunté par le cortège et ses civières et atteignis finalement le Temple de l'eau.

Il s'agissait d'un petit bâtiment de stuc et de plâtre à l'intérieur duquel on trouvait un Masrimas de bronze vert et un puits dont l'eau était réputée pour ses propriétés curatives. Des malades étaient déjà alignés dans la cour, où des prêtres brûlaient de l'encens dans l'espoir infondé de lutter contre la puanteur. Mais tous avaient fini par s'accoutumer à cette odeur répugnante, qui n'incommodait plus personne.

Je proposai mon assistance aux prêtres, qui durent me prendre pour un fou mais furent heureux de trouver un homme disposé à les aider. Ils regardaient avec curiosité mes vêtements de prix souillés mais n'avaient pas le temps de se poser des questions. Nous nous mîmes à l'ouvrage; une tâche macabre et sans espoir.

J'espérais sans doute expier ainsi mes fautes, tout en ayant peut-être des aspirations moins nobles : comme par exemple m'aguerrir à ce qui m'adviendrait. Mais je ne parvins pas à m'y accoutumer. Mon apathie fut progressivement remplacée par de la compassion et de l'horreur. Je dus à une occasion m'isoler pour rendre, et me crus déjà contaminé. Je m'imaginai chaque crise et chaque souffrance que j'endurerais, cette agonie épouvantable dont j'avais été le témoin une centaine de fois. Cependant, je n'avais pas contracté cette maladie, pas encore. Puis ma répulsion disparut, de même que mon appréhension, et je redevins apathique comme à mon arrivée.

Le jour se changea en nuit, la nuit en jour. Je dormis un instant, puis je bus de l'eau et refusai la nourriture que m'apportait un prêtre. Il s'agissait de brefs intermèdes. Le reste du temps, je côtoyais la mort et ses visages toujours différents : celui d'un enfant, d'une femme. L'agonie d'un riche orfèvre qui possédait une belle demeure dans le quartier commerçant et des serviteurs sang-mêlé, dura près de deux jours. Entre deux crises, il vit en moi le sorcier que j'avais été et referma ses doigts sur mes épaules pour me balbutier de le sauver. Jusqu'alors, nul ne m'avait reconnu. J'imposai mes mains sur cet homme, conscient de l'inutilité de ce geste. Lorsqu'il s'en rendit compte à son tour, son visage fut déformé par la haine et il me cracha au visage.

– Puisses-tu souffrir ceci, chien ! Puisses-tu mourir gisant dans ta fiente et ton sang, les entrailles rongées par ces rats !

Je lui répondis que je m'apprêtais à devoir connaître

de telles souffrances, mais il délirait à nouveau et m'avait oublié.

Le soleil changeait la cité en une marmite où la maladie mijotait doucement. De partout s'élevaient des colonnes d'encens; je sentais cette odeur dans mon sommeil, couvrant la puanteur fétide du fléau. Presque tous les membres de la confrérie du Temple de l'eau avaient désormais été contaminés. Trois moururent à côté du puits magique, implorant leurs semblables de leur donner un peu de son eau. Elle n'avait pourtant aucun effet sur les malades, qui ne pouvaient même pas la garder dans leur estomac. Finalement, il ne subsista plus que moi et un vieux prêtre. Il me conduisit à l'écart et m'ordonna de quitter le sanctuaire et la cité, pour gagner les collines. Nombreux étaient ceux qui avaient fui, ce qui n'avait d'ailleurs rien changé à leur destin.

Je refusai de partir, et le prêtre avança que si je n'avais pas encore été contaminé, je serais peut-être épargné, à condition de faire preuve de bon sens. Je lui répondis que j'avais été averti que je compterais parmi les victimes de ce fléau et il me laissa finalement tranquille. Ou tout au moins avec les fragments de tranquillité qui subsistaient encore en moi.

Vers la fin de ce second jour, nous vîmes le sceau rouge des bûchers funéraires marquer l'est et le sud. J'étais alors hébété et ma démarche était celle d'un mort vivant. Ces brasiers me rappelèrent un ancien incendie, antérieur à celui de Bar-Ibithni et même à mon passé au sein des tribus. C'était autre chose. Je m'adossai à un des piliers du temple et fermai les yeux. J'eus alors la vision d'une montagne qui crachait des flammes magenta dans un ciel d'ébène, et d'une silhouette blanche qui dévalait une pente, poursuivie par des serpents de lave.

Des coups frappés à la porte de la cour interrompirent cette vision. Je me repris et allai ouvrir, me frayant un chemin entre les malades. Même à l'extérieur, le sol était couvert de moribonds. Trois cavaliers vêtus de l'uniforme blanc des jerdiers se dressaient tels de grands arbres au cœur d'un monde de personnes couchées.

– Par décret du conseil impérial, tous les cadavres

devront être désormais incinérés, déclara le capitaine. (Il ajouta en prévoyant les protestations pieuses que susciterait sa déclaration blasphématoire :) Le feu de Masrimas purifie de la contagion, car le Voile jaune s'est étendu sur nous à partir des ruines de Bit-Hessee.

Puis il me fixa. Il s'agissait d'un des officiers de l'Ecu de Bailgar.

– Par Masrimas, *Vazkor*! Que faites-vous ici, monsieur ?

Il eût été ridicule de feindre une méprise, car nous nous étions autrefois adressé la parole.

– Je suis de quelque utilité, ici.

– N'avez-vous pas appris la nouvelle ?

– Quelle nouvelle ? Il circule seulement des rumeurs incontrôlables sur le fléau.

– Des hommes vous cherchent depuis ce matin, dit-il avant de me faire signe de sortir du temple. Pouvez-vous approcher ? Je ne voudrais pas crier.

– Je suis probablement contaminé.

– Sans doute le sommes-nous également. (Il mit pied à terre et vint jusqu'au portail.) Sorem est mourant.

J'en fus choqué. Voir ma propre mort dans un miroir, voilà ce que j'avais fui. Stupidement, je lui demandai s'il avait été victime de cette épidémie.

– Evidemment.

– Quand est-il tombé malade ?

– Au lever du jour. Il réclame votre présence.

– Je ne puis rien pour lui.

– Ce n'est pas pour cela, monsieur, répondit le jerdier sans me regarder. Il connaît une mort atroce; la souffrance s'acharne sur les plus forts, car leur délivrance est plus lente à venir. Mais vous devriez vous hâter, si vous décidez de vous rendre à son chevet. Les prêtres ont déjà récité la dernière prière.

J'aurais voulu lui demander des nouvelles de Malmiranet, mais les mots se bloquèrent dans ma gorge, tel un essaim de mouches noires. Mon destin m'avait poursuivi et retrouvé. Je devrais assister à la mort de Sorem. Peut-être au trépas de celle que j'aimais. Que n'aurais-je donné pour m'épargner une pareille épreuve !

– Je n'ai pas de monture.

La plupart des chevaux avaient été victimes de l'épidémie, de même que le bétail. J'entendais constamment les maillets des tueurs s'abattre au-delà des murs du temple, des grondements sourds comparables à ceux du tonnerre.

– Prenez ma monture, me dit le jerdier, le regard triste. Vous vous souvenez de la route à suivre pour gagner le Palais Pourpre ?

Les gardes me laissèrent entrer sans me poser de questions.

Il n'y avait pas le moindre souffle de vent, dans la cité jardin. Les ombres s'étiraient sous les arbres; les flamants roses avançaient précautionneusement dans les eaux peu profondes du lac, avec indifférence. Les oiseaux étaient immunisés contre l'épidémie, de même que les petits animaux domestiques.

Entre les colonnes de fumée de l'encens et des bûchers, la cité s'étendait telle une vaste fosse commune. Les corps jonchaient les rues, étant donné que peu de bien-portants acceptaient de courir le risque de les emmener jusqu'aux bûchers, même si les roues des chariots des morts grondaient parfois sur les pavés. Ici et là, un prêtre ou un mendiant se hâtait entre des maisons aux volets clos et des magasins barricadés. Dans une impasse, un aveugle tapait aux portes avec son bâton et demandait l'aumône, inclinant nerveusement la tête pour trouver une signification à ce silence inhabituel. Nul n'avait peut-être pris la peine de l'informer que Bar-Ibithni agonisait autour de lui. Sur les marches d'une fontaine de porphyre, un petit chien affamé, l'animal de compagnie de quelque femme, avait trouvé de quoi se nourrir, et je me hâtai de détourner les yeux de son repas.

Dans la vaste chambre ornée de fresques, le lit de Sorem faisait face aux fenêtres qui donnaient sur un ciel couvert. Il avait un épiderme cuivré, ce ciel, et un halo jaunâtre révélait l'emplacement du soleil couchant. Aucun souffle d'air ne pénétrait par les croisées ouvertes, seulement la lumière agonisante de cette journée mourante. Il régnait dans cette pièce une puanteur désormais si familière que je la notai à peine. Je pus voir sur sa joue la meurtrissure laissée par le sabot du cheval, l'unique point coloré de son visage. Sa tête reposait sur des oreillers pourpres, qui semblaient avoir absorbé tout son sang. Le Voile jaune, oui, ce nom était approprié.

J'allai vers lui et constatai que j'étais arrivé juste à temps.

Comme c'est parfois le cas au tout dernier moment, la fièvre et ses délires avaient régressé, lui rendant sa lucidité. Si sa voix était faible, à peine audible, il articulait soigneusement chaque mot.

– Désolé de vous recevoir alors que je suis en si piteux état. Merci d'être venu.

Sa chienne grise était couchée près du lit. L'entendant parler, elle releva la tête et agita la queue, puis se rallongea tristement. Sorem était à tel point affaibli que son expression ne traduisait plus ni souffrance, ni tristesse, ni joie. Je m'assis sur le tabouret de bois qu'avait libéré le thérapeute.

– Je me trouvais dans la cité commerciale, lui dis-je. Un capitaine de l'Ecu de Bailgar m'a appris que vous étiez atteint.

– Ce n'est plus rien, à présent. Tout sera bientôt fini. (Il bâilla, comme le fait un homme presque entièrement vidé de son sang, et me murmura :) Même les Pouvoirs de Vazkor n'ont pu venir à bout de cette malédiction. Mais vous survivrez, mon ami le sorcier.

Il semblait avoir oublié ses accusations, ce qu'il m'avait dit dans la tour et devant *elle.* Sa main se déplaça sur les couvertures, desséchée et jaunâtre.

– Je regrette que nous n'ayons jamais pu aller chasser le puma blanc et le lion. C'est étrange, je n'avais encore jamais pensé à la mort. Même en face des assassins envoyés par Basnurmon, ou quand je tenais ce léopard à la pointe de ma lance, là-bas dans les collines. La moindre erreur et il m'aurait tué, cependant j'étais trop occupé à le combattre pour y penser. Mais le fauve qui me dévore est d'une nature bien différente.

Il n'y avait personne à proximité. Les fonctionnaires

de la cour qui avaient survécu et les prêtres étaient venus et repartis. Seul le thérapeute se tenait à une table, de l'autre côté de la pièce, et une sentinelle demeurait à la porte. Sorem posa sa main sur la mienne. Sous le parchemin grisâtre de ses paupières, ses yeux me paraissaient par contraste plus bleus et plus jeunes.

– J'espère que vous ne porterez pas toujours un jugement trop sévère sur moi, Vazkor. Il est difficile de se découvrir, comme je l'ai fait, tel un étranger dans un bois obscur. Plus difficile encore de s'y découvrir seul.

Je pris sa main. C'était tout ce que je pouvais faire pour lui. Ses doigts se serrèrent faiblement sur les miens, et il ferma les yeux pour ajouter :

– En apprenant que vous vous trouviez au palais, Malmiranet s'est éloignée afin que nous puissions parler sans témoins. Je crois qu'elle a vu clair en moi bien avant que j'y parvienne. Laissez-moi et allez la rejoindre.

Mais j'étais conscient qu'il n'avait plus guère de temps à vivre, et je restai près de lui :

– Tout à l'heure, Sorem, dis-je.

Il entrouvrit ses paupières et répondit d'une voix presque forte :

– Merci. Ce ne sera pas long. N'appelez personne. Je préfère épargner cette épreuve à ma mère. Elle n'a déjà que trop souffert.

Et je restai près de lui, sa main dans la mienne. Une minute s'écoula. Dans la chambre à présent humide et fraîche, les derniers rayons dorés du soleil caressaient les parois et métamorphosaient le chien immobile en bête de cuivre, l'air lui-même semblant contaminé. Sorem porta le regard vers les fenêtres et ses yeux s'écarquillèrent, comme s'il pouvait voir la mort approcher dans ce ciel métallique.

– Le soleil est presque couché. Je partirai avec Masrimas.

– Je vous envie votre dieu, lui dis-je, à court d'inspiration.

Mais il ferma à nouveau les yeux et grimaça. Sa main se referma faiblement sur la mienne.

– Ce sont uniquement des paroles rituelles. Seules

les ténèbres m'attendent, et il est trop facile de les atteindre. Je me suis souvent demandé...

Il n'acheva pas sa phrase. Stupidement, je me penchai pour entendre la suite et compris qu'il avait rendu son dernier soupir.

Je me levai lentement. Le thérapeute, occupé à préparer un baume dont Sorem n'aurait pas besoin, resta immobile. Malmiranet se tenait sur le seuil. Le crépuscule m'empêcha de voir distinctement son visage, mais elle me parut plus apitoyée que chagrinée. Sans doute avait-elle rêvé des milliers de fois à sa mort, au cours de ces années d'intrigues. La réalité ne la consternait pas, seulement son horreur.

Je frissonnai mais, ayant trop longtemps attendu cet instant, je ne reconnus pas le signe annonciateur du mal. Alors que Malmiranet traversait la pièce, les ténèbres semblèrent former des tourbillons et se draper autour d'elle. Puis je compris que son expression apitoyée m'incluait également. Je tentai de prononcer son nom, et ne pus y parvenir. Je me laissai choir à genoux, sans comprendre comment une chose pareille avait pu m'advenir.

Ses doigts caressèrent mon cou et mon front, telles des baguettes de glace, puis tout fut fini.

J'avais neuf ans et un serpent m'avait mordu. Cela se passait à Eshkorek-Arnor, et les médecins me placèrent dans un bain de glace afin de réduire ma fièvre. Je leur criais que j'avais froid, que cela me torturait, mais ils ne prêtaient pas la moindre attention à mes hurlements. Finalement, mon père arriva, svelte et hâlé.

Il se pencha sur moi et ses cheveux aile-de-corbeau encadrèrent ses épaules et son visage.

– Il faut rester tranquille. Elle l'a ordonné. Je ne puis rien faire, tant qu'elle ne se sera pas lassée de t'infliger cette punition.

Il tendit son doigt orné de bagues pour me désigner ma mère. Elle portait une robe blanche qui laissait ses seins nus; des seins de jeune fille, fermes et hauts. Un masque d'or représentant une tête de chat dissimulait ses traits et des araignées d'or filaient dans sa longue chevelure blanche. Elle m'observait depuis le pont d'un navire, une galère aux grandes voiles bleues, et le corps d'un homme pendu se balançait à une vergue, ses entrailles déchiquetées par des mouettes affamées.

Tel fut le premier rêve.

Il n'y en eut que deux. Dans le cadre du second, Uasti m'avait enfermé dans une tour où un incendie faisait rage, et les flammes me consumèrent pendant des siècles et des siècles.

Je pris graduellement conscience que la glace fondait en raison de la chaleur du brasier et que l'eau ainsi produite éteignait l'incendie.

Une merveilleuse quiétude emplit mon corps et mon esprit.

Quelque chose renvoyait des reflets, et lorsque la fille bougea la tête, je compris qu'il s'agissait de la clarté d'une lampe sur ses cheveux blonds. Mon esprit resta vide pendant une seconde, puis tout me revint.

— Isep, murmurai-je. Isep, suis-je perdu ?

Elle m'étudia avec candeur, avant de dire :

— Très malade, Seigneur, mais votre état s'améliore. Tous pensent que vous vous en remettrez.

C'était une petite chambre, et nos paroles avaient éveillé le thérapeute. Il se leva sans se presser, vint toucher mon front, examina mes yeux, et posa sa main sur mon cœur.

— Oui, c'est extraordinaire, dit-il. Une nuit et un jour de fièvre, mais pas d'hémorragie. Et à présent la fièvre est tombée. Votre constitution est étonnamment forte, et le dieu vous a souri. Vous êtes sauvé, croyez-moi, mais il faudra être patient. On vous appelle un magicien, n'est-ce pas ? Ah, oui, à présent je le crois.

J'avais l'impression que je pourrais me lever d'un bond et m'enfuir. Pourquoi pas ? J'étais redevenu un sorcier. J'avais conjuré la malédiction de la mort. Aucun dieu ne m'avait souri, seulement mes ancêtres. J'aurais ri, si la peur ne s'était brusquement emparée de moi. J'agrippai le bras de l'homme.

— Où est l'Impératrice ?

Ce fut Isep qui me répondit sur un ton plein de morgue :

— Elle est restée à votre chevet une nuit et un jour, cela ne vous suffit donc pas ?

— Mais... est-elle malade ?

— De devoir supporter votre présence, ainsi que vos cris de dément. Autrement, elle n'a rien. On dit que le Voile jaune disparaît.

— C'est exact, Seigneur, approuva le thérapeute qui apportait un baume huileux dont il voulait oindre mon corps. L'épidémie régresse. Il y a eu d'innombrables victimes, dont Sorem, notre maître. Mais les morts ont été moins nombreuses, aujourd'hui, et aucun nouveau cas ne s'est déclaré; pas même dans les taudis de la cité commerciale.

Je le repoussai et lui dis qu'il pouvait garder pour d'autres sa mixture médicinale, mais il apporta un cachet qu'il glissa dans ma bouche. Je l'avalai et retrouvai le sommeil. Il me semblait nager le long des hauts-fonds de la chevelure d'Isep.

Je m'éveillai à nouveau une heure après minuit, et je sus avec précision ce que je devais faire, comme si j'avais établi un plan d'action au cours de mon sommeil.

Isep s'éveilla d'un bond quand je l'appelai, irritée tel un jeune soldat surpris en train de sommeiller pendant son tour de garde.

— Que se passe-t-il, Seigneur ?

— Trouve-moi de l'eau et des vêtements, les miens ou ceux d'un autre.

— Des vêtements ? Par ma main droite, vous ne pouvez bouger.

— Oublie tes jurons de guerrier, ma fille. Ici, c'est l'homme qui commande.

Elle pivota pour aller chercher le thérapeute, ou des renforts, et je n'étais pas certain d'avoir recouvré mon Pouvoir. Je saisis son poignet et lui dis :

— Si tu avais un ennemi qui se serait acharné contre toi, aurait tué tous tes proches, et chercherait également à prendre ta vie, que ferais-tu ?

— Je le tuerais.

— Telle est mon intention. Et comme le fait de me promener dans le plus simple appareil ne pourrait m'attirer que des ennuis, il serait préférable que j'enfile une culotte.

– Non, dit-elle, d'une voix désormais hésitante. Votre ennemi est le Vieil Hessek ?

– Plus ancien que cela, mais le Vieil Hessek en fait partie.

Elle fronça les sourcils, et je compris que j'étais parvenu à la convaincre.

J'avais supposé qu'Uasti donnait ses ordres depuis la cité des marais. Je l'avais ensuite crue dissimulée dans une contrée lointaine. Je m'étais imaginé que mon indécision était peut-être un des éléments de la toile d'araignée dans laquelle elle me gardait captif. Ce fut seulement lorsque Gyest me mit en garde que je compris vraiment, mais le filet s'était déjà trop étroitement resserré autour de moi pour qu'il me fût possible d'en briser les mailles. Et je savais finalement où était son repaire, mon rêve me l'avait révélé. Mieux que tout présage, j'avais survécu à la mort qu'elle m'avait envoyée. Ce serait notre dernière rencontre, et si mon Pouvoir m'avait abandonné ou n'était pas encore redevenu suffisamment grand, j'utiliserais mes mains comme le font les assassins. Rien d'autre ne me serait nécessaire.

J'étais toujours fiévreux, mais estimais cela sans importance.

J'avais rampé dans son ombre, terrorisé, paralysé. Cependant, je vivais toujours. L'épreuve était terminée. Si elle avait commis la pire des abominations, il n'en subsistait plus que des cendres.

Différentes choses immondes pouvaient être entrevues dans les rues où régnaient les ténèbres ou la pénombre rougeâtre et fuligineuse de la nuit. Des lumières luisaient derrière quelques volets fermés; tout était assourdi, dissimulé. Les quatre cinquièmes des habitants du Quartier des Palmes, où auparavant régnait le jour en pleine nuit, avaient fui vers les collines en emportant leurs lampes. Mais les bûchers funéraires étaient allumés, alimentés par les chariots qui se déplaçaient furtivement, ployant sous le poids de leurs passagers silencieux. Un homme du guet apparemment ivre recula de peur en entendant le galop de mon cheval. Les sabots de ma monture martelaient les pavés et l'écho se réverbérait à dix rues de là, comme si vingt cavaliers se poursuivaient.

Il y avait un nouveau bûcher funéraire près du port, juste au delà du Marché aux poissons. La chair humaine alimentait la colonne de fumée qui s'élevait dans le ciel sans étoiles, pour me guider.

Les malades étaient toujours nombreux aux portes des temples. Si l'épidémie faisait moins de ravages, ainsi que l'avait déclaré le thérapeute, rien ne semblait me le confirmer.

Mais un vin capiteux se mêlait à mon sang. Mon expiation était achevée, mon sentiment de culpabilité effacé, ma terreur avait disparu.

Cette folle chevauchée à la frontière des ténèbres et des ombres rouges était effectivement ce que l'homme du guet avait fui : le passage de la Mort.

4

Je n'eus aucune difficulté à m'approprier une barque de pêcheur et à m'éloigner à la rame sur les flots noirs. Personne ne se trouvait sur les quais. Les espars des navires évoquaient une forêt aquatique aux branches emmêlées, où ne manquaient que les oiseaux. Quelque part, j'entendis de la musique et des voix avinées qui rompaient le silence : des hommes qui priaient une flasque de koois de les sauver.

Le *Vignoble de Jacinthe* était amarré loin des quais, là où les Hesseks l'avaient halé avec leurs petites embarcations pour le mettre à l'abri des flammes. Mon vaisseau, avec son nom du Sud. J'avais su qu'il me conduirait à ma mère-sorcière, bien des mois plus tôt, sur l'île de Peyuan.

Mes forces recouvrées avaient décuplé. Les avirons semblaient légers comme des roseaux, et le rivage obscur pointillé de feux s'éloignait rapidement. Je regardai par-dessus mon épaule et vis les hauts contours de la galère. Une pâle lumière dansant sur le pont supérieur me révélait trois ou quatre silhouettes noires qui observaient mon approche, sans paraître alarmées. Elles laissèrent même l'échelle de coupée en place et ne s'interposèrent pas lorsque j'y amarrai ma barque et montai à bord.

Ce que je voyais n'était pas absolument identique à mon rêve. Les mâts n'avaient pas de voiles, le navire ne possédait aucune splendeur. Les flammes nues crépitaient et nimbaient le pont d'une clarté blafarde irrégulière. Je dénombrai six Hesseks à côté du bastingage, dix autres accroupis à la poupe : des hommes qui avaient échappé aux jerdiers. Tous les Bit-Hessiens n'avaient pas été massacrés au cours de la nuit du soulèvement. D'autres rôdaient peut-être dans les ponts inférieurs. Ils ne représentaient pas une menace : je pourrais les tuer sans peine le moment venu. La sorcière avait échoué. Elle n'oserait plus retourner ma magie contre moi.

Je m'adressai à eux, dans leur langue maternelle.

– Où est-elle ?

Aucun ne répondit. Ce fut une autre voix qui m'appela :

– Ici, mon amour.

Je sentis mes cheveux se dresser sur ma tête. Je pivotai et la vis, assise sur une des couchettes de Charpon. Elle semblait s'y être matérialisée par magie, car j'avais déjà regardé dans cette direction sans la voir.

Sa blancheur était celle d'une torche transmuée en chair, et le simple fait de la regarder me mettait mal à l'aise. C'était une créature exsangue, inhumaine, au propre comme au figuré, peut-être. Elle avait à nouveau masqué son visage, cette fois d'un voile de soie jaune qui tombait d'un diadème d'argent posé sur ses cheveux blancs. Et sous ce voile, qu'y avait-il ? Une tête de chat ou d'araignée ? Comme dans mon songe, je voyais derrière elle se balancer le corps d'un homme, pendu par les pieds à un espar et déchiqueté par les mouettes. Bien que mutilé, je reconnus son visage : celui de Lyo, mon messager.

– Voyez votre messie, dit-elle aux Hesseks. Voyez votre Shaythun-Kem, y'ei S'ullo. Le Dieu-rendu-visible qui vous a trahis. Shaythun a envoyé l'essaim de sa vengeance contre Bar-Ibithni qui se vide de son sang sur son lit d'agonie. Mais cet homme croit avoir trompé Shaythun, avoir échappé à la mort.

Isep m'avait fourni un couteau, avec cet uniforme de sentinelle. Je posai machinalement la main sur son manche.

– Voyez, dit-elle encore. Il reste un barbare, même s'il se fait appeler le *sorcier.* Il préfère utiliser l'arme d'un bâtard masrien.

Cette invective familière m'apporta une confirmation.

– Je suis le sorcier, rétorquai-je. Et toi, qui es-tu ?

– Réponds toi-même à ta question.

Une onde de vertige et de chaleur m'envahit.

– Uasti, la déesse-catin d'Ezlann. Ma mère... mais plus pour longtemps.

Elle se leva et approcha de moi. Bien que petite, frêle et élancée, elle irradiait une puissance maléfique comparable à une ombre noire démesurée projetée dans les airs.

J'étais dans l'incapacité de reculer ou d'avancer à sa rencontre. Elle s'arrêta à trois pas de moi et je notai qu'elle tenait la tête légèrement inclinée, qu'elle ne paraissait me voir que de l'œil gauche. Comme la fois précédente, je tendis la main et arrachai le voile.

Le visage d'une femme non maquillée, celui d'une jeune fille. Belle comme une statue, parfaite à l'exception de l'œil droit qui avait disparu, l'orbite vide comblée par une gemme verte.

Il m'avait fallu jusqu'à cet instant pour comprendre. Elle n'était pas Uasti Réincarnée, car dans les veines de ma mère courait le sang de la Race des Anciens et son œil se serait reconstitué. Une nappe de fumée brouilla ma vision, comme si une myriade d'insectes couraient sur une vitre de cristal, et je la vis ensuite sous un jour différent.

J'avais pourchassé un fantôme, tenté de pêcher un reflet à la surface d'un étang.

Non, ce n'était pas Uasti. L'illusion tombait, comme

le sable d'un sablier. Sa robe était sale, déchirée, de toile de lin grisâtre. Sa chevelure terne avait la couleur de l'ébène, son œil unique celle du jais; l'autre était couvert d'un bandeau, et son épiderme possédait la pâleur cireuse propre au teint des Hesseks. Mais j'avais moi-même creusé cette fosse qui m'engloutissait. Obnubilé par ma quête, je n'avais pas un seul instant envisagé qu'il pouvait s'agir d'une autre personne lorsqu'une proie s'était présentée.

– Vazkor est toujours Vazkor, murmura-t-elle. Il a finalement compris son erreur. Je ne suis pas la vieille sorcière, mais celle à qui tu as rendu la jeunesse, toi mon maître et mon Seigneur, mon étalon. Et je serai ta mort.

Lellih me sourit et glissa ses bras autour de mon corps, qu'elle serra contre le sien. Je percevais sa jeunesse à travers le tissu de nos vêtements, cette jeunesse que je lui avais rendue.

– Dans la vie, tu t'es détourné de moi, ajouta-t-elle. Mais tu m'obéiras dans la mort. J'emploierai ma magie sur ta sépulture, et me coucherai entre tes bras morts. Oh ! il est exact que je ne puis réparer les outrages faits à ma chair, mais je puis accomplir des exploits encore plus merveilleux. Et c'est toi qui as été mon maître, beau sorcier. Sois attentif à mes paroles. Te fais-je penser à une vieille femme qui vend des confiseries ? Non. Ce que tu as déversé dans mon cerveau pour recréer ma jeunesse a également fait de moi ton égale. Une sorcière. Une déesse.

Une flamme passa devant mes yeux, obscurcissant le pont ainsi que les silhouettes des Hesseks et du pendu. Lellih se lovait autour de moi tel un serpent, et sur ma peau sa bouche évoquait une pluie de flammes.

Je me remémorai le Palais des Thérapeutes, son frêle crâne d'oiseau entre mes mains, le flux de Pouvoir que je lui avais transmis par l'entremise de mes paumes, illuminant son esprit comme le soleil. Je me souvenais de ma fierté.

Il n'était guère surprenant qu'elle eût ensuite été capable de puiser dans mon Pouvoir et de le retourner contre moi. J'avais été dès l'origine la source à laquelle elle s'était alimentée.

– Oui, murmura-t-elle en lisant mes pensées, après avoir déjà exploré mon cerveau, pris connaissance de mon existence, de mon serment. Oui, ton désir de retrouver Uasti a fait de toi mon jouet. J'ai pris son apparence pour te tromper. Tu m'as crevé un œil, mon aimé, mais j'aurais pu te le pardonner si tu avais fait cas de moi. Peu m'importe que Bit-Hessee ait disparu dans la fange des marécages, et que Shaythun, le Pasteur des Essaims, ait fait de même. Il n'y avait ni Uasti ni ce démon, Vazkor, seulement une source de foi que j'ai canalisée pour parvenir à mes fins. C'est *moi* qui ai envoyé le fléau, parce que tu m'avais trahie et non parce que tu avais trahi mon peuple – la colère de Lellih, pas celle d'un dieu. Sache-le, Vazkor... Quoi ?

Elle me posait cette question car je venais de tenter de lui parler. J'avais marmonné quelque chose entre mes lèvres figées. Et elle ajouta :

– Non, tu mourras, Vazkor, je t'en fais le serment. Crois-tu que sur un tel nombre de victimes toi seul, toi que j'ai maudit deux fois plus que Bar-Ibithni... que toi seul, mon chéri, puisses en réchapper ? Sois fier de la puissance de la magie dont tu m'as fait don. Tu mourras entre mes bras dans moins d'une minute.

Je savais qu'elle disait la vérité. Elle venait de faire réapparaître en moi l'horrible maladie. Mes viscères s'échauffaient, mon épiderme semblait couvert d'une épaisse toison de laine. Je pouvais à peine voir ou entendre, et seul le mât auquel j'étais adossé me maintenait debout... cela et son étreinte. Elle avait rampé sur moi et sa bouche se collait à la mienne pour aspirer ma vie hors de mon corps.

A cet instant, je perçus la présence du couteau que ma main n'avait pas lâché. Mes muscles étaient de plomb et mes doigts de cire molle, cependant je me savais encore capable de mouvoir mon bras au prix d'un violent effort de volonté. Il me semblait que cela durait depuis des heures. Elle était trop occupée à me donner ce baiser, glacial telle une tombe, pour penser à ma main et à mon couteau. Ce fut seulement lorsque la lame pénétra dans son dos et se planta dans son cœur qu'elle y prêta attention.

Je n'avais encore jamais tué de femme, pas intentionnellement, mais j'avais l'impression d'écraser une vipère sous une pierre. Sa mort fut rapide, même si elle se raccrocha à la vie et se débattit un instant, et son œil unique resta écarquillé lorsqu'elle s'effondra sur le pont. Elle n'avait prononcé aucune malédiction finale, ayant vidé le baril de sa haine perverse jusqu'à la dernière goutte.

Elle avait renié Shaythun, faisant peut-être preuve de sagesse, mais quelque chose l'avait guidée vers sa mort, comme moi vers la mienne.

Je l'enjambai, et me dirigeais en titubant vers le bastingage, lorsque mon esprit et ma vision se clarifièrent. Et je pensai : Tout va s'achever ici, pour moi et pour les rats qui m'ont tué. Je retrouvai le Pouvoir sans effort et vis les rayons de lumière jaillir de mon être pour atteindre les silhouettes des hommes, le corps de Lellih, le cadavre pendu, les mâts, les haubans, la nuit elle-même.

Une torche tomba sur la robe de Lellih. Je trouvai opportun que tout ceci fût consumé par les flammes, comme Bit-Hessee, les victimes du fléau, la beauté de Bar-Ibithni.

La lumière de Masrimas.

Les flammes blanches éclairèrent les barreaux de l'échelle de coupée et je me laissai choir dans la barque. L'amarre se libéra et la petite embarcation se balança contre le navire, puis elle s'éloigna, emportée par les courants sur la mer qui brasillait.

Je dérivai ainsi, torturé par une souffrance insoutenable, pendant que le monde apparaissait et disparaissait autour de moi, apparaissait et disparaissait.

Des cris.

A un mille de distance, un navire en flammes se reflétait dans les flots.

Le visage d'un homme était proche du mien.

— Vazkor, vous me reconnaissez? Non, Bailgar, il n'est pas en état de parler. C'en est fini de lui. De même que des suppositions du thérapeute et de la sorcellerie. Seigneur, regardez le sang qu'il a perdu.

— Attention en le soulevant, fit une autre voix. Cette

imbécile d'Isep n'aurait jamais dû le laisser partir. Heureusement que je me suis souvenu du *Vignoble.*

Mon corps fut soulevé et je me raidis en prévision de la souffrance, mais je ne ressentis rien. Un manteau fut roulé et placé sous ma tête, et je crus qu'une étoile venait d'être épinglée sur la noirceur du ciel.

Je pouvais reconnaître à présent la voix de Bailgar, qui se pencha vers moi pour me dire :

– Raccrochez-vous à la vie, Vazkor. Elle veut vous voir.

Ignorant de qui il voulait parler, je fermai les yeux.

– C'est étrange, dit le premier homme, il ne pue pas comme les autres malades... peut-être est-ce bon signe ?

Bailgar se contenta d'émettre un grognement et lui dit de regarder mon navire qui sombrait.

Son visage était un masque d'or et elle avait des mains faites du même métal.

– Tu seras inhumé selon nos rites, dit-elle. J'ignore quelles sont les coutumes de ton peuple et tu ne pourrais me renseigner. Est-ce que ce sera suffisant pour ton repos ? Je ferai tout ce que tu me demanderas.

J'étais dans l'incapacité de répondre. J'ignorais qui était cette femme et où je me trouvais.

Je n'eus même pas conscience de rendre mon dernier soupir.

5

Je voyais une lumière.

Une clarté sur le passage de laquelle s'épanouissaient des corolles blanches, roses et bleues.

Cette lueur et les fleurs qu'elle nimbait exerçaient sur moi une profonde fascination.

Je n'avais nul autre sens, seulement celui de la vue qui me révélait ce prodige.

Graduellement, le halo doré s'élargit tout en s'assombrissant légèrement sur son pourtour.

Je découvris un dais de fleurs, sous lequel je gisais.

Comme en un rêve, où questions et explications sont inutiles, mes yeux parcouraient des bouquets de corindon bleu, de cristal rosé, de perles. Des fleurs en pierreries, un paon qui exhiberait pour l'éternité son éventail turquoise et un cheval de laque blanche aux sabots perdus dans l'obscurité.

Je pouvais désormais voir le point d'où provenait la lumière : une ouverture circulaire percée dans le toit fleuri, à une trentaine de centimètres au-dessus de mon sternum. Instinctivement, sans raison ou motivation véritable, j'allai pour me lever, afin d'étudier cette source de lumière, et découvris qu'il m'était impossible de me mouvoir.

C'est une chose qu'un homme ne peut admettre, car le mouvement est inhérent à la vie. Je tentai à plusieurs reprises d'y parvenir, en pensant « maintenant », mais je dus finalement reconnaître qu'un poids écrasant pesait sur mes membres, mon torse et mon crâne. Des chaînes qui me soudaient à la terre.

J'étais plus sidéré qu'effrayé. Il me semblait cependant possible de déplacer mon corps sur quelques millimètres à l'intérieur d'une sorte de gangue, et à chacun de mes spasmes dérisoires ma chair paraissait s'effriter, s'émietter. La clarté magnifique commença à décroître, ce qui m'offrit une confirmation de la présence de parois latérales dorées, vers lesquelles le toit fleuri descendait en pente douce. Je me trouvais en un lieu exigu, extrêmement exigu. Tout ceci était fort instructif, et je demeurai allongé, me remémorant progressivement mon identité et ce qui m'était arrivé. Je retrouvais ma virilité et ma vie, avec leurs obligations et la sensation d'horreur qui les accompagnaient. J'étais Vazkor, le sorcier. J'avais failli périr, victime de l'épidémie, mais ma vitalité avait été la plus forte. Je vivais, je respirais, j'étais indemne. Et je me trouvais en un lieu des plus étranges.

Lentement, je portai le regard sur le ciel de pierreries, ce plafond si bas et si proche que j'en voyais les moindres détails. Mon émerveillement enfantin se changea en terreur.

J'avais vécu suffisamment longtemps parmi les Masriens pour connaître certaines de leurs coutumes. J'avais visité la Nécropole royale de la colline sud, avec ses dômes de stuc doré.

Oui, Vazkor avait survécu à l'épidémie mais n'en avait pas fourni la preuve assez rapidement.

Me croyant mort, ils m'avaient enterré vivant.

Mon calme me quitta.

Je hurlai, en proie à une terreur folle, et ce rugissement se réverbéra à l'intérieur du cercueil, tel le son d'un glas. Je tentai de lever les bras, d'abattre mes poings sur le toit ouvragé de ma prison. Et je m'adressai mentalement à ces dieux dont je n'avais jusqu'alors jamais admis l'existence, pendant que les fleurs, le paon et le cheval blanc plongeaient dans la pénombre.

Il y avait peu d'air, dans ce sarcophage, seulement ce qui y filtrait avec la clarté du soleil par la petite ouverture pratiquée dans le couvercle, puis les fentes nasales et autres orifices de la gangue couvrant mon corps. Je me sentis étouffer et perdis connaissance. Lorsque je revins à moi, j'étais dans les ténèbres.

Celui qui estime qu'aucun châtiment n'est suffisant pour son pire ennemi devrait l'inhumer vivant dans un tombeau doré.

J'ignore combien de temps je demeurai ainsi, mais je me souviens que les gemmes furent illuminées à deux ou trois reprises. Le temps n'existait pas pour moi, à l'intérieur de cette bière. Je me métamorphosai en créature amorphe et larmoyante qui recouvrait par instants ses esprits, pour crier et gémir. Mes journées se divisaient en périodes de hurlements et d'inconscience, séparées par de l'hébétude.

Je suis toujours surpris de ne pas avoir sombré dans la démence. Si tel est bien le cas, car le fait d'avoir des pensées cohérentes ne démontre pas de façon irréfutable qu'un homme possède toute sa santé mentale.

Mais mon cerveau se remit à fonctionner. Cela se produisit sous la forme d'une prise de conscience, d'ailleurs assimilable à une crise de folie.

Je n'avais pas été enterré vivant, c'était sur un *cadavre* qu'ils avaient refermé ce cercueil. J'étais mort.

Un corps dont le cœur avait cessé de battre, qui ne respirait plus : de la nourriture pour les vers. Mais aucun asticot ne s'était repu de ma chair. J'étais intact, même dans ma tombe.

C'était la dernière porte, l'ultime épreuve, le plus grand des actes de magie. J'avais soupçonné posséder ce Pouvoir, mais n'avais jamais osé tenter une telle expérience. Après cette prise de conscience, l'analyse des faits confirma mes suppositions. Même si j'avais simplement été malade au point de paraître décédé et m'étais éveillé dans les ténèbres, pris de panique et privé de nourriture et de boisson, immobilisé par ce poids écrasant et enfermé avec tout juste assez d'air pour conserver mes sens, je n'aurais pu survivre aussi longtemps. Cependant, je vivais. Je *vivais.*

Les pensées aussi limpides que l'eau d'une source, j'étais calme et libéré de la peur. Capable de mourir et de ressusciter, nul exploit ne m'était interdit. Je n'avais pas à être effrayé, j'étais au delà de la plus grande terreur que connaissent les hommes. Je ne deviendrais jamais un tas de poussière, un monticule ignominieux. J'avais devant moi l'éternité et le monde.

Ils avaient érigé sur mon corps une tombe. S'il s'était agi d'une colline, d'une montagne, cela n'eût rien changé.

J'utilisai mon Pouvoir pour me libérer. Mes inhibitions appartenaient désormais au passé. Jamais acte de sorcellerie n'avait été pour moi aussi facile. Une colonne d'énergie illumina l'intérieur du cercueil, les pierres précieuses volèrent en éclats, les yeux de la queue du paon tombèrent sur ma poitrine, les gonds dorés fondirent et le fer se fendilla. Le couvercle du sarcophage s'éleva dans les airs et alla retomber hors de mon champ de vision.

C'était un véritable trésor qu'ils avaient placé sur mon corps : une cuirasse d'onyx et de bronze laqué, un casque d'argent alourdi d'énormes feuilles de palmes en or massif. Aucun homme bardé d'une telle armure n'aurait pu se lever. Mon corps était recouvert d'un tégument doré épais de plusieurs centimètres. J'avais été emmailloté de bandelettes de métal, inhumé tel un roi. Je remerciai mentalement les préparateurs peu zélés, car chaque fissure, chaque interstice dans ce bandage, avait permis à l'air d'atteindre ma chair et mes poumons. Faute de quoi je serais demeuré dans ce sépulcre, vivant mais inconscient, jusqu'au moment où mes parures seraient tombées en poussière, dans un siècle ou plus.

Il y avait également cette ouverture circulaire dans le couvercle du cercueil. La coutume voulait que même après la mort un Masrien pût recevoir la bénédiction du soleil de Masrimas.

J'utilisai le Pouvoir pour briser ma carapace fabuleuse, et les squames d'or de cet épiderme artificiel churent en tintant autour de moi.

Je sortis de mon cercueil et enjambai le couvercle tombé juste à côté, nu comme si je quittais mon lit.

Le couvercle du sarcophage était également orné à l'extérieur – près de trois mètres de dorures, de pierreries et d'or. Je l'avais projeté dans les airs par la seule force de ma volonté, cet objet qu'une vingtaine d'hommes n'auraient pu soulever qu'au prix d'un violent effort.

Je trouvai cela amusant. Puis je regardai autour de moi et mon sourire s'élargit encore.

Les prêtres masriens affirment qu'après la mort l'âme gagne un autre monde gouverné par leur dieu igné. Cependant, étant donné qu'elle risque de s'attarder un peu en ce bas monde avant son départ, tout doit être installé dans la tombe pour assurer le confort du défunt. J'ignorais si tous les Masriens accordaient beaucoup de crédit à cette croyance, mais je constatais que par respect de la tradition, ou en tant que tribut spirituel payé à leurs incertitudes, ils suivaient ces instructions à la lettre.

Près d'une lampe de verre rose suspendue à une chaîne d'argent était posé un briquet à silex; sur de petites tables d'os poli, un nécessaire de toilette complet avait été disposé; et je vis une baignoire d'argent emplie d'eau, avec des fioles d'huiles odoriférantes à côté. Sur les murs, une fresque représentait un jardin aux arbres en fleurs, où s'ébattaient des singes, des chats et des oiseaux. (Afin que le spectre ne regrettât pas les parcs de la terre? J'estimai qu'un tel décor l'eût plutôt incité à pleurer.) Un lit d'or à baldaquin couvert de coussins de soie invitait au repos. A proximité se trouvaient des bouteilles de vin, des paniers de fruits, des confiseries et du pain désormais moisi. J'étais affamé et dévorai ces mets infects mais nourrissants, que le vin m'aida à avaler.

Tout en vidant les paniers de nourriture, je fus intrigué par la forme de la tombe. Les parois arrondies se rétrécissaient au sommet pour former une sorte de cheminée par laquelle on pouvait voir le ciel. Cette ouverture, pratiquée à la verticale de celle du sarcophage, permettait au défunt de recevoir la clarté du soleil lorsque ce dernier se trouvait au zénith. Je supposai qu'une fine grille pour moi invisible devait couvrir ce trou afin d'en interdire l'accès aux oiseaux. Tout ceci correspondait à la structure externe des dômes funéraires que j'avais pu voir jusqu'alors de l'extérieur, hormis en un point. Ce caveau était réduit par une cloison verticale, et j'en déduisis qu'une seconde chambre funéraire avait été aménagée à l'intérieur de celle-ci. Faute de trouver une porte de communication, j'employai une décharge pour m'ouvrir un passage, sans m'inquiéter des dégâts comme tout profanateur de sépulture. La paroi s'effondra avec ses rosiers, ses singes et ses colombes couleur de miel. Et je vis au delà un second sépulcre.

Je ne compris qu'en voyant le miroir de verre argenté, les cosmétiques dans leurs fioles, les lances de chasse noircies par l'usage.

Je franchis la cloison. Le cercueil était de bronze, sans dorures ni ornements. La tapisserie des lys de l'Impératrice servait de poêle.

Je me figeai sur place et me retins aux vestiges de la cloison de brique. Je me remémorais son visage, flottant au-dessus de moi dans la brume de ma fièvre pour me demander quels étaient les rites funéraires de mon peuple. Elle avait survécu à l'épidémie, ou tout au moins l'avais-je cru. Mais à présent, elle gisait en ce lieu.

Telle était l'estime qu'elle me portait. Faute de connaître les rites de mon peuple, elle m'avait offert ce qu'il y avait de mieux : le plus grand caveau, une parure princière ou royale, un sarcophage de pierreries, privant sa propre dépouille de tels honneurs. C'était dans son cercueil que j'avais reposé. Je me remémorai sa grande taille, ses yeux qui arrivaient presque au niveau des miens. Oui, son lit de repos éternel était à mes dimensions. Quant à la fortune dans laquelle j'avais été enchâssé, quels fonds et quelle habileté avait-elle dû employer pour qu'un étranger à cette cité pût en bénéficier ? Il n'était ensuite resté pour elle que la place de l'esclave : la salle externe. Comment aurait-elle pu se douter que je reviendrais de la mort, que je m'éveillerais et crierais, prisonnier des présents de son amour, de sa générosité, de son désir de ne rien me refuser, même au delà du trépas ? Comment aurait-elle pu le savoir, elle qui s'attendait à devenir, et qui était devenue, uniquement poussière ?

Il n'y avait nulle lumière, dans ce second caveau, hormis celle qui y pénétrait par la cloison effondrée, et aucune ouverture dans la bière de bronze. Son abnégation me déchirait avec les griffes d'un lion. Je me détournai du cercueil et parcourus son caveau, prenant ses objets personnels pour les reposer aussitôt. Ses peignes, le khôl dont elle avait paré ses yeux magnifiques, le collier de jais que j'avais vu briller à son cou. Je reconnus la fiole de son parfum favori et la débouchai pour humer sa fragrance, mais ce n'était pas son odeur, seulement celle de l'encens.

Je pivotai brusquement et gagnai le sarcophage de bronze. J'étais possédé par un sinistre besoin d'exorcisme et la partie humaine de mon être me poussait à la voir. La mort inévitable ne faisait pas peser sur moi sa menace, mais j'étais bien le seul dans ce cas. Je verrais à jamais passer un cortège d'humains sur la route des cimetières, et je resterais sur le bas-côté sans le moindre compagnon.

J'arrachai le couvercle du sarcophage à mains nues. Ce n'était pas le Pouvoir qui donnait à mes bras une force surhumaine, simplement la colère. La plaque de bronze tomba bruyamment sur le sol, et un parfum de moisi et de baume s'éleva.

Je m'étais attendu à tout : chair décomposée, ossements, puanteur cadavérique. Je ne pouvais savoir combien de jours ou de mois s'étaient écoulés. Cependant, l'inhumation, la sienne tout au moins, était récente. En outre, l'absence d'ouverture dans le couvercle de bronze avait préservé son corps pour l'offrir à mon regard.

Elle était vêtue d'une robe rouge mais ne portait aucun maquillage, et je pus voir sa chair telle que je m'en souvenais. J'appris ainsi qu'elle n'avait pas été victime du Voile jaune, car son épiderme ne possédait pas l'épouvantable couleur propre aux personnes terrassées par cette épidémie. Je l'observai quelques minutes, avant de noter une fleur d'argent sur sa poitrine. Je pris tout d'abord cela pour une parure, avant de reconnaître le manche d'un des petits couteaux à lame courte et tranchante qu'emploient les Masriennes pour égaliser leurs cheveux avant de les friser. Pour se tuer à l'aide d'un tel instrument, il fallait savoir avec précision où placer la lame et porter le coup sans la moindre hésitation.

Je m'imaginai qu'elle s'était suicidée par chagrin, tant j'étais imbu de ma personne et fou de désespoir. Je me penchai et pris entre les doigts une mèche de ses cheveux noirs : ils étaient brillants, comme si Nasmet venait de les laver. Rien dans son aspect n'évoquait la mort, mais lorsque ma main effleura son front elle y laissa une marque, une sorte de contusion. Je lâchai la mèche de cheveux.

Ce fut le contact de la cloison de brique contre mon dos qui m'arrêta, et qui stoppa également l'horreur primitive qui venait de m'envahir. Je me remémorai qui j'étais.

Ni un homme, ni un simple sorcier. Je n'étais plus limité par les lois impitoyables de la nature. Il m'était déjà arrivé d'entendre ce murmure insidieux, mais je m'étais empressé de chasser ces pensées, en proie à la frayeur. Je venais cependant de surmonter la peur et les doutes. Vazkor était plus puissant que la mort.

J'avais tout accompli, pourquoi pas ceci ?

Je ne resterais pas seul sur le côté de la route. Les multitudes passeraient, mais je garderais près de moi ceux que j'aurais choisis.

Je revins vers elle. La clarté diminuait, et la cheminée

centrale teintait de lilas le carrelage de l'autre caveau. Pénombre et ombres régnaient de toutes parts, hormis à l'intérieur de mon être qui s'était embrasé.

Même ceci me fut aisé. S'il existe des dieux, ils auraient dû m'adresser une mise en garde. Peut-être le firent-ils, un signe que j'omis de noter.

C'était comparable aux centaines de guérisons que j'avais accomplies. J'avais eu quelques difficultés avec Hwenit, la sorcière noire, mais j'ignorais alors ce que je deviendrais. Je croyais à l'époque n'être qu'un simple humain.

Malmiranet revint vers moi tel le ressac vers le rivage. Il me sembla qu'elle sortait d'une forêt obscure où elle s'était perdue. Sa chair redevint ferme et parfaite, et la marque laissée par le contact de mes doigts sur son front putréfié disparut. Ses yeux s'ouvrirent brusquement et me fixèrent. Je ne m'étais pas attendu à ce regard si direct, si limpide. Elle leva la main et la porta vers sa poitrine. J'avais retiré la dague et, n'en découvrant pas la poignée, elle soupira.

Elle gisait dans ce cercueil de bronze qui m'emplissait de malaise, même en un tel instant. Je pris la main qu'elle avait laissée redescendre et prononçai son nom. Je l'aidai à s'asseoir, puis à sortir du sarcophage. Elle se tenait devant moi, ainsi qu'elle l'avait fait d'innombrables fois, et ses yeux étaient aussi brillants que des épées, même si elle restait silencieuse et ne faisait pas le moindre mouvement de sa propre volonté.

Je la guidai dans l'autre salle, vers le lit de soie, et lui servis du vin. Mais elle attendit pour boire que je porte la coupe à ses lèvres. De voir sa gorge se mouvoir, lorsqu'elle déglutit, fit renaître l'émerveillement. Le sexe est proche de la mort – il en a toujours été ainsi, car la nature lutte pour reconstituer l'espèce – et le viol a succédé aux batailles depuis l'aube des temps. J'étais impatient de me coucher sur elle, au sein de ces draps de soie. Seul son regard m'en dissuadait.

– Malmiranet, lui dis-je, que se passe-t-il ? Tu es sauve et je suis près de toi.

Comme s'il s'agissait d'un signal, elle plaça à nouveau

sa main sur sa poitrine. La marque laissée par le couteau avait également disparu, comme je pus le constater en me penchant pour déposer un baiser sur son sein.

Elle resta de marbre, ce qui me surprit. Finalement, je pris conscience que j'exigeais trop d'elle et, la tenant contre moi, je tentai de lui expliquer ce qu'elle devait connaître, sans pouvoir peut-être l'assimiler. Fou que j'étais, je lui demandai même de m'apprendre pourquoi elle s'était tuée. J'étais décidé à provoquer un choc pour la tirer de son étrange apathie, s'il était impossible d'obtenir ce résultat par la douceur.

Je répétais les mêmes paroles, comme si je faisais une leçon à une enfant aveugle et muette qui demeurait entre mes bras, sans réagir.

J'étais épuisé et je m'endormis au cours de mon monologue, pour la retrouver toujours auprès de moi à mon éveil. Une étoile luisait au-dessus de l'ouverture du dôme et me révélait son regard fixe.

Je me levai et allumai la lampe mise à la disposition du défunt. Dans un coffre d'ivoire se trouvaient des vêtements... mes affaires trouvées dans le Palais, mon collier et mes bottes.

J'adressai un regard à Malmiranet, qui m'observait en silence.

– Etant donné que tu ne souhaites rien faire avec moi, je vais me vêtir, comme il sied à un homme civilisé. Puis nous sortirons d'ici.

Je n'avais aucun plan. Toutes les possibilités m'étaient offertes, mais le centre de mon univers se trouvait en ce lieu. Abattre le mur me serait facile, ou encore léviter avec elle jusqu'à l'ouverture du plafond, faire fondre la grille, et, comme autrefois, voyager dans un ciel étoilé. Mais vers quelle destination ?

J'avais entrevu une étoile, pendant mon agonie dans l'embarcation de Bailgar : une étoile semblable à celle qui apparaissait à la verticale du tombeau. Je connus de l'angoisse, car les hurlements des loups sont audibles même à l'intérieur des murailles d'une forteresse.

– Qui gouverne Bar-Ibithni ? lui demandai-je. Est-ce

le conseil ? Le vieil Empereur est-il remonté sur le trône ?

Cette allusion à Hragon-Dat me remémora Sorem. Je l'avais oublié – une indication de mon état véritable. Sorem était mort, enfermé dans un écrin d'or. Je pourrais éventuellement le ressusciter, lui aussi. M'adresserait-il un regard aussi brillant et fixe que celui de sa mère ?

J'examinai le contenu du coffre, pour éviter les yeux de Malmiranet dont la vision me glaçait, et ne pivotai vers elle qu'en entendant les bruissements de sa robe.

C'était étrange, je ne redoutais plus la mort, mais mon instinct de survie était toujours aussi fort.

Elle s'était levée et venait silencieusement vers moi. Son expression restait inchangée, mais elle tenait une de ses légères lances de chasse.

Elle la leva et je bondis de côté. Le fer heurta le mur et se détacha de la hampe, dont le bois était devenu fragile. C'était une seconde mort, qu'elle avait voulu me donner.

J'immobilisai ses bras, un acte inutile car son corps était redevenu inerte, son visage inexpressif. Elle ne se débattit pas et je me demandai pourquoi elle ne m'avait pas transpercé pendant mon sommeil. Avait-elle agi sous le coup de la folie, du chagrin, ou de la terreur ?

– Malmiranet, en quoi t'ai-je causé du tort ? Dis-le-moi, mettons les choses au point.

J'avais appris à connaître ses expressions, son corps et ses gestes ; j'aurais pu la différencier de quarante autres femmes, masquée et dissimulée par une cape. Je voyais les contours de son corps familier au travers de la soie et les traits de son visage à nul autre pareil, ses mains fuselées, et le serpent d'or qu'elle gardait à son poignet même lorsqu'elle retirait tout le reste... mais en dépit de tout cela, elle n'était plus la même. C'était une sorte de poupée en tout point identique à Malmiranet, mais pas cette femme.

Je la lâchai et m'écartai d'elle, sans cependant la quitter des yeux. Je pris des vêtements dans le coffre et me vêtis. Tel semblait devoir être mon destin : après les exploits les plus grands et les plus extraordinaires de mon existence, mes émotions ou les circonstances me donnaient toujours l'impression d'être un enfant fouetté dans le krarl d'Ettook. Je ne pouvais supporter le regard inexpressif qu'elle portait sur ma nudité. Elle avait trop souvent caressé sa chair à la mienne pour qu'il me fût possible d'accepter son indifférence.

Je notai à peine ce que je mis; quelque tenue du Palais Pourpre, trop fragile pour permettre la moindre activité. Une ceinture en peau de serpent blanc accompagnait cette tenue, incrustée d'or et fermée par une boucle de lapis-lazuli... un de ses présents. Je la lui montrai et revis ses doigts la boucler autour de ma taille, ce qui avait suivi.

Elle fit un pas vers moi, la main tendue, et mon cœur bondit. Je me demandai quelle surprise elle me réservait encore.

Sa passivité la quitta, et elle rejeta la tête en arrière, en ouvrant la bouche pour hurler. Ce n'était pas un cri de femme, mais les ululements d'un animal, perçants, bestiaux, presque ininterrompus.

Je courus vers elle et l'attirai contre moi. Je tentai de la faire taire, de la bercer, de la réconforter. Le gémissement épouvantable se poursuivait inlassablement. J'attirai sa tête contre mon épaule, et elle planta ses dents dans ma chair sans interrompre son cri de gorge.

Mon sang s'était changé en glace, et je tremblais comme si la mort s'était à nouveau abattue sur moi. Je ne me souviens pas de mes paroles ou de mes actes, mais le désespoir m'incita à faire une chose abhorrée. J'allai chercher dans son esprit les raisons de son étrange conduite.

Les mystères de l'existence m'échappent. Mon héritage m'a refusé, pendant un certain temps tout au moins, la connaissance de ce que les autres hommes n'apprennent que trop vite. La vérité est souvent amère, mais il faut l'affronter. J'eus une révélation, dans cette tombe aux fleurs peintes emplie de coffres et d'or. A sa mort, toute chair, la mienne exceptée, se putréfie et est abandonnée par l'esprit qui l'habite. Peut-être pour gagner le monde ardent des Masriens, le puits noir des membres des tribus, un univers trop merveilleux pour être imaginé, ou encore le néant, la fumée, l'air, le silence. Nul magicien, peu importe sa puissance, ne peut ramener cet élément – âme ou esprit – dans le corps qui le renfermait. Non, je dirai simplement que Vazkor en fut incapable. J'avais tout régénéré en elle. Son corps était entier, ses organes sains, elle respirait et son cœur battait. Mais l'esprit de Malmiranet se trouvait dans une autre contrée. Si cette créature vivait, se mouvait et émettait des sons, elle était aussi vide que le sarcophage d'où je l'avais sortie.

Le cerveau dans lequel je pénétrai était empli d'une brume crépusculaire. Des objets s'y dessinaient : mirages ou rochers, réminiscences désormais fragmentées et sans signification, catalogue d'une existence gravé sur une pierre friable érodée par une tempête de sable. La violence présente était immotivée, provoquée par une interprétation erronée des données; un fléau incontrôlé dans les ténèbres. Car la créature que j'avais éveillée était plongée dans une épouvantable confusion, une frénésie alimentée par l'instinct et les impulsions. Bien que son cerveau eût conservé des images imprécises de ma personne, ses yeux d'automate ne pouvaient leur trouver de signification. Ses réactions étaient primitives. J'étais la cause de son agitation et elle savait seulement qu'elle devait me détruire pour recouvrer l'apaisement. Si ce raisonnement pouvait paraître logique, il ne l'était pas. Comme une voile s'oriente en fonction du vent, cette chose allait d'un côté et de l'autre. Rien de plus. Je sus tout cela, moi qui sondais ce crâne en quête d'une femme et qui n'y trouvais qu'un désert.

Il me semblait être devenu aussi vide que l'être présent entre mes bras. Mon âme paraissait m'avoir abandonné.

Je fis cependant preuve de beaucoup de douceur pour stopper ce que j'avais déclenché, ce mécanisme d'horlogerie animant un pantin. Je lui rendis sa mort.

Graduellement, les tremblements de la vie physique s'interrompirent, sa tête s'inclina lentement de côté, ses yeux aveugles se fermèrent. Lorsque j'eus essuyé mon sang de sa bouche, je vis à nouveau le visage de celle que j'aimais, tel que je l'avais connu.

Je la rallongeai, non dans son caveau mais dans le sarcophage qu'elle m'avait offert.

La mort n'avait pas encore réclamé son tribut sur sa chair, qui était toujours douce et parfaite. Elle semblait dormir. Je n'implorai pas son pardon, car ce n'était pas à elle que j'avais causé du tort. Mes tremblements cessèrent et je soulevai le lourd couvercle d'or qui m'avait emprisonné. Je dus pour cela utiliser mon Pouvoir, et je pensai : C'est la dernière fois que je l'emploie. Il ne m'a apporté que chagrin et déraison. Je ne suis qu'un enfant qui joue avec le feu. Je dois attendre que la vie et le monde aient achevé mon éducation. Je ne deviendrai un sorcier que lorsque j'aurai appris à me dominer, et que ce qui est en moi aura été dompté.

L'ombre recouvrit Malmiranet et me la dissimula. Il ne subsistait que la petite ouverture solaire. Le paon à la queue brisée, le cheval et les fleurs devaient se refléter sur elle. Lorsque sa beauté ne serait plus qu'ossements, le passage du soleil colorerait leur blancheur de bleu, de rose et d'or.

L'étoile avait disparu au-dessus de la tombe. L'obscurité se teintait de mauve.

Il me fallait employer une ultime fois le Pouvoir pour ouvrir le tombeau. C'était un dernier pas indispensable pour me ramener vers une existence désormais métamorphosée. Quelque chose miroitait sur le lit de soie, une perle tombée des volants de sa robe rouge.

Je m'assis et tournai cette perle entre mes doigts, pendant que le monde se tournait vers le soleil.

6

La terreur revêt différentes formes. Certaines d'entre elles peuvent sembler comiques, pour celui qui est épuisé et plongé dans l'affliction.

Si la porte de ce tombeau était rendue invisible par les branches des arbres peints à l'intérieur, les prêtres de la Nécropole l'avaient empruntée pour y apporter mon corps, puis celui de Malmiranet. Il est probable qu'ils n'aimaient guère effectuer de telles visites et qu'ils auraient repoussé celle-ci, s'ils n'y avaient été contraints par les événements.

Une tombe est destinée à contenir des morts, des locataires paisibles et peu bruyants. Même si les Masriens y laissent des lampes à l'intention des spectres, ils ne s'attendent pas à trouver ces dernières allumées.

Or, il y avait eu mes cris et hurlements étouffés, le choc assourdissant du couvercle de mon sarcophage retombant sur le sol, le fracas accompagnant la destruction de la cloison et l'ouverture du cercueil de Malmiranet. Bien que solidement construit, un dôme funéraire forme une caisse de résonance et l'ouverture du sommet diffuse les sons. Des gardes timorés postés à cet endroit avaient probablement passé une nuit blanche. Sans doute avaient-ils entendu mes paroles, mes mouvements, noté la lueur de la lampe par l'ouverture du sommet. Finalement, le craquement sec de la hampe de la lance qui m'avait raté de quelques centimètres. Et ensuite ces horribles hurlements... si épouvantables qu'ils ont rejoint toutes mes autres hantises dans mon univers onirique, moins poignants, peut-être, mais ô combien plus terrifiants pour les prêtres se trouvant à l'extérieur.

Ils attendirent le lever du soleil. Bar-Ibithni avait eu plus que sa part de ténèbres.

La porte s'ouvrit brusquement sur la pénombre de la tombe et le ciel doré embrasa toutes choses. Quelque part, j'entendis roucouler des pigeons. Les prêtres restaient silencieux, semblant vouloir me permettre d'écouter à loisir le chant des oiseaux.

Ils étaient dix, avec des yeux exorbités comme si des nœuds coulants invisibles enserraient leurs gorges. Une main laissa choir un encensoir... dans une intention d'exorcisme ? Cet homme était cramoisi de terreur, un phénomène courant chez les hommes obèses.

Je m'assis, amusé par la situation macabre. J'eus même l'humour de me souvenir que ce n'était pas la première fois que je revenais du royaume des morts devant témoins, et qu'ils n'étaient pas les premiers prêtres que je laissais interdits, même s'ils n'avaient pas la fureur de Seel et que ce lieu fût incomparablement plus beau que le krarl.

Brusquement, l'un d'eux prononça mon nom et tomba à genoux. C'était moins un geste de respect qu'une défaillance de ses articulations due à la peur, mais les autres l'imitèrent. Tous s'agenouillèrent et murmurèrent : *Vazkor, Vazkor.* (Je retrouvai un autre instant de mon passé; un rocher forteresse des montagnes, des citadins masqués d'Eshkorek qui s'agenouillaient devant un guerrier barbare : Vazkor, le Loup Noir d'Ezlann sorti de sa tombe.)

Brusquement, la situation cessa de me paraître comique et je pensai : Ça suffit comme ça...

Je ne prononçai aucune parole et ne fis aucun geste. Je passai entre les hommes agenouillés et m'engageai dans les avenues ensoleillées de la Nécropole royale.

Ce jour-là, j'aurais pu me faire couronner roi, seul maître de l'Empire masrien. Qui aurait osé s'opposer à un dieu-sorcier immortel ? Nul homme dont le nom me vient à l'esprit. J'aurais pu devenir Empereur et conquérir de nouveaux territoires, le rêve que nourrissait mon père avant même de m'enfanter, avant même qu'il fût plus âgé que je ne l'étais ce jour-là.

Mais les empires ne m'intéressaient plus.

Je franchis la porte voûtée sans encombre. Le garde, occupé à admirer le fils du jardinier, ne m'accorda aucune attention particulière et dut me prendre pour un noble venu faire une offrande dans le petit temple, pour un ami ou un parent.

Les rues de Bar-Ibithni, baignées d'une clarté safran, étaient telles que je les avais vues à mon arrivée en ce lieu : animées et prospères. Je voyais des litières ornées de franges, des hommes riches et des négociants, des travestis aux robes pailletées, et parfois un esclave hessek. C'était étrange, onirique, comme si la révolte et ses incendies, l'essaim de Shaythun et le Voile jaune, n'avaient existé que dans un cauchemar interrompu par l'aube.

La clarté et l'agitation me donnaient des vertiges. J'étais resté trop longtemps isolé du soleil et des hommes. Je pris la direction de l'Est, et quittai cette cité à la vitalité prodigieuse pour gagner la zone de vignobles et de bosquets située au delà de l'ancienne palissade; peut-être le lieu où j'étais descendu du ciel sur un cheval blanc, et où nous avions failli ne pas noter l'incendie qui ravageait le port, tant nous étions dévorés par un autre feu.

Sur la route, non loin du Quartier des Palmes, je rencontrai une femme.

Il s'agissait certainement de l'esclave de quelque aristocrate, ou plus probablement de sa concubine. Vêtue avec élégance, elle avait même son propre esclave qui marchait derrière elle. L'homme tenait un parasol au-dessus de sa tête bouclée et gardait un gourdin glissé dans sa ceinture pour chasser les importuns. Elle sortit d'une grande demeure aux murs couverts d'une fresque représentant des chats verts. Je regardai ces félins, le symbole d'Uasti, et remarquai la fille. Elle semblait vouloir se diriger dans la même direction que moi, et elle pleurait.

Puis elle me remarqua et s'arrêta en portant les mains à sa bouche; comme devant un abîme ouvert dans le trottoir. L'esclave s'avança aussitôt pour me foudroyer du regard et m'avertir de ne pas me montrer insolent en sa présence, mais elle balbutia :

– Non, Chem. Ce seigneur n'y est pour rien.

Puis elle se remit à pleurer, et s'avança vers moi.

Je ne pourrais dire désormais ce que je ressentis. Qu'elle m'eût reconnu était indéniable, de même que son désir d'obtenir quelque chose de moi. Mon cœur battait follement, car je savais déjà. Elle était une esclave masrienne, grande et élancée. Elle eût ressemblé à Nasmet, sans sa tristesse.

– Pardonnez ma stupidité, dit-elle. C'est impossible. On dit qu'il est mort depuis trente jours et qu'il a été secrètement inhumé sur les ordres de l'Impératrice.

Je ne pus rien répondre, et elle ajouta :

– Je l'ai souvent vu ici, dans le Quartier des Palmes. C'était un sorcier et il guérissait les gens de toutes les maladies. Se pourrait-il que vous soyez Vazkor ?

Je me surpris à lui répondre, sans en avoir l'intention :

– Et si j'étais cet homme ?

Des pleurs coulèrent de ses yeux. Elle aussi tomba à genoux.

– O, Seigneur ! C'est mon enfant. On dit que vous ne

guérissez plus personne, mais je vous donnerai tout ce que je possède. Mon maître est riche et tient à moi... N'importe quoi, Seigneur.

L'esclave, qui nous avait jusqu'alors observés avec méfiance, s'avança et posa sa main sur son épaule.

– Inutile, madame. Même si cet homme était Vazkor, il ne pourrait rien faire. Votre enfant est mort la nuit dernière. Vous le savez. Nous le savons tous et partageons votre chagrin, même le maître. Mais il est trop tard.

La fille releva cependant son visage inondé de larmes, pour me dire avec espoir :

– Vazkor pourrait me rendre mon enfant. Il est capable de ressusciter les morts. Seigneur, redonnez la vie à mon fils.

Un guerrier n'apprend pas à pleurer dans les krarls, pas plus qu'il ne l'apprend ensuite lorsqu'il découvre l'orgueil et le Pouvoir. Cependant, en certaines circonstances, un coup porté avec douceur peut briser le granit et libérer la source tapie. Le destin est bon pour les femmes, ou pour quiconque peut librement laver les blessures de la vie dans une eau aussi pure. Même lorsqu'elle coule abondamment, elle a l'effet d'un baume.

Cependant, j'étais encore trop marqué par mon passé, et je me détournai afin qu'elle ne pût voir mes larmes.

Il est plus aisé de dissimuler à une femme une blessure que des pleurs. Elle comprit aussitôt, et son attitude fut immédiatement différente. Elle se leva et passa ses bras autour de moi, me tenant tel un enfant, peut-être comme son fils que je ne pouvais lui rendre. Elle ne m'implora plus. Elle n'avait rien reçu de moi, mais tentait de me réconforter, et je trouvai véritablement l'apaisement de l'âme alors que l'esclave attendait stoïquement à quelques pas de nous.

Finalement, la source se tarit. Elle avait oublié ses propres pleurs et m'apprit qu'elle allait prier la déesse de la colline, une divinité dispensatrice de calme et de consolation, et que je devrais l'accompagner afin de retrouver moi aussi ma sérénité. J'obéis, en raison de l'étrange contact qui s'était établi entre nous.

Au delà de l'ancienne palissade, les champs avaient été rendus méconnaissables par les bûchers funéraires. Cet aspect différent et mon état d'esprit m'empêchèrent de reconnaître ce chemin, alors que je suivais mon amie vers l'autel érigé au-dessus du Pré du Lion, ce lieu où les princes se battaient en duel. J'avais combattu Sorem puis des tueurs à gages sous le regard de la divinité, avant d'embraser irrespectueusement les fleurs de pavot déposées en offrande sur son autel, afin de mieux voir les Hesseks qui venaient de la muraille nord et de la mer.

Il n'y avait plus de fleurs, à présent, mais un épi de blé doré et un pot de miel. Les pierres étaient toujours recouvertes de ronces, et je me demandai pourquoi les esclaves qui révéraient cette divinité ne débroussaillaient pas les lieux. Notant mon regard, mon amie m'expliqua que la déesse préférait que les choses vivantes puissent croître librement autour d'elle.

– Elle vous a donc laissé des instructions précises ?

– Non, non, elle n'a rien demandé. Si nous lui apportons des offrandes, c'est pour nous-mêmes. Peu importe la nature du présent, c'est l'acte de donner qui procure de la joie.

Elle avait pour sa part apporté un flacon d'huile de cannelle. Ses larmes réapparurent et elle les versa avec le parfum sur la pierre. Puis elle s'agenouilla du côté ouest de l'autel et, imitant Chem, je me détournai pour la laisser prier. Bientôt, elle m'appela, et je notai que son expression était différente : toujours attristée mais moins tendue.

J'attribuai sa sérénité à de l'autosuggestion. Elle s'était persuadée que la divinité lui avait accordé la paix intérieure, mais était-ce important dès l'instant où cela lui permettait d'endurer plus facilement la perte de son enfant ? Elle sembla à nouveau lire en moi, car elle me dit :

– Ce n'est pas la déesse qui m'a soulagée d'une partie de mon fardeau; j'ai trouvé le courage en moi-même, en m'aidant du souvenir de cette femme qui subsiste en ce lieu.

Je trouvai son point de vue innovateur et peu banal.

– Ce culte est-il ancien ?

– Non, répondit-elle. Cet autel a moins de vingt ans. Et cette déesse a réellement existé; ma mère lui a parlé. Peut-être ne me croirez-vous pas, mais c'est la vérité. Souhaitez-vous en savoir plus ?

Je répondis que j'en serais ravi, afin de la distraire.

– La cité n'était alors pas aussi importante. Ma mère habitait au sud-est, dans cette contrée de vallées et de collines où débutent les lacs du Sud. Elle se trouvait dans les champs et c'était le crépuscule, lorsqu'elle vit une femme avancer entre les gerbes. N'oubliez pas ceci, le jour tombait. Le soleil de Masrimas disparaissait, mais l'inconnue était toujours nimbée de sa lumière. Un halo irradiait de son épiderme et de ses cheveux aussi blancs que l'albâtre. Son visage – toujours selon ma mère – était d'une beauté insoutenable.

J'avais retenu ma respiration.

Elle ne le remarqua pas, et ajouta en riant :

– Vous ne me croirez pas, mais écoutez. Elle suivait les rangées de gerbes et allait passer près du point où se trouvait ma mère. La femme blanche fut bientôt assez proche d'elle pour pouvoir être touchée et ma mère, effrayée, tomba à genoux. Elle était alors enceinte de moi, ce qui la rendait peut-être fantasque. L'inconnue pivota et lui demanda : « Pourriez-vous me dire s'il existe une ville derrière cette colline ? » Ma mère parvint à lui répondre que c'était effectivement le cas. Elle était persuadée que cette femme était un esprit, car elle parlait à la perfection le masrien des collines, tout en ayant l'aspect d'une étrangère. Mais alors, l'inconnue qui regardait ma mère sans menace ni mépris, déclara : « Vous attendez un enfant. »

» Ma mère sursauta, s'attendant à ce que son ventre fût maudit, mais la femme tendit sa main et la posa sur sa joue. Ma mère sentit brusquement toutes ses peurs se dissiper et la femme ajouta : “ Dès les premières douleurs de l'enfantement, pensez à moi et vous ne souffrirez plus. La naissance sera rapide et sans complications, même si je crains... (et elle sourit)... qu'il s'agisse d'une fille bien portante et non d'un garçon. ” Ma mère en resta sidérée et pria l'étrangère d'attendre qu'elle lui apporte à manger et à boire, mais l'inconnue répondit qu'elle ne manquait de rien et s'éloigna dans les ténèbres.

» Et maintenant, voici le plus extraordinaire. Le moment venu, ma mère se remémora ses paroles. Dès qu'elle eut prononcé son nom (vous ai-je dit que la femme lui avait indiqué son nom ?), les douleurs de l'enfantement cessèrent et je naquis dans l'heure, la fille annoncée, aussi saine qu'une pomme. Sans doute trouvez-vous ce récit ridicule, mais les douleurs de l'enfantement ne sont pas agréables, et une femme ne peut se tromper lorsqu'un enchantement les lui épargne.

Je recouvrai ma voix, pour demander :

– Votre mère la considérait-elle comme une déesse, ou une sorcière ?

– Un peu les deux, peut-être. Mais c'est à Bar-Ibithni que j'ai entendu à nouveau prononcer le nom de l'inconnue. Elle est principalement révérée par les pauvres, qui affirment qu'elle est passée par ici en se rendant au nord-ouest... vers Seema, peut-être, en suivant l'ancienne route des chariots.

Je tournai involontairement la tête vers l'ouest.

– Vers Seema, répétai-je.

– Oui, mon ami m'a expliqué que c'est pour cette raison qu'ils ont sculpté son image sur le côté ouest de l'autel, ici.

Elle me guida pour me la montrer.

Il ne m'était jamais venu à l'esprit que l'aura d'Uasti imprégnant Bar-Ibithni pouvait être imputable au simple souvenir de son passage, et que pendant que je cherchais cette femme dans la cité et ses alentours, l'autel dressé en son honneur trônait sur la colline où je m'étais allongé avant de voir les Hesseks sortir des bois et de la mer. Je me demandai si les hommes que j'avais envoyés à sa recherche avaient simplement ignoré l'existence de cette secte qui révérait une déesse blanche, ou s'ils n'avaient pas établi de lien entre cette divinité pastorale inoffensive et le personnage démoniaque que je leur avais décrit... une harpie blanche, droit sortie de l'enfer.

L'effigie était petite, haute d'une largeur de main : une figurine rudimentaire mais agréable à voir, sculptée dans de la pierre blanche. Une femme aux longs cheveux, élancée et vêtue d'une robe ample, dont les mains étaient croisées sur sa poitrine. Je crus tout d'abord que les éléments avaient effacé son visage, avant de noter que la pierre avait été soigneusement polie.

– Ils n'ont pas représenté ses traits, fis-je remarquer. Etaient-ils si épouvantables ?

– Oh non ! Absolument magnifiques, au contraire. Les meilleurs sculpteurs de la cité auraient peut-être pu reproduire son visage, mais c'est un fermier qui a façonné cette statuette. On raconte que la déesse est descendue du ciel dans un vaisseau d'argent, mais c'est une légende que vous n'auriez probablement pas la patience d'écouter.

J'enfouis mon visage entre mes mains. Mon amie approcha et caressa mes cheveux, avant de m'annoncer qu'elle devait partir, qu'elle eût aimé pouvoir m'aider, et qu'elle regrettait de m'avoir pris pour le sorcier.

Son regard était à nouveau triste, lorsque nous nous séparâmes, mais son âme commençait déjà à se cicatriser alors que ma blessure venait de se rouvrir. Je ne lui demandai pas son nom, mais si celui de la déesse n'était pas Uasti.

Non, ils l'appelaient Karraket. Mais sa mère avait utilisé un nom à la terminaison différente. Elle ne pouvait se rappeler lequel avec exactitude.

Je la regardai s'éloigner, suivie par Chem, qui la protégeait avec son parasol et son gourdin.

Je venais d'apprendre quelle était la route à suivre, mais je ne l'empruntai que lorsque le soleil s'enfonça dans la mer, à présent de la couleur du koois.

J'allai voir Gyest dans le champ proche du Marché aux chevaux, un capuchon ramené sur mon front. Les chariots des Sri étaient partis, à l'exception de deux, et une paire de bœufs blancs levaient leurs museaux roses pour humer l'air frais du crépuscule. Je n'avais aucune raison logique de supposer que Gyest m'avait attendu, ou même que le fléau l'avait épargné; cependant, j'étais persuadé que je le trouverais. Et je le vis, le visage dissimulé par le voile rouge sombre des magiciens. Il avait également su que je viendrais à sa recherche, et à quel moment. Je traversais ce terrain dans sa direction quand il leva son bras pour me saluer, comme si nous étions convenus de ce rendez-vous le jour de notre rencontre. Si c'était une image déformée qu'il m'avait montrée dans le disque de cuivre, lui aussi avait été dupé. Il m'avait cependant annoncé le nuage de mort, l'holocauste, les ténèbres. Il s'était proposé de m'aider.

– Allez-vous manger avec nous ? me demanda-t-il avant d'étudier mon visage dissimulé par l'ombre du capuchon. Vous êtes encore un enfant, même si vous avez intérieurement vieilli de dix ans. J'ai entendu les rumeurs.

– Celles se rapportant à ma mort ?

– Effectivement, et d'autres encore plus étranges, ou plus banales.

– Avez-vous une déesse nommée Karraket, à Seema ?

Des marmites étaient suspendues au-dessus d'un feu, autour duquel trois femmes en turban rouge discutaient, assises sur l'herbe.

– Les Sri n'ont qu'un seul dieu. Ce n'est ni une femme ni un homme. Pas vraiment une divinité, d'ailleurs, plutôt un principe. Karraket est un nom que je ne connais pas.

– Les noms sont trop nombreux, dis-je. Je ne sais même pas si je la hais encore. Je suis las de la haïr. Ce qui m'a attiré jusqu'ici n'était que le souvenir de son passage en ce lieu. Ce que j'ai combattu en croyant qu'il s'agissait de ses maléfices n'était que la malveillance d'une femme contaminée par ma propre sorcellerie. Gyest, je ne jouerai plus jamais au sorcier.

[illegible] dans le disque de [illegible] qui [illegible]

[illegible]

LIVRE DEUX

PREMIÈRE PARTIE

LA TRAVERSÉE DU DÉSERT

1

Une route se dirigeait vers le sud à travers les faubourgs de la cité. Mausolées et petits temples pointillaient les collines. Des nuées de pigeons gris tournoyaient dans le ciel et des incantations s'élevaient des tours à prières dans le silence de l'aube. Mais au delà de l'enceinte fortifiée, je voyais les stigmates laissés par les bûchers funéraires sur les prairies pentues et entre les jardins des villas, les palmeraies et les bosquets de cyprès. J'ignore combien de citadins partis se réfugier dans les collines perdirent la vie, mais il est probable qu'un fonctionnaire zélé s'est chargé de les dénombrer afin de laisser aux générations futures un dossier complet sur le fléau.

A environ huit kilomètres du centre de Bar-Ibithni, la route du Sud se scinde en diverses pistes. En suivant celle de l'Ouest, on rejoint l'ancienne route de Seema, qui contourne désormais les marais de Bit-Hessee après avoir gagné directement les portes de la Cité des marais à l'époque de la souveraineté hessek. Le parcours est plein d'embûches. Pendant des siècles, les caravanes l'ont parcouru lentement, jusqu'au jour où les Masriens ont développé les échanges par voie maritime. Pour ceux qui sont trop pauvres ou trop pingres pour prendre un navire, la route terrestre reste l'unique solution. Les Sri l'appellent l'Ost (l'Inévitable). Plusieurs groupes d'entre eux avaient gagné la capitale par la mer, afin d'y arriver à temps pour le sacre de l'Empereur, mais aucun ne regagna Seema de la même façon, afin de ne pas dilapider leurs maigres profits et d'éviter la mort probable de la moitié de leurs bêtes de trait au cours d'une nouvelle traversée.

Ost l'Inévitable traverse tout d'abord les forêts très denses situées à l'ouest des lacs forestiers. Ici, on trouve en abondance du gibier, des fruits, des racines comestibles, et des abris offerts par les grands arbres. Mais après trois jours de voyage, une plaine apparaît au voyageur. Tout d'abord verdoyante, elle s'assèche totalement le cinquième jour. Vers la côte est subsistent des marais salants, et même les petits cours d'eau qui traversent cette région sont saumâtres et imbuvables. Le neuvième jour, le voyageur atteint le désert qui sépare les archipels de Seema et de Tinsen des régions fertiles du Centre.

Le désert. Une étendue rocailleuse dont les mesas et les hauts rochers prennent des formes trompeuses dans le lointain. Le jour, sous le ciel changeant de la fin de l'été, un instant bleu émail, ensuite blanc de plomb avant la collision bruyante de la foudre, le désert prend la nuance délavée de l'ivoire. Cependant, à l'aube ou au crépuscule, la poussière qui forme constamment des tourbillons ou s'élève en colonnes du sol modifie le ciel dont le reflet métamorphose à son tour le paysage en une tapisserie géante écarlate, safran et acajou. L'immensité et ces couleurs semblent vouloir aspirer l'âme du voyageur, pour la projeter dans l'espace telle une pépite d'or. C'est un lieu propice aux visions et aux transes.

Ainsi qu'aux bandits. Cependant, les Sri sont fatalistes et paient une taxe à quiconque l'exige d'eux, estimant que le coût en est moins élevé que celui d'une traversée par voie maritime. Les voleurs, qui paraissent plus féroces que des bêtes fauves, sont désarmés par la docilité et le calme des Sri, et ils ne prélèvent qu'un maigre tribut, sans violence. Seules les caravanes des riches marchands trop ladres pour débourser le prix d'un passage à bord d'un navire, ou les services d'une escorte digne de ce nom, sont pillées jusqu'au dernier rivet, et les bandits laissent alors les cadavres des hommes aux chiens-taupes qui sortent de leurs terriers au coucher du soleil. Il est même surprenant que des négociants tentent encore la traversée du désert, fournissant ainsi un moyen d'existence aux rebuts de l'humanité qui y vivent. D'autre part, les Sri sont craints pour leur magie.

Hommes et faune fournissent la preuve de l'existence d'un peu d'eau dans ce désert. Il faut ajouter, comme le font les Sri, que chaque point d'eau doit être partagé avec les rats, les chacals, les serpents et les meurtriers, et que même le tigre brun ne tue pas sa proie, lorsqu'il boit. Trente ou quarante jours sont nécessaires pour traverser ce désert, encore plus longtemps pour celui qui oblique vers le sud avant le Seema-Saminnyo (cette large chaussée qui conduit à Seema, un isthme dont la péninsule est fragmentée en îles). Seuls ceux qui veulent gagner l'océan du Sud-Ouest quittent la piste avant cette chaussée, et il faut pour cela être dément, car la contrée qui s'étend au delà se trouve à des mois de voyage, le temps est incertain, et les échanges commerciaux aléatoires.

J'avais vingt et un ans et étais inexpérimenté, même si je me sentais intérieurement bien plus âgé; de quelques décennies, peut-être. Je connaissais toujours la confusion propre à la jeunesse, mais étais débarrassé de tout le reste. J'ignorais la crainte, l'espoir, l'amour. Si un lion appelé Pouvoir était enchaîné en moi, je ne devrais plus jamais lui permettre de se libérer. Le dieu dont la faiblesse consistait à établir des distinctions avait disparu, de même que le prince-sorcier avide de pouvoir temporel. Même l'homme ne désirait plus grand-chose.

Il ne subsistait qu'une ombre lumineuse, le cauchemar qui m'avait détourné de mon destin. J'aurais été à présent un brave parmi les braves, dans le krarl, si je n'avais été hanté puis asservi par les spectres de mes parents, l'un blanc et l'autre noir.

Je n'avais rien à offrir à Gyest et aux siens, mais ils me prirent avec eux et je me rendis utile dans la mesure de mes moyens. Si les bœufs sont différents des chevaux, on finit par apprendre comment s'occuper d'eux. Je sus bientôt les panser, les atteler, les nourrir et les mener boire. Ils emmagasinaient l'eau dans des poches ventrales qui leur permettaient de ne pas se déshydrater dans les étendues arides. Vazkor garçon de ferme et bouvier, lui qui avait été un scélérat et un rêveur, un guérisseur pour un collier de pièces, un messie perfide, un nécromancien ressuscité. Vazkor, fils de Vazkor. Vazkor, le rejeton d'une sorcière blanche.

Les quatre premiers jours dans les forêts, puis le pourtour verdoyant de la plaine, s'écoulèrent comme une unique journée entrecoupée de fragments de nuits. Je dormis rarement, alors que mon esprit tentait de se débarrasser de ce qu'il n'oublierait jamais. M'éveillant d'un petit somme, je me crus encore dans le sarcophage mais ne connus aucune terreur.

Je demeurais allongé sous la faible clarté du feu de camp, avant de prendre mon tour de garde, et je tentais d'analyser la nature du vide apparu en moi; la disparition de mes peurs, de mes désirs et de mes colères, qui semblaient être demeurées à ma place dans cette tombe de la Nécropole. Finalement, l'homme de garde venait toucher mon épaule pour « m'éveiller », Jebbo ou Ossif, les demi-frères de Gyest, propriétaires de l'autre chariot. La quatrième nuit, je découvris Gyest près de moi.

– Je constate que Vazkor ne dort pas, lui non plus, me dit-il. En ce cas, parlons.

Il attisa le feu, en raison de la fraîcheur régnant sous les arbres et de l'humidité annonciatrice de pluie. Je ne voyais que ses yeux, comme toujours. Jebbo et Ossif restaient toujours voilés, eux aussi, même lorsqu'ils étaient entre eux, avec les femmes. Je portais la même tenue. Gyest m'avait généreusement offert une culotte et une tunique descendant jusqu'aux chevilles, des vêtements de la même nuance ivoirine que le désert. Ce camouflage, rendu inutile par la présence du voile rouge, me métamorphosait en Sri en prévision d'une inévitable rencontre avec des bandits. Je n'avais cependant guère envie de dissimuler mon visage, n'ayant déjà que trop porté les masques d'Eshkorek.

Je demandai à Gyest s'il n'eût pas préféré dormir. J'allai même jusqu'à suggérer que son épouse pouvait se languir de lui. Omrah était très jeune et j'avais noté à deux reprises qu'elle portait sur moi un regard non équivoque; sans en faire cas, car la pensée que cet homme pût être bafoué par une épouse volage m'irritait. Il était bien plus âgé qu'elle, ce qui expliquait sans doute ces regards. Il me surprit en répondant :

– Cette nuit, elle partage la couche de mon frère Ossif et je ne risque pas de lui manquer, si j'ai bien interprété le sens de vos paroles.

Je fus heureux de constater que j'étais surpris, et même un peu irrité, ce qui me démontrait que je n'étais pas totalement insensible.

– Vous m'avez dit que vos femmes sont très libres.

– Pas seulement nos femmes. Tous les Sri. Nos unions sont basées sur les sentiments, mais elles ne restreignent pas la liberté des conjoints sur le plan purement sexuel.

– Les enfants d'un homme n'ont-ils pas les yeux de ses compagnons de voyage ?

– Les enfants ne sont la propriété de personne, mais du Sri. Toute femme ayant du lait nourrit les bébés, et tout homme qui va tailler du bois emmène les garçons avec lui.

– A qui reviennent le chariot et les biens d'un homme, à sa mort ?

– A quiconque en a besoin. Au Sri. Mais pourquoi penser à la mort, Vazkor ? De tous vos soucis, c'est certainement le moindre.

– Gyest croit donc aux rumeurs.

– J'ai vu votre visage et y ai lu ce récit, comme j'y avais auparavant découvert le stigmate de la malédiction de la sorcière.

– Ce n'était pas celle que je recherchais.

– Nous devons justement en parler.

– Tout ceci appartient au passé. Vengeance, spectres, tout n'est plus que poussière. Je ne connais plus la haine et ai même oublié son goût amer. Poursuivre ma quête est désormais sans objet.

– Vous m'avez demandé si je connaissais une déesse du nom de Karraket. J'ai longuement réfléchi, Vazkor, et employé la magie que j'ai héritée des hommes de la génération de mon père.

– Je vous remercie de ce que vous faites pour moi, Gyest. Mais j'ai interrompu ma quête. Oublions tout cela.

Il me jaugea du regard, puis baissa vers le feu ses yeux qui se voilèrent.

Je ne lui demandai pas ce qui s'était passé à Bar-Ibithni, mais il m'en parla et répondit à des questions que je n'avais jamais formulées. Si j'avais connu la surprise, j'éprouvais à présent un vague intérêt, un peu de colère mêlée d'amertume, mais rien de plus. Même lorsqu'il prononça le nom de Malmiranet. J'avais conscience qu'il me faisait subir une épreuve, tel un médecin qui palpe les pieds d'un homme à la colonne vertébrale brisée afin de découvrir s'il subsiste des sensations. Et il obtenait les mêmes résultats qu'un praticien en pareil cas, car la moelle de mes sens avait été sectionnée.

J'avais été la dernière victime connue du fléau, un symbole sur lequel on avait beaucoup brodé. Quinze jours après mon inhumation secrète, la cité avait été officiellement déclarée délivrée du Voile jaune. Six jours plus tard, Basnurmon s'était présenté à la Porte sud avec une armée de bandits des montagnes, de paysans enrôlés en hâte dans ses domaines de l'Est, et de quatre jerds et demi des frontières de l'Est, composés de renégats et d'opportunistes. Pendant que Sorem et son conseil jouaient la comédie du couronnement, Basnurmon se mettait à l'ouvrage. Il serait revenu de toute façon, mais ayant appris l'existence de l'épidémie, il lui avait laissé le soin de décimer la cité, pour arriver dès que son alliée jaune avait quitté la place.

Bar-Ibithni, sans gouvernail et partie à la dérive, ayant même perdu sa figure de proue, accueillit Basnurmon par des vivats. Cinq jours plus tard, il fut couronné Empereur, tout ayant été préparé pour le sacre non célébré de Sorem. Un empire raccommodé était préférable à l'anarchie. Finalement, on annonça la mort de Hragon-Dat, victime des mauvais traitements infligés par Sorem. Je ne pus m'empêcher de rendre mentalement hommage au génie, peu subtil mais efficace, de Basnurmon.

Malmiranet mit fin à ses jours le jour même où il monta sur le trône. Elle était sage et plus digne de gouverner qu'aucun d'entre nous, mais les Masriens ne veulent pas être dirigés par une femme, en dépit de tous les privilèges qu'ils leur accordent. Dès son entrée au Palais, Basnurmon l'avait assignée à résidence dans ses appartements. Des gardes étaient de faction devant sa porte, et seules certaines personnes pouvaient y pénétrer. Elle fut séparée de ses suivantes. Des jerdiers débarrassèrent ses chambres de tout ce qui pouvait lui servir contre ses geôliers ou contre elle-même. Basnurmon avait la tête sur les épaules, et devinait ses projets, certains d'entre eux tout au moins. Nul ne savait quelles étaient ses intentions. On racontait qu'il la trouvait à son goût et comptait lui faire partager son lit, mais tous les avenirs possibles conduisaient aux portes de la Nécropole, et Malmiranet n'avait nul désir d'attendre la mort.

Le jour du couronnement, la discipline s'était relâchée et les gardes avaient bu. Malmiranet parvint à soudoyer un de ces porcs. Elle désirait se faire coiffer, et à présent que Nasmet et Isep n'étaient plus auprès d'elle, elle n'avait aucun serviteur. Le garde crut qu'elle voulait se faire belle pour plaire à Basnurmon, et accepta de l'aider en échange d'une poignée de pierres précieuses qu'elle était parvenue à dissimuler en apprenant l'arrivée de Basnurmon à Bar-Ibithni. Il lui envoya pour ce prix une vieille femme uniquement habituée à friser les tresses des catins. Le garde, qui trouvait la plaisanterie savoureuse, espérait que Basnurmon en rirait à son tour. Mais lorsqu'il entendit le cortège revenir du temple, il entra dans la chambre pour découvrir la coiffeuse ivre morte dans un coin et le corps de Malmiranet privé de vie dans un autre. Elle avait utilisé le couteau plaqué argent de la vieille femme. En Impératrice, elle avait laissé pour instructions que ses funérailles fussent confiées aux prêtres de la Nécropole, où sa tombe était prête à l'accueillir depuis plusieurs années, et menaçait Basnurmon de sa malédiction s'il refusait de respecter ses dernières volontés. Peu d'hommes ne redoutent pas la vengeance des trépassés. En outre, elle était de sang royal, bien plus que lui, et il n'osait insulter publiquement son cadavre. Aussi remit-il son corps aux prêtres, ces hommes qui m'avaient auparavant installé dans son propre cercueil d'or, et qui la placèrent alors dans la salle externe. Au cours d'une nuit d'insomnie, passée des mois plus tard près des brisants d'un rivage lointain, il me vint à l'esprit que c'était peut-être cette deuxième entrée des prêtres qui m'avait éveillé, cette bouffée d'air vital qui s'était engouffrée dans la tombe lors de l'ouverture de la porte et infiltrée par la cloison poreuse séparant son lieu de repos du mien. Qui sait? Ce monde pervers joue cyniquement avec la vie et la mort, mais je n'ose admettre que ce fut son trépas qui me valut de vivre.

A sa façon, Basnurmon avait remis sur pied Bar-Ibithni. J'avais effectivement noté peu de cicatrices. Une cité qui avait pu renaître de ses cendres, comme si le sorcier avait imposé ses mains sur elle. Quant au reste, les camarades de Sorem s'étaient vu proposer courtoisement le suicide; l'honneur et l'épée en privé, ou la disgrâce publique. Seuls Bailgar et cinq capitaines de l'Ecu avaient refusé, défiant Basnurmon de se montrer sous son jour véritable, et ils avaient été ensuite torturés pour une liste de crimes inexistants et finalement pendus devant la Porte du Cheval ailé. On racontait que Denades avait fui pour Tinsen, grâce à son riche amant qui s'était occupé de tout. Les simples jerdiers prêtèrent aussitôt allégeance à Basnurmon.

Nasmet resta emprisonnée un jour, séduisit son geôlier et s'enfuit vers le sud. La rumeur voulait qu'elle fût devenue la compagne d'un bandit, dans un fort situé au-dessus d'un lac dans lequel cet homme se noya, désespéré de ne pouvoir satisfaire les exigences amoureuses de Nasmet. Après avoir appris la mort de Malmiranet, Isep, emprisonnée dans une tour, parvint à desceller le grillage de la fenêtre et se jeta dans le vide, pour s'écraser sur les pavés dix-huit mètres plus bas. Elle ne mourut pas sur le coup, et on commentait les activités des gardes, qui n'avaient guère apprécié ses goûts en matière sexuelle. Si un seul de ces récits était fondé, il ne fait aucun doute que sa malédiction pèse toujours sur les jerdiers du Palais Pourpre.

Tel fut leur destin, à ces êtres que j'avais connus plus ou moins intimement. A Bar-Ibithni, la rumeur publique a toujours été un sujet de surprise, et j'avais depuis longtemps cessé de m'émerveiller de son importance et de sa rapidité.

Aucun des membres du peuple de Gyest n'avait été victime des mouches ou du Voile jaune. Leur dieu les avait protégés, à moins que ce fût leur conviction d'être immunisés. Les chariots étaient repartis et seuls Gyest et ses demi-frères (*demi,* étant donné que seule la mère était connue avec précision, conformément à leurs coutumes) avaient décidé de rester. Pour m'attendre, dit-il, car il savait que je viendrais, aussi prosaïquement qu'un rhumatisant sait qu'il va pleuvoir. Il ajouta que son destin était de m'assister. Je ne connus même pas de honte. Je le remerciai simplement.

Cette nuit-là, pendant mon sommeil, je rêvai de Sorem dans son tombeau, un dôme princier. J'observai son visage par l'ouverture solaire, guère différent du mien.

Même dans ce rêve, je pensai : Voilà ma vie, tout est fini.

Mais le soleil se leva sur une nouvelle journée.

2

Ce fut seulement le troisième jour de notre traversée du désert que je vis le premier bandit.

Il arriva d'une zone de basses collines, monté sur un petit cheval noir aux longs poils et accompagné des cinq membres de sa bande. Je constatai, en ayant le souvenir d'une nervosité à présent anesthésiée, que ces hommes étaient des Hesseks au teint pâle et aux très longs cheveux laineux. Des poils couvraient leurs corps, ainsi que le révélaient leurs vêtements dépareillés. J'eus l'impression qu'ils étaient les fruits d'un accouplement contre nature avec quelque animal poilu du désert. Ils étaient cependant d'humeur joyeuse, et leur chef me donna une tape sur l'épaule tout en réclamant – dans la langue sri, bien qu'avec un accent épouvantable – le chef du convoi.

Gyest, Jebbo et Ossif apparurent et lui tendirent une cruche de farine et une autre de koois. Le bandit parut satisfait, hocha la tête et s'inclina à plusieurs reprises. Puis il serra la main de Gyest. Le chien blanc d'Ossif, bien dressé, aboya et agita la queue. Puis la fille de la femme de Jebbo revint avec les bras chargés de brindilles pour alimenter le feu.

Les ennuis vont commencer, pensai-je, car il s'agissait d'une ravissante adolescente de quatorze ans, avec des yeux de biche par surcroît. Le chef des bandits dirigea sa monture vers elle et la souleva de terre. Les rôdeurs du désert ne devaient probablement descendre de cheval que pour satisfaire leurs besoins naturels. L'homme allait l'embrasser, quand la fille sourit et sortit un petit serpent vert de sa bouche. Je savais déjà que les femmes sri pratiquaient la magie, et que ce reptile n'était autre que l'animal de compagnie de la fille, mais la surprise figea le bandit. Il cria, eut un rire gêné et la reposa sur le sol. Lorsqu'elle fit glisser le serpent entre ses seins, le visage de l'homme était intéressant à observer. Les rôdeurs du désert redoutent ces reptiles et n'ont jamais été capables de différencier les espèces inoffensives des venimeuses. Il ordonna à ses hommes de porter le bois de feu jusqu'aux chariots, s'inclina et sourit à Gyest, puis repartit à la tête de son petit groupe.

Ensuite, de telles scènes se reproduisirent continuellement, avec quelques variantes.

Le huitième jour, dix bandits acceptèrent un pichet de koois, de la viande séchée, et une chaîne de bronze qui leur servirait à forger un fer de lance. Après leur départ, la femme de Jebbo découvrit que deux de ses bracelets avaient disparu. Elle s'éloigna en marmonnant et, cette nuit-là, je vis un feu aux flammes vertes luire derrière son chariot. Le lendemain, un des bandits nous rattrapa pour rendre les bracelets. Il disait qu'un de ses camarades (pas lui, naturellement) les avait volés et l'implorait de le libérer du charme qui lui donnait d'épouvantables cauchemars. La femme de Jebbo prit des airs supérieurs, mais je ne pus savoir si le bandit avait été victime d'un envoûtement ou de ses propres craintes superstitieuses.

Le dix-neuvième jour, la roue avant droite de l'autre chariot se mit à osciller sur son axe. Nous campâmes plus tôt que de coutume à côté d'un des rares points d'eau du désert. Avant le crépuscule, de nouveaux bandits arrivèrent, prélevèrent leur maigre tribut, fournirent les rivets pour la roue en échange d'autres présents, nous aidèrent à la réparer, puis restèrent pour partager notre souper. Ils fournirent en fait la majeure partie de leur repas en buvant une boisson insipide et gluante contenue dans une outre en peau de cheval. Cette horrible boisson, obtenue en faisant fermenter des herbes et d'autres ingrédients dont il est probablement préférable d'ignorer la nature, est très alcoolisée. Etant donné qu'ils en offraient généreusement, Ossif et Jebbo furent bientôt aussi ivres qu'eux. Je n'en avais pour ma part avalé que deux gorgées, et je me sentais ragaillardi. Finalement, les bandits se remirent en selle avec difficulté, et je gagnai quant à moi un bosquet de figuiers en compagnie de la fille de l'épouse de Jebbo. Nul n'aborderait ensuite ce sujet, que ce soit en bien ou en mal. Elle était experte pour son âge, je m'en souviens; mais nous dûmes sitôt après rechercher son serpent qui s'était éclipsé au cours de nos ébats. Et lorsqu'elle le retrouva, elle le couvrit de baisers, sans doute afin de me faire comprendre quelle importance j'avais à ses yeux.

Les bandits nous avaient demandé si nous cherchions le camp de Darg Sih. Ce mécréant, apparemment le maître des voleurs de la région, avait organisé une grande chasse au tigre afin d'abattre un fauve qui dévorait les chevaux qu'il avait précédemment acquis par le vol. En fait, les Sri ne chassent pas comme les autres hommes. Ils hypnotisent leur proie, tel le serpent, en faisant des gestes étranges et en émettant un gémissement bizarre, puis ils tuent rapidement l'animal en transe. Si je n'ai jamais assisté à cela, j'ai entendu la conversation des bandits et des Sri à ce sujet. Ces derniers mangent rarement de la viande, car leur religion ne les autorise à tuer qu'en cas de nécessité absolue. Cependant, je ne vis jamais l'un d'eux partir chasser et revenir bredouille, et ils déclinèrent toujours mes offres de contribuer à alimenter la marmite.

Au matin, Gyest m'annonça que nous nous arrêterions une nuit au camp de Darg Sih, non pour tuer des tigres mais pour demander les services de son forgeron. Les bandits sont devenus habiles à travailler le métal, et peuvent transformer n'importe quoi en n'importe quoi. Il m'était déjà arrivé de voir des couteaux d'alçum forgés par ces hommes.

Je m'abstins cependant de demander à Gyest pourquoi il avait besoin des services d'un forgeron, estimant que cela ne me concernait pas.

Darg Sih avait de toute évidence du sang masrien dans les veines. Plus grand que ses hommes, il possédait un épiderme brunâtre, un crâne rasé et une barbe drue. Quant à ses yeux, l'un fixait son interlocuteur pendant que l'autre vaquait à des affaires différentes.

Nous nous dirigeâmes vers son camp en suivant une piste invisible, hormis pour les Sri, et l'atteignîmes au crépuscule. Tous les voleurs des environs s'y étaient regroupés et demeuraient en selle pour la plupart. Ils avaient chassé le tigre en utilisant deux juments pour appât et une meute de chiens enclins à gronder, mordre et se battre, comme leurs maîtres. Ils venaient de tuer la bête, un vieux fauve qui avait assimilé l'enclos aux chevaux à une table de banquet dressée à l'intention des tigres du troisième âge. Sa mort avait été rapide, mais ensuite les chiens s'étaient acharnés contre lui et des braves avaient bu son sang, convaincus que le fluide vital d'un tigre redonnait des forces au cœur et aux muscles. Me remémorant la silhouette magnifique d'un tel félin entrevu quelques jours plus tôt sur les dunes, se découpant contre un ciel crépusculaire, cette carcasse éventrée m'emplit d'une sorte de compassion. Qu'ils me semblaient loin, mes quatorze ans, quand je m'étais affligé devant les deux biches abattues près d'un étang, pour la simple raison que je venais de prendre conscience du caractère éphémère de ma propre existence.

Darg Sih s'inclina profondément devant Gyest, sans descendre de selle, puis accepta du koois et un petit sac de pièces d'argent.

– J'accorde à votre arrivée autant d'importance qu'à ma propre vie, Gyest. Nous avons justement besoin des services d'un magicien.

Pendant que se poursuivait cet échange de paroles, des bandits soulagèrent courtoisement les Sri de leurs glaives-tranchoirs. Jusqu'alors, mes compagnons de voyage n'avaient jamais eu à se servir de leurs armes, et ils n'émirent pas la moindre objection. Après maintes courbettes et maints serrements de mains, les brigands nous offrirent de la boisson gluante et même une coupe de sang de tigre (que nous refusâmes poliment).

– Pourquoi avez-vous besoin des services d'un magicien, Darg Sih ? s'enquit finalement Ossif.

– Le vieux tigre a blessé un homme. Il avait des crocs redoutables, avant que les femmes ne les lui arrachent pour s'en faire des colliers. (Il eut un rire.) Allez-vous utiliser vos dons de guérisseur ? Les hommes du Camp rouge m'ont dit que vous vouliez la forge. Acceptez-vous de sauver cet homme en paiement ?

Gyest répondit qu'il irait voir le blessé et verrait ce qui pouvait être fait. Un œil de Darg Sih s'était entre-temps posé sur mon visage non voilé, pendant que l'autre étudiait mes bottes.

– Qui est cet homme ? Pas un Sri, un Hessek ou un Seemase. Pas non plus un Masrien.

– Il vient du Nord, répondit Gyest.

– Du Nord... qu'est-ce que le Nord ? Et n'a-t-il pas une langue ?

– Une langue et des crocs, fit Gyest, souriant.

Mais c'était sans doute une simple précaution. Insultes et menaces s'élevaient de toutes parts, dans le camp des bandits. Si tous étaient souriants, on pouvait les supposer amicaux, mais demander de l'eau avec une expression solennelle eût suscité de la colère.

– Je meurs d'envie d'entendre sa voix, déclara Darg qui se pencha pour poser son index sur ma poitrine.

Alors, mon garçon, fais-moi le plaisir de dire quelque chose.

Un an plus tôt, de tels propos m'auraient mis en rage. Mais je me contentai de m'incliner très bas et de répondre, en souriant moi aussi :

– Le plaisir d'entendre ma voix, ô maître, ne pourrait être comparé à mon ravissement d'entendre la vôtre.

Ses yeux semblèrent jaillir de leurs orbites; l'un vers moi, l'autre vers ma ceinture. Darg Sih sauta de selle pour m'étreindre et m'assener des tapes dans le dos tout en rugissant de joie. J'avais par inadvertance répondu dans le langage polyglotte des brigands, entendu alors que je pénétrais dans le camp. Il me prenait pour un confrère, sans tenir compte de nos caractéristiques raciales et vestimentaires différentes. Il m'offrit du koois, de l'alcool local, du sang de tigre, et m'invita à prendre du plaisir avec ses femmes et ses fils.

Ce fut moi qu'il guida vers le blessé, en me vantant les dons de guérisseur de Gyest. Ce dernier et ses frères nous suivaient avec leurs femmes, qui repoussaient les mains des bandits avec des serpents, des lueurs phosphorescentes et des rires prudents.

On trouvait dans ce camp divers types d'habitations : cabanes de pierre, tentes crasseuses, huttes de roseaux. En son centre jaillissait une source qui formait une mare autour de laquelle poussaient des arbres fruitiers rabougris. Et là, dans une grotte, gisait un homme inconscient au bras droit presque entièrement déchiqueté. Un jeune garçon pleurait à ses pieds. Darg le releva, lui donna un baiser sonore, et clama que des magiciens étaient arrivés et qu'il n'avait plus à s'inquiéter.

Gyest et Ossif se baissèrent pour examiner l'homme. De larges griffures striaient sa poitrine, mais les plaies étaient propres et se refermaient. Le bras était en revanche impossible à sauver et un thérapeute de Bar-Ibithni l'eût depuis longtemps amputé, afin d'éviter la gangrène.

– C'est sa jument qui servait d'appât, expliqua Darg. Il a couru et bondi sur le tigre. *Chunk!* Les crocs du fauve se sont refermés sur son poignet, qu'il a pris pour un amuse-gueule.

L'enfant pleurait sur le seuil.

– Je doute qu'il puisse conserver son bras, Darg Sih, déclara Gyest.

– Son bras *droit*! rugit Darg. Le bras du *couteau*... il faut le sauver. (Il tapota sa mâchoire et ajouta :) Son bras, ou pas de forge.

Gyest se redressa, vint vers moi, et me dit en masrien :

– Je peux seulement limiter les dégâts, et il risque encore de mourir. Les bandits du désert ne comprennent pas que notre magie est avant tout de l'illusion. Nous ne sommes pas de grands guérisseurs. Il n'y a ici qu'une seule personne capable de sauver cet homme.

– Non.

– Vous avez donc renoncé au Pouvoir bénéfique en même temps qu'au Pouvoir maléfique? Vous n'avez donc rien appris?

– J'ai juré de ne plus jamais jouer au sorcier, Gyest. J'étais sincère.

– Votre vie sera longue. Combien de fois devrez-vous encore refuser, au cours de toutes ces années?

L'homme s'éveilla et gémit faiblement de souffrance. L'enfant courut vers lui et prit sa main valide.

– Cela ne m'émeut pas, dis-je à Gyest, comme s'il leur avait conseillé de jouer la comédie afin de m'ébranler.

– Mais, Vazkor, la souffrance humaine a-t-elle jamais suscité votre compassion?

Je ne m'étais pas attendu à cela, et ses paroles me transpercèrent comme une lance.

– Vous ignorez la compassion, ajouta-t-il posément. Vous ne redoutez aucun des maux qui affligent l'humanité, comment pourriez-vous éprouver ce sentiment? Ce qu'un homme ressent face aux souffrances d'autrui est en fait la prise de conscience et la peur de connaître les mêmes tourments. De la glace se forme dans notre aine et notre cœur lorsque nous découvrons la maladie, les blessures, la mort, car nous savons que nous y sommes vulnérables. Mais vous, Vazkor, qui n'êtes pas assujetti aux tourments de la chair, comment pourriez-vous trembler et compatir ?

Je repensai aux biches, à côté de l'étang, à ma pitié d'adolescent engendrée par ma propre peur de la mort. Je pensai également à ce que j'avais fait pour les victimes du Voile jaune, tentant de soulager leurs souffrances pour diminuer celles dont je serais bientôt victime. Gyest exprimait la stricte vérité. Cependant, je n'en aurais jamais pris conscience sans lui.

– Ne vous reprochez rien, ajouta-t-il. Vous pouvez en de rares cas connaître la pitié, en raison de la nostalgie ou des regrets, mais pas la compassion authentique. Cependant, demandez à un agonisant s'il préfère que vous pleuriez pour lui ou que vous le guérissiez.

La main de Darg se referma sur mon bras.

– A quoi rime tout cela ? Masrien, tu discutes pendant que mon soldat hurle comme une louve. Venez, Gyest, guérissez-le. Guérissez-le !

Ce fut avec une voix rauque d'adolescent que j'ordonnai :

– Gyest, faites-les sortir. Tous. Je ne veux aucun témoin.

Les lieux furent évacués. Il leur raconta quelques mensonges sur mon compte, disant que j'avais été instruit par un thérapeute de Bar-Ibithni, etc. Même le jeune garçon dut sortir, en sanglotant. Je restai seul avec l'homme qui gémissait.

Je le guéris, et ne connus pas de surprise, d'orgueil, de plaisir ou de mépris. Je ne m'interrogeai même pas sur l'absence de sensations éprouvées. Ainsi que je venais de l'apprendre, l'absolu n'a pas besoin de l'accompagnement des flûtes et des tambours.

Il reprit bientôt connaissance. J'avais entre-temps entouré son bras d'une bande de toile trouvée sur le sol, afin de lui dissimuler que son membre ne portait plus la moindre marque.

Il me fixa pour me dire qu'il ne souffrait plus et pouvait bouger ses doigts et son poignet. Je lui dis qu'il ne garderait aucune trace de sa blessure s'il ne retirait pas le pansement avant sept jours, pas même pour la regarder une seule fois. Il en resta bouche bée, répéta qu'il ne souffrait plus, et ajouta que je devais être un sorcier. Je me penchai pour lui promettre que s'il m'appelait à nouveau ainsi, j'enverrais une goule se repaître de son foie.

Nous nous séparâmes au sein d'un silence tendu.

J'étais assis sur une roche, dans les hauteurs dominant le camp, la fumée, la clarté des feux, et les jappements des chiens et des hommes. Le ciel avait viré du carmin à l'indigo, et la poussière cuivrée du désert commençait à s'élever. J'entendis quelque part des chiens-taupes glapir. C'est un phénomène propre à de tels lieux, si les sons paraissent contenus dans des bulles de silence qui permettent de les différencier, symbolisant leur caractère éphémère. Seul le désert est éternel.

Je restai longtemps assis sur cette roche, et quand mes yeux se portaient sur l'éclat de la forge, je pensais : C'est grâce à moi que Gyest peut en disposer. Mais la plupart du temps mon esprit vagabondait. Je digérais ma vie. Dire que j'avais trouvé la paix intérieure serait mentir, mais je sentais la caresse de son haleine froide. D'admettre ma défaite m'apportait également une sorte de soulagement.

Cinq heures avaient dû s'écouler depuis la tombée de la nuit. La lune atteignait le sommet de sa trajectoire.

Je portai le regard sur la clarté du camp et m'apprêtais à le regagner, quand je vis un homme descendre d'une monture noire. Cela retint mon attention, car ce cheval était bien plus beau que ceux des bandits. Puis cet homme, qui portait un ensemble élégant, se tourna vers moi. Il me ressemblait, même si ses cheveux bouclés étaient coupés plus court que les miens. Une seconde plus tard, je le vis s'adresser à une femme montée sur une jument. Ils échangeaient des propos banals, mais je perçus entre eux quelque chose de comparable à un flux de chaleur, ou d'énergie. La femme portait une robe noire, et le shireen des tribus. Sa chevelure me fit penser à de la neige.

Cette vision disparut brusquement. Je n'en fus pas épouvanté, tout cela avait évoqué un rêve.

Gyest se tenait près de moi, et il me demanda doucement :
– Que regardiez-vous ?
– Ma mère. Ma mère avec un homme qui n'était pas mon père.
– Je ne perçois plus de colère.
– Elle appartient au passé. Cependant, j'ai juré à une ombre ou à quelque vestige du désespoir de mon père que je la tuerais.
Il s'assit pour déclarer :
– Vous ne connaîtrez pas de repos avant de l'avoir retrouvée.
– Je puis me reposer. Plus que jamais.
– Autrefois, vous avez sondé mon esprit. Etant un adepte, j'ai également découvert vos pensées. L'échange d'informations a été réciproque.
– Lellih a récuré mon cerveau comme s'il s'agissait d'une gamelle. Oui, présent pour présent. Que savez-vous de moi ?
– Suffisamment de choses pour vous montrer la voie.
Un serpent se lova dans mon ventre. Visions, vérités, songes, tout me guidait vers le retour à la conscience et aux sensations, vers la vie.
– Gyest, si je la retrouve, je la tuerai. Je n'éprouve plus de haine, mais mon père avait des raisons de la haïr et c'est à sa volonté que je dois d'exister. Ah, Gyest, si seulement j'avais pu le connaître !
– Les ténèbres miroitantes, les reflets des flammes sur un mur. Vazkor, vous leur appartenez et ne pouvez vous écarter du chemin qu'ils vous ont tracé. Pour redevenir vous-même, vous devrez les affronter tous les deux. En supposant que vous la cherchiez toujours, que feriez-vous ?
– J'emploierais mon Pouvoir, que je suis justement bien décidé à ne plus jamais utiliser. Entendu, je ferai encore appel à lui pour guérir, mais pas pour autre chose. Plus jamais.
– Il vous faut un focaliseur, semblable à ceux que nous utilisons. Peu de magie, mais très concentrée. Pour suivre la piste d'une personne, il est nécessaire de disposer de quelque chose lui ayant appartenu : un

vêtement ou une parure. Faute de cela, il convient de reconstituer un tel objet, le plus fidèlement possible. Lorsque vous pensez à elle une image se forme dans votre esprit. Uasti la chatte, le lynx blanc. Regardez.

Il sortit de son manteau le masque d'argent que j'avais pris dans le coffre au trésor d'Ettook; le masque que Demizdor avait porté dans le krarl, le masque que Tathra avait fui, le masque que l'esclave d'Eshkorek avait rapporté. Le masque de ma mère, Uasti, Karraket, la sorcière. La face de lynx d'argent aux yeux représentés par deux trous noirs, d'où pendaient des cordons de soie jaune évoquant des rayons de soleil sur la roche, chacun d'eux s'achevant par une fleur d'ambre.

Je jurai. Mon sang se rua vers mon cœur et je connus une angoisse que j'avais oubliée.

Gyest ajouta posément, me communiquant son calme :

– L'argent n'est pas pur et les cabochons sont en verre jaune, mais l'illusion est presque parfaite. Omrah a fait le moule selon mes instructions, et le reste est dû à l'habileté du meilleur forgeron de Darg Sih. Il était autrefois orfèvre à Bar-Ibithni, avant de tuer un homme et de devoir se réfugier dans le désert.

– Pourquoi avoir fait cela ?

– Pour vous aider.

– Pourquoi m'aider ?

– La volonté divine. Ou, si vous préférez, une impulsion irraisonnée.

Je me penchai et pris le masque. Je m'étais presque attendu à ressentir une secousse en le touchant, comme lorsque je l'avais sorti du coffre au trésor d'Ettook. Mais ce n'était pas le même objet. Celui-ci était plus lourd et les pierreries plus légères. C'était un focaliseur, pour citer les paroles de Gyest. Si je regardais dans les ouvertures oculaires, quels yeux de sorcière me fixeraient par delà les contrées, les mers, et le temps lui-même ?

– Non, dis-je. J'ai renoncé à tout ceci.

– Mais rien de tout ceci n'a renoncé à vous.

C'était exact. Je l'avais vue assise sur cette jument dans le camp situé en contrebas, ses cheveux blancs tombant sur ses épaules. Non, rien n'était terminé.

Je me levai, le masque à la main, et m'éloignai dans le désert pour laisser les lumières et les bruits derrière moi.

A quatre cents mètres du camp, je m'arrêtai à côté d'un étroit pilier de pierre qui évoquait la colonne d'un temple sculptée par le vent. Et c'était ce vent que j'entendais souffler sur la caisse de résonance du désert. La poussière s'agitait telle de la fumée et une lune brunâtre s'était posée sur l'horizon.

Je tins le masque entre mes doigts et laissai mon Pouvoir s'y déverser lentement, comme s'il s'agissait du sang de mon âme.

Je m'éveillai à l'aube. Le désert s'embrasait de lumière. C'était la première heure du jour et je voyais la magnificence dont l'aube et le crépuscule sont la reine et le roi. J'admirai le spectacle jusqu'à son achèvement, puis je me levai et regagnai le camp de Darg Sih.

S'il me semblait avoir dormi, je ne me souvenais d'aucun rêve, d'aucune révélation, de rien. Cependant, je savais quelle était la route à suivre. Je devrais faire ce que n'osent tenter que les fous; obliquer avant Seema-Saminnyo, me diriger vers l'océan du Sud-Ouest, convaincre un capitaine de navire de me conduire vers le continent inexploré, et je la trouverais. Entourée par la mer, l'été disparu en même temps que les oiseaux, et près d'un lieu enneigé. C'était de circonstance, pour cette femme aux cheveux blancs.

L'image d'elle vue dans le Vieil Hessek me revint en mémoire : une sorcière fardée aux griffes incandescentes et à la tête de chat. Elle semblait toujours pouvoir inspirer de la peur : même si mes craintes avaient disparu. Un esprit élémental? Une sorcière? Que ferait-elle, lorsque je m'approcherais d'elle dans une rue ou un jardin glacé, sous un pâle soleil hivernal?

Je suis votre fils, Uasti d'Ezlann, celui que vous avez abandonné dans le krarl puant des sauvages et que vous espériez ne jamais revoir. Je suis le fils de Vazkor, votre époux, et j'ai juré à son spectre de vous tuer, Uasti. Je laisserai aux chiens le soin de broyer vos ossements et au feu celui de consumer votre chair, afin que vous ne puissiez régénérer votre corps. Il ne subsistera pas le moindre fragment de vous, Uasti, pas un seul cheveu. La mort véritable pour une descendante de la Race des Anciens, et c'est moi qui vous l'apporte.

J'avais naturellement envisagé de nouvelles dispositions. L'incinération de son corps était une idée nouvelle, l'unique moyen de destruction totale qui ne laisserait rien d'elle. Me remémorant la légende d'Eshkorek la concernant (qu'elle était ressortie de sa tombe à une ou deux reprises, et ayant la preuve de cette capacité en moi-même), je modifiai mes projets presque inconsciemment. Cela me conduisit à une pénible révélation.

J'avais depuis le début attribué mes Pouvoirs à mon père, mais mon père était mort. Bien que son corps n'eût jamais été retrouvé dans les ruines de la tour, il gisait en ce lieu ou ailleurs. S'il avait survécu, il aurait fait parler de lui, depuis vingt ans. Non, il était mort, mon serment de le venger en découlait. C'était donc elle qui était immortelle. Elle et moi. Je devais au sang de ma mère de ne pas être un simple être humain.

Les bandits, leurs chiens et leurs femmes ronflaient. La carcasse du tigre dégageait déjà une épouvantable puanteur et était survolée par des oiseaux noirs qui n'osaient descendre s'y nourrir au milieu de tant d'hommes.

Puis je vis Darg Sih assis avec Gyest sous le palmier tronqué poussant au-dessus de la source. Ils étaient absorbés par un jeu du Sud pratiqué sur un plateau divisé en cases, avec des pions de stéatite rouge et de jade, certainement volés.

Surpris par l'incongruité de cette scène, je m'arrêtai pour laisser le bandit déplacer son pion. Il tirailla ses moustaches, grogna, tapota ses dents avec le disque de jade.

Puis il posa brusquement la pièce. Darg Sih avait gagné la partie. Il réclama du koois, et un jeune garçon sortit d'une tente proche pour lui apporter la flasque offerte par Gyest. Darg me fit signe d'approcher, m'étreignit et me proposa du rhum. Nous bûmes, et

Gyest souleva son voile rouge pour nous imiter. Finalement, le Sri rendit la flasque.

– Alors, frère brigand, tu comptes donc te rendre dans le Sud pour embarquer sur un navire ? Mauvais, très mauvais, me dit le bandit.

– Darg saurait-il, lui aussi, lire dans les pensées des hommes ?

– Gyest me l'a appris. Pourquoi aller dans ce port vérolé et puant ? Reste plutôt chasser le tigre avec moi, mon frère.

– Il recherche une parente, précisa Gyest.

– Oui, tes coutumes sont différentes de celles des Sri, qui ignorent qui est leur père, pas vrai ?

– Comment avez-vous décidé de ma route ? demandai-je à Gyest.

– Ce n'est pas moi. Il y a longtemps, vous avez eu la vision d'un navire qui vous conduirait en ce lieu.

– J'étais alors dans l'erreur.

– Non, pas cette fois.

– Non, pas celle-ci.

Nous bûmes encore du koois et le garçon nous apporta un plat de viande froide et de figues. Il avait des boucles d'oreilles et je ne pus savoir s'il était le fils de Darg ou son jeune amant.

– Pour prendre un navire, il faut gagner le port de Semsam, fit Darg tout en coupant sa viande avec un couteau qui avait probablement servi à trancher la gorge d'un marchand quelques jours plus tôt. Je te donnerai un cheval et trois... non, quatre hommes pour t'escorter. Pas d'ennuis sur l'Ost... (il arbora un large sourire après avoir employé le mot sri afin de faciliter notre compréhension)... et pas non plus d'ennuis à Semsam, chez ces chiens qui découpent leurs nouveau-nés pour les manger.

Je le remerciai pour sa générosité.

Lorsque les chariots des Sri et mon escorte de quatre bandits partirent une heure plus tard, Darg Sih pleura et jura de prier ses dieux pour moi.

Ma séparation d'avec Gyest, six matins plus tard, fut moins exubérante. Je supposais que je ne le reverrais jamais, car chaque adieu de mon existence avait été définitif et la durée de l'existence des hommes est brève. Je ne le connaissais pas depuis longtemps, et pas de façon intime à l'exception de nos échanges psychiques. Je n'avais pas non plus vu son visage, ou appris quoi que ce soit sur sa vie et ses projets – s'il en poursuivait; je crois qu'il se contentait d'*exister*. Je n'avais jamais connu ce père dont la plupart des humains sont dotés par la nature, seulement la haine d'un porc roux et un mythe très vague rapporté par des ennemis et des étrangers. En fait, j'estimais qu'aucun homme n'avait été plus proche de moi que Gyest, mais peut-être me laissais-je influencer par les sentiments. Disons simplement ceci : je regretterais toujours la perte de notre amitié, sa sagesse empreinte de modestie et son fatalisme confiant.

Les quatre femmes m'embrassèrent, et le chien blanc lécha ma main. Ils me donnèrent de la nourriture pour le voyage, et Ossif me remit une amulette de cuivre. Si les Sri considèrent que ces charmes sont des babioles inefficaces, leur dieu se chargeant de les protéger, ils savent que l'homme dans sa faiblesse veut avoir des preuves matérielles de son amour.

Les quatre bandits hirsutes paraissaient heureux de me servir d'escorte, et je me demandai s'ils n'avaient pas l'intention de me trancher la gorge ou de me vendre, en chemin ou une fois arrivés au port. Que ferais-je, alors ? Le Pouvoir, ou le couteau dont j'avais fait l'acquisition dans le camp retranché de Darg ? Mais ils n'avaient aucune mauvaise intention, et étaient tout simplement heureux de voyager.

La piste du Sud-Ouest est une ancienne route hessek, dont le début est marqué par un temple décrépit consacré à une divinité propre à cette race. Ce n'est pas Shaythun; le dieu a des ailes rognées et une tête de tigre. Une cloche de fer privée de son battant rouille dans la poussière, à proximité de la bâtisse. Le prêtre qui devait autrefois veiller sur l'être divin a disparu et l'ermitage est tombé en poussière.

Le voyage nous prendrait seize jours jusqu'à la côte, un peu moins sans ménager nos montures.

Gyest et moi n'avions pas parlé de ma destination, ou

de mon but. Le destin, un dieu, ou le hasard – quel que soit le nom qu'on veut donner à cela – impose sa volonté aux hommes. Tôt ou tard, le conflit prend fin et l'homme place son cou sous le joug.

J'ai oublié la plupart de nos paroles. Quelques platitudes, probablement : des vœux de bon voyage et de beau temps. Tous les hommes se rabattent sur elles, lorsqu'ils sont à court de mots.

Puis je me mis en selle et le remerciai, sans en spécifier les raisons.

– Rien ne presse, prenez votre temps, me dit-il.

Je compris le sens de ses paroles et lui répondis :

– J'ai fait ce serment et je compte le tenir. Je peux tuer aussi bien de sang-froid que sous l'emprise de la colère. Mieux, encore.

– Il existe un chacal dont le nom est : *Je me souviens.*

Un frisson parcourut ma colonne vertébrale. Je m'étais cru débarrassé de telles choses. Mais je levai ma main et lui dis adieu, puis m'éloignai sur la route hessek en direction de Semsam, suivi par les quatre bandits qui poussaient des cris de joie.

3

Semsam luisait indistinctement sous la pluie, un lieu de bivouacs, d'allées sinueuses et de taudis délabrés. Près du rivage, les demeures décrépites du Vieil Hessek juchées sur des pilotis de marbre évoquaient des échassiers agonisants. La pluie, qui s'était mise à tomber trois jours plus tôt, semblait appropriée pour laver ce port de sa crasse. Il n'était protégé par aucun rempart, aucun garde. C'était un point de rendez-vous pour les voleurs et les pillards; la plaque tournante de certains trafics illicites entre Tinsen et diverses îles du Sud. Dans les bassins, les pirogues des hommes noirs de la jungle côtoyaient les vaisseaux négriers et les galères à pont unique des pirates seemases.

Les trois étages subsistants d'un ancien palais, qui en

avait autrefois compté cinq, avaient été rebaptisés : l'*Auberge du tamaris qui danse.* Ici subsistaient des vestiges de l'ancienne splendeur hessek : une antique cage d'argent pleine de criquets stridulants juste à l'intérieur des portes, des lanternes ventrues de verre rouge, une tapisserie coûteuse aux motifs pornographiques sur le mur. Des garçons-Theï fardés, assis dans des fauteuils, étaient alignés sur une petite tribune et observaient au travers de leurs éventails ajourés les clients en puissance, pendant que la pluie ruisselait sur les vitres de cristal vert craquelé et gouttait du plafond.

Mes quatre bandits me fournissaient une excellente protection. Modeste, Darg s'était abstenu de préciser que Semsam lui payait un tribut. En tant qu'ami et « frère de sang » de ce seigneur bandit, et avec un magicien sri parmi mes connaissances, je fus nourri et logé gratuitement. On me promit en outre un navire pour n'importe quelle destination où je désirerais me rendre. Probablement me prenait-on pour un fugitif traqué par la justice. Ils devaient être nombreux à transiter par Semsam.

Finalement, nous enfilâmes des cirés et descendîmes vers les bassins.

Sous le déluge, la mer disparaissait dans un voile aux reflets cuivrés. A l'ouest, au delà des pointes des baies rocheuses, le soleil s'abaissait sur les fils d'argent de la pluie. Mon guide, un coupe-jarret hessek invalide auquel manquaient plusieurs parties de son anatomie, tendait un moignon de doigt vers les navires.

– Là, Lauw-yess. Le *Tigre,* ou *la Rose Blanche du Sud.* Tous deux font régulièrement du négoce avec les habitants des îles du Sud.

– Le maître veut aller plus loin que ces îles, lui rappela sèchement un des bandits de mon escorte qui parlait un hessek fantaisiste.

Le coupe-jarret à la retraite me fixa avec surprise et frotta son nez brisé de sa main gauche, dont il ne subsistait que le pouce.

– Le Lauw-yess souhaite gagner le grand continent, le pays des montagnes blanches ? C'est un voyage de plusieurs mois, Seigneur. On y trouve de l'or et des gemmes, à ce qu'on dit. A ce jour, un seul navire est parvenu à en revenir, chargé de trésors.

– Quel navire ? lui demandai-je.

– Coulé, désormais. Et son équipage... (Il fit un geste qui pouvait signifier la prison ou la corde, en d'autres mots la loi masrienne.) Je ne vois que Lanko, qui pourrait peut-être accepter d'entreprendre un tel voyage. Il a eu maille à partir avec les Masriens et ne demanderait pas mieux que de mettre un océan entre son navire et les leurs. Si vous avez de quoi payer...

– Payer ? l'interrompit le bandit loquace. Le frère de sang de Darg Sih devrait payer ?

En fait, j'étais sorti de ma tombe avec quelque argent, des pièces placées dans ma ceinture pour régler les frais de mon voyage dans l'au-delà. Lorsque j'avais voulu dédommager les Sri, j'avais retrouvé mon avoir glissé avec la discrétion d'un tire-laine dans mes poches, le lendemain et le surlendemain, et j'avais finalement accepté leur générosité. Cependant, j'ignorais si je disposais d'une somme suffisante pour régler à un capitaine pirate une traversée de plusieurs mois sur un océan inconnu.

– Conduis-moi à ce Lanko, et j'en discuterai avec lui.

Mon guide estimait préférable que j'aille le voir sans lui, Lanko étant un homme à l'humeur changeante. Son vaisseau était ancré derrière la pointe la plus proche, dans une anse, sans doute pour se dissimuler aux Masriens.

C'est ainsi qu'accompagné de mon escorte je contournai la pointe, suivis une plage de sable et gravis une étroite corniche, ce qui me démontra que le navigateur de Lanko connaissait son métier.

Il y avait une trouée, dans la falaise, et le navire se découpait contre le ciel pluvieux brun argenté. Les voiles avaient simplement été ferlées et il semblait prêt à repartir à la moindre alerte. Et je reconnus en lui le vaisseau dont j'avais eu la vision sur l'île de Peyuan. Tout était conforme jusqu'au moindre détail, ce que je n'aurais pu dire dans le cas du *Vignoble.* C'était le navire qui me conduirait jusqu'à Uasti.

Il s'agissait d'une galère à deux mâts, mais avec une

seule rangée de rames : un lévrier des mers prêt à s'élancer.

Un homme nous interpella comme nous approchions.

Les brigands vociférèrent. Apparemment, Lanko ne s'estimait le vassal de personne. Je dissuadai les bandits de se battre et nous montâmes à bord.

Les marins, seemases à en juger d'après leur aspect, se levèrent pour nous fixer. Je notai que certains possédaient le torse hypertrophié propre aux rameurs, mais aucun d'eux n'était enchaîné et ne paraissait avoir un statut d'esclave.

Le marin revint me dire que Lanko ne recevrait que moi. Les bandits réagirent et grondèrent avec la colère feinte mais redoutable des tueurs professionnels, mais, finalement, j'entrai seul dans les quartiers du capitaine. La porte fut refermée derrière moi.

Je n'y trouvai pas le luxe propre à la cabine de Charpon. Des meubles simples, de nombreuses cruches d'alcool avec un bec permettant de boire. Lanko était un grand Seemase, avec du sang des conquérants dans ses veines, un teint blême et un regard méfiant.

Il m'étudia avant de dire :

– Un Sri, hein ? Un peu loin de votre chariot, pas vrai, magicien ?

Je pensai : J'ai tué Charpon pour obtenir un navire dont je n'ai jamais eu besoin. Ce crime me reste en travers de la gorge, ne serait-ce qu'en raison de son inutilité. Et voici un second Charpon. Sa galère m'est indispensable, mais je ne le tuerai pas. Ni de mes mains ni par l'entremise d'un autre homme.

Et je lui dis, dans la langue des Seemases que Lyo m'avait apprise sans en avoir conscience :

– Je désire un passage à bord de votre vaisseau, Lanko. Combien ?

– Hé, vous parlez le seemase, mon garçon ? Inutile, je ne prends pas de passagers.

– Un seul.

– Pour quelle destination, homme du Sri ?

– Sud et ouest.

– Pas de terres, là-bas.

– Si, à trois ou quatre mois de voyage.

– Vous parlez de ce continent où l'or pousse sur les

arbres et où, en hiver, des filles assises sur des piliers de glace qui flottent dans la mer exhibent leurs appas ?

Il déboucha la cruche, but, la reboucha.

– Les navires qui sont partis pour cette contrée n'en sont jamais revenus. Beaucoup d'histoires, mais aucun homme.

– Un vaisseau est revenu, chargé d'or.

– Que les Masriens se sont approprié.

– On dit que vous seriez heureux de placer une certaine étendue de mer entre vous et les patrouilles de Bar-Ibithni.

– C'est exact. Vous êtes habile.

Il avait un couteau et allait s'en servir. Je le compris à une augmentation brutale de la chaleur à l'intérieur de la cabine. Si je m'étais demandé ce que je ferais dans une telle situation, je fus aussitôt fixé sur ce point. Pendant que le couteau montait vers mon visage, je le saisis et l'arrachai de sa main, en utilisant la force de mon esprit plus rapidement que je n'aurais pu le faire avec celle de mon corps.

Il s'écarta de moi et son siège se renversa. Ses yeux rusés étaient plus calculateurs qu'inquiets.

– J'ai dit que vous étiez habile, fit-il. Maintenant, faites sortir une souris de mon oreille.

– Je ne suis ni un illusionniste ni votre ennemi. Annoncez votre prix, ou faites-moi travailler pour payer mon passage. Si vous n'allez pas à l'ouest, conduisez-moi jusqu'à une île où je pourrai trouver un capitaine disposé à faire cette traversée.

Il se pencha pour ramasser son couteau, qu'il planta dans la table. Il ne prit pas la peine de redresser la chaise.

– Pourquoi désirez-vous gagner un pays si lointain ?

– Cela ne concerne que moi.

Il sourit en regardant son couteau, et je pensai : Je pourrais m'éviter tout ceci, lui imposer ma volonté, le contraindre à m'obéir, et le tuer à la moindre trahison, mais j'entendis alors une voix me rappeler : « Charpon, Long-Œil, Lyo, Lellih, Malmiranet. »

– Vous comptiez lever l'ancre pour échapper aux patrouilles masriennes. Pourquoi ne pas en profiter pour amasser une fortune ? A votre retour, les Masriens auront cessé de rechercher votre navire. Et si ce n'est pas le cas, vous aurez de quoi les soudoyer.

– Vous avez tout décidé à ma place, pas vrai ? (Il me regarda en souriant.) Savez-vous ramer ?

Je crus que le destin venait de me saisir le bras.

– J'accepte de ramer, mais pas en tant qu'esclave.

– Aucun de mes rameurs n'a ce statut. Tous sont libres. Je manque d'hommes depuis que ces soldats puants nous pourchassent. Voici mon offre. Asseyez-vous sur un banc de nage et je vous prends à bord. Quant au reste, nous verrons une fois arrivés dans les îles.

– C'est parfait.

Il reprit son couteau et me désigna de la pointe de la lame.

– Que savez-vous faire d'autre, sorcier ? Garantir le beau temps ? Attirer vers nous les poissons nécessaires à nos repas ?

Je pensai : Je peux marcher sur l'océan, m'envoler pour aller m'allonger sur un nuage quand je suis las, faire l'amour avec les sirènes lorsque l'envie m'en prend. Et mon Pouvoir me parut brusquement ridicule, comique. C'était bien la première fois que je le voyais sous ce jour.

– Je ramerai, c'est tout.

De retour sur le pont, je lus le nom de la galère : *Le Goéland.* J'avais finalement trouvé un navire au nom approprié pour voguer sur les mers.

Il pleuvait toujours lorsque *Le Goéland* sortit de cette anse, une heure avant l'aube.

Ses voiles avaient la nuance gris-vert des flots en automne, un camouflage. J'étais sous le pont et ne vis pas les promontoires s'estomper au sein de la pluie, ni le soleil s'élever finalement à bâbord.

J'avais manœuvré un pareil aviron pendant une partie d'un jour, à bord du *Vignoble de Jacinthe,* le navire de Charpon. Mais je n'avais à présent pas de fers et aucun « stimulateur » armé de fouet n'était présent. Tous les rameurs étaient des hommes libres, même s'il s'agissait probablement d'anciens galériens évadés qui mettaient volontairement en pratique un savoir inculqué sous la contrainte.

A bord de la galère de Charpon, j'avais pris plaisir à attendre, avec le Pouvoir tel un atout dans ma manche. J'avais alors ramé pour respecter les règles de ce jeu, amusé à la pensée que je retrouverais mon titre de dieu-magicien dès que l'envie m'en prendrait. A présent, je ramais sans connaître l'espoir d'un tel changement de statut. Je ne libérerais désormais le lion enchaîné du Pouvoir que pour soigner, me protéger... car c'était un acte instinctif. Mais je n'utiliserais plus jamais mes capacités surhumaines pour asservir les autres afin de parvenir à mes buts, économiser mon argent ou m'épargner des efforts. Si je redoutais encore quelque chose, c'était uniquement de revenir un jour sur cette décision.

Mes muscles avaient fondu, au cours de mon séjour à Bar-Ibithni. Cette potion amère me serait salutaire.

J'avais quitté un désert pour un autre, car la mer est également un désert. Il existe en outre un désert de l'âme plus aride que les étendues les plus désolées de ce monde. Je savais que je ne pourrais quitter ce dernier tant que je n'aurais pas trouvé des réponses aux innombrables questions que je me posais. Une immense contrée mentale où l'on ne découvrait un semblant de réconfort que dans l'amitié, l'affection, l'amour; des oasis dont les puits s'étaient désormais taris. J'allais vers l'autre bout du monde pour trouver une femme sans visage. Mais je ne saurais qu'une fois arrivé à destination si l'antre de la sorcière marquait la fin de ce désert ou se trouvait simplement sur l'horizon, avec une autre étendue aussi désertique au delà.

4

J'avais su que Lanko ne resterait pas insensible à l'appât du gain. Pendant treize jours de temps chaud, morne et venteux, *Le Goéland* glissa entre les îles; jetant parfois l'ancre dans un port en quête de tavernes, de sexe, d'affaires à réaliser ou de vols; fuyant parfois tel un chat échaudé l'éventuelle arrivée de navires de guerre masriens. Ces îles étaient d'énormes rochers dépassant des remous de l'océan, avec à l'intérieur des collines boisées où couraient des moutons sauvages. La plupart des insulaires vivaient de la pêche et appartenaient à la race des « Sang ancien ». Du pont du navire, nous vîmes de grands feux allumés sur les hauteurs. C'était une fête du Vieil Hessek, la « Crémation de l'Eté » : un rite de conciliation avec l'hiver qui apporterait des tempêtes, des pluies et une mer agitée.

Chaque jour, nous prenions place sur les bancs de nage pendant deux périodes de six heures, séparées par deux heures de repos. La nuit, la galère naviguait à la voile. Dans les ports, les rameurs descendaient eux aussi à terre pour s'enivrer et semer le désordre. Ils partageaient le butin avec les autres membres de l'équipage, recevaient une ration de viande boucanée, de fruits, de biscuits, de vin et de koois, après un travail intense... lorsque *Le Goéland* était pris en chasse par les Masriens, ou qu'il poursuivait une proie. Une nuit, je fus réveillé avec les autres rameurs pour une telle poursuite. Je crus tout d'abord que nous tentions d'échapper à une patrouille, jusqu'au moment où les cris de joie de mes compagnons me renseignèrent. Un petit navire marchand qui avait dérivé de sa route et jeté l'ancre près d'une île venait d'être aperçu par la vigie.

Le tambour battait follement la cadence, souriant et hurlant des encouragements. *Le Goéland* éperonna finalement le malheureux navire marchand. Le bois craqua et des hommes tombèrent des bancs de nage, puis il y eut la course folle des pirates qui voulaient participer à la curée.

Je montai sur le pont et vis le navire marchand incliné sur les flots, avec une large voie d'eau à tribord, le pont supérieur illuminé de torches. Ce n'était pas un navire masrien mais une galère de Tinsen, avec une voile unique rouge et noire. Un grappin de fer servit de passerelle périlleuse aux hommes de Lanko, qui revinrent bientôt chargés de sacs et de barils. Sans opposer la moindre résistance, ceux de Tinsen s'étaient tapis sous la clarté des torches pour prier leurs anciens dieux d'envoyer sur le vaisseau de Lanko une épidémie vengeresse semblable à celle qui s'était abattue sur Bar-Ibithni, la bien-aimée de Masri.

Puis *Le Goéland* s'écarta de l'autre galère et s'éloigna dans la nuit, laissant le navire marchand illuminé derrière lui. Les membres de l'équipage s'enivrèrent de koois, en exhibant des colliers de perles noires et des statuettes de jade, puis se posèrent la question : « Pourquoi aller plus loin ? »

Accoudé à la lisse, je me contentais d'observer. Je savais que ce vaisseau représentait mon seul moyen de transport, mais je n'avais pas l'intention de forcer la main à Lanko. Le problème fut résolu par ce dernier, qui arriva vêtu d'une jupe et d'une chemise masrienne rouge et crasseuse.

— Nous gardons le cap sur les terres de l'Ouest parce que j'en ai décidé ainsi, et parce que cet homme, ce Sri, nous y a promis de l'or. Des rivières et des lacs d'or, des gemmes qui poussent dans les buissons. N'est-ce pas ? ajouta-t-il à mon intention, avant d'ajouter, comme je m'abstenais de répondre : Nous nous rappelons tous le navire de Jari, qui est revenu de là-bas si lourdement chargé de trésors qu'il dépassait à peine les flots.

Enivrés par le butin et le koois, les chiens de Lanko aboyèrent des acclamations destinées à leur capitaine et à moi. Ils commencèrent à m'appeler leur porte-bonheur, estimant que la rencontre avec cette galère de Tinsen était due au fait que ma chance déteignait sur eux. Les yeux mi-clos, Lanko m'offrit une part de butin. Comme je la refusais, il me déclara :

— Allons, vous ne voyagez pourtant pas sans rien. N'avez-vous pas un masque de chat, dans votre sac ?

Je savais déjà que mes bagages avaient été fouillés. L'homme était donc allé faire son rapport à Lanko.

Je ne pris pas la peine de lui répondre. Il étudia mon torse nu et, n'y découvrant aucune balafre, il eut un sourire.

— Vous ne vous êtes jamais battu ?

— Disons que je n'ai jamais été vaincu, lui répondis-je.

Il dut se remémorer la méthode que j'avais employée pour lui faire lâcher son couteau, car il s'éloigna.

Le quatorzième jour, ils pêchèrent un gros poisson. Sa chair rappelait la saccharine et ne me plaisait guère, mais les pirates la savourèrent comme un mets délicat et m'affirmèrent que nous avions été à nouveau favorisés par le sort.

Ils ne se considéraient plus comme de simples forbans fuyant la justice, mais se prenaient pour de vaillants aventuriers partis chercher fortune dans des royaumes lointains et fabuleux. Ils parlaient de légendes et de mythes, et se remémoraient les récits faits par les hommes de Jari avant que la loi ne les eût envoyés se balancer au bout d'une corde. Dans les mers de l'Ouest se trouvaient de gros requins blancs qui jouaient avec les marins plutôt que de les dévorer, ainsi que des filles dont la queue de poisson était dotée des organes du plaisir. Au sud du continent s'étendaient des terres froides, où de gigantesques navires de glace s'affrontaient et s'éperonnaient sous un ciel empli d'étoiles démesurées. Au nord, la mer était plus chaude, même si les monts restaient couronnés de neige. Un soir, alors que nous prenions notre repas sur le pont supérieur, j'entendis un homme prononcer le nom de « Karrakess » et lui demandai de qui il voulait parler.

– D'une déesse. La principale divinité de cette contrée.

– A quoi ressemble-t-elle ?

– Oh ! (Il me fixa, les yeux ronds.) Elle mesure trois mètres, a des seins en forme de tête de serpent, et un bec de vautour au milieu du visage.

Il éclata de rire, puis avoua qu'il avait simplement entendu prononcer ce nom par un membre de l'équipage de Jari et ne savait rien d'autre.

Le quinzième jour, nous vîmes la dernière île disparaître derrière nous sous un linceul de pluie, mais au-devant l'océan était clair et brasillait comme du verre pilé.

Je me demandai si je ne les avais pas influencés mentalement sans en avoir conscience, tant ils étaient enthousiastes et déterminés à poursuivre ce voyage, bien que ce fût la fin de l'année, cette période où le temps est incertain et enclin à se déchaîner. En outre, leurs récits n'étaient pas empreints de la crainte superstitieuse commune aux Seemases, Hesseks, et marins sang-mêlé. J'étais plus que tout surpris par les éloges dithyrambiques qu'ils m'adressaient. Un bon vent – je l'avais envoyé. Une journée ensoleillée – mon œuvre. La vigie repéra un navire marchand au nord. Ils allaient changer de cap pour s'approprier ce butin quand une bourrasque lui permit de disparaître, et ce fut : « Le dieu du magicien sri nous a avertis qu'il n'y avait rien à piller à son bord. »

Finalement, l'inévitable se produisit. Un homme vint me demander de soigner son pied, dont la blessure s'infectait. J'avais mis un terme à ces miracles, pour les reprendre à l'instigation de Gyest. Le Sri m'avait démontré quel fardeau ferait peser sur moi la souffrance des hommes, si je refusais de la soulager. C'est pourquoi je guéris le marin en renouvelant le tour du bandage qui s'était montré efficace dans le camp de Darg. Naturellement, cet homme ne m'obéit pas et voulut voir sa blessure. Après qu'il eut découvert qu'il n'en subsistait plus rien, je dus m'occuper de tous les invalides du navire. Mes jours et mes nuits se changèrent en un défilé de caries dentaires, de plaies, de cancers de la peau, et autres maux tout aussi agréables. Ma réputation grandit, de même que mon irritation et ma honte. Fréquemment, et presque avec logique, la personne guérie pense que le thaumaturge a fait cela par amour pour elle et pour l'humanité dans son ensemble. Cette adulation naïve et stupide, déversée dans mon cœur privé de sentiments, m'envoya me réfugier tel un chien malade dans une niche remisée au tréfonds de mon âme.

Le vingtième jour, nous avions perdu toute terre de vue. Les cales du *Goéland* étaient emplies de barils d'eau douce et de vin, de viande boucanée et de fruits séchés. L'atmosphère d'aventure régnait toujours à bord. Les heures les plus agréables du jour étaient devenues pour moi celles où je manœuvrais la lourde rame, contribuant au sein de la pénombre à notre lente progression vers la femme inconnue et sans visage qui se trouvait à l'horizon de mon désert intérieur.

Trois mois masriens seraient encore nécessaires pour atteindre la rive ouest, soixante-dix jours en tout, en déduisant le temps qu'il nous avait déjà fallu pour laisser derrière nous les îles du Sud.

La haute mer. Certains jours sans traits distinctifs, d'autres grouillants de vie; avec des poissons bondissants, rayés tels des tigres ou tachetés tels des chats; avec des oiseaux se dirigeant vers le nord et la terre. Le ciel était traversé par des armées de cumulus; au coucher du soleil par des galères écarlates aux voiles vertes et argentées, ou par une colonne noire s'achevant en forme de fer de hache annonciatrice d'une tempête. Nous subîmes trois ou quatre grains, mais aucun aussi violent que l'ouragan que j'avais autrefois apaisé.

De petits événements différenciaient les jours.

La pluie, le vent, le soleil couchant et le calme des prairies turquoise sur lesquelles nous naviguions. Les bagarres et les rixes. Un jour, à midi, deux hommes furent suspendus par les pieds au mât de misaine, à titre d'exemple, puis on les confia à mes soins afin qu'ils puissent reprendre leur travail. Les nuits étaient marquées par des actes de sodomie, entendus et entrevus dans le noir, même si un des deux partenaires n'était pas toujours consentant.

Nous entrevoyions parfois une terre lointaine au lever du soleil, puis nous trouvâmes deux îles minuscules où nous refîmes notre réserve d'eau douce, et où un crabe de la taille d'un petit chien changea l'ordinaire de Lanko et de ses favoris. Des incidents. Un rameur, coriace comme une peau de taureau, fondit en larmes après avoir rêvé d'un garçon qu'il avait aimé dans sa jeunesse, un sang-mêlé envoyé se prostituer à Bar-Ibithni; un homme se noya dans une brusque tempête qui l'avait surpris à la proue du navire alors qu'il soulageait sa vessie; un autre cracha dans l'œil du second de Lanko et disparut mystérieusement. Après quarante jours de mer, une partie des biscuits moisirent et tous me crièrent de les rendre à nouveau consommables. Je n'avais pas l'intention d'utiliser mon Pouvoir à de telles fins et, après mon refus, l'atmosphère devint tendue. Je leur dis que je renoncerais à mes rations deux jours sur six. Je mangeais peu, mais ce geste dissipa leur colère.

Chaque jour était différent, et tous les jours étaient semblables.

J'en vins à connaître l'aviron, comme un homme peut connaître une femme avec qui il couche quarante, cinquante nuits de suite. Mon épouse de bois et de fer, dont le plat caressait les flots pendant que je tenais son corps frêle entre mes mains, contre ma poitrine et mes cuisses. Six heures de copulation, puis six autres. Une femme exigeante mais qui n'accaparait pas mon esprit. Pendant combien d'heures, combien de jours, combien de mois, les spectres et les flammes traversèrent mon esprit alors que je demeurais assis dans ce trou obscur et puant, pendant que la rame ouvrait mes paumes qui ne pouvaient se couvrir d'une corne protectrice en raison du processus de guérison spontanée, et que la vague clarté rosâtre de l'aube filtrant par les écoutilles redevenait grise puis à nouveau rosée à la fin du jour? L'atmosphère s'était rafraîchie et les cieux paraissaient plus limpides, lorsque aucun nuage ne les dissimulait. La nuit, les étoiles qui y luisaient étaient démesurées et brillantes. Le vent d'ouest apportait une odeur d'hiver, des rafales mordantes, de la grêle et de gros flocons de neige.

Le cinquante-cinquième jour, le navire pénétra dans une nappe de brume et un silence glacé s'abattit sur toutes choses. La mer était grise, bleutée dans les profondeurs, les mâts festonnés de givre. Les pirates jurèrent et enfilèrent vestes et manteaux. Le soleil évoquait une rondelle de citron et nul ne pensait à chercher des filles nues assises sur des piliers de glace.

Nous traversions cette nappe dans un silence uniquement troublé par les clapotis étouffés des rames. Les gens du Sud n'aiment guère la brume et le froid. A Seema, Tinsen et Bar-Ibithni, les hivers sont tempérés, simplement frais comparés à la fournaise de l'été. Mais la neige ne tombe jamais sur les terres dorées du Sud et de l'Est, et seules deux ou trois montagnes de l'archipel la connaissent. Cette neige que les esclaves rapportaient dans des récipients scellés pour rafraîchir les boissons de leurs maîtres; ceci étant de toute évidence son unique utilité.

Sur mon banc de nage, alors que je rêvais éveillé (de Tathra, de Demizdor, d'Eshkorek et du krarl noir, du Palais Pourpre, de Malmiranet, du masque d'argent), je pris brusquement conscience des vociférations des hommes en sueur qui ramaient près de moi.

– Le magicien nous a attirés jusqu'ici en nous promettant de l'or. Qu'il lève cette brume glaciale.

Je les regardai, et ils se turent. Leurs expressions hostiles m'indiquaient que j'avais perdu mon statut de porte-bonheur.

L'homme du banc de nage opposé au mien me demanda :

– Alors, peux-tu le faire, *puissant* sorcier ?

– La brume est un phénomène naturel et temporaire. Il est absurde de la redouter.

Mon interlocuteur eut un rire et s'adressa aux autres, qui continuaient de ramer sans rompre la cadence.

– Je commence à penser que le magicien sri n'a lui non plus rien de surnaturel, et que sa présence parmi nous est également temporaire.

Je pourrais dissiper la brume, mettre un terme à tout ceci, pensai-je. Pourquoi pas ? Mais en ce cas, pourquoi ne pas marcher sur les flots, pourquoi ne pas voler dans les airs, pourquoi ne pas ressusciter les morts ? Je dois patienter. Ce n'est pas une épreuve bien pénible.

Ils me raillèrent et hurlèrent pendant un long moment.

Je n'y prêtai pas attention. Que j'avais changé !

Deux heures plus tard, nous sortîmes de la brume. Le navire n'avait pas dévié de son cap.

Le soixantième jour, l'impatience d'atteindre la terre commença à croître. Les rations étaient presque épuisées, principalement en raison de la voracité de Lanko et de son officier en second (que j'honore en lui donnant ce titre) et le manque d'organisation à bord de ce navire. Pillards professionnels, ils ne pouvaient s'empêcher de se voler entre eux. Il ne se passait pas une nuit sans qu'un homme fût surpris dans la cambuse. Lanko organisa une exécution peu banale : un homme découvert en train de boire du koois eut la tête plongée dans cet alcool, jusqu'au moment où il s'y noya. Lanko offrit alors la jarre aux marins. Nul ne toucha jamais aux vivres personnels du capitaine, entreposés dans une cambuse séparée.

Lanko disposait d'une vieille carte jaunie, épinglée par une broche de femme sur la table de sa cabine. La côte ouest était représentée par une ligne imprécise, sans baies ou abris côtiers; plus un travail d'imagination que de cartographie. Selon cette carte, cependant, la terre aurait déjà dû apparaître. Mais rien n'était visible à l'horizon.

Ils évoquaient des opiomanes privés de leur drogue. Leur esprit aventureux les avait quittés et ils s'étaient, à leur éveil, découverts loin de chez eux. Que faisaient-ils dans ce désert liquide et glacial ?

Des blocs de glace dérivaient sur les flots, à des milles au sud. Emmitouflés dans des peaux et fourrures, butin prélevé dans les cales de quelque navire marchand, les marins les désignèrent avec terreur. Ils avaient entendu bien des récits à leur sujet, mais ne s'étaient pas attendus à en voir. Et, dans ces histoires, le froid avait été passé sous silence.

L'effigie du démon marin du Vieil Hessek, Hessu, apparut à la proue du navire. Les Seemases semblaient reconnaître eux aussi sa puissance. Il était assis sur son lion de mer, la foudre au poing. Le cuivre avait verdi et les ailes laquées du poisson étaient devenues ternes. Ils lui rendirent son éclat et lui offrirent des libations de vin. Les dieux propres aux Seemases ne furent pas oubliés, pas plus que Masrimas à qui une prière était adressée à contrecœur chaque matin.

Le soixante-quatorzième jour, personne ne vint m'apporter mes rations. Je n'eus pas besoin d'en demander la raison. Les murmures et les déplacements furtifs au cours de la nuit étaient suffisamment explicites. J'allai voir le second qui distribuait avec parcimonie des morceaux de biscuit grisâtre et des lamelles de viande boucanée. Il me fit un clin d'œil puis regarda autour de lui, en souriant.

– Pas pour toi.

Je me penchai et pris l'aiguière de vin et d'eau. Je bus, puis me servis un morceau de biscuit. Il ne tenta pas de m'empêcher de le manger, mais lorsque j'eus terminé (mon repas fut rapide), il prit son couteau et me le montra.

– Tu vois ceci, mon joli? Lanko a décidé de te laisser mourir de faim, et je l'approuve. Si tu reviens ici, je dessinerai sur toi un joli dessin que tu ne te lasseras jamais d'admirer.

Toute discussion étant inutile, je me détournai et allai pour m'éloigner. Cela dut lui déplaire, car il lança son arme en visant mon cœur au-dessous de l'épaule gauche; cet homme appréciait l'efficacité. Mes défenses réagirent. En une fraction de seconde, j'eus conscience de l'approche de la lame; l'instant suivant, je sentis l'énergie s'enfler et jaillir de mon être, si vite qu'elle paraissait dotée d'une volonté autonome. Le couteau grésilla et rebondit, comme s'il avait heurté un bouclier électrique, et les hommes qui s'étaient regroupés autour de nous gémirent et reculèrent. Ils s'étaient attendus à de la magie et n'étaient pas surpris, simplement dépités. Ils avaient espéré assister à la mort de leur porte-malheur.

Ce dernier ne prit pas la peine de se tourner. Je descendis et regagnai mon banc de nage, notant un léger picotement quand l'écran protecteur se replia en moi. Mon Pouvoir, que je n'utilisais désormais que rarement, semblait plus grand que jamais.

La nouvelle se propagea.

Un homme rampa vers mon banc de nage pour m'implorer de lui dire si nous atteindrions un jour le rivage.

Je savais que la terre était proche, je le percevais avec certitude. Dans deux jours, ou moins, elle nous apparaîtrait sur le vert opalin de l'océan.

Le lendemain, nous fûmes survolés par des mouettes blanches à la gorge striée de noir et aux yeux rouges. Certaines se perchèrent dans la mâture, en criant et battant des ailes, telles celles qui avaient déchiqueté en rêve les entrailles du cadavre de Lyo. Les marins redevinrent joyeux et burent du vin. L'un d'eux vint me présenter ses doigts gelés, comme s'il me faisait un présent.

Puis, le soixante-dix-septième jour après avoir quitté les îles, le quatre-vingt-seizième après notre départ de Semsam, apparut ce qu'ils croyaient être la contrée vers laquelle je les avais envoyés.

5

La terre apparaissait hors d'une mer de platine. Un dallage brisé de glace peu épaisse faisait brasiller la surface des flots sous un soleil grisâtre, et le froid était mordant. Sur le rivage d'une blancheur irrégulière, rien ne se mouvait. Aucune crique n'offrait un accès vers l'intérieur des terres et les falaises étaient abruptes.

Nous nous trouvions trop au sud. Les instruments de navigation de Lanko étaient probablement faussés et le navigateur, qui se vantait de pouvoir faire passer un navire dans le chas d'une aiguille, n'avait aucun sens de l'orientation.

L'hiver est précoce et rigoureux, à l'extrémité sud de ce continent.

Les hommes s'agglutinèrent au bastingage, l'haleine bleutée et acide de peur. Lanko, emmitouflé dans des fourrures d'ours roux de Tinsen, sortit de sa cabine avec son second sur les talons. Ils vinrent droit vers moi.

– Où est l'or, le Sri ?

– Il ne souffre pas du froid comme un homme normal, fit remarquer le second qui m'étudiait attentivement. Sa magie lui tient chaud.

Je ne portais que ma tunique et ma culotte, n'ayant nul autre vêtement pour me protéger du froid. Mais je semblais effectivement pouvoir contrôler ma température corporelle, une réaction subconsciente comme celle qui m'avait protégé du couteau. Je ne ressentais qu'un léger inconfort, et le second posa sa main sur mon bras.

— Sa chair est bouillante ! s'exclama-t-il en écartant sa paume.

— Allons, il ne te fera pas de mal, intervint Lanko. N'est-ce pas, mon joli ? Il connaît bien des tours, mais n'a pas assez de cran pour se battre. Je sais, son esprit gardien a fait dévier ton couteau. Avoue plutôt que tu as mal visé.

Le second alla pour protester, mais Lanko le fit taire d'un regard puis vint me prendre par les épaules.

— Alors, où est cet or ? Pas sur ces falaises enneigées, en tout cas.

— Le navire a dérivé vers le sud, répondis-je, sans espérer cependant pouvoir lui faire admettre son erreur. Mettez le cap au nord, en gardant la côte à bâbord. Sept ou huit jours à la rame, même sans le moindre souffle de vent, et nous devrions atteindre une zone au climat plus clément.

— Vous le jurez ?

— C'est ce que je pense, oui.

— Et comment pouvez-vous le savoir, mon joli ? Comme vous saviez que je deviendrais riche, ici ?

Le second intervint, d'une voix apeurée qui se voulait menaçante.

— Lanko, c'est un démon qui nous a guidés jusqu'ici. Un sorcier masrien a pu nous maudire et charger cet homme d'être l'instrument de sa vengeance. Un envoyé démoniaque qui devait nous attirer vers la mort.

— Nos vivres sont presque épuisés, magicien, me dit Lanko. Utiliserez-vous votre magie pour nous nourrir pendant les huit ou les cent jours nécessaires pour remonter cette côte ?

— Il suffit que Lanko ouvre à ses hommes sa cambuse personnelle pour que personne n'ait à souffrir de la faim, rétorquai-je.

Il sourit, heureux d'avoir des raisons de me mépriser.

— Et vous ne réclamerez plus de rations jusqu'à ce que nous accostions, pas vrai ?

— Entendu, compte tenu qu'il en reste si peu.

Il s'inclina, prit ma main et y déposa un baiser.

— Bien. Maintenant, va manier ta rame, espèce de larve !

Je ne me sentais pas responsable de leur destin. Ces

hommes étaient des voleurs, et pour la plupart bien pire que cela. En outre, je n'avais pas imaginé un seul instant qu'ils mourraient au terme de ce voyage. Je n'étais ni un ange exterminateur ni un porte-malheur, contrairement à ce qu'ils pensaient. J'avais dit la vérité, l'hiver était moins rigoureux, au nord. En un point de la côte, un fleuve à l'embouchure en partie gelée remontait vers l'intérieur des terres. Les falaises n'étaient que les murailles de la forteresse, il suffisait d'y chercher une porte.

A la fin de ma seconde période de travail, je dormis sur mon banc de nage du pont inférieur, pendant que les autres ramaient encore. Lanko voulait laisser le plus rapidement possible la froidure derrière nous.

Je m'éveillai pour découvrir des hommes qui me garrottaient avec de grosses cordes. Je demeurai immobile. Je n'avais plus besoin de ce navire et j'étais conscient qu'une épreuve m'attendait. Je savais qu'il me faudrait acquérir de nouvelles connaissances et n'éprouvais ni peur ni colère.

Ils achevèrent de me lier. J'ouvris les yeux et ils reculèrent en hurlant de terreur. Voyant que je ne me débattais pas, me croyant immobilisé, ils retrouvèrent leur courage et l'un d'eux me donna un coup de pied dans les côtes. Un autre saisit ma barbe et tira ma tête en arrière avant de la ramener brutalement en avant, faisant apparaître des diamants imaginaires derrière mes paupières. Mais je n'utilisai pas mon Pouvoir.

Puis le second de Lanko cria quelque chose, et les hommes les plus braves me soulevèrent pour me porter sur le pont, sous le dôme de jais poli du ciel hivernal.

La mer grondait doucement, le vent se levait et enflait les voiles.

Ils brûlaient de l'encens devant le dieu Hessu, et Lanko n'était visible nulle part. Peut-être avait-il bu plus que de raison et dormait-il au lieu d'assister à la réapparition de cet ancien rite. Car j'étais le bouc émissaire, l'objet d'un sacrifice humain. Ma présence à bord irritait la mer, et pour manifester son déplaisir elle avait fait dériver le navire, gâté les vivres, dissimulé la verdure et l'or de ce continent derrière un paravent de glace. C'est pourquoi ils allaient m'offrir en pâture à l'océan, noyer leur porte-malheur, et ensuite la chance leur sourirait à nouveau. Ils ne gardèrent même pas mes bagages et jetèrent également mon sac par-dessus bord : on ne plaisante pas avec le mauvais œil.

Je m'abstins d'émettre des protestations ou des menaces, je ne fis pas de miracle sans objet.

Ce fut seulement lorsqu'ils me lancèrent par-dessus le bastingage en poussant des hurlements de joie, que je brisai mes liens comme des brins de laine. Puis mes pieds touchèrent les flots et je saisis mon sac au vol, debout sur l'océan.

J'avais gagné le navire de Charpon en marchant sur l'eau. Je quittai celui de Lanko de la même manière. Je n'allais tout de même pas nager dans des flots aussi glaciaux simplement pour éviter une frayeur à des pirates sans foi ni loi et ménager ainsi ma conscience.

A nouveau, pas de surprise, de fierté, de dédain. C'était un acte utile, et j'étais simplement heureux de pouvoir l'accomplir. J'entendis des hurlements. Ces cris qui s'élèvent sur le passage des thaumaturges.

Etre un Seigneur parmi les hommes est après tout bien peu de chose, compte tenu de ce que sont les hommes et leurs Seigneurs.

Ce lieu semblait m'avoir attendu. Dans les crises de stupidité et de délire qui s'ensuivirent, je crus parfois que c'était effectivement le cas. La philosophie avait remplacé en moi la terreur humaine. J'assimilais par instants les champs de glace de cette contrée à des créations de mon esprit, ou d'un esprit plus vaste et stupéfiant qui imaginait des continents, rêvait des mondes.

J'étais certainement mieux placé que la plupart des hommes pour affronter les rigueurs de ces régions glaciales. Mon corps supportait toujours le froid sans frissonner. Mon épiderme se desséchait, mais sans se desquamer; ma vision restait nette, bien que mes paupières fussent enflées et lourdes; même les gelures disparaissaient presque instantanément de mes mains. Je n'étais pas à mon aise, mais je ne connaissais aucune souffrance physique ou psychique. Ainsi qu'un enfant apprend intuitivement à émettre des sons, mouvoir ses membres, reconnaître des symboles, j'avais appris sans effort conscient à utiliser pleinement mes capacités et à les mettre en œuvre spontanément.

J'avais décidé de me diriger vers le nord, guidé par les levers et les couchers du soleil. Je marchais. Léviter (ou voler, comme eût dit Tuvek) est au moins aussi épuisant que de marcher de façon naturelle. J'avais même gravi la falaise sans faire appel à mon Pouvoir.

Tout était simple. J'avais un but, une protection, mon indifférence face au doute.

Il ne me manquait que de la nourriture.

Tout au long de mon existence, je m'étais contenté de bien peu en ce domaine. Ici et là, compte tenu des circonstances, j'avais passé des journées sans me nourrir. C'était à nouveau le cas et mes forces n'en semblaient pas amoindries. En fait, je le remarquais à peine. J'étais convaincu que je trouverais bientôt une habitation ou du gibier qu'il me serait possible d'abattre, à l'aide d'un éclair d'énergie en cas de besoin. Je disposais en outre d'une inépuisable réserve de neige qui se changeait en boisson au contact de la chaleur de ma bouche.

Six jours s'écoulèrent, puis douze. J'avais pris mon dernier repas à bord du navire, un morceau de biscuit. Chose étrange, je n'avais pas souffert depuis de la faim, mon appétit ayant progressivement décru en même temps que les rations. Le douzième jour, la faim réapparut brusquement et mon sac se changea en plomb sur mes épaules. Mes viscères se lovaient, semblables à des vipères, et des points noirs dansaient dans mon champ de vision. Tel un sauvage issu d'un cauchemar préhistorique, je m'accroupis dans la neige et en emplis ma bouche. Ce repas improvisé fut cependant suivi par des vomissements et je demeurai ensuite prostré sur le sol, jusqu'au moment où la faible clarté magenta d'un nuage m'apprit que le soleil se couchait, et que je devais réagir si je voulais l'imiter.

Le sol montait en pente douce depuis un certain temps, mais j'ignorais vers quoi car le brouillard glacé ou les chutes de neige me dissimulaient presque toujours le paysage. J'avais simplement entrevu à une ou deux reprises ce qui pouvait être des montagnes, ou encore de nouvelles nappes de brume.

Je me relevai et pénétrai d'une démarche titubante dans une étroite vallée. Sans doute avais-je gravi les pentes d'une montagne sans même m'en rendre compte.

La vallée se trouvait dans les hauteurs, et le temps plus dégagé que de coutume me permettait de voir les plateaux et les pics tronqués qui la cernaient. De la fumée semblait s'élever de certains, comme si des feux y avaient été allumés. Le soleil se coucha et tout se retrouva nimbé par un crépuscule argenté.

Je découvris une grotte, et m'y installai. Près de l'entrée, un pilier cristallin reliait une corniche à un miroir verdâtre. Parfois, du côté est, le soleil levant réchauffait cette colonne et pendant deux heures des perles de glace et d'eau gouttaient sur la surface gelée du bassin.

Dans un recoin de cette grotte peu profonde et obscure, je découvris un os qui acquit immédiatement beaucoup d'importance à mes yeux. Il m'indiquait que ces lieux avaient été occupés, c'était un chaînon me reliant aux espèces humaines et animales.

J'avais déjà connu la solitude de l'âme, mais n'est-ce pas un dénominateur commun à tous les êtres vivants ? Cependant, je n'étais jamais resté seul très longtemps. Foule, passants, femmes pour partager mon lit et hommes à affronter, adversaires à déjouer. Ici, il n'y avait que le silence, les sons et les formes perçus par mon esprit. Aucun oiseau ne volait, aucun loup ne hurlait, et lorsqu'une ombre effleurait le flanc de la montagne, c'était celle d'un nuage.

La première nuit, je grattai le sol pour récupérer des brindilles dont je me servis afin d'allumer un feu à l'intérieur de la grotte. Puis je brisai un morceau de la chute d'eau figée et suçai ce glaçon insipide. Je commençais à souffrir de la froidure et mes mains tremblaient. Je m'endormis et, comme tout homme affamé décrit dans les contes, je rêvai de rôtis, de monticules de pains, et des mets délicats prisés dans les cités. Au cours de ce songe, je dévorai des montagnes de nourriture sans parvenir à me rassasier. Peu avant l'aube, je m'éveillai en gémissant et frissonnant, alors que les serpents redoublaient d'activité dans mes entrailles. Cela me remémora l'épidémie, et je me rendormis finalement pour rêver de ce fléau.

Je rouvris les yeux à midi, trop faible pour repartir. Je pus seulement ramper dans un recoin de la grotte afin de me soulager. Mes intestins étaient relâchés, comme après avoir mangé des fruits blets, et ma vessie échauffée. Je rendis à plusieurs reprises, bien que mon estomac fût aussi vide qu'une outre percée.

Le jour se changea en nuit.

J'étais couché sur le dos, avec le manteau sri roulé sous ma nuque, et je fixais par delà les cendres du feu les gemmes démesurées de ce ciel étoilé. Certaines étaient bleutées, d'autres verdâtres ou roses. J'avais l'esprit limpide et ignorais la peur. Je savais que je ne mourrais pas, même si je commençais à m'interroger sur mon avenir. Le Pouvoir me permettrait peut-être d'attirer vers moi un animal qui m'offrirait sa chair, un homme qui pourrait m'aider. Cependant, lorsque je tentai de me concentrer, je ne perçus que le néant d'un monde désert. Pas un murmure de vie. A l'est s'étendait la côte, et au nord une autre crique, mais à des centaines de kilomètres, des jours de voyage... ma vision s'obscurcit et la faiblesse me terrassa. Mon Pouvoir paraissait avoir été mouché comme une chandelle. Mes mains étaient insensibles et glacées, à présent gelées. Perdrais-je mes doigts, si cette épreuve devait se poursuivre, et se régénéreraient-ils ensuite ?

J'avais eu la prémonition que je devrais acquérir certaines connaissances, qu'une nouvelle épreuve m'attendait. Etait-ce la faim, cet amoindrissement de la partie physique de mon être qui faisait de moi un nouveau-né vagissant ayant rendu le contenu de ses entrailles sur le sol d'une grotte où ne se trouvait par ailleurs qu'un vieil os ?

Finalement, la souffrance s'estompa. Je n'avais plus de forces mais je parvins malgré tout à ramper jusqu'à l'entrée de la grotte pour étudier la vallée blanche, les couleurs pastel des monts qui fumaient tels des chaudrons. Puis j'entrepris d'examiner cet os, car j'avais cessé de m'interroger sur mon avenir et je méditais désormais sur les symboles de l'infini, ou ceux invisibles du nadir.

Le contact de l'os sous mes doigts m'apprit son histoire, à la fois banale et horrible, puis mes pensées se portèrent vers la terre et le ciel, le repos et l'éternité, les hommes et les dieux. Je fus envahi par un calme profond qu'il ne m'était jusqu'alors jamais arrivé de connaître, et qui ne fut qu'éphémère, car je ne crois pas qu'il soit possible de conserver une telle sérénité en vivant parmi les hommes. Il me semblait avoir percé les secrets les plus inaccessibles de mon être et de toute chose, et peut-être ne me trompais-je pas. C'était le tribut à payer à la vie, que de devoir tout oublier en recouvrant l'existence. Dans les légendes de maints pays, le prophète se rend dans un désert de sable ou de neige, ou encore au sommet d'une montagne noire, puis annonce à son retour qu'il a vu son dieu. Je suppose que si un dieu existe, il se trouve à l'intérieur de l'homme, tel le diamant dans sa gangue. Je suppose également que les lieux désertiques ont le pouvoir de dissoudre, pour un instant ou à jamais, la boue et l'argile qui le dissimulent. Peut-être le prophète qui revient ne devrait-il pas dire : « J'ai vu mon dieu », mais plutôt : « Je me suis vu. »

Si on me demandait combien de temps j'ai passé dans cette grotte, je répondrais une cinquantaine de jours. Je n'ai cependant aucune certitude, comme je n'aurai jamais de certitudes sur les mystères qui me furent révélés en ce lieu et que j'ai oubliés ensuite.

La fin de ce rêve fut des plus banales.

Je m'éveillai d'un sommeil agréable et sans songes. Le soleil se levait et des gouttes tombaient de la colonne de glace. Je n'avais ni faim ni soif, ni malaises ni faiblesse. En fait, j'étais fort et en pleine possession de mes moyens, avec un esprit lucide et un corps prêt à l'action. C'était absurde, et j'en avais conscience. Ma transe visionnaire s'était achevée, j'étais redevenu un homme et je raisonnais en tant que tel. Je me levai et m'étirai. Mon sang parcourait à nouveau mes artères. Je ne ressentais plus le froid et aucune partie de mon corps n'avait souffert de cette longue période d'immobilité dans ce milieu glacé. Une minute plus tard, je sortis de la grotte en courant.

Je n'avais jamais été aussi débordant de vitalité. Je fis des cabrioles dans la neige, tel un bouffon ou un enfant. Jusqu'au moment où une brusque pensée me dégrisa. Je venais de me souvenir de la Race des Anciens.

Les membres de ce peuple ne mangeaient pas. Je me remémorai les paroles de Demizdor, le Sarvra Lforn avec ses fruits de pierreries, l'absence de latrines... oui, ils n'avaient pas été assujettis à ces contraintes de la nature. Et j'étais brusquement devenu semblable à eux, en raison de mon hérédité, du sang de ma mère. Car la sorcière blanche était indubitablement une descendante de ce peuple aux cheveux de neige et aux yeux de glace.

Je regagnai la grotte et m'y assis pour ouvrir mon sac. J'en sortis la copie du masque d'argent, que la racaille de Lanko n'avait osé me prendre par terreur superstitieuse, et je plongeai longuement mon regard dans ses orbites vides.

Le Pouvoir m'avait été légué par elle, il s'agissait d'une caractéristique héréditaire de sa race. A l'exception d'une forte ressemblance physique et de quelques souvenirs conservés dans des cellules de mon cerveau, avec ses ambitions auxquelles j'avais finalement renoncé, peut-être ne possédais-je rien de mon père. Je devais probablement toutes mes capacités à ma mère. Même lorsque je m'étais trouvé sur le rocher-forteresse proche d'Eshkorek (croyant être guidé par le spectre de mon père, ou sa volonté, et que j'avais compris un langage étranger comme s'il était le mien), même alors, peut-être, n'avais-je dû cela qu'à mon héritage maternel, qui s'épanouissait en moi pour la simple raison que le moment était venu, que j'en avais besoin.

Et il me sembla que le souvenir de mon père me quittait.

Trois jours plus tard, n'ayant besoin que d'inspirer profondément l'air frais pour m'alimenter, je me dirigeai vers le nord en suivant la chaîne des montagnes fumantes. Après cinq journées supplémentaires, alors que je descendais l'autre versant, le temps s'adoucit et la neige cessa de tomber.

J'atteignis un fleuve, gelé hormis en son centre où se trouvait une fissure assez étroite pour que je puisse la franchir d'un bond. Sept jours après avoir traversé le cours d'eau, j'atteignis une forêt de pins puis de chênes noirs. D'une éminence, je vis la mer en contrebas et le virage qui s'incurvait à l'ouest et au nord. J'allai dans cette direction et trouvai un village côtier avant la tombée de la nuit.

Des phoques s'ébattaient à huit cents mètres de la rive et des hommes assis autour d'un grand feu raccommodaient des filets. Je sentais une odeur de poissons frits, mais cette dernière n'éveillait plus mon appétit.

Je n'allai pas les rejoindre, conscient que cela eût été inutile.

Je me dirigeai vers le refuge que je savais être celui d'Uasti. Je voulais obtenir des réponses à mes interrogations, et peut-être également la tuer. Cependant, l'amour de la vie est une étrange chose, et il s'élève dans le cœur et la tête d'un homme comme des vapeurs d'alcool.

En abaissant le regard sur ce village côtier, avec ses phoques joueurs, le halo du soleil sur l'horizon ouest, je n'éprouvai d'autre besoin que de vivre afin de pouvoir me réjouir d'être né.

DEUXIÈME PARTIE

LA MONTAGNE BLANCHE

1

Je poursuivis vers le nord, avec la mer sur ma droite. Hiver et paysage avaient changé. J'aperçus une ville lointaine ceinte de hautes murailles et de tours, et des oiseaux planant au-dessus de ma tête. Je vis des forêts et de douces collines, des pâturages et même des vignobles en terrasses. Tout était couvert de neige, léthargique avant le retour du printemps qui donnerait au sol des couleurs plus chaudes. J'empruntai à deux reprises des routes et croisai des hommes. Chariots aux bâches de cuir peint, tirés par des chevaux étiques; un homme dans un char qui roulait à une vitesse folle, comme poursuivi par une malédiction, et qui m'enjoignit de libérer le passage dans un flot de jurons. Ce char possédait une noble lourdeur, avec ses roues démesurées et son revêtement de plaques de bronze cliquetantes. Les cheveux du conducteur étaient blond poivré, taillés sur la nuque. Il me fit penser à un membre de la tribu des Moï affublé de vêtements citadins d'Eshkorek, même si la mode différait quelque peu : la grande cape de laine écarlate drapée autour de son corps était rabattue sur le bras droit afin de révéler sa doublure de fourrure grise. Le lendemain de cette rencontre, une femme passa dans une litière tendue de peaux d'ours blanc, elle-même emmitouflée dans d'autres dépouilles d'animaux. Elle aussi était blonde, mais d'une blondeur plus sombre que celle des Moï. Elle fit arrêter ses porteurs ainsi que les trois cavaliers de son escorte, et envoya l'un d'eux m'inviter à me rendre auprès d'elle. Elle voulait apprendre qui j'étais, où j'allais, si elle pouvait m'aider. Toutes les femmes étaient donc semblables, quel que fût le continent.

Je lui déclarai que j'étais un étranger, et elle me répondit qu'elle avait déjà pu le constater. Ce langage me rappelait étrangement celui d'Eshkorek, tout en étant différent. Elle m'apprit qu'elle était la fille d'un seigneur vivant au delà de la colline. J'avais vu une route obliquer vers l'intérieur des terres et une demeure aux tours roses à un kilomètre et demi de là. Elle me proposait de m'y reposer. Je refusai courtoisement et elle rit. Etant donné que je n'avais pas précisé mon nom, elle se mit à m'appeler « Zervarn », ce qui signifie dans ce langage « Connaissance brune »; un détail qui me permit de déduire que presque tous les habitants de cette contrée devaient posséder un teint clair.

Finalement, elle posa ses doigts gantés de blanc sur mon bras, pour me dire :

– Laissez-moi deviner. Vous allez à Kainium, au delà du fleuve, dans le but de rencontrer la déesse. Ah ! Il pâlit ! J'ai donc vu juste.

Peut-être avais-je effectivement blêmi. Après une si longue attente, apprendre que je me trouvais près du but venait de m'ébranler.

– Kainium, répétai-je. De quelle déesse s'agit-il ?

Elle sourit et prit un air de mystère.

– Je ne le sais pas avec précision, mon beau Zervarn. Mais on l'appelle Karrakaz.

Mon cœur ne fit qu'un bond.

– C'est bien celle que je cherche.

– En ce cas, allez trouver votre déesse. Mais Kainium est à trois cents kilomètres d'ici, et vous devrez traverser un fleuve. Croyez-moi, il serait préférable de rester avec moi.

Je lui répondis que je n'oublierais jamais sa serviabilité, puis elle m'embrassa et nous nous séparâmes.

Trois cents kilomètres, un fleuve, un nom : Kainium.

J'eus une vision de ce lieu : l'océan, d'où émergeait une montagne d'albâtre, en face d'une cité côtière en ruine.

La nuit venue, je me couchai dans une tour de guet délabrée surplombant une anse et fis des cauchemars. Les prêtres venaient déposer le corps de Malmiranet dans son cercueil de bronze et de l'air s'engouffrait dans le mien, pour m'éveiller; Demizdor se balançait au bout d'une corde de soie, le cou brisé comme celui d'un oiseau; Tathra gisait entre mes bras et ses yeux ne cillaient plus... Je rêvai de tout cela, et de bien d'autres choses.

Puis, peu avant l'aube, je fis le songe suivant : Midi, sur une pente froide; la blancheur de la neige sous mes pieds; un ciel bleu au-dessus de ma tête; derrière moi les murailles noircies de fumée d'une cité; entre les silhouettes élancées des arbres dénudés, une femme et deux hommes montés sur des chevaux. Ils portaient des vêtements noirs et des masques métalliques : Phénix d'argent des cités pour les hommes, bien que les motifs fussent différents de ceux d'Eshkorek. La femme avait un masque de chatte en or, avec des pierreries vertes autour des yeux, des pendentifs d'émeraude suspendus aux oreilles en pointe, et des nattes d'or tressées dans ses cheveux blancs.

Ils atteignirent un groupe de huttes misérables. Il s'agissait d'une colonie du Peuple Sombre, les semblables de Long-Œil reconnaissables à leurs visages olivâtres impassibles et à leurs cheveux bleu-noir. Une vieille femme s'avança, l'autre mit pied à terre et pénétra avec elle dans un de ces taudis.

J'avais jusqu'alors assisté à la scène de très loin. Je pénétrai dans la masure avec elles pour découvrir au travers d'un voile de fumée des choses propres aux femmes : sang, douleur, vilenie. La vieille harpie se pencha pour se mettre à l'ouvrage, tel un crapaud noir, et ce qu'elle fit me donna des nausées. Cependant, je ne pus détourner le regard.

Uasti la déesse ne gémit qu'une fois. Elle faisait preuve de bravoure, dans cette hutte sordide, alors qu'elle tentait de se débarrasser de moi.

Le jour se changea en nuit, la nuit se para de la grisaille qui précède l'aube.

Ma mère bougea et murmura : « Est-ce fini ? » Sa voix était juvénile et lasse, épuisée par la souffrance.

Le crapaud noir s'accroupit pour répondre : « Non », et Uasti demanda : « Alors, et maintenant ? » Le crapaud lui déclara : « Rien pour l'instant. Cet enfant vous aime et refuse de se séparer de vous. » Uasti soupira.

Cependant, son besoin désespéré de se débarrasser de moi me déchirait, me consumait. Elle eût ouvert son ventre avec un couteau, si elle avait su pouvoir trancher le cordon ombilical qui nous unissait.

A mon éveil, l'humidité salée de mes yeux n'était pas uniquement due à la sueur ou à la proximité de la mer, car les pleurs coulent facilement une fois qu'on a appris à les libérer. Et je pensai : J'ai toujours su qu'elle me haïssait, et même si j'ignorais qu'elle avait employé des aiguilles d'os pour me déloger de son ventre, j'aurais dû m'en douter. Enfin, je vis. Je vis et elle est proche. Elle devra me répondre de ses actes.

Le découragement s'abattit sur moi, telle une ample cape noire.

Je me levai et commençai cette marche de trois cents kilomètres qui me conduirait jusqu'à un fleuve et Kainium.

Je me dirigeais vers le printemps, bien que l'hiver ne fût pas achevé.

J'atteignis plusieurs villes dont l'architecture me rappelait étrangement celle des ruines que j'avais traversées au cours de ma jeunesse de guerrier. Arcades blanches, tours qui ne me paraissaient désormais plus aussi hautes, toits de tuiles rouges. Cette contrée était gouvernée par un prince qui vivait loin à l'intérieur des terres et considérait la région côtière comme une province reculée et sans grand intérêt. J'appris cela en glanant des bribes de conversation ici et là, mais je prêtais plus attentivement l'oreille à d'autres discussions.

Plus je me rapprochais de l'estuaire du fleuve, plus j'entendais parler de Karrakaz la déesse. Kainium était une zone imprécise non régie par les lois en vigueur dans la province côtière. Les personnes qui s'y rendaient étaient ensorcelées, et celles qui avaient la chance d'en revenir avaient des oreilles de bouc ou étaient métamorphosées en phoque. La déesse vivait sur une montagne de cristal sortant des flots. Une chaussée la reliait au rivage, mais la mer la recouvrait parfois et entraînait les imprudents dans ses profondeurs. Seuls les grands malades tentaient ce voyage. Des hommes dans la phase finale d'un mal incurable étaient censés être revenus bien portants... s'ils n'avaient pas des oreilles de bouc ou l'apparence d'un phoque.

A quinze kilomètres du fleuve, les villes cédèrent la place à des villages. Ici, la population parlait un dialecte différent et donnait à Kainium un autre nom, qui signifiait « les enfants abandonnés ». Un vieux pêcheur m'expliqua que des nouveau-nés étaient offerts en sacrifice à la déesse de la mer. Et je pensai : Un seul enfant a été véritablement abandonné, et il se trouve ici.

L'estuaire était cerné par des hauteurs. Une ancienne piste, autrefois pavée et à présent défoncée, enneigée, et envahie par les mauvaises herbes, me conduisit au sommet d'une de ces éminences. Une pente boisée descendait jusqu'au fleuve que le crépuscule teintait de sang. Le cours d'eau avait approximativement cinq kilomètres de large, avant de s'ouvrir vers la mer, et un ultime petit village était tapi à l'abri des bois.

Je n'avais pas l'intention de m'y rendre, n'ayant besoin ni de nourriture ni d'un toit, mais un homme approcha en poussant devant lui six chèvres tigrées au poil bouclé. J'appris qu'on trouvait là-bas une petite auberge, et que son propriétaire était le frère du chevrier.

2

L'auberge en question n'était pas luxueuse, il s'agissait d'un simple lieu de rencontre pour les paysans aimant la boisson. Haricots et échalotes pendaient des poutres de la salle commune aux murs peints de carrés rouges et bruns, et du poisson avait été mis à fumer au-dessus du foyer de la cheminée. Quelques chiens couraient dans la salle, pressés et industrieux comme tous leurs congénères.

N'ayant pas d'argent, je troquai mon manteau contre un lit branlant ainsi qu'un repas et de la bière, auxquels je ne toucherais d'ailleurs pas.

En de tels lieux, l'arrivée d'un étranger suscite toujours un vif intérêt. Mon teint à lui seul fascinait les clients, même si des hommes bruns, originaires du centre du pays, passaient parfois dans les parages. Leur prince avait des cheveux aussi noirs que les miens, disaient-ils. Je déclarai venir d'une cité dont j'avais entendu parler plus au sud, et les altérations de leur langage permirent à mon nom d'emprunt de ne pas susciter de commentaires. C'était celui que la fille de la litière m'avait donné : « Connaissance brune », Zervarn. J'avais renoncé à pénétrer dans la forteresse de la sorcière en me faisant appeler Vazkor. Elle avait dépouillé mon père de tout, et j'estimais que je ne pouvais lui prendre également son nom, auquel je n'avais d'ailleurs peut-être aucun droit. Je me présenterais à elle comme un étranger.

Les habitants de ce village étaient amicaux et ouverts, contrairement à la plupart des personnes vivant dans des lieux reculés. Ayant compris que j'avais l'intention de traverser le fleuve, ils se gardèrent d'aborder ce sujet, à l'exception d'un homme qui me proposa son bateau de pêche pour me conduire jusqu'à la limite des hauts-fonds de l'autre rive, mais pas plus loin. Je le remerciai, et lui demandai ce qu'il redoutait.

– Ce qui semble ne pas vous inquiéter, répondit-il. Autrement, vous n'iriez pas là-bas.

– Un territoire sauvage, une cité d'enfants abandonnés, une île dans la mer à laquelle conduit une chaussée magique, une sorcière-déesse.

– Enfants abandonnés, oui.

Ils étaient désormais silencieux. La serveuse qui avait tout au long de la soirée poussé vers moi des plats auxquels je n'avais pas touché, déclara :

– L'un d'eux est originaire de ce village. Le fils de la

sœur de ma mère. Il avait des cheveux blancs, et ma tante a dit : « La dame l'a marqué. » Elle l'a mis dans son berceau d'osier, a traversé le fleuve et gagné Kainium où elle l'a laissé. Elle avait dix enfants, dont huit garçons, et ce n'était pas une grosse perte. J'avais trois ans, à l'époque.

– Vous voulez dire que la déesse exige qu'on lui apporte tous les enfants albinos ?

– Une serveuse ne doit pas bavarder avec les clients, déclara le propriétaire du bateau de pêche.

– Quelle importance ? rétorqua-t-elle. Qui pourrait m'entendre ?

La porte de l'auberge s'ouvrit derrière elle, et le frisson glacial qui me parcourut ne fut pas uniquement dû au courant d'air froid qui pénétra dans la salle.

L'homme avait presque ma taille et un corps de guerrier, mais ses traits étaient aussi fins que ceux des statues d'argent de Bar-Ibithni. La clarté des lampes me permit de constater que son visage juvénile était rasé de près, arrogant et beau. Il me fit penser à un prince d'Eshkorek, bien que son épiderme fût blanc comme ses cheveux qui descendaient sur ses épaules tel un châle de soie coûteux, et qu'il eût des yeux incolores.

La servante cria en voyant la réponse à sa question.

Il pivota vers elle avec une souplesse féline, pour lui dire :

– N'ayez crainte, je ne veux de mal à aucun d'entre vous.

Puis il me fixa.

Quelque chose semblait se mouvoir dans les profondeurs insondables de ses yeux surnaturels. C'était comme d'observer la danse de flammes blanches au travers d'un cristal.

Il parlait le dialecte du village à la perfection, et il me lança avec un accent non moins parfait :

– *Sla, et di.*

Il avait employé la langue des cités telle qu'on la parlait à Eshkorek, mais sous une forme plus ancienne, et venait de me dire : « Comme je l'avais deviné, vous êtes ici. » Il me fallut un instant pour assimiler ses paroles, tant j'étais sidéré par l'opportunité inquiétante de son entrée.

– *Et so*, répondis-je finalement.

Cela signifiait : « Je suis ici. »

Les villageois, qui sentaient l'odeur du danger aussi nettement que celle d'un parfum, agirent brusquement comme si de rien n'était. Le pêcheur qui m'avait proposé ses services me salua d'un hochement de tête et s'éloigna; les dés roulèrent à nouveau sur les tables voisines; les discussions reprirent. Seule la serveuse ne put se dominer et courut se dissimuler derrière une batterie de casseroles.

L'homme vint s'asseoir en face de moi. Je fus frappé par son élégance : sa chemise faisait penser à du velours et était blanche comme le reste de son ensemble.

– Eh bien, vous avez le don des langues, mais bien peu d'appétit. Je vois que vous n'avez pas touché au souper que ces braves gens vous ont préparé. (Je ne dis rien, me contentant de l'étudier.) Allons, la bière est bonne, à ce qu'on dit.

– En ce cas, pourquoi ne pas la boire vous-même, l'ami ? Vous avez ma permission.

Son visage était presque trop beau, il aurait pu appartenir à une femme. Enfin, pas vraiment, il y avait trop d'acier en lui. Je ne vis aucune balafre, aucune imperfection sur son épiderme blafard.

– Je n'ai nul besoin de bière ou de pain, seulement de nourriture divine. L'air, précisa-t-il.

Quelque chose scintilla sur son front. Un petit triangle vert, un joyau miraculeusement enchâssé sous la fine membrane de l'épiderme, entre ses sourcils. Cette étrange opération n'avait naturellement laissé aucune marque.

– Vous a-t-elle donné le jour? m'enquis-je doucement.

Mes mains se seraient mises à trembler, si je leur en avais laissé l'opportunité, car je pensais être en présence de mon demi-frère; un fils qu'elle avait gardé près d'elle.

– Elle ? Qui ?

– Karrakaz.

– Non, elle est ma Javhetrix. Je suis simplement le capitaine de sa garde. Je m'appelle Mazlek, du nom de mon prédécesseur qui l'a protégée jusqu'à la fin de ses jours. Comme je devrai le faire à mon tour.

— Mais vous ne pouvez mourir, rétorquai-je. N'est-ce pas, Mazlek, capitaine de la garde de cette catin ?

Ses sourcils se froncèrent, puis il me sourit. Il n'était qu'un enfant imbu de lui-même, mais il disposait du Pouvoir.

— Ne l'insultez pas. Si le fait de me croire immortel vous fait perdre toute retenue, rassurez-vous. Je ne le suis pas. Pas tout à fait. Contrairement à elle. Son peuple est magnifique, mais elle ne l'a pas engendré. Un seul homme a eu ce privilège.

— Alors, elle vous a envoyé. Apprenant mon arrivée par magie, elle a libéré son chien.

— Que cherchez-vous... à vous battre ?

Il était plus jeune que moi, peut-être de trois ou quatre ans. A l'âge où il commençait à apprendre à réaliser des miracles, je faisais partie du krarl et me battais, m'accouplais et rugissais entre les tentes. Mais Mazlek avait bénéficié d'excellents conseils.

— Telle n'est pas mon intention, lui dis-je. Je désire simplement monter me coucher et dormir. Et vous ?

— Faire de même, et attendre votre réveil.

Lorsque je me détournai, je me demandai s'il allait passer à l'action, mais il ne fit rien. Il semblait respecter mes règles du jeu. Dans l'auberge, tous prenaient soin de nous ignorer.

Je montai et écartai le rideau de cuir qui servait de porte, pour pénétrer dans une chambre exiguë et obscure. Je vis une lampe sur le large appui de la fenêtre, un banc de bois avec des couvertures (le lit), et un pot de chambre dans un coin. Cet objet m'amusa. J'allai le placer devant l'entrée, afin que l'homme blanc trébuchât sur lui s'il entrait dans la pièce. Puis je m'allongeai et m'endormis, confiant en ma magie.

Il se glissa furtivement dans la chambre en évitant l'obstacle tel un félin — ce qu'il était. Il leva un couteau vers mon cœur avant que je m'éveille, émergeant d'un océan de ténèbres et de feu. Mon Pouvoir réagit plus vite que moi. Je n'avais pas ouvert les yeux que l'éclair jaillit de mon être et projeta le couteau dans les airs avec tant de force que sa lame se planta dans une poutre. Mon agresseur roula jusqu'au mur.

Je me levai et allai me tenir au-dessus de lui. Au risque de me remémorer Lellih, je lui demandai :

– Si vous détenez le Pouvoir, pourquoi avoir choisi le couteau ?

– Je craignais que l'emploi du Pouvoir ne vous éveille.

Il mentait. Cet homme n'était pas un mage aussi puissant qu'il voulait me le laisser croire.

Il se releva et me fixa, pour me dire d'une voix posée :

– C'est exact, je ne suis pas de taille contre vous. Vous pouvez me tuer, car je n'ai pas mené à bien ma mission.

– Elle vous a donc chargé de m'assassiner ?

– Non, Zervarn. Elle ignorait mes projets. Elle sera en colère, et ses colères sont redoutables. Mais on ne peut craindre ceux qu'on aime, n'est-ce pas ?

Sans doute avait-il appris mon nom en bas. Il ne posa pas de questions, bien que sa connaissance des langues lui eût certainement indiqué qu'il s'agissait d'un nom d'emprunt.

– Vous l'aimez.

– Pas dans le sens que vous donnez à ce terme. Pas *physiquement.*

Il eut un petit rire et je me remémorai Peyuan, le chef qui l'avait connue sur le rivage d'une autre mer. Ne disait-il pas qu'il ne l'avait jamais désirée, mais simplement aimée ? C'est ainsi qu'elle les lie à elle, pensai-je. Non par le phallus, le plaisir sexuel si vite oublié, mais par l'âme et l'esprit.

– Vous devez savoir que je veux la rencontrer.

– Oui. Et elle le sait, elle aussi.

– Allez-vous à nouveau essayer inutilement d'attenter à ma vie ?

Il haussa les épaules et je me remémorai Sorem. Il avait possédé lui aussi le Pouvoir, mais à un niveau si faible qu'il m'avait été facile d'oublier son statut de magicien. Si j'avais cependant voulu obtenir la preuve que le Pouvoir existait à l'état embryonnaire dans tous les hommes et n'était pas limité aux dieux, c'était chose faite. Comme l'avait dit Mazlek, ma mère avait un peuple magnifique.

– Je propose une trêve, Zervarn, dit-il. Seigneur, l'acceptez-vous ?

– Entendu. Retournez auprès de votre Javhetrix pour lui annoncer que j'arrive.

– Elle le sait déjà, et je vais vous guider jusqu'à elle.

– Vous êtes stupide, si vous croyez pouvoir m'arrêter.

Il gagna le seuil et s'inclina vers moi.

– Demain, à l'aube, sur la berge. Faites de beaux rêves, Zervarn.

Bien avant l'éveil du village, ou pendant que ses habitants feignaient de dormir encore, je le retrouvai sur la grève de l'estuaire. A l'est, sur la mer, un éclat lavande annonçait le lever de l'aube. Tout le reste était drapé de bleu sombre, même les cheveux blancs de celui qui venait à ma rencontre. Il avait lancé des galets, les faisant ricocher sur les flots, se souvenant qu'il n'avait que dix-sept ans. Il prit une attitude fière et solennelle pour désigner les bateaux de pêche et le large fleuve.

– Pas besoin d'embarcation, n'est-ce pas, Zervarn ?

– Je préférerais en utiliser une. Où est la barque que vous avez prise pour venir ?

– Moi ?

Il haussa les sourcils et me rappela Orek et Zrenn, les parents de Demizdor amalgamés en un seul individu. Etait-ce son principal talent que de pouvoir me remémorer des personnages de mon passé ?

Mais il en avait terminé avec les discussions. Il descendit la grève et s'avança sur la glace qui bordait le fleuve, puis marcha sur les flots.

Et la démarche de ce jeune coq vaniteux était nonchalante. Je le maudis.

Finalement, il se tourna vers moi. Ses pieds dansaient sur les courants dus à l'inversion de la marée dans l'estuaire.

– Voici comment j'ai traversé, me dit-il sur un ton

de reproche. N'essayez pas de me faire croire que vous ne pouvez en faire autant.

– Elle vous a enseigné beaucoup de choses.

– Nous venions tout juste d'être sevrés, quand nous sommes allés vers elle, vers l'inconnu terrifiant et la terreur de Kainium.

Il pivota avec la souplesse d'un serpent, et s'éloigna en courant sur le fleuve.

Je regardai autour de moi, cherchant le pêcheur de la veille et son embarcation. Mais il avait naturellement pris soin de rester couché. L'auberge avait été très joyeuse, le soir précédent, puis très silencieuse. J'étais resté éveillé, l'oreille tendue.

Il augmentait son avance. Je n'avais pas le choix, à moins de voler un bateau. Ma réserve me parut brusquement ridicule.

Je m'engageai à mon tour sur le fleuve et le suivis.

Il attendit d'avoir parcouru près d'un kilomètre pour regarder derrière lui. Il s'arrêta, se balançant sur les flots, et je le vis rire. Dix-sept ans, et magicien. Eh bien, il y avait de quoi être joyeux !

Il aurait pu s'agir de moi, là-bas, sur les flots jacinthe. Capable de rire, de rester un enfant pendant la durée de mon adolescence, de devenir un homme sans connaître l'enfer. Oui, j'aurais dû être à sa place.

Il commença à s'affaiblir après trois kilomètres. Malgré ses rodomontades, sans doute avait-il emprunté une embarcation sur une partie du parcours pour venir jusqu'à moi. Il ne possédait pas une force psychique suffisante, il ne serrait pas assez fermement les rênes du Pouvoir. De la sueur perla à son front, ses pieds bottés s'enfoncèrent progressivement dans les flots. La rive opposée qu'estompait une brume matinale se rapprochait, mais pas assez rapidement. J'arrivai à sa hauteur. Il perdit l'équilibre et se retint à mon épaule.

– Oh, Zervarn, je n'y arriverai jamais ! Allez-vous me laisser me noyer ? Une fille de la montagne Blanche, une enfant du peuple de ma Javhetrix, pleurera ma mort. Et je mourrai, Zervarn, vous pouvez me croire.

Je le regardai. Son arrogance et sa fierté étaient dues

à sa jeunesse. Ses rires étaient également attribuables à son jeune âge. Même à présent, il riait presque, honteux de lui-même. Je compris qu'il s'était donné des airs afin de m'impressionner. Je ne le haïssais pas, je n'avais aucune raison pour cela. Etait-il responsable, si elle l'avait ainsi favorisé, si elle l'avait lié à elle par l'amour ? Mon père n'avait-il pas été victime du même sortilège ?

Cette pensée me surprit. Je n'avais jamais envisagé l'existence du moindre amour entre eux, tout au moins, pas de la part de mon père.

– Laissez votre main sur mon épaule. Je puis vous soutenir.

– Je le sais. (Nous repartîmes, et à présent ses bottes ne s'enfonçaient plus dans la mer.) Kainium est encore loin.

Le soleil se levait, blanc sur le bleu de l'estuaire et le rivage noir et brumeux. Nous atteignîmes la terre ferme. Un chien aboya de l'autre côté du fleuve, un son banal. Et je pensai : Je quitte l'univers rationnel des hommes, avant de prendre conscience que Mazlek tentait de lire dans mon esprit. J'avais instinctivement dressé un bouclier mental pour stopper son intrusion. Je pivotai vers lui et le fixai. Je n'avais que vingt et un ans, mais comparé à cet enfant, il me semblait être un septuagénaire.

– Tous les membres du peuple de la déesse sont-ils comme vous ?

– Tous. Mais aucun ne pourrait prétendre vous égaler.

3

Nous ne parlâmes guère au cours de ce trajet. Le chemin était à peine praticable, enneigé, en montée, et plus loin barré par les arbres d'une forêt. A midi, nous fîmes une halte près d'un cours d'eau gelé. Mazlek se coucha sur le ventre, à même la glace, pour regarder au travers, et me dit qu'il pouvait voir des poissons bleus nager au-dessous. Une autre fois, il leva la main vers une branche et ramena un petit rongeur endormi, qu'il admira avant de le remettre à sa place sans l'avoir éveillé.

Nous avions légèrement obliqué vers l'intérieur des terres, et l'après-midi nous revînmes vers l'océan à angle droit. La journée était claire, et en sortant des bois je vis l'immense étendue grise des flots sur ma droite. Entre la berge et l'horizon, à moins de deux kilomètres de distance et un peu plus au nord, un cône spectral s'élevait des flots.

– La montagne Blanche ? m'enquis-je.

– La montagne Blanche. Elle évoque un rocher glacial, mais au printemps et en été elle se pare d'une véritable mosaïque de couleurs. Vous verrez.

J'en doutai, mais je n'avais aucun projet. Où serais-je au printemps et en été, une fois mon devoir accompli, lorsque tout ceci appartiendrait au passé ?

Une heure plus tard, bien que la montagne ne me parût pas plus proche, je discernai quelque chose dans un repli de la côte.

Kainium.

Pas une cité vivante, mais morte. Aussi ancienne que le rivage, peut-être plus, bien que ce fût inconcevable. Je parvenais difficilement à la différencier de la neige. Tels les ossements et les crocs d'un animal mort, elle était simplement un peu jaunâtre. Des cyprès aux manteaux blancs bordaient une large route pavée qui y conduisait en passant sous une grande arche juchée sur des piliers de quinze mètres de hauteur.

J'avais assez voyagé et rêvé pour pouvoir reconnaître une agglomération de la Race des Anciens. Elle avait sous le linceul de neige un aspect menaçant et mystérieux. Je me demandai quelles atrocités et quels envoûtements avaient été perpétrés en ce lieu, pour que leur aura maléfique eût subsisté tant de siècles. Je me demandai également si ma mère avait jeté son dévolu sur ces ruines pour cette raison, et si leur proximité ne lui procurait pas un certain plaisir pervers.

Je suivis cette route avec Mazlek et passai sous l'ombre bleutée de l'arche gigantesque. Les plaintes du ressac exceptées, je n'entendais aucun son.

Puis je vis de la fumée s'élever derrière un groupe

d'arbres, sur la gauche de la route, et j'aperçus ensuite un bâtiment.

– Un asile ouvert à tous ceux qui cherchent un abri, m'expliqua Mazlek. Les paysans qui viennent voir Karrakaz ont généralement peur d'entrer dans cette cité de la Race des Anciens et fuient cette auberge. Mais vous, Seigneur, vous apprécierez certainement les conforts de la civilisation.

– Le croyez-vous vraiment ?

Il sourit.

– Ce n'est pas un piège, Seigneur. Ne m'avez-vous pas sauvé la vie, sur le fleuve ?

Dire que ma confiance en lui était limitée serait un euphémisme, mais j'étais heureux de cette opportunité de me détendre. Je rencontrerais ma mère avant l'aube suivante, et ce laps de temps me paraissait brusquement trop court. En outre, j'avais grand besoin d'un bain chaud, d'un rasoir et d'un peigne. Je m'étais lavé avec des poignées de neige, ou dans des étangs dont j'avais dû briser la glace. Ma barbe et ma chevelure me donnaient l'apparence d'un primitif échappé de quelque baraque foraine. Je ne désirais pas me présenter ainsi devant elle. Ce n'était pas par vanité... Ne m'avait-elle pas abandonné à une existence de sauvage ? Non, je voulais simplement lui démontrer que le fils du loup laissé parmi les pourceaux était en dépit de tout devenu son égal.

Je trouvai dans cette auberge deux serviteurs blonds qui ne semblaient apparemment pas redouter les ruines ou la sorcière. L'un me rasa et coupa mes cheveux, alors que mon corps se détendait dans un bassin encastré dans le sol et empli d'eau chauffée par un hypocauste. Je l'interrogeai sur les raisons de sa présence dans cette cité morte, et il m'apprit qu'il était originaire d'un village des collines de l'Ouest, dont il avait été chassé après avoir contracté la lèpre. La déesse de la montagne l'avait guéri. Travaillait-il ici en règlement des honoraires de celle qui l'avait sauvé ? Absolument pas. Il aimait ce lieu et l'aura mystique de magie qui y régnait. Constatant qu'il était prolixe, je lui demandai de me décrire la déesse et j'appris que personne ne l'avait jamais vue, à l'exception des membres de son peuple, choisis en raison de leur blancheur comparable à la sienne. Elle ne quittait jamais son île, où nul ne s'aventurait sans y être expressément invité. Ceux qui avaient ce privilège la voyaient voilée, une simple silhouette indistincte à l'intérieur d'un sanctuaire obscur. Mais il n'était pas utile d'aller jusque-là, car les membres de son peuple (que l'homme appelait les *Lectorra*, les « Elus ») pouvaient guérir en son nom, même les mourants.

Oui, les Lectorra se rendaient régulièrement à Kainium et dans les villages alentour. On ne pouvait manquer de les reconnaître, car ils étaient tous albinos et majestueux : de jeunes garçons et filles assez beaux pour être des dieux. Un statut qu'on pouvait aisément leur accorder, ajouta-t-il. Oui, oui, il les avait vus marcher sur les flots, voler, transmuter en or de vils métaux, s'évaporer dans les airs, se métamorphoser en animaux, faire pleuvoir pendant la saison sèche, apaiser les tempêtes pour permettre aux pêcheurs de prendre la mer. Ils enseignaient en outre d'étranges choses : par exemple que la Terre n'était pas plate mais sphérique, et qu'elle flottait dans le vide; que le Soleil était une boule semblable mais composée de feu, autour de laquelle notre monde effectuait des révolutions; et que la Lune tournait à son tour autour de la Terre, entraînant les marées dans son sillage.

Comme Long-Œil, cet homme ne paraissait pas redouter ses dieux.

Finalement, son compagnon m'apporta des vêtements prélevés dans une pile d'effets destinés aux pèlerins déguenillés. (J'avais eu bien des statuts, au cours de mon existence, et j'étais à présent un voyageur en haillons.) Cependant, ces vêtements étaient de bonne laine bleu nuit, et la longue tunique qui descendait jusqu'aux chevilles avait un joli liseré rouge. Les porter ne m'humilierait pas.

A ma sortie de cette salle, Mazlek avait disparu. Il avait dû s'esquiver dès que je lui en avais offert l'opportunité et devait à présent se trouver dans une embarcation, marcher sur les flots, ou encore sur cette chaussée dont on m'avait parlé, pour gagner la montagne afin de l'informer de tous les détails me concernant : mon apparence, mon humeur, mes capacités. J'estimai cependant cela sans importance, car elle semblait déjà tout savoir sur mon compte.

Les serviteurs me rapportèrent mon couteau, après l'avoir soigneusement nettoyé et astiqué. Il avait l'éclat que seul un homme ne se battant jamais peut obtenir d'une lame. L'ironie de ce symbole m'amusa un peu. Cette arme, qu'ils me rendaient. Elle ne me redoutait pas le moins du monde, ou voulait m'inciter à le croire.

Je suivis la large route et pénétrai dans le cadavre de Kainium. Mes pensées étaient amères. Je me croyais stoïque. Je pouvais à présent imaginer mille issues à notre rencontre, mais j'étais prêt à tout affronter. Je la trouverais probablement avant le coucher du soleil et notre destin, quel qu'il fût, serait alors accompli. Les questions et les doutes de toute une vie auraient reçu des réponses. Le livre se refermerait.

Les rues bordées de colonnades étaient aussi rectilignes que des lances et les murs réverbéraient mes pas, me donnant l'impression d'être accompagné. Des fragments de cristal miroitaient toujours aux fenêtres, et je découvrais que cette cité n'avait après tout rien de maléfique. Elle était simplement très vieille, morte, et ce que je percevais n'était que la lamentation silencieuse de ce qui ne peut connaître une résurrection.

Je me dirigeais vers le nord, et l'île-montagne apparaissait entre les ruines, spectrale sur le miroir des flots.

Le soleil couchant traçait des dessins rougeâtres sur la blancheur des avenues et nimbait les toits et les terrasses lointaines, fardant leur délabrement. D'ici, j'aurais juré que ces hauteurs étaient habitées, mais je n'y voyais aucune lampe. Puis je notai des lumières au nord, en contrebas, sur le rivage. L'éclat verdâtre de torches entre la cité et la mer.

Je m'arrêtai pour observer un instant ces lueurs. Je les atteindrais dans moins d'une vingtaine de minutes, et le crépuscule marquerait alors la fin du jour. Mais elles avaient pour moi un aspect menaçant. Je voyais en elles les lanternes de naufrageurs voulant m'attirer vers des écueils.

Je sentis quelque chose effleurer mon esprit. Une jeune fille vêtue d'une cape verte se tenait sous le portique délabré d'une demeure en ruine, immobile et silencieuse comme si nous nous trouvions dans une cité animée un jour de marché et qu'elle était sortie sur le seuil pour observer la foule bigarrée. Ses cheveux étaient blancs et frisés, et sur son épaule se tenait un chaton blanc, figé au point de me faire penser à une statue de pierre. Une telle apparition eût fait hésiter quiconque, et son visage possédait une beauté presque surnaturelle, parfaite au point d'être incomparable. Comme l'avait dit le barbier, on ne pouvait manquer de reconnaître les Lectorra de la déesse.

Elle n'avait pas tenté de sonder mon esprit. Ce signal était simplement destiné à attirer mon attention, rien de plus.

– Vous êtes Zervarn.

Mazlek s'était donc arrêté en chemin pour annoncer la nouvelle.

Les yeux de la fille étaient incolores, et elle avait sur le front la même gemme verte que Mazlek. Il s'agissait probablement du symbole superflu de leur ordre, du signe des Lectorra.

– Bienvenue à Kainium, Zervarn.

– Merci pour votre accueil.

– Merci pour vos remerciements, fit-elle avant de tendre le doigt afin de désigner la grève. Voici le chemin qui mène à votre but.

– Quel est-il ?

– Karrakaz, à en croire vos propres paroles.

– C'est exact. Allez-vous me servir de guide ?

– Ce serait inutile. Suivez cette rue jusqu'à l'escalier de la terrasse. On accède ensuite à la mer en traversant un ancien jardin. Les torches brûlent sur la plage qui fait face à la montagne.

Elle ne semblait pas avoir l'intention de se rapprocher, aussi pivotai-je pour suivre ses instructions. Tout cela revêtait une atmosphère théâtrale, que je trouvai puérile. Je devais cependant admettre que cette mise en scène était en harmonie parfaite avec l'aura de la cité et du crépuscule.

Deux cents marches descendaient en serpentant entre des colonnes brisées et je notai une fontaine tarie sur un piédestal de marbre où était représentée une fille qui s'accouplait à un énorme serpent; une œuvre pornographique magnifique qui me stimula en dépit de la glace figée sur leur ardeur.

Au bas des marches commençait un jardin qui s'éloignait vers la plage et cette mer toujours audible, mais désormais dissimulée par les arbres. Le ciel rougissait et ensanglantait la neige. Au sud-est, je voyais plusieurs tours dépasser des pins et des cèdres de ce parc. Je m'arrêtai bientôt pour les étudier, car elles étaient marquées par le sceau de l'irréalité dont j'avais déjà vu l'empreinte dans le Sarvra Lforn d'Eshkorek. Seuls les sommets des deux tours les plus proches dépassaient des arbres. L'une était de basalte noir et représentait une tête de cheval aux yeux d'un vert lumineux; et l'autre un masque de lion avec une crinière de pointes de cuivre doré. Plus loin au sud, j'assistai à la floraison statique d'une orchidée géante, dont les étamines dorées devaient être quatre clochers intérieurs. En un point où les pins ne formaient pas un rideau, m'apparaissait une tour représentant un serpent dressé à tête de lézard. Son œil scintillant était une fenêtre, le collier de son cou probablement un balcon. Son éclat vert m'indiquait que d'énormes plaques de jade formaient ses écailles. Le soleil bas se reflétait sur les yeux et les pierreries de toutes ces tours, ces jouets monstrueux.

Alors que je les admirais, deux personnages blancs sortirent des ombres, un garçon et une fille. Ils devaient avoir une quinzaine d'années, des adolescents. Le garçon dit à la fille :

– Il s'agit probablement de ce Zervarn.

– Quel regard ! fit-elle après avoir eu un petit rire. Nous ne sommes pas des esprits, Zervarn.

Mais avec leurs vêtements blancs que la caresse du soleil rendait en partie translucides, et se découpant sur les ténèbres qui entouraient les tours-gemmes aux sculptures fantastiques, ils paraissaient encore plus surnaturels que des spectres.

— Il admire les tombes, ajouta-t-elle. Les tombeaux de la Race des Anciens.

— Désirez-vous en visiter une? me proposa le garçon. Nous serons heureux de vous servir de guides.

Des tombes! J'avais cru les membres de la Race des Anciens immortels. Cependant, toute cette cité démontrait mon erreur. Quelque chose les avait tués et les tours lézard et orchidée contenaient leurs ossements, leurs bijoux et leurs trésors. J'eus une pensée prosaïque : les contes des semblables de Jari et de Lanko sur l'or poussant dans les arbres de cette contrée avaient certainement pour base les souvenirs de ce jardin funéraire, ou d'autres parcs semblables. Mais je me demandai combien de pirates avaient osé piller les tombes du Peuple disparu de Kainium.

— Les tombeaux sont réservés aux morts, dis-je aux enfants surréels qui me faisaient face. Voyez, je suis vivant.

— La mort des Anciens n'est pas celle des hommes, rétorqua le garçon. Chacun d'eux a vécu des siècles et, après d'autres siècles de sommeil, ils se réveilleront, sortiront de leurs tombeaux, reviendront parmi nous.

— L'enseignement de Karrakaz, Fontaine de savoir...

Et je pensai, comme à chacune de mes rencontres avec ces êtres : Est-ce sa progéniture; mes demi-frères; un fils et une fille fruits de son accouplement avec un mâle albinos; des enfants qu'elle a gardés près d'elle?

Brusquement, main dans la main, comme dans une fresque cabalistique peinte sur les parois de l'antre d'un magicien, ils s'élevèrent du sol et s'éloignèrent dans les airs, entre les branches dénudées des arbres.

De la glace et du feu se pourchassaient le long de ma colonne vertébrale. J'étais également capable de léviter, mais je n'avais encore jamais assisté en simple spectateur à un tel prodige.

Je crus deviner quels étaient leurs projets, s'ils en avaient.

Je trouvai un crâne brunâtre dans la neige. Il m'était impossible de savoir s'il avait appartenu à un dieu ou à un simple mortel, et cela avait en soi quelque chose de dégrisant. Je le pris dans mes mains, et la neige tomba des cavités oculaires, puis je le reposai sous un cyprès et il suivit mon départ de son regard noir.

Ce miracle onirique, cet environnement surnaturel, étaient destinés à me faire perdre le sens des valeurs humaines, ainsi que les vestiges de colère et d'esprit de vengeance qui pouvaient subsister en moi.

Le soleil s'enfonçait dans les profondeurs de Kainium, lorsque j'atteignis la plage; une large étendue blanche et glacée coincée entre la cité et les flots. La mer évoquait une pièce de soie luisante et, se découpant contre les ténèbres, illuminée de cinabre par les derniers rayons du soleil, l'énorme montagne surplombait l'océan, juste en face de la rive, finalement accessible.

Les torches qui brûlaient à une quarantaine de mètres de moi, toujours verdâtres dans le crépuscule, éclairaient une foule d'hommes et de bêtes. Plus loin, un feu me révélait les silhouettes des chariots, des charrettes, et des autres moyens de transport utilisés par l'espèce humaine.

J'ignorais la raison de ce rassemblement. Cependant, je n'avais qu'à m'arrêter, mettre à contribution mon intelligence, faire des suppositions.

Je savais que les Lectorra, les Elus de la déesse, se rendaient régulièrement sur le continent; et de nombreuses personnes s'étaient regroupées en face de l'île-montagne. J'en déduisis qu'au cours de la nuit la progéniture adoptive surnaturelle de Karrakaz viendrait probablement pratiquer une imposition des mains thérapeutique sur les mortels. *Elle* ne serait pas présente. Elle ne quittait jamais son île, m'avait-on dit, mais ses Lectorra pouvaient mettre en pratique ses enseignements, j'en avais eu la preuve.

Si ces torches n'avaient pas été allumées à mon intention, elles me rappelaient que mes Pouvoirs étaient loin d'être uniques.

Je m'approchai lentement des lumières, afin de savourer le goût amer des événements, ces dernières gorgées d'un vin qui m'était proposé.

Hommes, femmes et enfants, regroupés autour du feu et des torches, chantaient des ballades de leurs villages. Afin de repousser la nuit et de conjurer les maléfices de la cité fantôme, pendant qu'ils attendaient l'arrivée de leurs dieux.

Un peu à l'écart des autres, un garçon qui nourrissait un cheval squelettique entendit mes pas et se figea, pour m'étudier avec nervosité. Mais j'étais un homme brun, pas un albinos. Son inquiétude se changea en simple curiosité. J'étais un étranger malade, car autrement qu'aurais-je fait parmi ces invalides? Il n'avait rien à craindre.

Je pouvais à présent voir des personnes allongées sur des civières, certaines dans l'incapacité de se mouvoir, d'autres agitées par le désespoir. Je pénétrai dans la foule, et une femme s'écarta sans rien dire, pour me laisser une place sur un tapis étendu à côté du feu. Un homme tout aussi avare de paroles m'offrit une cruche de bière, qu'ils avaient chauffée et épicée pour lutter contre le froid. Sa gentillesse m'émut; la compassion des êtres humains réunis par le caractère particulier de leur mission.

Je me demandais si je devais poursuivre ma route ou jouer ce rôle et rester parmi eux, quand les chants s'interrompirent et trois personnes désignèrent le sud de la plage.

Les Lectorra étaient apparus brusquement; spectres qui venaient de jaillir hors du crépuscule purpurin tels des bâtons de lumière blanche papillotante. Ils ne marchaient pas mais glissaient vers nous à quelques centimètres du sol. Une telle arrivée était plus effrayante que s'ils s'étaient déplacés dans les cieux, et j'attribuai cette modestie prétentieuse à la morgue cruelle d'une jeunesse insensible. Décidément, Gyest avait vu juste. La commisération est sœur de la peur. Ces êtres n'avaient plus rien à redouter, et s'amusaient de la terreur qu'ils inspiraient.

La foule d'humains resta muette. Quelque part, un chien gémit puis se tut à son tour.

Les Lectorra se posèrent à quelques mètres de nous, là où la clarté des torches les métamorphosait en marbre. Ils étaient cinq : les deux que j'avais vus dans le jardin funéraire, deux garçons et une fille d'approximativement seize ans. Tous étaient vêtus comme Mazlek : vêtements blancs, sur un épiderme blanc. Tous avaient une gemme verte au milieu du front. Tous possédaient une beauté qui nouait les entrailles et coupait le souffle; cette beauté qui n'apportait pas l'apaisement, à moins d'être en adoration devant eux. Ce n'était pas mon cas.

Je n'eus pas à me demander ce qu'ils feraient ensuite, car ils dissipèrent immédiatement mes doutes.

– Ressaven n'est pas venue nous rejoindre, déclara un des garçons.

– Elle aurait dû venir, répondit la fille la plus âgée. Voyez comme ils sont nombreux.

Elle parcourut la foule du regard, eut un sourire méprisant, et ajouta :

– Qu'ils sont stupides et frustes! A quoi bon les sauver?

– Ils devraient nous rendre hommage, mais se contentent de rester bouche bée, fit remarquer le garçon rencontré dans le jardin. Ils se croient peut-être au cirque.

– Peu m'importe leurs hommages, je préférerais des présents. Ils auraient dû nous apporter leur or, s'ils en ont. Des parfums, du cuir, des chevaux. Mais ils veulent la santé sans rien donner en échange. Toucher leurs corps bruns et puants ne m'enthousiasme guère.

– Moi non plus, dit la plus jeune des filles, qui prit son compagnon par la taille et lui murmura : Il n'y a que toi que j'ai envie de toucher, Sironn.

Ils parlaient la langue des cités, ou plutôt sa version antique. Moi seul comprenais leurs propos minaudiers et abjects. La foule se contentait d'attendre que les nobles divinités daignent commencer leurs miracles.

J'ignorais si les Lectorra m'avaient remarqué au sein de la foule. Sans doute pas, car une sorte de silence intérieur s'était abattu sur moi et semblait m'isoler d'eux.

Les dieux se contentaient à présent d'observer la foule.

Le peuple, indécis, les regardait servilement.

Finalement, un homme sortit de la foule et alla s'agenouiller devant eux sur la glace. Sans doute avait-il pris l'immobilité des Lectorra pour une invitation, ou n'avait-il pu endurer plus longtemps cette attente.

— Seigneurs, balbutia-t-il.

Les Lectorra le fixèrent avec dégoût et amusement.

— Que veut-il ? demanda Sironn à la mer.

— Tout-puissants, mon œil gauche ne voit plus.

La fille la plus âgée le fixa en fronçant ses sourcils blancs et lui dit dans le dialecte des villageois :

— En ce cas, estime-toi heureux de ne pas avoir également perdu le droit.

Ses compagnons rirent; ces rires cruels et stupides propres aux imbéciles.

L'homme prosterné à ses pieds crut vraisemblablement avoir mal interprété ses propos, car il expliqua à nouveau :

— Mon œil gauche est aveugle. Il ne voit rien.

— De toute façon, il ne doit pas y avoir des choses agréables à voir, dans ton taudis misérable, lui rétorqua le Lectorra.

La fille la plus jeune se pencha vers l'homme, pour lui suggérer d'une voix doucereuse :

— Prends un fer rouge et va crever les yeux de tous les autres pouilleux de ton village. Ensuite, tu seras le plus puissant, car au royaume des aveugles les borgnes sont roi.

L'homme agenouillé sur la plage glaciale porta les mains à son visage. Son expression trahissait sa confusion et sa terreur, mais il se croyait toujours fautif; il pensait s'être mal exprimé. Il tendit la main vers la fille la plus âgée, cherchant instinctivement sa sympathie. Ses doigts effleurèrent la cape de la Lectorra, qui pivota vers lui, les yeux luisant de rage. Elle leva sa propre main et de sa paume jaillit une dague de lumière qui atteignit l'homme entre les sourcils.

L'énergie libérée était peu importante, et j'attribuai cela non à un choix délibéré mais au jeune âge de la Lectorra qui n'avait pas encore parfaitement maîtrisé le Pouvoir. Heureusement pour cet homme. Dans le cas contraire, je crois qu'elle l'eût tué, pour le punir d'avoir osé la toucher.

A nouveau, le miroir. L'orgueil. Un enfant qui ignore tout de la vie et n'a pas été éduqué. Mais si je ressentais quelque chose, ce n'était pas de la colère. Je traversai la foule muette d'angoisse et vins me placer derrière l'homme tombé à la renverse. Je me penchai vers lui, le touchai et le guéris.

Il bascula sur le ventre, les mains sur les yeux, puis roula à nouveau sur lui-même et s'assit. Il avait d'excellentes raisons d'être sidéré. Il recouvrait progressivement la vue, pendant que les spectateurs se demandaient ce qui se passait. Mais un regard aux Lectorra m'apprit qu'ils avaient quant à eux compris.

Il m'était arrivé de voir une meute de chiens sauvages réagir de la même manière. Ils se regroupaient face aux lances, les yeux luisants et la gueule ouverte pour mordre.

Un chien gronda, comme le font toujours ces animaux.

– Toi, tu n'es qu'un homme. Que fais-tu ?

Puis la meute aboya :

– Un tour d'illusionniste !

– La déesse a mis Ressaven en garde contre cet étranger !

– Il ne peut nous résister !

Le borgne, qui n'était plus borgne, se releva. A en juger par ses cris, il croyait que c'était l'éclair lancé par cette chienne qui l'avait guéri. Elle se chargea de lui faire comprendre son erreur en libérant un autre trait de lumière, cette fois contre moi.

Je n'eus aucune difficulté à dévier son faible Pouvoir. Il y eut un craquement dans les airs, celui de deux décharges d'énergie qui se repoussent. La foule sortit de son mutisme et cria.

Je voyais les Lectorra s'apprêter à lancer une attaque collective, mais ils n'étaient que des enfants, emplis de mépris parce qu'ils ne s'étaient jamais trouvés en position d'être méprisés, parce qu'ils savaient que la Terre possédait une forme sphérique et qu'ils en étaient les maîtres.

J'avais fait des serments, en grand nombre, mais je comprenais que le présent ne pouvait être éternellement régi par le passé. J'utilisai mon Pouvoir, conscient que le moment était venu d'oublier mes scrupules.

Je soulevai à un mètre du sol les cinq Lectorra. Ils me firent penser à des pantins, et je les maintins ainsi, cherchant volontairement à leur donner des attitudes propres à des marionnettes suspendues à leurs fils.

Ils hurlaient de terreur et tentaient de se libérer, pour découvrir qu'ils en étaient incapables. Ils ne pouvaient m'égaler, et encore moins me vaincre. Ils le tentèrent cependant, et leurs éclairs permirent aux personnes présentes sur cette plage d'assister à un véritable feu d'artifice. Je reconnus au sein de leurs cris la voix de Sironn, et constatai qu'elle n'avait pas encore mué. La plus jeune des Lectorra (j'avais couché avec des filles encore moins âgées qu'elle, mais ses quinze ans me paraissaient désormais bien peu de chose) suscita ma pitié, car elle se mit à pleurer. Les plus âgés s'acharnaient contre moi, et ils s'épuisèrent à lancer des attaques aussi vaines que ridicules jusqu'au moment où ils furent en sueur et que leurs mains tremblèrent. Ils n'avaient jamais connu pareille humiliation, et surtout pas devant une foule de simples paysans. Finalement, je les libérai et ils churent sur la neige.

Je me détournai, et un dernier éclair vint caresser mon dos. Sans doute s'agissait-il de la plus âgée des filles, qui avait supporté encore plus mal que les autres cette petite leçon. Sans me retourner, je lui dis :

– Arrête, ma jolie, si tu ne veux pas que je recommence.

Ensuite, ce fut le calme.

Les villageois s'étaient écartés de moi avec épouvante. Je venais de ridiculiser leurs dieux et ils ne pouvaient me le pardonner. Le borgne qui disposait désormais de ses deux yeux avait gagné le feu et se servait de la bière, ignorant ma présence comme les convives d'un banquet sont censés ignorer celle de la Mort assise parmi eux, dans certaines histoires masriennes.

Puis je levai la main, et la foule cria. Ces gens croyaient que j'allais utiliser mon Pouvoir contre eux.

– Je soignerai ceux qui le désirent, déclarai-je.

Ce fut une femme qui trouva le courage de me demander, depuis les derniers rangs de la foule :

– Etes-vous son... un Elu de la déesse ?

– Non, madame, et contrairement à eux je ne prends pas plaisir à me gausser des aveugles.

– J'ai un fils malade. Pouvez-vous le guérir ?

– Amenez-le-moi.

Ils laissèrent à cette femme le soin de tester mes Pouvoirs. Elle m'amena un enfant victime d'une affection pulmonaire. Il toussait un phlegme rouge et devait être porté. Je le guéris en un instant et, dès qu'ils eurent la preuve que je n'étais pas un charlatan, les autres approchèrent.

Derrière moi, dans la nuit noire qui régnait au delà du cercle de clarté des torches, les Lectorra restaient immobiles, tels des arbres blancs enracinés dans une boue argentée.

Et je pensai, alors que plaies et infections disparaissaient sous mes paumes : J'ai à nouveau franchi cette porte rouillée. Et cependant, j'en étais heureux. Je crois que j'aurai presque toujours quelques réticences à soigner les maux qui affligent les gens, mais c'est un acte merveilleux et je suis désormais heureux de posséder ce don, et fier de ce qui s'est épanoui en moi à partir des germes de l'indifférence et de la raillerie.

Lorsque je relevai finalement la tête, je découvris que la foule s'était écartée et qu'un nouveau personnage attendait à dix pas de moi.

Une sixième Lectorra, une fille qui se tenait à l'écart de ses semblables et portait une cape bleu nuit, comme le ciel et la mer.

Mais une main blanche tenait ce vêtement, une main au frêle poignet enserré par un bracelet de pierre verte. Elle possédait des cheveux de neige et un visage dont la beauté fit vibrer mon aine, mes jointures, mes côtes, telle une note de musique entendue dans les profondeurs du sommeil.

Je la voyais distinctement. Elle paraissait un peu plus âgée que les autres, peut-être d'une année, mais ses yeux étaient des épées qui me transpercèrent avant de se porter sur les enfants blancs regroupés derrière moi.

– Ressaven, dit le plus âgé. Ressaven, vous n'étiez pas ici, et il...

– J'ai assisté à ce qu'il a fait, et à ce qui s'est passé auparavant.

Elle me fixa à nouveau. Elle était jeune, plus jeune que moi, mais je découvrais dans son regard une profonde sagesse et un savoir incommensurable. Il me semblait qu'elle aurait pu lire en moi comme dans un cristal magique, si elle l'avait souhaité.

– Vous êtes Zervarn, fit-elle.

– Je suis Zervarn. Vous a-t-elle chargée de venir m'attendre ?

– Elle ?

– Votre déesse, Karrakaz.

– Elle n'est pas une déesse, mais une simple femme qui possède des Pouvoirs. Les vôtres ne sont pas négligeables, eux non plus.

– Je le pense.

– Vous le pouvez.

Elle vint vers moi, et j'eus l'impression de me tenir au-dessus d'un abîme de lumière. De tous les Lectorra, elle est la plus proche de la vieille sorcière, pensai-je. Sa marque luit sur elle comme du phosphore. La clarté des torches se reflétait dans ses cheveux, et je discernais à travers la cape sombre les contours de ses seins, de sa taille fine de danseuse, de ses longs membres fuselés. La gemme verte des Lectorra scintillait sur son front. Elle rejeta la tête en arrière, pour m'étudier.

– Vous cherchez Karrakaz depuis longtemps.

– Et c'est vous, Ressaven, qui allez me conduire jusqu'à elle.

– Peut-être serait-il préférable pour vous de repartir immédiatement.

– La vieille harpie de la montagne vous a-t-elle chargée de me menacer ?

– Non, Karrakaz ne vous veut aucun mal.

– Très généreux de sa part. Je ne puis en dire autant.

Son haleine avait une senteur florale, et sa bouche la nuance d'un lever de soleil sur son visage hivernal. Sous ses sourcils semblables à des lames d'argent, ses yeux de magicienne déversaient sur moi une vérité nue et sans compromis. Elle n'employait pas le mensonge pour tenter de minimiser les fautes et la médiocrité des autres. Aucun quartier n'était fait, ou demandé. Je tentai pendant un instant de m'imaginer la peau ivoirine de Demizdor, celle ambrée de Malmiranet, mais la splendeur de cette femme éclipsait la beauté de toutes les autres.

A titre d'expérience, je posai ma main sur son épaule.

A ce contact, une décharge électrique parcourut mon corps. Et sans doute également le sien, car l'alcum de ses yeux se voila un bref instant.

J'avais été stupide de me chercher un lien de parenté avec les autres. J'avais trouvé ma pareille, une fille de mon sang. Une enfant de Karrakaz. Ressaven était ma sœur.

4

J'étais venu chercher de l'armoise. J'avais glissé ma main dans le nid de vipères pour découvrir que des fleurs y poussaient, que du vin rafraîchissait dans un calice d'argent, et que le soleil se levait au delà d'une fenêtre noire.

Et je pensai : C'est un enchantement, un nouveau tour pour m'écarter de ma route. Le chien oublie l'odeur de l'ours, lorsqu'il hume celle d'une louve, au printemps. Elle me fera monter sa jument blanche et oublier le reste.

Ressaven. Ma sœur.

Je pouvais me remémorer la fille de Peyuan, Hwenit à la peau sombre et aux yeux bleus, son amour pour son frère et mon verbiage pompeux. Et je me retrouvais dans le même cas qu'elle; amoureux de ma sœur. L'immoralité de l'inceste (un mot honni et inadéquat) s'envolait comme de la fumée. Face aux faits, aucune éthique ne me retenait.

Sans doute le lut-elle dans mes yeux, car les siens se figèrent brusquement, devinrent presque opaques. Elle venait peut-être d'entendre dans son esprit un mot qui la terrorisait.

Karrakaz l'avait envoyée à moi, mais ne l'avait pas avertie de ce qui résulterait de notre rencontre. Puis je pensai que ce nouveau rebondissement avait peut-être pour objet de me prendre au piège. La foule des mortels s'était retirée vers ses chariots, et les Lectorra venaient timidement vers Ressaven. Elle semblait leur inspirer de la crainte et du respect; première parmi les premiers, Karrakaz avait sans doute fait d'elle leur mentor, l'intermédiaire entre la déesse et ses sujets.

Elle se détourna de moi, pour leur dire :

– Vous avez en vous le sang de la Race des Anciens, et vous êtes devenus semblables à eux. C'est la première fois que je ne suis pas avec vous un jour de guérison, et voilà que vous révélez votre véritable nature.

L'aîné des garçons la fixa avec un air provocateur, trahissant ainsi son malaise.

– Vous nous avez dit que les Anciens ont péri victimes de leur orgueil, mais qu'ils avaient des raisons d'être fiers. En outre, Karrakaz vit, et elle appartient à cette race. Vous dites que nous descendons de leur semence, qu'ils ont déversée dans le sexe des femmes il y a des siècles, par simple amusement. Voilà pourquoi elle nous a choisis, parce que nous lui ressemblons. Ils ne sont pas morts, Ressaven. Voyez... ils sont là.

– Oui, répondit-elle, l'expression grave. Ils sont là... en vous. Et la malédiction de l'humanité, dont ils ont été victimes, pourrait vous frapper à votre tour. Réfléchissez-y.

Puis elle nota que la plus jeune des filles pleurait à nouveau. Elle alla vers elle et caressa sa chevelure.

– C'est dur, je le sais. Très dur.

Elle leur ordonna de regagner l'île, s'adressant à eux comme à des enfants; ce qu'ils étaient. La marée s'inversait et dégageait une vieille chaussée qui prenait naissance dans la mer, à quatre cents mètres de la plage. Ils parcoururent cette distance en courant, et les villageois s'écartèrent de leur feu et de leurs chariots pour voir les spectres blancs bondir sur les flots. Ils m'adressaient également quelques regards. J'étais un élément nouveau et déconcertant, qui n'avait aucune place dans leur univers normal ou surnaturel, et ils estimaient préférable de m'ignorer.

– Vous avez été indulgente avec ces garnements imbus d'eux-mêmes, dis-je à Ressaven.

– Et vous, très dur. Vous avez traversé le feu qui

brûle et purifie. Ils n'ont connu ni souffrances, ni épreuves, ni châtiments.

– Vous êtes une Lectorra, vous aussi. Comment se fait-il que Ressaven soit différente de ses semblables ?

– J'ai subi des épreuves. Tous ne peuvent l'éviter.

– Et vous êtes la plus proche de la dame de la montagne, n'est-ce pas ? De beaucoup.

Elle m'étudia longuement.

– Vous êtes le fils de Vazkor.

– C'est exact.

Après que j'eus senti le souvenir de mon père s'éloigner de moi, dans la vallée, je trouvais étrange qu'elle eût dit cela de moi. Le bruit du ressac s'élevait de la plage. La montagne avait viré du rouge au gris.

– Elle vous a tout raconté, n'est-ce pas ? Qu'elle a tenté de se débarrasser de moi puis, constatant que c'était impossible, qu'elle a assassiné mon père avant de m'abandonner parmi les pourceaux afin que je devienne semblable à eux. J'aurais pu être un roi, sans ses machinations.

Alors même que je prononçais ces paroles, cette accusation eut un goût de rance dans ma bouche, tant je l'avais souvent portée contre elle.

Comme consciente de cela, elle répondit en ayant un semblant de sourire.

– Vous êtes devenu puissant en tant qu'homme et sorcier et, si vous le désirez, vous pourrez vous forger un royaume dans n'importe quelle partie du monde sur laquelle vous jetterez votre dévolu. Personne n'a fait de vous un roi, Zervarn, mais vous êtes devenu ce que vous êtes par vous-même. Estimez-vous heureux, c'est de loin préférable.

– Comment pourrais-je le savoir ? Elle ne m'a laissé aucune opportunité pour qu'il en soit autrement.

– Lorsqu'elle vous portait en elle, Karrakaz n'avait aucun héritage à vous offrir. Pour elle-même, elle n'espérait plus rien.

– Vous entendez ces mensonges depuis le jour où elle vous a prise pour la première fois sur ses genoux. Voilà pourquoi vous croyez de telles sornettes.

– Vous la haïssez donc.

– J'ai dépassé le stade de la haine. Elle est l'énigme

de mon existence, et je veux obtenir des réponses, c'est tout. Allez-vous me conduire jusqu'à elle ? Je puis m'y rendre seul, s'il le faut. Je la trouverai. J'ai déjà parcouru la plus grande partie du chemin.

– C'est exact. Alors, venez. Elle réside au cœur de l'île, à quelques heures de marche.

Nous nous éloignâmes des feux le long du rivage, vers un point d'où nous pourrions nous engager sur l'océan sans être vus. Nous n'échangeâmes pas une seule parole à ce propos, mais je ne fus pas surpris de constater que nos pensées étaient identiques. Je lui demandai pendant combien de temps la chaussée resterait dégagée, car la marée s'inversait à nouveau, et elle me répondit qu'elle serait submergée bien avant que nous ayons atteint l'île.

Le ciel et la mer étaient noirs et constellés d'étoiles, ou de leurs reflets.

– J'ai grandi parmi des hommes qui croient que ces points de lumière sont les yeux des dieux, les lampes des esprits, ou les âmes des guerriers, lui dis-je. Je sais désormais que ce ne sont que des mondes ignés semblables au Soleil, et j'avoue que c'est pour moi une profonde déception. (Elle eut un rire amusé, et j'ajoutai :) Où avez-vous appris ces choses ?

– Karrakaz vécut autrefois parmi un peuple qui savait tout cela. Que la Terre est ronde, qu'elle tourne sur elle-même, et que le Soleil est immobile au cœur de l'espace.

– Il ne fait aucun doute qu'elle en a eu la preuve.

– Aucun doute.

– Eh bien, au moins a-t-elle su vous raconter de belles histoires.

– Zervarn, vous avez la mer sous vos pieds, nous marchons sur les vagues. Vous admettez cela mais refusez de croire que le monde est une sphère ?

Un vent frais soufflait du rivage opposé, de la montagne que surmontait un grand nuage argenté. Il repoussait ses cheveux qui évoquaient des flammes. Je jure n'avoir jamais rien vu d'aussi beau que cette fille qui marchait sur l'océan obscur, plus sombre que la mer et plus pâle que les étoiles.

– Si vous le croyez, je le croirai.

– Et croyez-vous ce que j'ai dit sur Karrakaz ?

– Je le voudrais, sincèrement. Mais je dois entendre ses explications de sa propre bouche.

Ensuite, Ressaven resta silencieuse. J'aurais aimé qu'elle me parle, car je ne parvenais pas à croire à sa présence à mes côtés et j'avais besoin de preuves supplémentaires. Elle me paraissait irréelle, ou pire, plus réelle que le reste. Et son effet sur moi m'inquiétait. Il me restait à affronter la sorcière et je ne pouvais me permettre de m'agenouiller devant sa servante.

– Ressaven, apprenez-moi comment elle est arrivée ici et a créé les Lectorra.

Et, alors que nous marchions sur l'océan puis traversions la plage de l'île, elle me parla de la montagne Blanche et de ma mère. Malgré moi, je buvais ses paroles, assoiffé de ces informations qu'il m'avait fallu attendre vingt et un ans pour obtenir.

Cependant, je fus immédiatement frappé par le ton que Ressaven employait désormais pour me parler au nom de Karrakaz : j'y percevais une sorte de tendresse mêlée de mélancolie. L'enfant semblait devenir la mère, pendant ce récit. Manifestement, Ressaven admirait la sorcière tout en la prenant en pitié. Je me demandai si Karrakaz n'était pas affaiblie et si je n'arrivais pas trop tard.

Karrakaz, fille de la Race des Anciens, avait survécu miraculeusement à la disparition de son peuple grâce à un prodige, une profonde catalepsie. Après avoir connu diverses déceptions et de nombreux tourments (Ressaven n'entra pas dans les détails), elle parvint à un compromis avec elle-même. Elle avait parcouru les contrées du Nord, puis était descendue vers le sud. Là, peut-être à Bar-Ibithni ou à Seema, elle entendit des marins parler d'un continent situé à l'ouest de l'océan : un territoire où l'on trouvait des ruines, des trésors, et des peuples blonds qui mettaient souvent au monde des enfants albinos. Un précurseur de Jari, un pirate aventurier, la conduisit à l'ouest. Son voyage fut sans doute mieux organisé que le mien.

Karrakaz atteignit les ruines de Kainium. Elle avait déjà vu de telles cités et reconnut l'architecture de ses ancêtres. Si elle redoutait autrefois de tels lieux, terrorisée par la Race des Anciens et par leur sang qui courait dans ses veines, ses craintes s'étaient dissipées. Ayant dompté ses démons intérieurs, elle ne redoutait plus ni ses ancêtres ni leurs ruines. Elle éprouva même une certaine nostalgie en parcourant ces vestiges d'une ancienne splendeur, tout ce qui subsistait de son enfance.

Les habitants des villages alentour prirent progressivement conscience de sa présence. Intuitivement, ils s'adressèrent à elle pour être guéris. Elle rencontra bientôt un enfant dont nul ne voulait. (J'interrompis Ressaven pour lui demander si ce premier Lectorra n'était pas elle, mais elle sourit et me répondit négativement, paraissant presque amusée par le mystère dont elle voilait ses origines.) Elle me dit qu'en raison de mes propres expériences, je devais sans doute pouvoir comprendre quelle était la solitude de Karrakaz, cette femme étrangère aux clans de l'humanité. Je pris sur moi-même pour ne pas lui rétorquer qu'elle avait eu un fils, et qu'elle avait délibérément choisi de vivre seule. Karrakaz était apparemment parvenue à surmonter sa solitude mais, trouvant l'enfant albinos dans les veines duquel courait indubitablement le sang de sa propre race, elle comprit que ses Pouvoirs latents pouvaient être développés. C'était la dernière tentation, et elle y succomba.

C'était alors l'été, et l'île-montagne avait l'apparence d'un jardin avec des cascades, des champs de fleurs sauvages, des abeilles et de la vigne vierge, au cœur d'une mer de saphir. Un lieu semblable à ce paradis où vivent les dieux, selon certains mythes. Au niveau du subconscient, sans doute n'était-elle pas insensible aux attraits d'un statut divin, même si elle n'appréciait guère ses connotations. Elle choisit dans un village une nourrice pour ses enfants. On lui avait en effet apporté un autre bébé, les rumeurs concernant son intérêt pour les jeunes albinos s'étant rapidement répandues. La nourrice aimait les nouveau-nés, une paysanne sans inhibitions et sans progéniture, uniquement tourmentée par un désir de maternité non satisfait. Karrakaz en choisit d'autres dans les années qui suivirent pour s'occuper des enfants. Comme ils grandissaient, elle découvrit en eux le Pouvoir magique hérité avec leur blancheur de la Race des Anciens.

Karrakaz n'aimait guère les nourrissons, j'étais bien placé pour le savoir. Elle avait peu de contacts avec eux pendant leurs premières années d'existence, mais estimait qu'ils ne devaient pas être entravés par les dogmes et les lois que les sociétés, barbares ou civilisées, imposent à leurs membres; qu'il ne fallait ignorer aucune de leurs demandes; qu'ils ne devaient être victimes d'aucune injustice. Elle pouvait lire dans leur esprit, et ne s'en privait pas. La frustration était une chienne qui ne les avait jamais mordus. Tout ce qui aurait pu entraver le développement de leur héritage psychique leur était épargné. Amour de la vie, célébration de l'esprit et de la chair, pureté du sexe non culpabilisé et méditation sans peur, telle était la corne d'abondance qu'elle déversait sur eux. Elle leur donnait tout ce qu'elle m'avait refusé. Ils auraient dû se révéler meilleurs qu'ils ne l'étaient.

Cependant, elle n'avait pas pensé que ces êtres libres, parfaits, supérieurs, découvriraient un jour la réalité d'un monde entravé, imparfait, inférieur; pas plus qu'elle n'avait prévu le processus chimique qui commencerait son œuvre sur eux. Avant, ils n'avaient connu que le bonheur; à présent, face au miroir du contraste, ils découvraient qu'ils étaient des dieux.

Entendant Ressaven me parler de cela, j'en conclus qu'elle avait, elle aussi, cru en cette utopie et souffert avec sa mère-démon de son effondrement. Elle semblait partager le sentiment de culpabilité de Karrakaz, son chagrin et ses regrets.

Ressaven ne me parla pas de sa propre existence, et je supposai qu'elle voulait me dissimuler qu'elle était, elle aussi, l'enfant de la sorcière, redoutant une brusque hostilité de ma part. Elle devait espérer que je ne découvrirais pas la vérité, en raison de nos caractéristiques physiques si différentes. Je pensai à son père, et me demandai si ma demi-sœur l'avait jamais connu, et méprisé en raison de son statut de simple mortel.

Elle venait de mentionner un purgatoire, mais sans préciser quand il avait pris place dans son existence dorée.

Qu'elle fût la gardienne des Lectorra était évident. Je me souvenais des rumeurs selon lesquelles Karrakaz ne quittait jamais sa montagne.

Nous avions atteint la plage de l'île, une longue étendue de glace cristalline qui montait en éventail contre une palissade de falaises dans la noirceur limpide de la nuit. Le cumulus argenté était descendu se poser sur la cime du mont. C'était ainsi qu'un peintre masrien eût représenté une montagne sacrée, avec son sommet couronné d'une auréole de nuages. C'était un lieu plein de mystère, conforme à la destination qui lui avait été donnée.

– Que redoute Karrakaz ? demandai-je. Pourquoi n'ose-t-elle pas quitter sa citadelle et vous envoie-t-elle à sa place sur le continent ?

– Ce qu'elle évite ? Simplement sa propre légende, ce qu'elle est devenue pour les hommes en dépit de ses efforts pour empêcher sa déification. Elle n'a jamais voulu devenir une divinité ou recréer une race de démiurges. Mais elle est une déesse, et les Lectorra sont des dieux. Dans quelques villages, on voue un culte à Karrakaz et à sa progéniture blanche. Elle se tient loin de la légende, au-dessus de tout cela.

Puis ce qu'elle m'apprit me surprit vraiment : Karrakaz ne se montrait plus ni à la population du rivage ni à ses Lectorra. Seuls quelques-uns d'entre eux, ses premiers Elus, la rencontraient encore. Mon guide, Mazlek, était l'un de ces rares privilégiés. Quant aux autres, aucun d'eux ne l'avait vue ou entendue depuis maintes années.

– Elle s'entoure délibérément de mystère, ajouta Ressaven. Car elle a l'intention de s'effacer de leur esprit, de quitter cette montagne en abandonnant les Elus à leur orgueil et aux dures leçons de ce monde. Autrement, comment pourront-ils jamais apprendre ? Comment pourra-t-elle jamais être libre ? Tout cela était une folie, elle l'a désormais compris. Poursuivre cette entreprise serait une vilenie. Ce que Karrakaz a fait à cause de sa solitude et d'un espoir irréfléchi pourrait faire renaître les horreurs attribuables à sa race, et qui ont causé la perte de cette dernière. Les Anciens étaient des êtres mauvais, abjects, avilis. Ils n'en étaient pas responsables, car ils ignoraient les épreuves, ce qui forge une âme. Ils savaient seulement qu'ils avaient un Pouvoir sans limites. Et les Lectorra sont leurs semblables. Pendant ces années où elle s'est dissimulée et est restée silencieuse, elle n'a pas admis de nouveaux enfants albinos sur la montagne Blanche. Elle va quitter ceux qui restent. Ils devront se forger leur propre destin. Sa présence leur a déjà trop nui et il ne reste qu'une solution, les abandonner.

– Oui, elle est experte pour ce genre de choses.

Ressaven pivota vers moi.

– Des paroles emplies d'amertume. Mais je constate que vous avez brillamment réussi cette épreuve. Croyez-vous que les pauvres petits dieux que vous avez maintenus dans les airs deviendront aussi héroïques que vous, ou aussi forts ?

– Elle me répugne. Ses projets, ses hésitations, ses erreurs. Tout est de la même veine. Désordre, cruauté, et souffrance. Voilà son œuvre.

Et je découvris brusquement sa colère. Je ne m'y étais pas attendu, trompé par sa sérénité apparente. Je n'aurais jamais cru être un jour intimidé par une femme, mais elle n'était comparable à nulle autre.

– Vous n'êtes plus un barbare vivant sous une tente, Zervarn.

Je me dominai. Ressaven n'était qu'une jeune fille, même s'il m'était difficile de le garder à l'esprit.

– Vous et elle, rétorquai-je. Soit vous partagez le même lit, soit elle vous a engendrée.

Cela fit mouche, ainsi que je l'avais espéré. Elle fronça les sourcils et un voile réapparut dans ses yeux.

– Nous perdons du temps, fit-elle d'une voix basse, comme si elle devait, elle aussi, prendre sur elle-même pour se dominer.

Puis elle s'éloigna vers un étroit sentier creusé dans la falaise.

J'avais vu juste. Elle était ma sœur, et ne tenait pas à ce que je l'apprenne.

Je notai sur ce chemin rocailleux que ses pieds

étaient nus. Seuls deux anneaux d'or ornaient ses chevilles.

Le grondement des brisants s'atténua, et le silence devint bientôt si profond que je pus entendre ma respiration et la sienne, ainsi que le cliquetis assourdi des cercles d'or qui s'entrechoquaient parfois.

5

L'autre versant descendait pour former une cuvette boisée, au centre de laquelle se dressait la montagne.

Le sentier gravissait le rempart de falaises, puis se poursuivait vers cette vallée dissimulée de la plage, de la mer et du continent. Les seules fleurs étaient les cristaux de neige et les fougères dessinées à la surface des étangs gelés, mais je reconnus, à la forme des troncs et à leur écorce, de l'aubépine, des cerisiers sauvages, des rhododendrons et d'autres arbres qui s'embraseraient de blanc et de violet, de bleu, de carmin et de pourpre, lors du dégel. Cette plaine secrète deviendrait alors une véritable mosaïque de couleurs, tachetée de lumières et d'ombres. Je me demandai quels oiseaux venaient faire leurs nids en ce lieu, quels poissons bondissaient dans ses torrents, s'ils étaient comestibles... avant de me remémorer que je n'avais plus besoin de me nourrir de leur chair morte. Quoi qu'il en soit, je serais loin de la montagne Blanche, lorsque viendrait le printemps.

Mais Ressaven... Que ferait-elle, en cette saison ? Elle aurait probablement des fleurs dans les cheveux, comme toutes les filles de son âge, avec les épaules et les bras nus tachetés par les points colorés de vert et de lavande du soleil filtrant à travers la ramure des arbres fleuris. Sans doute se coucherait-elle dans les hautes herbes et écarterait-elle ses cuisses devant un adolescent albinos. A moins qu'elle fût loin de ce paradis, dans le monde entravé, imparfait et inférieur des simples mortels, à mes côtés.

A un kilomètre de la falaise, je notai une tache

blanchâtre entre les arbres dénudés. Le chemin faisait un détour et là, au bord d'une étendue d'eau gelée semblable à une pièce de monnaie ovale, se dressait une demeure de trois étages en terrasses, avec un alignement de colonnes, des fenêtres aux vitres multicolores : un palais miniature de la Race des Anciens tout droit sorti de Kainium, mais absolument intact.

– Qu'est-ce ? demandai-je. Faites-vous travailler des humains pour votre compte ?

– Non, il existe sur cette île plusieurs petits palais de ce genre, ainsi qu'une cité de marbre sur les pentes de la montagne. Il s'agissait de ruines, mais les Lectorra ont tout remis en état.

– J'ai des difficultés à vous imaginer, vous ou les autres dieux, juchés sur des échafaudages et tenant des maillets.

Une plage de galets séparait la demeure de l'étang. Six ou sept pierres s'élevèrent brusquement dans les airs, telles des colombes apeurées. Elles survolèrent l'étendue gelée, puis s'abattirent sur la couche de glace, qu'elles brisèrent.

– Le Pouvoir de l'esprit qui permet de déplacer des galets peut également soulever des blocs de marbre, façonner une colonne et la dresser sur sa base. S'il est exact que des hommes du continent nous ont conseillés, nous n'avons fait venir aucun ouvrier, et encore moins des esclaves. Les conseils ont été payés, en puisant dans les réserves d'or de la cité ou encore avec des denrées plus humbles : miel sauvage, fruits et fromages de nos chèvres.

– Puis-je vous imaginer en train de traire une chèvre ?

– Oui, je l'ai fait. Et j'ai appris à charmer les abeilles afin qu'elles rentrent leur dard lorsque je subtilise une partie de leur miel.

– Une sorcière-fermière sans prétentions.

Je ne la croyais pas. Restaurer cette demeure uniquement par la force de l'esprit eût requis une puissance mentale considérable. Je m'estimais capable de redresser de telles colonnes, mais les Lectorra n'auraient quant à eux jamais pu y parvenir. Karrakaz exceptée, ainsi que peut-être sa fille.

– J'ai beaucoup voyagé et pris peu de repos. Pouvons-nous faire une halte dans ce palais ?

– Certainement.

Elle sourit, et je me demandai si elle avait deviné mes intentions.

Des arbres fruitiers dénudés entouraient le porche. Les doubles portes de chêne s'ouvrirent d'une simple torsion de l'anneau de fer. La demeure devait être en tout point semblable à ce qu'elle avait été des siècles plus tôt.

Le vestibule était flanqué de piliers rouges. Ceux de la salle située au delà étaient verts et élancés, sculptés en forme de tiges de grandes fleurs dont la corolle écarlate s'ouvrait sous un plafond du même bleu que le ciel d'été. Des nuages y avaient été peints avec un tel réalisme que je m'attendais presque à les voir se déplacer. Des paravents d'ivoire ajourés étaient disposés devant les murs de marbre rouge, et une grande fenêtre s'ouvrait à l'extrémité de la salle. Ses vitraux de mosaïque – rouge, vert et pourpre – laissaient pénétrer une lumière fantastique. D'un côté s'élevait un escalier à la rampe d'ivoire incrusté d'or, avec des marches basses de marbre blanc. Dans une urne de jade, au centre de la pièce, poussait un oranger aux branches ployant sous les fleurs et les fruits : sans doute un caprice des Lectorra qui voulaient défier la saison. Sa senteur emplissait cette salle, où régnait une chaleur surnaturelle. Je pensai au chauffage par conduites d'Eshkorek, et compris que cette demeure devait être dotée d'un système comparable, même si ce peuple n'avait pas d'esclaves pour l'alimenter, ainsi qu'elle me l'avait affirmé. (Et je commençais à la croire.) Ici, le Pouvoir était omniprésent et gardé sous contrôle, ce qui suscita mon envie compte tenu des scrupules que j'avais à utiliser le mien. En fait, pour me montrer ces merveilles, Ressaven avait allumé d'un simple regard des rangées de bougies placées dans des candélabres d'or et d'argent. De voir le Pouvoir employé avec un tel naturel par une autre personne faisait naître en moi un malaise.

Un lit d'ébène représentait une lionne, et des fauteuils d'ivoire ses lionceaux accroupis, tous couverts de fourrures et de couvertures, comme le sol chauffé.

– Vous devez beaucoup chasser, fis-je remarquer.

– Jamais. Nous prenons uniquement les peaux des bêtes qui meurent en raison des lois de la nature, ou la toison des animaux vivants, répondit-elle en m'adressant un étrange regard. Mais vous avez chassé souvent, et ne pourriez comprendre. Voulez-vous que je vous apporte de la nourriture et du vin ?

Cette demeure, qui semblait être la sienne, avait été prête à recevoir des visiteurs, avec son hypocauste en marche, les bougies dans les chandeliers, un garde-manger bien approvisionné. Pour qui gardaient-ils de la nourriture ? Se pouvait-il qu'en dépit des déclarations de Mazlek certains Lectorra eussent encore des tiraillements d'estomac ?

– Pas de vin ou de nourriture pour moi, l'air suffit à me sustenter.

– C'est effectivement ce qu'on m'a dit, fit-elle.

La clarté des bougies était vive. Je posai mon sac, qui contenait toujours le masque, sur un fauteuil-lionceau. Elle me fixa, et son expression traduisit brusquement une sorte de tristesse, comme si elle venait d'entrevoir un lointain refuge pour elle inaccessible. Et je pensai : En dépit de ses dix-neuf ans, elle n'a peut-être jamais couché avec un homme, jamais trouvé un partenaire à même d'éveiller sa féminité, et nul n'a osé la prendre de force. Cependant, je ne pouvais être sûr d'interpréter correctement ses sentiments, savoir si je lui inspirais du désir ou si elle éprouvait une chose inconnue et profondément enfouie au fond de son être, un ancien regret ou de la terreur. Car elle me semblait également effrayée.

Je m'approchai d'elle et posai la main sur l'attache de sa cape noire. Elle ne m'arrêta pas, continuant de fixer mon visage. Quant à moi, je gardai les yeux rivés sur les lacets et débitai des banalités par simple prudence.

– Ce magnifique palais n'était sans doute qu'une humble maison de campagne, pour les anciens habitants de Kainium. J'ai autrefois vu un de leurs souterrains, aux parois de pierreries et de métaux précieux, haut comme le ciel. Et ils l'avaient baptisé la Voie du

Ver. Sans doute appelaient-ils ce palais le Pigeonnier ou le Refuge. Une résidence convenant à merveille à une sorcière qui trait les chèvres et cueille des fruits de ses blanches mains.

Ses blanches mains que je pris dans les miennes. Je m'étais attendu à recevoir une brève décharge électrique, comme la première fois, mais nous y étions prêts. Il n'y eut qu'un frémissement de nerfs qui se rencontraient.

La cape glissa. Elle portait au-dessous une robe du même bleu que le plafond et laissant apparaître la blancheur de son corps. Ce dernier évoquait un feu qui tentait de brûler le vêtement, afin de venir me consumer.

Mais elle retira ses mains des miennes.

– Zervarn, fils de Vazkor...

– Pas de noms. Plus de noms, Ressa. Vous m'avez conduit jusqu'ici et je vous ai suivie avec le plus grand des plaisirs.

– Je ne voulais pas... je ne pensais pas...

– Pensez uniquement à moi, désormais.

– Karrakaz...

– Elle peut attendre. Jusqu'à demain. Je l'ai oubliée, comme elle m'a autrefois si vite oublié.

– Mais...

– Plus un mot.

Sa bouche se fondit dans la mienne avant de pouvoir émettre d'autres protestations, s'ouvrant pour m'accueillir et m'aspirer en elle. Son corps se tendit vers le mien. Ses épaules émergèrent des flots bleutés de la robe et ses seins quittèrent leurs nids de tissu pour venir se blottir dans mes paumes, l'étoile centrale de chacun d'eux devenant l'axe de mes mains. Elle détourna la tête et murmura que nous ne pouvions faire cela, mais en même temps ses bras se refermèrent sur mon dos et m'agrippèrent, comme si le monde basculait et qu'il ne restait plus que moi pour la retenir.

Je couchai son corps contre le mien au sein du monticule de fourrures. Partout où nos chairs se touchaient, nous étions parcourus par des explosions de fraîcheur. Voilà qui est nouveau, me vint à l'esprit, mais cette pensée fut aussitôt consumée. La robe semblait avoir été conçue pour que je la retire, les lacets fondaient. Ses membres étaient frais et doux, mais chauds à l'intérieur. La toison argentée de son aine ne semblait pas humaine, pas plus que le reste de son corps étendu devant moi : la neige scintillante sous la clarté des bougies et parée du joyau rouge fumeux de sa bouche, des deux étoiles de ses mamelons, roses comme la grotte prise par les glaces. Elle n'était pas vierge et cependant, telle une jeune déesse de légende, son innocence semblait lui être rendue à mon intention. Mais elle était également experte.

Sa tête s'inclina en arrière. Elle s'abandonna à moi avec un plaisir muet et passionné, ne pouvant résister plus longtemps.

Ses paupières sans maquillage semblaient de platine. J'y posai mes lèvres et elles y trouvèrent un goût de sel. Je lui demandai la raison de ses larmes.

– Parce que nous n'aurions jamais dû faire cela.

– C'était inévitable, dis-je. Nous sommes semblables, toi et moi.

– Oui.

– Est-ce la raison de tes scrupules ? Le fait que nous soyons tous deux issus de la même femme, frère et sœur ? Sans importance. Nous n'avons pas eu le même père. En outre, l'interdit de l'inceste est un tabou tribal. Allons, devrais-je supposer que tu as été élevée sous une tente ? Je croyais que ta Javhetrix avait veillé à ton éducation.

Ses yeux, que le plaisir voilait une minute plus tôt, étaient devenus de grands disques opaques et insondables.

– En outre, qui le saura, étant donné que nous allons quitter cette montagne magique où tu as vu le jour ?

– Tu partiras, mais je resterai.

– Tu viendras avec moi. Tu sais que tu ne me laisseras pas voyager seul.

– Si.

– Je le demanderai à notre mère. Je m'agenouillerai devant ta Karrakaz...

– Non, m'interrompit-elle comme ses ongles pénétraient dans mes bras. Ne te présente pas devant elle, désormais.

Elle a peur, pensai-je. Elle croit qu'en couchant avec moi elle a trahi la sorcière et sera châtiée. Autant pour notre mère si aimante.

– Elle ne te fera aucun mal, tant que je serai à tes côtés.

Les yeux de Ressaven s'embrasèrent, et j'y lus de la colère.

– Tu n'es pas stupide, alors n'agis pas comme un imbécile. Je te fais une prophétie, je t'adresse une mise en garde. Quitte cette île et va vivre ailleurs. Oublie ce qui s'est passé entre nous et oublie Karrakaz. (Sa colère se tarit, et elle ajouta posément :) Maintenant, laisse-moi partir.

– Je n'en ai pas fini avec toi.

– Mais j'en ai terminé avec toi, Zervarn. Oui, je suis à blâmer pour ce qui s'est passé entre nous. J'ai succombé à ton charme et je me suis abandonnée à toi, mais ceci appartient au passé. Ne m'oblige pas à me battre. Tu ignores tout des femmes de cette montagne.

Sa résistance venait de réveiller mon désir. Elle ne lutta pas, malgré ses menaces, et lorsque je la pénétrai à nouveau elle libéra un gémissement. De la courbe de son cou s'élevait une étrange fragrance florale, plus légère que celle de la fleur d'oranger. J'avais dans mes narines l'odeur de son parfum quand mon crâne fut envahi de lumière, puis de ténèbres; un coup indolore asséné à l'intérieur de mon être et qui interrompit notre fornication aussi efficacement qu'un couteau planté en plein cœur.

Cette nuit-là, je rêvai pour la dernière fois de mon père.

Sur l'instant, je ne saisis pas véritablement l'importance de ce songe, mais je m'en souviens aussi nettement que s'il s'agissait d'un fait réel, d'un souvenir. Dans le cadre d'une autre existence, où les circonstances auraient été différentes, cela se passa peut-être, *se passe* peut-être.

J'étais redevenu un enfant et mon père venait de me guider vers une haute fenêtre, pour me faire admirer ses troupes qui défilaient dans la large avenue. C'était l'hiver : neige blanche sur le sol, montures et hommes noirs. Il était noir, lui aussi : vêtements, chevelure, joyaux. Portant plus souvent mon regard sur lui que sur les troupes, je le voyais en contre-plongée, cette vision propre aux enfants, tel un pilier d'ébène surmonté d'un buste de craie. Mais lorsqu'il m'ordonna : « Regarde en bas », je lui obéis aussitôt. Je n'avais que cinq ans mais je savais déjà, j'avais appris ce qu'il en coûtait de ne pas lui obéir. « Garde toujours à l'esprit que tu dois accéder à ceci, lutter pour ceci, entraîner ton corps et ton esprit à ceci, ajouta-t-il. Je ne te permettrai jamais de jouer avec un chiot comme un fils de paysan morveux dans la cour d'une ferme. Tu es mon héritier, et tu deviendras semblable à moi. Me comprends-tu ? » Je répondis affirmativement. Les yeux qu'il porta sur moi étaient deux braises éteintes. Il me fit pivoter et me poussa, pour me renvoyer. J'avais conscience de le haïr et de le craindre, que telle était la nature de nos rapports : la terreur et le désir de vengeance d'un enfant qui deviendrait un jour un homme. Alors, je le tuerais comme il avait tué mon chien, à condition qu'il me m'ait pas ôté la vie le premier.

Lorsque j'aperçus ma mère sur le seuil de la pièce, je me dirigeai lentement vers elle... il m'avait interdit de courir quelques mois plus tôt. Elle était masquée d'or et de gemmes vertes, et je n'avais jamais vu son visage. Cependant, je savais qu'elle était devenue malgré elle mon refuge, et moi le sien, car c'est une chose qu'un enfant de cinq ans peut comprendre, même s'il lui est impossible de l'exprimer ou de le porter par écrit.

Je fus éveillé par la clarté de la fenêtre du palais, ainsi que par la caresse de ma mère dont les mains étaient aussi douces que celles de Ressaven.

TROISIÈME PARTIE

LA SORCIÈRE

1

Je me retrouvai à une heure matinale au pied de la montagne et le palais se dissimulait derrière les arbres de la vallée. C'était une journée paisible, avec un ciel aussi limpide que du cristal. A mon passage, un oiseau au long cou s'éleva d'un plan d'eau, au sein de la tempête miniature provoquée par les battements de ses ailes. Avant mon arrivée, il avait été occupé à boire à la bordure de la glace brisée, sans soucis, sans rancune ou désirs.

Elle n'avait pas laissé dans la neige la moindre piste que j'aurais pu suivre, aucune empreinte de ses jolis pieds nus. Elle avait lévité, de façon à me faire perdre sa trace, après m'avoir dupé sous la chaude clarté des chandelles grâce à son gémissement destiné à me faire oublier qu'elle était une sorcière avant d'être une femme. Je ne m'étais pas tenu prêt à parer l'onde de Pouvoir qui m'avait étourdi. C'était sa peur qui l'avait poussée à me trahir, mais je serrais les dents, furieux qu'elle ne m'eût pas fait confiance. Elle refusait de croire que mes forces étaient comparables à celles de Karrakaz.

Cependant, elle verrait. Je n'avais nul besoin d'empreintes de pas pour me guider. Elle m'avait parlé incidemment d'une ville de marbre sur le flanc de la montagne, et j'avais la certitude qu'il s'agissait du refuge de la sorcière.

Je restai sur le sol, afin d'être dissimulé par les arbres. Je ne fis rien pour éveiller l'attention. Seul l'envol de l'oiseau aurait pu me trahir. J'avais vécu assez longtemps dans les bois pour pouvoir gagner discrètement son repaire. J'étais persuadé qu'elle devait me guetter.

J'avais laissé mon sac dans la villa, ouvert, avec le masque bien en vue... ma signature apposée sur ce qui s'était déroulé en ce lieu.

Je me remémorai alors mon rêve, cette révélation de mon père sous un jour totalement nouveau pour moi. A la réflexion, il n'avait cependant rien de bien surprenant. Il ne m'était pas arrivé de rencontrer un seul homme ou une seule femme l'ayant connu qui avait eu des paroles bienveillantes à son égard. De son vivant, tous le redoutaient et le haïssaient. J'en avais eu la preuve à Eshkorek : la peur et la haine que j'inspirais simplement parce qu'il m'avait engendré. Autant de poison ne peut être déversé dans les oreilles d'un homme sans qu'il en subsiste des marques. Il eût été au contraire étrange que je ne connaisse pas le doute. S'il avait vécu, aurait-il été le père princier que j'avais jusqu'alors imaginé, ou au contraire celui qui m'était apparu dans ce songe ? Je n'étais plus animé par la violence de son désespoir. J'avais progressivement cessé de voir en lui le pivot de mon existence. Je lui avais fait le serment de tuer ma mère, mais il me manquait désormais la passion nécessaire pour pouvoir tenir parole, et aucune voix intérieure ne venait me reprocher de renoncer à ma vengeance. Tout cela était-il mort à Bar-Ibithni en même temps que ma jeunesse, détruit par le fléau, la terreur et la résurrection ? Ou simplement parce que j'avais commencé à comprendre que mon père n'était pas tel que je l'avais tout d'abord imaginé ?

Puis je me demandai si ce rêve n'était pas dû à un envoûtement.

Ses diverses apparitions : l'ombre qui s'élevait du feu, le guide irréel de la forteresse eshkirienne, et la force qui m'avait poussé à tuer Ettook, tout cela avait été engendré par mon esprit. Et à Bar-Ibithni, au centre du cercle de fauves, c'étaient les incantations démoniaques des Hesseks qui avaient matérialisé l'image mentale que je me faisais alors de lui.

Je commençai à trouver le repos alors que je traversais cette vallée. Je cherchais Vazkor d'Ezlann à l'intérieur de moi-même, et découvrais qu'il ne s'y trouvait pas, qu'il ne s'y trouvait plus. Je pensai à la grotte où je m'étais abrité, la nuit où je poursuivais les pillards eshkiris; à cette vision d'eau glacée et de couteaux qui me transperçaient; à mon éveil et à ma promesse : « Je la tuerai. » C'était sa dernière pensée, futile et impuissante. Tel avait été son héritage, un glaive qu'il ne pouvait lui-même brandir et que je n'avais aucun droit de dégainer à sa place. Tuer ou épargner étaient des actes devant être motivés par des raisons personnelles, et non par celles d'une tierce personne. Pleurer dans la mer est malencontreux, car l'océan contient déjà suffisamment de sel. Chaque homme a déjà trop de motifs d'affliction sans prendre sur ses épaules les griefs de son père.

Dû à la sorcellerie ou à mon esprit, ce rêve d'un père inflexible m'avait permis de prendre une décision.

Je ne rencontrai personne, au cours de cette marche. Je vis les traces laissées dans la neige par une renarde. Là où les arbres cédaient la place à la masse démesurée et blanche de la montagne, je trouvai un anneau d'argent accroché à un buisson. L'avait-elle placé là par dérision, ou perdu accidentellement ?

Un chemin s'élevait sur le flanc de la montagne, et je m'y engageai. La roche semblait usée par d'innombrables passages, et j'en déduisis qu'il devait certainement conduire au refuge de la sorcière.

Quelques arbres bordaient le chemin, bouquets de houx et d'églantiers. Je gravis avec obstination cette pente, pendant très longtemps, avant de prendre conscience que le paysage n'avait pas changé.

La sorcellerie était omniprésente, sur cette île. Je m'arrêtai pour faire le vide dans mon esprit et regarder autour de moi. Je me trouvais toujours au pied de la montagne. J'avais tourné en rond. Ils étaient parvenus à me duper comme un jeune paysan parce que j'avais été trop sûr de moi et absorbé par mes pensées. Rien de plus. Je ferais désormais preuve de plus de prudence et d'attention.

Je laissai ce chemin et me trouvai quelques minutes plus tard au-dessus des bois. Je regardai derrière moi et vis la vallée, la ligne des falaises, la pâleur miroitante de la mer, et les nuages qui s'en élevaient telles des vapeurs sortant d'un chaudron.

Je gardais l'esprit ouvert, mon instinct sur le qui-vive. Je notai un symbole tracé dans la neige à l'aide d'un bâton : un signe d'envoûtement destiné à confondre l'esprit. Je l'effaçai du pied avant de poursuivre ma route.

Finalement, j'atteignis un haut mur couleur d'ardoise et une porte de fer incrustée de pierreries. La présence de cette muraille me sembla à tel point incongrue que je l'assimilai à un charme. Je me trompais. Un nouveau caprice des Anciens. Derrière cet obstacle, le pic empalait l'éther, sa neige transmuée en acier bleui par la blancheur du ciel. La porte de fer n'avait pas de verrou, de barre, d'anneau ou de poignée.

Ressaven était-elle passée par là, pour m'échapper ?

Une image se forma dans mon esprit : une main blanche avec un bracelet de jade, posée sur un panneau de quartz de la porte de fer. Lorsque j'y appuyai mes doigts, le panneau glissa latéralement et disparut à l'intérieur de la muraille de pierre.

Un pin noir se dressait derrière la porte, et au delà de ce pin la cité de la déesse.

Je n'y vis pendant un instant que des ruines : colonnes tronquées, tuiles brisées, cours désertes à l'abandon. Mais je dissipai l'illusion derrière laquelle m'apparut la réalité.

Une avenue large de douze mètres et droite comme la hampe d'une lance gravissait sur près d'un kilomètre la pente de la montagne. Elle avait un aspect bizarre, cette route, ainsi pavée de dalles de pierre alternativement vertes et noires sur lesquelles la neige avait fondu ou n'avait pu se poser. Elle évoquait un doigt tendu vers le lointain. A son extrémité, je voyais un bâtiment entouré de marches et de colonnes, et de nombreux toits empilés les uns sur les autres. Dans une pièce du théâtre masrien, un roulement de tambour aurait ponctué l'instant où j'y posai les yeux : c'était la citadelle de Karrakaz.

L'avenue pavée de jade et de jais était bordée de palais magnifiques. Tout était esthétique, étudié en fonction de l'environnement, et évoquait une maquette de cité offerte à un fils de roi.

L'agglomération était aussi silencieuse qu'un tel jouet. Elle semblait morte, comme Kainium, mais je sentais la présence des Lectorra. Je percevais leurs mouvements furtifs, leur curiosité, et leur vague frayeur qu'ils refusaient d'admettre.

Un peu plus loin se trouvait une fontaine tarie : un dragon rugissant à la gueule ouverte. J'allais passer devant elle quand le bâillon de glace de l'animal légendaire se brisa avec bruit et qu'un jet d'eau verte jaillit de sa bouche. L'instant suivant, cette eau se changea en sang. Ils n'avaient apparemment pas renoncé à tenter de m'intimider. Je gravis cette route sans un autre regard à la fontaine, car ce vieux tour d'illusionniste portait la signature des Lectorra.

Je vis encore des serpents ramper sur les dalles, une mare de feu, et une crevasse infranchissable s'ouvrant sur des kilomètres de profondeur dans les entrailles de la montagne. Je piétinai toutes ces belles illusions, sans même un coup de chapeau pour l'inventivité des Lectorra ou le réalisme de leurs œuvres. Mais lorsque je vis un aigle fondre droit vers mes yeux depuis le sommet d'une tour, je ne pus m'empêcher de me baisser. Et je déclarai, tout en dissolvant ses serres et son bec dans les airs :

— Un seul point pour vous, mes enfants.

J'étais à mi-chemin du sanctuaire de la déesse, quand un gros félin sortit du porche d'un palais; un lion des neiges au corps gris lichen, à la crinière noire, et aux yeux derrière lesquels semblait brasiller la chaleur de l'été. Ce n'était pas un mirage, il s'agissait d'un authentique habitant de ce lieu, bien que probablement acclimaté ici par la Race des Anciens. Après un ou deux siècles passés sous ce climat, il avait acquis une fourrure d'hiver, comme le renard ou la fouine.

Je trouvais cette rencontre étrange. Je n'avais nul

besoin de sa chair pour me nourrir ou de sa peau pour me vêtir, et aucune raison de me méfier de son humeur. Toute attaque de sa part serait repoussée par mon bouclier invisible qui l'enverrait rouler au loin. Pendant ma jeunesse, dans le krarl, j'aurais estimé qu'il s'agissait d'un trophée de choix, et j'aurais chassé ce fauve avec adresse et excitation afin de démontrer ma supériorité sur lui, planté ma lance ou mon couteau dans son cerveau, rapporté sa dépouille aux miens. A présent, besoins, protection, défis n'avaient plus la moindre signification. Je pris le temps de l'étudier et l'apprécier, pour sa grâce et non en fonction de ce qu'il aurait pu représenter pour moi.

Ses narines et ses glandes lui apprenaient que je n'étais ni un adversaire ni une proie facile. Lorsque j'arrivai à sa hauteur, il avança sa patte, comme pour m'arrêter. Je soutins son regard et il recula. Il était assez gros pour broyer le crâne d'un homme, mais il avait rétracté ses griffes. Il se coucha, tel un gros chat. Non loin de là devaient se trouver une lionne et ses lionceaux, sa fierté.

Allongé sur le côté de la route, il me suivit du regard pendant une minute. Quand je regardai par-dessus mon épaule, il avait disparu.

Je ne vis plus d'illusions et ne rencontrai pas d'autre fauve.

Le dernier palais dominait l'horizon. Les colonnes étaient cerclées de bandes de cuivre et, en me rapprochant, je vis devant les marches un grand bac de terre cuite contenant un rosier. Il était en pleine floraison : roses pourpres et épines vert sombre, hors du temps comme les oranges et les fleurs de la salle où j'avais fait l'amour avec Ressaven.

Ressaven, qui m'avait fui par peur de la sorcière, qui ne me croyait pas de taille à la protéger de la colère de notre catin de mère.

Eh bien, nous serions bientôt fixés.

Je vis sur les marches trois personnages que je n'avais jusqu'alors pas remarqués. Le blanc de leur chair, leurs cheveux et leurs vêtements de velours, se fondait dans celui du marbre. Mais je notai les reflets métalliques de leurs épées.

Mazlek, le Lectorra qui m'avait servi de guide jusqu'à Kainium et s'était appuyé à mon épaule pour traverser le large fleuve, était le plus proche. Derrière lui, je voyais un jeune homme de dix-huit ans et une fille vêtue d'une tunique masculine, d'un pantalon et de bottes. Elle tenait son épée à la façon d'un guerrier. Un chaton blanc, qui avait grimpé dans le bac de terre cuite et était occupé à mordiller les roses, raviva mes souvenirs. Il s'agissait de la fille que j'avais rencontrée dans les ruines de la vieille cité, avec cet animal sur son épaule. Elle semblait toujours aussi calme, et ce fut elle qui s'adressa à moi :

– Faites demi-tour. Le lion placé sur votre passage n'est donc pas un présage suffisant ?

Mazlek descendit les marches. Tenant son épée avec désinvolture, il me dit :

– Cette arme est purement symbolique. Mais nous ne reculerons devant rien pour vous chasser, Denarl, Sollor et moi.

– Naturellement, vous êtes les gardes de la déesse.

– Pas officiellement, je l'avoue. Elle ne nous a rien demandé, mais nous en avons décidé ainsi, comme nous avons décidé de porter cette parure de jade sur le front afin de lui ressembler; une mode que les plus jeunes copient à leur tour sur nous. Comment pourrions-nous autrement honorer une déesse qui refuse d'être honorée ? Nous avons estimé qu'elle méritait d'avoir une garde personnelle, et nous avons pris les noms de trois capitaines d'Ezlann qui la servaient autrefois; les anciennes versions de leurs noms qu'auraient employées les Anciens.

– Un de ces gardes était-il une femme ?

– Non, mais Sollor est votre égale, croyez-moi. Ne la sous-estimez pas.

– Je pourrais tous vous tuer en trois secondes.

– Ce serait donc si long ?

– Vous possédez un certain sens de l'humour. Restez en vie pour le mettre à contribution. Ecartez-vous de mon chemin.

Mais la fille, Sollor, me rétorqua :

– En ce cas, tuez-nous. Maintenant.

Elle était belle, même si elle n'aurait pu soutenir la

comparaison avec Ressaven. Je me souvins que dans la cité en ruine j'avais cru qu'aucune femme ne pourrait éclipser sa beauté.

Je ne voulais pas les blesser ou leur faire de mal, et ils en étaient conscients.

– Nous sommes de simples symboles, précisa Mazlek. Comme nos épées, comme le lion. Des symboles qui signifient : Karrakaz vous implore de repartir, de la laisser en paix.

– Elle m'implore ? Voilà qui est nouveau. Karrakaz *implore*, elle, la sorcière, la déesse Javhetrix ! A genoux, peut-être ? Qu'elle sorte et vienne se prosterner devant moi, pour m'en donner confirmation.

Un nuage bleu tendit une banne d'ombres sur la rue.

J'avançai vers Mazlek. Brusquement, son épée se releva et un éclair jaillit de sa pointe. Un crépitement emplit l'air autour de moi, lorsque le trait de lumière blanche heurta mon bouclier mental, que je n'avais plus à mettre en place mais qui apparaissait automatiquement en cas de danger.

Mazlek bondit en arrière. Son épée traçait autour de lui des arcs de métal et de feu. Il ne tenta pas à nouveau de m'atteindre, mais ne paraissait pas effrayé, pas même surpris. Il n'avait jamais espéré pouvoir m'égaler. Cette démonstration de bravoure était absurde, et déconcertante.

Je compris que je ne devais cependant pas m'approcher de lui ou des autres. Même la fille guettait la moindre erreur de ma part; je le notai à la souplesse de son poignet, à ses lèvres serrées. Mais je ne serais pas contraint de les tuer, simplement de les réduire à l'impuissance.

J'envoyai à Mazlek un éclair qui le fit pivoter et tomber sur le dos. Ses compagnons ripostèrent par deux traits de lumière, que je déviai avant de les terrasser à leur tour. Le chaton interrompit son festin de pétales pour relever la tête et souffler dans ma direction. Mais Sollor était indemne. Les trois Lectorra évoquaient plus des dormeurs que des guerriers blessés. Puis je devinai le raisonnement de ma mère. Elle les avait envoyés me tester, découvrir la profondeur de mon ressentiment. Que je les aie rendus inoffensifs, tout en leur laissant la vie, la rassurerait probablement.

Je relevai le regard, pour découvrir Ressaven sur les marches.

Elle portait un habit masculin semblable à celui de la fille au chaton. Mais le sien était de laine noire et elle n'avait pas d'arme.

Ressaven me fixait, comme si nous n'avions jusqu'alors pas échangé un mot, et encore moins couché ensemble.

– Moi seule te sépare encore de Karrakaz, dit-elle.

– Une position dangereuse.

Je n'acceptais pas son attitude. Elle se souvient de tout, pensai-je. Et de trop de choses.

– Non, je suis là pour t'empêcher d'entrer, et je dois t'avertir que je suis plus redoutable que les autres.

– Cette vieille sorcière puante te tient en haute estime, pour t'envoyer contre moi.

Celle qui avait été jusqu'alors Ressaven s'embrasa comme une torche. Les langues de feu du Pouvoir s'envolèrent tels des oiseaux ignés et atteignirent mon bouclier, m'ébranlèrent.

Je ne m'étais pas attendu à subir une attaque d'une telle violence, en dépit de ses tours et de son expression qui aurait dû me mettre en garde.

Le choc fut suffisant pour me faire tituber, et l'atmosphère crépita. Je compris brusquement qu'elle ne plaisantait pas et qu'elle me terrasserait si je ne la prenais pas de vitesse. Mais je répugnais à riposter, tout en sachant que ni elle ni moi, les descendants de Karrakaz, ne pouvions mourir et que nous en avions tous deux conscience.

Un second éclair crépita et je l'arrêtai du mieux que je le pus, avant de libérer la foudre à mon tour et de courir derrière la langue de feu vers le haut des marches, vers Ressaven. De même que son Pouvoir affaiblissait le mien, le mien devait diminuer le sien. La lumière sembla exploser autour d'elle. Qu'elle eût ressenti l'impact était pour moi une certitude, et ensuite je la saisis et la tins contre moi. Si sa force psychique était égale à la mienne, mes muscles étaient autrement puissants que les siens. Je regardai dans ses yeux, où scintillait le Pouvoir.

– Ressaven, cesse de me combattre.

– Et toi, fais de même.

Je n'avais jamais entendu de voix plus glaciale et attristée.

– Tu ne peux me tuer, et je ne puis te tuer. En outre, te réjouirais-tu de me voir mort, même pour une heure ? Si c'est le cas, fais-le.

– Entendu, je ne le pourrais pas. Mais je te demande...

– Je veux la rencontrer, et ce ne sont pas tes menaces ou tes supplications qui m'en dissuaderont.

Elle sourit, et me dit comme une femme l'avait fait autrefois :

– Je suis si peu de chose, pour toi.

– Tu es pour moi la fin du monde, et le cœur de ma vie. Mais mon destin était déjà tracé quand je me suis formé dans son ventre.

Elle s'écarta lentement.

– Alors, voici la porte. Si je ne puis t'en empêcher, à quoi bon insister ?

Je portai le regard sur le large porche entouré de piliers, au sommet des marches. Sa résistance avait brusquement disparu, comme cela se produit parfois au cœur d'une bataille, lorsque l'adversaire comprend que la cause est perdue.

Je n'avais pas menti. Je l'aimais et étais fermement déterminé à la garder près de moi. Mais pour l'instant seuls cet escalier et cette porte étaient importants à mes yeux. De lents battements dans mon flanc me rappelaient mon inquiétude et la glace de l'hiver avait à nouveau pénétré dans mes entrailles.

– Ressaven, dis-je sans la regarder, ne fixant que la porte, s'il existe quelque chose que tu doives me pardonner, j'espère que tu me le pardonneras. Tu dois avoir foi en moi.

Elle ne répondit pas et, sans porter le regard vers elle, je gravis les marches en longues enjambées au rythme des battements de mon cœur.

J'avais retrouvé les terreurs larmoyantes de l'enfance et les peurs abjectes de l'âge adulte. Je nageais dans une mer d'horreurs, mais rien n'aurait pu me détourner de mon but.

Le vestibule était très haut, sculpté de pénombre. Je ne vis presque rien de ses dimensions ou de son mobilier : seulement un fauteuil d'ivoire et de jade magnifique, disposé face à quiconque franchissait la porte.

Je m'arrêtai devant ce trône, et la peur torturait mes os et mes mâchoires, comme un enfant fouetté traîné devant le sorcier de la tribu afin qu'il reçoive des coups supplémentaires. Puis tout cela s'évapora et il n'y eut plus en moi qu'immobilité et silence, comme dans la mort.

Car, assise sur ce siège d'ivoire, voilée, immobile et aussi proche que le sol, l'air, ou mon propre avenir, se trouvait la sorcière. Karrakaz, ma mère.

2

Je ne pouvais voir ses traits.

J'étais allé si loin et avais connu tant d'épreuves, mais elle m'était dissimulée.

Je demeurai figé sur place, bouche ouverte, et elle s'adressa à moi.

– Une ultime faveur, Zervarn. N'approche pas plus.

– Je ne vous dois aucune faveur. Aucune, mère.

Sa voix était comparable à de la brume. Elle flottait dans ma tête plus que dans la salle, où la mienne résonnait et éveillait des échos.

– Que veux-tu de moi ? s'enquit-elle.

Je ris, ou crus rire; un son stupide et sans signification.

– Oui, je désire quelque chose, car autrement je ne serais pas en ce lieu. Etes-vous alarmée de me trouver ici, mère? Moi, le fils dont vous espériez vous être débarrassée dans les terres du Nord, sous la tente d'Ettook.

– Tu voulais autrefois me tuer, dit-elle. Mais je suppose que tu as depuis pris conscience que c'est irréalisable. Qu'y a-t-il d'autre ? Il n'existe aucun amour entre nous, aucune revendication.

C'était exact. Je n'aurais pu la tuer, venger mon père, même si j'en avais toujours eu l'intention. Quelles questions pouvais-je lui poser sans qu'elle les élude avec des contre-vérités ? Me restait-il seulement à lui demander quelque chose ? Je maîtrisais mon Pouvoir et j'aurais pu, comme l'avait dit Ressaven, obtenir richesses et empires. Quant à ma sœur, je lui proposerais à nouveau de partir avec moi. Si elle refusait, nous perdrions tous deux une partie de nous-mêmes, mais je ne pourrais l'y contraindre. Elle n'était pas une femme qu'il était possible de prendre de force. Elle était plus que cela. Alors, qu'espérais-je obtenir de la sorcière-déesse ? Cependant, je restai devant elle.

– Je vous demande de m'apprendre ce qui s'est passé entre vous et mon père. Je veux obtenir des éclaircissements, comprenez-vous ?

– Je pourrais faire apparaître dans ton esprit ce qui s'est passé entre Vazkor et Karrakaz. Mais tu refuserais de croire que c'est la stricte vérité.

– C'est probable. Mais tentez l'expérience. Je peux porter un jugement, madame, et même les mensonges me révéleront ce que vous tenterez de me dissimuler.

Je savais que je devrais pour cela la laisser pénétrer au plus profond de mon esprit, mais je n'éprouvais aucune inquiétude, la perspective de ce contact ne me répugnait pas. Elle découvrirait ainsi à quel point ma demeure mentale était bien agencée, que je possédais l'habileté d'un magicien devenu son égal, à présent que je me tenais prêt et restais sur le qui-vive. Sans doute voulais-je lui démontrer que je n'avais pas eu besoin d'elle.

Son esprit pénétra dans le mien et elle me conta son histoire. La période passée auprès de Vazkor avait été brève, moins d'un an, mais elle en portait encore les stigmates : cicatrices laissées par les blessures infligées à son âme, alors qu'il avait torturé de façon plus matérielle les autres personnes de son entourage.

J'avais déjà attribué à mon père un nouveau statut, mais il m'était malgré tout pénible d'accepter la vérité sur son compte. Vazkor n'était ni mon dieu ni mon guide, mais plutôt l'antithèse de moi-même. Il n'y avait eu en lui ni ferveur ni amour de la vie, seulement un besoin dévorant de tout posséder qui excluait les plaisirs de la possession. Il eût ri de mon mode d'existence et m'eût perverti, s'il l'avait pu. Elle ne me mentait pas, je le compris aussitôt. Je découvrais de partout les affres de la souffrance, dans ce récit dont la simplicité démontrait l'authenticité. Cependant, il avait été un homme, un Empereur. J'avoue que son génie me fascine encore. J'aimerais pouvoir remonter le temps et le rencontrer. Il m'inspire de la pitié, cet homme qui m'engendra dans un spasme sexuel calculateur. Je le plains, et je le révère.

Il s'éleva à partir de rien, le Loup noir d'Ezlann, ce bâtard d'un noble de la cité et d'une fille du Peuple Sombre, et il gravit les échelons de la caste fermée des Masques d'or par la trahison, la violence, et la sorcellerie. Ce magicien, qui avait tout appris par lui-même, était fermement décidé à se bâtir un empire à sa mesure. Il détruisait tout ce qui se trouvait sur son chemin, et lorsque Karrakaz arriva, il l'utilisa pour forger un mythe, le rideau qui dissimulerait son avidité de puissance et lui permettrait de réaliser ses projets. Elle découvrit la mesquinerie, le cynisme et l'orgueil. Elle lui aurait offert ses services par amour pour lui, s'il ne lui avait laissé d'autre possibilité que de le mépriser. Il flagellait le courage de Karrakaz, par sa volonté de broyer son ego, et il tuait tous ceux qui lui étaient proches, non pour l'influencer mais simplement par esprit pratique. Tout devait être conforme à ses buts. Il me mit ensuite en elle, comme s'il était un étalon dans une stalle, tant pour l'enchaîner à lui que pour s'assurer une lignée. Alors qu'elle eût aimé devenir une guerrière, il la réduisit au rôle de porteuse de son enfant; et alors qu'elle eût aimé être sa femme et sa maîtresse, il lui démontra qu'elle n'était qu'une simple parure, remisée dans une cassette dans l'attente du jour où il daignerait la porter. Certaines femmes acceptent un tel rôle, mais pas Karrakaz. Il se trompait sur son compte, comme en bien d'autres domaines. Finalement, la chance tourna, son empire vacilla sur ses bases, ses armées le désertèrent et les chacals se mirent à hurler autour de son refuge. Puis vint le jour où il porta contre elle un coup qu'elle ne pourrait endurer. En proie au désespoir, elle découvrit qu'elle était capable de le surpasser. Ainsi le tua-t-elle, en utilisant le Pouvoir; comme je l'aurais fait, je crois, si j'avais vécu auprès de lui et qu'il se fût autant acharné contre moi que contre elle. Oui, j'aurais tué Vazkor au lieu d'Ettook. En fait, la haine inspirée par ce tyran eût été encore plus grande. Si elle s'était inclinée sous le joug qu'il lui imposait, Karrakaz n'aurait pu être ma mère.

La mort de Vazkor la priva de sa magie, et elle crut ne jamais recouvrer ses Pouvoirs. Elle me mit au monde sous la tente de la Route du serpent, heureuse de se débarrasser de son dernier lien l'unissant à mon père. Mais elle ne connut qu'un soulagement éphémère. Ses démons la poursuivaient. Elle n'aurait rien eu à m'offrir, même si elle avait désiré me garder. Ainsi fus-je son présent à Tathra, ce qui épargna à ma mère (je ne puis toujours l'appeler autrement) la disgrâce, le bannissement, peut-être un sort plus funeste encore. J'étais l'épée qui avait protégé Tathra de l'injustice d'Ettook. Seuls ses dieux savent si elle connut de la joie au cours de ces dix-neuf années, mais je l'espère. Elle ne les aurait pas vécues, si Ettook avait appris que son fils était mort-né.

Lorsque je relevai la tête, les yeux brûlants et l'esprit meurtri, j'avais en moi un désert. Tout semblait s'être effondré. Car les hypothèses qu'il m'avait été si aisé de bâtir s'étaient brusquement changées en certitudes.

— Merci, dis-je à la femme voilée. J'ai du temps devant moi, pour assimiler tout ceci. Mais je comprends déjà que si vous m'avez fait du tort, vous avez eu vous aussi votre part d'injustices. S'il existe entre nous un abîme, c'est la somme de tout cela.

— Alors, tu partiras sans rancœur, et sans atermoiements inutiles.

— Si vous le souhaitez, madame. Mais n'avez-vous jamais éprouvé de la curiosité à mon égard? Peut-être pensiez-vous que j'avais trouvé la mort?

— Depuis un certain temps déjà je percevais ton approche, ta quête. Mais j'ignorais que tu avais acquis un tel Pouvoir. Tu es ce qu'une mère peut désirer le plus pour son fils, un prince parmi les hommes. Et pour une magicienne, quoi de mieux qu'un sorcier tout-puissant ? Mais il est cependant trop tard pour le royaume.

Sa voix était un son métallique qui vibrait à l'intérieur de mon crâne, et je compris qu'elle ne s'était à aucun moment adressée à moi autrement qu'avec l'esprit.

– Cependant, je n'ai jamais vu vos traits, lui dis-je. Même au cours de ces visions psychiques de votre passé.

– Lellih t'a montré un visage.

Elle avait donc lu dans mon esprit, même si je m'étais pour ma part abstenu d'explorer le sien. Sans importance. Il n'émanait d'elle aucune menace.

– Une tête de chat, de vieille harpie. Certainement pas la vôtre, madame.

Puis ma gorge s'assécha, et ce fut en marmottant comme un vieillard que je lui demandai :

– Laissez-moi vous voir, une fois seulement. Ensuite, je partirai.

Elle ne répondit pas. J'attendis. Elle garda le silence.

Ce qui s'ensuivit ne pourrait être attribuable à la fureur d'un dieu ou à la mauvaise humeur d'un enfant capricieux qui se voit refuser quelque chose par sa mère. Non, c'était mon éducation tribale qui m'interdisait de me laisser priver de ce que j'avais tant peiné pour obtenir.

Bien que déesse, Karrakaz ne fut pas assez rapide pour empêcher mon Pouvoir de soulever le voile de son corps et de son visage.

Elle était demeurée assise, telle une statue. Cela n'avait rien de surprenant, car elle était de pierre : la représentation d'une femme revêtue de vêtements féminins, voilée, et placée sur un trône d'ivoire. Je m'étais entretenu avec un bloc de marbre poli. J'avais été dupé comme un villageois venu du continent.

Je pourrais difficilement décrire ce que je ressentis. C'était de la colère, mais expurgée de tout emportement. Cette voix mentale, qui ne pouvait appartenir qu'à ma mère, m'était parvenue d'un point très proche.

Et je pris une profonde inspiration, pour crier :

– Où est-elle ? Qu'elle sorte. J'en ai plus qu'assez de ses supercheries. Je libérerai l'enfer et la mort sur cette montagne, si elle me joue un tour supplémentaire. Où est la sorcière ?

– Ici, fit une femme, juste derrière moi.

Cette voix sortait d'une bouche de chair, et elle ajouta :

– J'espérais t'épargner cette découverte, Zervarn. J'avais simplement l'intention de découvrir qui tu étais, de t'amener si possible à m'accepter non comme un mythe et une abjection, mais en tant qu'une femme de chair. Je t'ai aimé dès que je t'ai vu, comment aurait-il pu en être autrement ? Tu es l'image de Vazkor, Vazkor que j'ai aimé, et tu ressembles également à un autre homme que j'ai connu à Darak... comme si sa semence s'était attardée en moi pour participer à ta création. Plus que tout, je me reconnais en toi. Tu n'es pas un Lectorra albinos des terres de l'Ouest, mais un magicien à part entière, un homme de ma race ressuscité à travers moi. Je n'avais pas prévu le reste, mais tel était notre destin. Et tu as vécu trop longtemps au sein des mortels et de leur morale pour que tu n'en sois pas troublé et épouvanté. J'ai tenté, oh que j'ai tenté, de te tromper avec des illusions dans l'espoir de t'éviter cette pénible révélation. Si seulement tu m'avais obéi une seule fois, tu aurais pu partir d'ici sans ce poids écrasant sur tes épaules.

J'avais reconnu la voix, il était inutile que je me tourne. Mais lorsque je le fis, elle était si près de moi que j'aurais pu la prendre dans mes bras.

– Au début, j'ai pris le nom de ma mère pour te tromper. Les jeunes Lectorra et la population du continent ne me connaissent que sous ce nom. J'ai depuis longtemps effacé mon souvenir physique de leur esprit, afin qu'ils ne puissent me révérer comme une déesse, ce que je ne suis pas. Seuls Mazlek, Sollor et Denarl savent qui je suis, et ils auraient voulu t'éviter cette épreuve, tout comme moi.

J'allai pour abaisser le regard vers elle, mais j'étais devenu aveugle.

J'aurais dû le deviner, comprendre que la chair des membres de la Race des Anciens, qui se régénérait spontanément pour effacer meurtrissures et cicatrices, ne vieillissait et ne se flétrissait pas; qu'une quarantaine d'années ne pouvaient avoir modifié son aspect physique et qu'elle semblerait avoir dix-neuf ans. J'aurais dû le voir dans ses yeux, dans notre ressemblance, dans ses réticences, dans ses pleurs.

Ma Ressaven. Elle n'était pas ma sœur. Cette femme que j'aimais et avec qui j'avais couché était Karrakaz. Ma mère.

Elle avait vu juste. J'étais resté trop longtemps parmi les hommes pour faire fi de leur morale. J'aurais pu sans peine coucher avec ma demi-sœur, mais j'avais pris du plaisir dans le ventre où je m'étais formé. Le serpent venait de mordre sa propre queue.

Ma virilité se rabougrissait. Il me semblait que je ne pourrais plus jamais me coucher sur une femme sans que l'ombre de ceci ne vienne chanter ses incantations moites et glaciales dans mon aine, pour empêcher toute érection. Il me semblait également que je ne pourrais plus jamais marcher parmi les hommes sans que ce stigmate rougisse sur mon front. Peut-être avais-je été marqué par le destin depuis le début, car je me souvenais brusquement que Chula m'avait invectivé en m'accusant à tort de coucher avec Tathra. Sa bouche avait pu être alors un instrument de prophétie.

C'était le présent que la sorcière m'avait réservé, cette abomination. Elle en avait eu la prémonition. Et je m'étais dirigé droit vers ce piège, par ignorance.

Je ne dis pas un mot. Incapable de prononcer la moindre parole, je m'enfuis lâchement.

Je ne marchai pas sur l'océan pour regagner le rivage, mais tentai de nager et faillis me noyer. Je rampai sur la berge et rendis l'eau salée, espérant peut-être parvenir à me débarrasser également de l'angoisse qui m'étreignait.

J'essayai ensuite d'enterrer le plus atroce de tous les désespoirs. Je m'y efforçai pendant de nombreux mois. Elle n'avait jamais été ma mère, ne le serait jamais. Autrefois, je considérais que Tathra était ma mère et Karrakaz mon ennemie. A présent, elle était simplement une femme. Une femme magnifique, la fin du monde, le cœur de ma vie. Et je l'aimais toujours. C'était le rocher qui pesait sur mon dos, la marque de l'ignominie sur mon front. Je l'aimais, elle qui était mon péché et ma honte.

3

Je me rendis à l'intérieur des terres et visitai les villes et villages de l'Ouest. S'il m'arrivait parfois de guérir des malades, c'était discrètement. Je n'accumulais pas les étiquettes de dieu ou de sorcier; j'agissais uniquement inspiré par la pitié, afin de réduire mon sentiment de culpabilité, comme Gyest me l'avait prophétisé. J'aurais été heureux que cet homme fût avec moi, afin de pouvoir lui parler dans ces cités aux toits rouges. Je ne me souviens d'aucune rencontre m'ayant marqué. Je connus une femme, dans une de ces villes, et elle courut derrière moi sur la route pendant cinq kilomètres. J'étais encore suffisamment viril pour m'attirer des ennuis de ce genre, en dépit du fardeau que faisait peser sur moi mon acte incestueux.

Je ne fis plus jamais un seul rêve de Vazkor. Ce spectre noir n'est plus à mon côté. Une ombre de feu, le reflet sur le mur; je m'étais bien mal imaginé ce que serait le feu lui-même.

Je ne pensais jamais à elle. Mon esprit s'était fermé. Je me rappelais seulement cette sombre aventure que nous avions partagée. C'était le plus étrange, car si la faute que j'avais commise me donnait la nausée, je ne pouvais pas associer Karrakaz à mon péché.

Ce fut la nature qui me la rendit : le bruit des vagues venant se briser sur une grève glaciale, la lune apparaissant derrière des arbres, les oiseaux d'argent qui appelaient l'aube de leurs cris, le printemps qui arrivait enfin.

Lorsqu'il atteignit le promontoire où je m'étais réfugié, je vis au delà de la maison en ruine qui me servait d'abri les arbres fruitiers sauvages de la vallée se parer de blanc et de vert. Et je pensai qu'il devait en être de même dans les vallées de l'île-montagne, et que je ne pouvais continuer de connaître cette mort qui se faisait appeler la vie.

J'avais besoin d'un conseil, qu'elle seule pourrait me donner. Les dieux savaient, s'ils savaient quelque chose, combien de temps elle et moi continuerions de vivre sur ce monde. Saisons, empires et siècles s'écouleraient, et nous resterions. Elle sur son île, ou en tout autre lieu où elle pourrait se rendre, et moi qui n'avais pas d'attaches, de pays, aucun proche, errant sur une autre route. Dieu, elle était ma mère par le sang, mais je n'avais jamais sucé ses tétins, je n'avais pas grandi sous ses yeux. Elle ne m'avait rien appris et ne m'avait jamais vu, avant de découvrir en moi un amour qui lui était rendu.

J'avais pu constater quels étaient les résultats des mariages consanguins dans certaines cités et certains villages reculés. Seuls des arriérés mentaux sont censés naître de telles unions, car les tares familiales sont alors amplifiées. Mais Karrakaz et moi n'avions aucune tare héréditaire, et nos enfants ne pourraient que bénéficier du cumul de nos dons. Mes fils seraient aussi mes frères mais voleraient dans le ciel, marcheraient sur les océans. La Race des Anciens renaîtrait de ses cendres, et nous serions là pour la guider; nous qui avions surmonté l'orgueil, subi bien des épreuves, et assimilé les dures leçons de l'existence.

Cinq mois s'étaient écoulés, et rien en moi n'avait changé. Seule la honte avait disparu. Elle appartenait désormais au passé. Le fardeau de l'inceste ne pesait plus sur mes épaules. L'amour de Hwenit et de Qwef m'avait paru bien peu de chose, face à la mort. Et le nôtre n'était-il pas encore plus insignifiant, face à l'éternité?

Je revins jusqu'à la montagne Blanche et, en voyant apparaître son pic blanc au-dessus de l'océan, j'eus l'impression de retrouver mon foyer. C'était une impression de retour bien plus forte que tout ce que j'avais pu éprouver en regagnant les tentes ou les palais de l'humanité. Puis je crus puérilement qu'elle avait déjà abandonné ses Lectorra et le souvenir obsédant de notre faute, qu'elle était partie sous un déguisement que même mon Pouvoir ne pourrait percer à jour.

Ceci me confirma que je ne devais pas la perdre, car la Terre ne serait pas la Terre sans la clarté du Soleil pour pouvoir l'admirer.

Je relève le regard et la vois sur le chemin de la falaise, juste au-dessus de moi. Et je ne puis m'opposer plus longtemps à ce qui est inévitable.

Les explications sont inutiles, car elle devine tout. Sa sagesse est un calme apaisant qui rend les mots d'excuse ou les mensonges superflus. Le point où elle se tient, avec le ciel bleu et la cime du mont derrière elle, sa cape bleue qui révèle ses épaules d'albâtre et ses bras fermes et fuselés de jeune fille, marque la fin du chaos, l'horizon d'un désert au delà duquel s'ouvre une autre contrée.

Je ne serai jugé par personne, elle exceptée. Nul ne connaît ma vie et sait comment j'ai été contraint de la vivre, ce qu'elle m'a apporté et ce qui me revient de droit. Karrakaz est finalement mienne, et elle ne m'opposera pas de refus, car je n'ignore plus le destin qui nous unit. La voyant devant moi, cette dernière gemme du bracelet, je crois presque que ce chemin a été tracé pour nous avant même ma naissance.

L'homme peut les révérer ou nier leur existence, mais peut-être sommes-nous tous entre les mains des dieux.

Science-fiction

Depuis 1970, cette collection est leader du genre en France. Elle a publié la plupart des grands classiques (Asimov, Van Vogt, Clarke, Dick, Vance, Simak) mais elle a aussi révélé de nombreux jeunes auteurs qui seront les écrivains de premier plan de demain (Tim Powers, Joan D. Vinge, Tanith Lee, Scott Baker, etc.). La S-F est reconnue aujourd'hui comme littérature à part entière, étudiée dans les écoles et les universités. Elle est véritablement la littérature de notre temps.

ALDISS Brian W.	*Le monde vert 520★★★*
ASIMOV Isaac	*Les cavernes d'acier 404★★★*
	Les robots 453★★★
	Tyrann 484★★★
	Un défilé de robots 542★★★
	Cailloux dans le ciel 552★★★
	Les robots de l'aube 1602★★★ & 1603★★★
	Les robots et l'empire 1996★★★★ & 1997★★★★ inédits
BAKER Scott	*L'idiot-roi 1221★★★*
	Kyborash 1532★★★★
BLISH James	*Semailles humaines 752★★*
BLOCH Robert	*La quatrième dimension 1530★★*
BOGDANOFF Igor & Grishka	*La machine fantôme 1921★★★*
BRIN David	*Marée stellaire 1981★★★★★*
BRUNNER John	*Tous à Zanzibar 1104★★★★ & 1105★★★★*
	Le troupeau aveugle 1233★★★ & 1234★★★
	Sur l'onde de choc 1368★★★★
	A l'ouest du temps 1517★★★★
CHERRYH C.J.	*Les adieux du soleil 1354★★★*
	Les seigneurs de l'Hydre 1420★★★
	Chanur 1475★★★★
CLARKE Arthur C.	*2001 - l'odyssée de l'espace 349★★*
	Avant l'Eden 830★★★
	Terre, planète impériale 904★★★★
	L'étoile 966★★★
	Les fontaines du paradis 1304★★★
	2010 - Odyssée deux 1721★★★

CURVAL Philippe	Le ressac de l'espace 595***
	L'homme à rebours 1020***
	Cette chère humanité 1258****
DEMUTH Michel	Les Galaxiales 996***
	Les années métalliques 1317****
DICK Philip K.	Simulacres 594***
	Ubik 633***
	L'homme doré 1291***
	Le dieu venu du Centaure 1379***
	Blade runner 1768***
DISCH Thomas	Génocides 1421**
FARMER Philip José	Le Fleuve de l'éternité :
	- Le monde du Fleuve 1575***
	- Le bateau fabuleux 1589****
FORD John M.	Les fileurs d'anges 1393***
FOSTER Alan Dean	Le trou noir 1129***
	Outland... loin de la Terre 1220**
GALOUYE Daniel F.	Simulacron 3 778**
HAMILTON Edmond	Les rois des étoiles 432***
	Le retour aux étoiles 490***
HAYES, MILLER & HANNANT	Mad Max 2 1533**
HEINLEIN Robert A.	Double étoile 589**
	Vendredi 1782****
HOWARD Robert E.	Conan le Cimmérien 1825***
	Conan le flibustier 1891***
Conan le barbare	Conan l'aventurier 2036***
voir SPRAGUE DE CAMP	Conan le vagabond 1935***
JEURY Michel	La croix et la lionne 2035***
JONES Raymond F.	Renaissance 957****
KEYES Daniel	Des fleurs pour Algernon 427***
KLEIN Gérard	Les seigneurs de la guerre 628**
LEE Tanith	La déesse voilée 1690****
	La quête de la Sorcière Blanche 2042**** (août 86)
LEINSTER Murray	La planète oubliée 1184**
LÉOURIER Christian	L'homme qui tua l'hiver 1946**
LEVIN Ira	Un bébé pour Rosemary 342***
LONGYEAR Barry B. & GERROLD David	Enemy 1968***
LOVECRAFT Howard P.	L'affaire Charles Dexter Ward 410**
MARTIN Jack	Vidéodrome 1648***
MERRITT Abraham	Le gouffre de la lune 618****

MONDOLONI Jacques	Je suis une herbe 1341***
MOORCOCK Michaël	Le chien de guerre 1877***
MORRIS Janet E.	La Grande Fornicatrice de Silistra 1245***
(L'ère des Fornicatrices)	L'ère des Fornicatrices 1328****
	Le vent du chaos 1448****
	Le trône de chair 1531***
PELOT Pierre	Les barreaux de l'Eden 728**
POHL Frederik	La Grande Porte 1691****
	Les pilotes de la Grande Porte 1814****
POWERS Tim	Les voies d'Anubis 2011***** inédit
PRIEST Christopher	Le monde inverti 725****
RAY Jean	Malpertuis 1677**
RAYER Francis G.	Le lendemain de la machine 424***
SADOUL Jacques	« Astounding Stories » 532**
(Les meilleurs récits)	« Unknown » 713**
	« Famous Fantastic Mysteries » 731**
	« Startling Stories » 784**
	« Thrilling Wonder Stories » 822**
SILVERBERG Robert	Les monades urbaines 997***
	L'homme stochastique 1329***
	Les chants de l'été 1392***
	Les chemins de l'espace 1434***
	Le château de Lord Valentin 1905**** & 1906****
SIMAK Clifford D.	Demain les chiens 373***
	Chaîne autour du soleil 814***
	Au carrefour des étoiles 847**
	Une chasse dangereuse 903****
	Projet Vatican XVII 1367****
	Au pays du Mal 1781***
SPIELBERG Steven	Rencontres du troisième type 947**
présente	E.T. l'extra-terrestre 1378***
	Les Goonies 1911***
	E.T. La planète verte 1980***
SPRAGUE DE CAMP & CARTER	Conan le barbare 1449***
STEINER Kurt	Le disque rayé 657**
	Ortog et les ténèbres 1222**
STOLZE Pierre	Marilyn Monroe et les samouraïs du père-Noël 1962****

STURGEON Theodore	Les plus qu'humains 355***
	Cristal qui songe 369***
	Les talents de Xanadu 829***
VANCE Jack	Cugel l'astucieux 707**
Cycle de Tschaï :	1 - Le Chasch 721***
	2 - Le Wankh 722***
	3 - Le Dirdir 723***
	4 - Le Pnume 724***
	Marune : Alastor 933 1435**
	Wyst : Alastor 1716 1516***
	Cugel saga 1665****
	Rhialto le Merveilleux 1890***
VAN VOGT A.E.	Le monde des $\bar{A}$ 362***
	Les joueurs du $\bar{A}$ 397***
	La fin du $\bar{A}$ 1601***
	A la poursuite des Slans 381**
	La faune de l'espace 392***
	L'empire de l'atome 418***
	Le sorcier de Linn 419***
	Les armureries d'Isher 439***
	Les fabricants d'armes 440***
	Le livre de Ptath 463***
	La guerre contre le Rull 475***
	Destination univers 496***
	Créateurs d'univers 529***
	Des lendemains qui scintillent 588**
	Invasion galactique 813***
	Rencontre cosmique 975***
	Le colosse anarchique 1172***
	A la conquête de Kiber 1813**
VARLEY John	Le Canal Ophite 1463***
VINGE Joan D.	La Reine des Neiges 1707*****
	Ladyhawke 1832**
	Finismonde 1863***
	Mad Max au-delà du dôme du tonnerre 1864***
WILLIAMS Paul O.	Jestak 1878***
	Le cercle inachevé 1920***
WINTREBERT Joëlle	Les maîtres-feu 1408***
	Chromoville 1576***
ZELAZNY Roger	L'île des morts 509**

Univers présente chaque année les aspects les plus fascinants de la SF contemporaine.

Univers 1980	*1093★★★*
Univers 1981	*1208★★★★*
Univers 1982	*1340★★★★*
Univers 1983	*1491★★★★*
Univers 1984	*1617★★★*
Univers 1986	*2012★★★★ inédit*

Épouvante

Depuis Edgar Poe, il a toujours existé un genre littéraire qui cherche à susciter la peur, sinon la terreur, chez le lecteur. Il a été illustré au cinéma par des films tels que Shining, L'exorciste, Carrie, La malédiction. *Ce sont les livres qui ont inspiré ces films, et d'autres ouvrages du même genre, que vous présente cette collection.*

ANDREWS Virginia C.	*Ma douce Audrina 1578★★★★*
BLATTY William Peter	*L'exorciste 630★★★★*
CAMPBELL Ramsey	*La poupée qui dévora sa mère 1998★★★ inédit*
HOWARD Joseph	*Damien, la malédiction-2 992★★★*
KAYE Marvin & GODWIN Parke	*Lumière froide 1964★★★*
KING Stephen	*Carrie 835★★★*
	Shining 1197★★★★
	Danse macabre 1355★★★★
	Cujo 1590★★★★
	Christine 1866★★★★
	Peur bleue 1999★★★ inédit
KOENIG Laird	*Le disciple 1965★★★*
KOONTZ Dean R.	*Spectres 1963★★★★*
NICHOLS Leigh	*L'antre du tonnerre 1966★★★*

2042
★★★★

Impression Brodard et Taupin à La Flèche (Sarthe)
le 10 juillet 1986
6035-5 Dépôt légal juillet 1986. ISBN 2 - 277 - 22042 - 6
Imprimé en France

Editions J'ai lu
27, rue Cassette, 75006 Paris
diffusion France et étranger : Flammarion